# CONY

*Nova Fronteira Acervo*

7ª edição

# CONY
## *carlos heitor*

*Pessach:
A travessia*

Prefácio de
André Seffrin

Copyright © 1967 MPE-MILA PRODUÇÕES EDITORIAIS.

Direitos de edição da obra em língua portuguesa no Brasil adquiridos pela EDITORA NOVA FRONTEIRA PARTICIPAÇÕES S.A. Todos os direitos reservados. Nenhuma parte desta obra pode ser apropriada e estocada em sistema de banco de dados ou processo similar, em qualquer forma ou meio, seja eletrônico, de fotocópia, gravação etc., sem a permissão do detentor do copirraite.

EDITORA NOVA FRONTEIRA PARTICIPAÇÕES S.A.
Rua Candelária, 60 — 7º andar — Centro — 20091-020
Rio de Janeiro — RJ — Brasil
Tel.: (21) 3882-8200

Dados Internacionais de Catalogação na Publicação (CIP)
(Câmara Brasileira do Livro, SP, Brasil)

Cony, Carlos Heitor
    Pessach : A travessia / Carlos Heitor Cony. -- 7. ed. -- Rio de Janeiro : Nova Fronteira, 2021.

    ISBN 978-65-5640-150-8

    1. Ficção brasileira I. Título.

21-67981  CDD-B869.3

Índices para catálogo sistemático:
1. Ficção : Literatura brasileira B869.3
Aline Graziele Benitez - Bibliotecária - CRB-1/3129

# PREFÁCIO

## O Cony de *Pessach*

André Seffrin*

P*essach: A travessia*, o livro que Cony não pôde deixar de escrever, na tentativa de se descolar ao menos um pouco de tudo que havia escrito antes. Isto é, dos seus temas constantes e pontuais: a coroa de conflitos do casamento e os descompassos de uma pequena burguesia confinada, fatia da sociedade carioca que lhe serviu de cobaia desde O *ventre* (1958) até A *tarde da sua ausência* (2003). Pela primeira vez, em *Pessach* ele confrontou a sua acentuada náusea existencial. Colocou diante de si, frente a frente, o homem de reflexão e o homem de ação. Desmantelou o comodismo pequeno-burguês do personagem à medida que tomou assento nesse que foi o seu grande dilema, um dilema ético, aqui romanticamente inserido em suposta condição judaica. Ao acordar no dia de seu quadragésimo aniversário, Paulo Simões, o protagonista-narrador, se deu conta de que a data era um limite, um alerta, quase uma condenação.

O enredo do romance, linear até por meio de suas eventuais arestas, perfaz queda e assunção do personagem. Do risco

---

* André Seffrin é crítico e ensaísta. Organizou, entre outros livros, *Poesia completa e prosa seleta* de Manuel Bandeira.

ao rito, a travessia. De fato, com a sua característica e "incontornável ternura" (a expressão é de Fausto Cunha), Cony nos anos 1960 acabou por assumir a contragosto um protagonismo de intelectual engajado. Assinou os seus manifestos, atuou num jornalismo desassombrado. Cultivou aquele humanismo que não descarta boas doses de niilismo, na sempre viva herança machadiana. Ora, romancistas não levantam viga sem um mínimo de confiança em seus personagens. Essa energia ao menos ele conseguiu manter do início ao fim de sua longa jornada de homem de ideias confrontado por um improvável homem de ação. E aí reside a primeira chave de leitura deste romance catártico que é *Pessach*, gerado em impasses que Cony processou com a dor necessária, assim como aconteceu com o Antonio Callado de *Quarup*. Ambos romances políticos, publicados no mesmo ano, 1967, e não por mera coincidência, pela mesma editora, a Civilização Brasileira.

Colegas no jornalismo, Carlos Heitor Cony e Antonio Callado combateram o bom combate cada qual a seu modo. Gestaram na prisão os referidos livros, numa mesma cela onde nove intelectuais se encontraram detidos pela ditadura. O acontecimento é aqui questionado na voz do personagem, para quem essa prisão teria servido apenas para enriquecer a "biografia pessoal de cada um" daqueles nove cidadãos brasileiros. O fato é que um outro Cony surgiu desse incidente, talvez mais amadurecido nos seus propósitos. Apesar disso, ainda se mantém, em *Pessach*, algo daquele tom saturnal e existencialista dos anos 1950, num molde espiritual que não era exclusivamente seu, mas da geração. E cabe lembrar que o cenário político do país, nesse período, exigiu dessa geração um olhar menos caprichoso e errático, compromisso penoso que, para uns e outros, teve alto preço.

Como um escritor que se mira no espelho e recusa a própria imagem, aqui, por antonomásia, Cony se autoanalisa em

Paulo Simões. Semelhante ao que ocorreu com outro de seus personagens emblemáticos, o João Falcão de *Informação ao crucificado*. O menino e o homem: Cony/Falcão/Simões, uma rosácea de conflitos. *Pessach* é, portanto, o seu segundo livro de ruptura, de acerto de contas, de *travessia*. Acerto de contas do romancista consigo mesmo e agora pelo viés do mais incômodo, para ele, dos temas: a política. Antes rompera com a religião, quando o menino enfim se alforriou da Igreja católica. Já o homem de meia-idade, aqui, procura se libertar dos grilhões impostos por um regime de exceção. Sem esquecer que, em termos políticos, direita e esquerda nunca deixaram de ser, para Cony, faces de uma mesma e sovada moeda. Por esse e talvez por outros motivos, ele intuiu que a publicação de *Pessach* seria desconfortável lá e cá. O primeiro texto de apresentação do romance, assinado por Leandro Konder, não conseguiu disfarçar o desconforto. Um desconforto que o romancista soube, por seu lado, catalizar por meio de uma densa ironia e um sanguíneo modo de lidar com o suspense.

De início, há o perturbador encontro com Sílvio, amigo de um passado que desconhecemos. Esse encontro acaba por precipitar acontecimentos que se sucedem em ritmo eletrizante. Nesse mesmo dia do seu aniversário, Paulo Simões reencontra a ex-mulher, que lhe apresenta um insólito novo marido e o filho, recém-nascido, um guri que depois urina na sua cama. Em seguida, visita a filha num internato de freiras; mais tarde, acontece a anunciada e enfim cumprida visita aos pais idosos, no subúrbio, quando o estranho título do romance ganha o seu primeiro verniz, por sinal, simbólico (Moisés busca libertar seu povo na travessia do Mar Vermelho, e foram quarenta anos no deserto). Por fim, o rápido diálogo com o editor de seus livros, no centro da cidade. Nesses ambientes, de personagens estranhos uns aos outros, Paulo Simões passa em revista os núcleos familiar e profissional, simultaneamente misturados a figuras que, pouco a pouco, o hipnotizam e calcinam, em direção ao outro lado, o da lucidez. E tudo isso se dá com direito aos mais incríveis simbolismos – como aquele, de enxergar no morto da calçada o próprio rosto.

Narrativa de um realismo feroz – todavia atravessada por misteriosos sinais que aceleram o destino do narrador por meio de um controverso vulto de mulher, Vera, aquela que o afasta do pequeno e estreito mundo que é o Rio de Janeiro de 1966. Pelos tortuosos caminhos que passarão ambos a trilhar, ele procura não abandonar um maço de papéis com o esboço de um romance jamais escrito.

História de redenção em discreta moldura de história de amor? Sim e não. História de "incontornável ternura" em ásperos tempos.

*Primeira parte*

*Pessach*
*(A passagem por cima)*

Hoje, 14 de março de 1966, faço quarenta anos. A data não me irrita, nem me surpreende. Isso não quer dizer que eu esteja preparado para ela. Apenas, recebo-a sem emoção, sem tédio. Sinto-me suficientemente maduro para aceitá-la com honestidade e coragem, mas não estou pronto, ainda, para assimilá-la como um fato de rotina, inexorável. A prova disso — de que lhe dou importância talvez exagerada — é que estou preocupado com ela.

Tudo corre bem. Não tenho amigos nem dívidas — duas coisas que incomodam. Laura portou-se com dignidade, renunciou à pensão que eu lhe pagava, antes de casar outra vez. Meus livros vendem bem, dá para manter um padrão de vida simples e confortável. Os críticos não chegaram a um acordo sobre aquilo que com alguma imodéstia poderia chamar de "minha obra". Mas isso é problema deles.

Se tivesse coragem de começar a vida novamente, é possível que não repetisse alguns enganos e acertos, mas, de qualquer forma, gostaria de repetir esta disponibilidade em que estou agora, no vértice da outra metade. Há otimismo em chamar de *metade* os quarenta anos. Dificilmente chegarei aos oitenta, mas a *metade* talvez não seja cronológica, e sim intemporal, interior. Pelo menos, é assim que me sinto. Ainda que morra amanhã, essas vinte e quatro horas deverão ser densas, densas como as passas estragadas são densas de açúcar. Há equilíbrio na vida e esse equilíbrio é que a torna monótona.

O verão acabou, mas o calor persiste. O aparelho de ar-refrigerado despeja no quarto um hálito gelado, sinto-o pesado sobre meu corpo. Poderia levantar-me e desligá-lo, prefiro prolongar esta dormência. Quando Teresa vem dormir comigo, ela pede que o desligue na hora de trepar. Diz que só pode amar suando um pouco — e este hálito gelado torna sua pele fria, como a de um réptil. Para mim tanto faz, sou razoavelmente grosseiro em matéria de sexo, não tenho sutilezas, suando ou não suando, não sinto muita diferença.

A lembrança de Teresa me preocupa. Ela pode lembrar-se que faço anos e virá com a gravata de sempre, embrulhada naqueles papéis que as lojas empurram como embalagens de presente. Não quero que Teresa venha, ela esteve aqui ontem e não sinto desejo de possuir mulher hoje. Realmente, estou fazendo quarenta anos.

Teresa talvez não venha, mas Sílvio virá. O caso de Sílvio. Há duas semanas que ele anda me procurando para conversa séria, eu anotei em minha mesa de trabalho: RESOLVER O CASO DE SÍLVIO. Passei duas semanas com esse aviso me aporrinhando. Até que ontem, sem lembrar do aniversário de hoje, decidi procurá-lo. Telefonei-lhe. Ele ficou agitado, quis encontrar-se comigo no mesmo instante, mas eu não queria encontro sério ou não sério com ninguém e — seguindo a mania de adiar — marquei o encontro para hoje, esquecido de que, hoje, qualquer encontro seria pior. Ele estará aqui antes das nove, não quis adiantar o assunto pelo telefone: tem mania de perseguição. Desde que se meteu a salvar o país, ele se julga perigoso inimigo da ordem vigente, cujos passos, ideias e telefonemas são seguidos e gravados pelos distritos policiais e pelo Pentágono. No fundo, é um patriota.

A pátria é uma droga. Lembro o aniversário que passei em manobras, quando fazia estágio para oficial da reserva. Foi meu décimo nono ou meu vigésimo aniversário, talvez a metade exata de minha vida até agora. O serviço militar pegou-me na faculdade, a alternativa era a caserna com a tropa ou ser oficial da reserva. Foi no fim do curso, quando fazíamos estágio final que nos livrasse para sempre da vida militar. Acampamos na área de Gericinó, chovia sem parar, e a chuva, se em parte nos enlameava as botas, as roupas e a alma, tinha o mérito de manter o inimigo imobilizado, fato que também nos imobilizava. O inimigo era imaginário. Na condição de comandante de pelotão, eu tinha de sair da barraca duas vezes por dia para examinar a situação, ver se esse inimigo imaginário imaginariamente se movimentava no terreno.

Saía da barraca — invadida pela lama — e subia na pequena elevação que o comando geral havia designado como Posto de Observação. Tirava o binóculo do estojo — a chuva molhara o couro, dele saía uma morrinha de suor e cavalo — e olhava a chuva que descia, uniforme e fria, sobre a planície encharcada. Demorava na observação o tempo regulamentar — pois se eu observava um inimigo imaginário, era, por minha vez, observado por um coronel não imaginário. Depois de algum tempo, e de demonstrar algumas hesitações — também imaginárias —, ia ao coronel, que se instalara no quartel-general — um pavilhão de lona confortável; comparado às nossas barracas, um palácio.

Apresentava-me, dava meu nome, o número do meu pelotão e de minha companhia, a hora exata em que observara os movimentos imaginários do imaginário inimigo e o resultado, que não podia ser imaginário, mas real:

— Nada de novo?

— Nada, coronel.

— Tem absoluta certeza?

— Tenho.

— Sente-se capaz de enviar uma mensagem ao estado-maior?

— Sim.

— Conhece a senha?

— Conheço.

Apontou-me a mesa rústica que servia ao cérebro das operações — a expressão "cérebro das operações" era alusão técnica ao próprio coronel. Apanhei o papel das mensagens confidenciais e urgentes, escrevi, em letras de imprensa: "Andrade ainda não chegou."

O coronel leu por cima do meu ombro e gostou. A senha era essa mesmo — um código ultrassecreto do estado-maior. Se um espião circulasse pelo acampamento e lesse aquela mensagem não entenderia aquilo, Andrade ainda não chegou.

Passei o papel ao coronel.

— Muito bem, tenente. E como vai o moral de sua tropa?

— Bem.

— Nenhuma reclamação?

— O pessoal gostaria de tomar banho. Com esta chuva, esta lama, o senhor compreende...

O coronel amarrou a cara. Fizera-me cair numa cilada — só então percebi isso.

— Tenente, é preciso que todos se compenetrem de que estamos servindo à pátria. A pátria exige sacrifícios. Isto aqui é um acampamento militar, estamos em manobras, o inimigo pode atacar de uma hora para outra e acho que não é momento de transformar isto aqui num harém, com fêmeas perfumadas e limpas. Somos ou não somos homens?

— Somos. Com licença, coronel.

Prestei continência e o coronel deixou-me ir, para minha surpresa, sem acrescentar mais nada. Voltei à barraca, entrei encharcado, a botina disforme de lama.

Dividia a barraca com o Sarmento, terceiranista de medicina, rapaz grandalhão e simpático, fazia estágio para segundo-tenente, era meu subordinado.

— Como é? Alguma novidade?

— Nada. O Andrade ainda não chegou.

— Que droga! Estamos há cinco dias dentro desta desgraça e nada acontece! Nem um banho. Estou podre, por dentro e por fora.

— Falei no banho, mas o coronel bronqueou. Disse que a pátria exige sacrifícios.

— Merda para a pátria.

— Amém.

Tirei o que pude de cima de mim, mas, quanto às botas, desanimei: estavam inabordáveis. O jeito foi estender-me calçado na pequena esteira, empapada de umidade e lama.

— Porca vida!

Afora assuntos gerais de acampamento, não tinha o que conversar com Sarmento. Era rapaz rico, odiava o exército, sua ambição era formar-se e fazer um curso nos Estados Unidos. Tinha garota, vi-os juntos um dia, na praia. Liderava um dos grupos da turma: os que detestavam a vida militar. O outro grupo aceitava ou admirava a caserna e assim ficávamos divididos em crentes e hereges, caxias e subversivos. Eu não conseguia pertencer a nenhum dos grupos. Interiormente, queria que o exército e a pátria fossem para o diabo. Mas também queria acabar com aquilo, o mais rápido e comodamente possível. Cumpria os regulamentos e me detestava por isso. Para os crentes, eu era hipócrita. Para os hereges, era quase crente. Ficava assim onde queria: no meio. Sozinho.

Sozinho não. Havia outro rapaz que também não fora assimilado pelos grupos. Chamava-se Isaac, olhinhos de rato, nariz avermelhado, fino. Um dia, ele me interpelou:

— Você é judeu?

— Quem? Eu?

— Sim. Você.

— Judeu uma ova!

— Vi o seu nome completo, na secretaria. Você se assina Paulo Simões, mas há um nome que você omite: Goldberg. E seu nome não é Simões, é Simon.

— E daí? É possível que tenha sangue judeu, diluído por aí, há muita gente assim. Mas não sou um judeu.

Isaac ficou ofendido com a violência daquela frase, "não sou um judeu". Éramos os únicos solitários da turma e não nos uníamos por causa disso. No fundo, temia que ele espalhasse o nome que eu aprendera, com meu pai, a omitir, ou talvez, a esconder.

Na tarde daquele mesmo dia — agora fiz os cálculos e verifico que foi mesmo no meu vigésimo aniversário, há vinte anos, portanto — um soldado foi à barraca avisar que o coronel me chamava. Expliquei para o Sarmento:

— Algum idiota viu o Andrade se mexendo.

Sarmento respondeu com um palavrão e eu coloquei o cinto de campanha. Acompanhei o soldado:

— Vamos.

A chuva não diminuíra. A lona das barracas pejada de água, mais um dia de temporal e ficaríamos ao desabrigo. Na enorme tenda do Posto de Observação havia agora outros oficiais. Riam, e, ao me aproximar, percebi que alguns deles estavam bêbados. Ao me ver chegar, o coronel saiu de um grupo e veio me receber:

— Tenente, estive pensando sobre a nossa conversa de hoje pela manhã. O senhor me garantiu que o moral da turma está ótimo, mas eu concluí que o físico talvez não estivesse. Afinal, são cinco dias que a turma está imobilizada no terreno. É preciso algum exercício. Reúna seu pessoal e vamos castigar uma ordem--unida com uniforme e armamento completos!

— Mas com essa chuva, coronel?

— A pátria exige sacrifícios! Reúna seus homens. Pode fazer os exercícios na estrada.

— E se o Andrade notar os nossos movimentos?

Por um momento o coronel não compreendeu que Andrade era aquele. Quando compreendeu, deu um berro:

— Estou dando uma ordem! Sei o que estou fazendo! — Inchou o peito: — Assumo integral responsabilidade de meus atos!

Tentei retirar-me:

— Com licença, coronel.

— Não tem licença nenhuma! Espere que não acabei!

A campainha do telefone de campanha tocou, um ajudante de ordens atendeu. Houve silêncio, os oficiais bêbados ficaram apreensivos e cambaleantes, num canto.

O soldado estendeu o telefone:

— É o general. Para o senhor, meu coronel.

O coronel pegou o aparelho com um olhar formidável, fero:

— Fala, Quincas!

Do outro lado, Quincas falava. Sem que tivesse havido ordem alguma, todos, dos praças aos oficiais mais graduados, estávamos quase em posição de sentido. Provavelmente um ataque do Andrade, o Andrade atacava de surpresa pelo nosso flanco, íamos ter novidades. Mas o coronel sorriu satisfeito:

— Obrigado, Quincas, fizemos o nosso dever! — Desligou e quase deu um berro. — Pronto. O Andrade se rendeu!

Houve alegria na tenda. Todos cumprimentavam o coronel. Os oficiais bêbados iniciaram o Hino Nacional, o próprio coronel acabou com o hino, pedindo silêncio:

— Nada disso! Nada disso! Aqui não! O general ordenou que deslocássemos a tropa até a base do monte Alegre. Lá é que haverá discursos e bandas de música!

Um major perguntou se não seria melhor esperar a chuva passar, o coronel voltou a falar no amor à pátria, "a pátria exige sacrifícios de seus filhos!".

Havia se esquecido de minha presença: eu lá ficara, à entrada da tenda, duro, esperando ordem para me retirar. Repeti o pedido:

— Com licença, coronel.

Ele avançou para mim:

— Vá depressa, mande avisar que o inimigo se rendeu, quero todas as barracas desmontadas em meia hora, todo mundo em formatura daqui a meia hora! O Quincas vai fazer um discurso!

Voltei à minha companhia, avisei o capitão para mandar o corneteiro tocar "levantar acampamento". Entrei na barraca salpicando de chuva o Sarmento.

— Que toque é esse?

— Levantar acampamento.

— Que que houve?

— A guerra acabou. O Andrade arriou as calças.

— Mas eu só saí daqui desta barraca para ir à privada!

— Talvez por isso mesmo o inimigo se rendeu. Vá arrumando seus troços que vamos ter discurso. A pátria exige sacrifícios de todos nós!

"A pátria exige sacrifícios de todos nós!" A frase que posso ouvir novamente, vinte anos depois, da boca de Sílvio, que daqui a pouco estará aqui. Tanto o coronel como Sílvio são patriotas, à sua maneira. Eu continuo o mesmo: sozinho. Já não preciso parecer hipócrita para desagradar a uns, ou crente, para agradar a outros. Não agrado a ninguém, mas isso me faz bem. Sinto-me melhor sabendo que estou sozinho. Os outros podem ter razão, mas são chatos.

O ar-refrigerado ronca sob a janela, o hálito gelado tem um cheiro, cheiro de desinfetante, de cabine de avião, sei lá. Estou fazendo quarenta anos e ainda não saí da cama. Sílvio está estourando por aí, é bom que eu vá me lavar. Ele sempre me chamou de decadente — e será capaz de me achar decadente, agora em outro sentido.

No espelho, vejo o meu rosto. O ângulo é confuso — estou deitado ainda —, mas a cara não é lá essas coisas. É a mesma de ontem, talvez a mesma de um ano, ou de cinco anos atrás. Às vezes — segundo a opinião de Teresa — pareço ter mais idade, às vezes menos. Todo mundo deve ser assim, mas é bom que me cuide. Não darei pretexto a Sílvio para que espalhe por aí que eu acordo bêbado todos os dias, depois de minhas noites de burguês decadente. Vou inaugurar a nova idade cometendo uma hipocrisia: ele me encontrará bem lavado, bem barbeado, bem penteado, escrevendo à máquina como um escritor profissional — como realmente o sou. Ele desprezará tudo isso, mas no fundo me invejará. O diabo é que depois que ele for embora não saberei o que fazer. Dei conta de todas as encomendas: fiz o prefácio para um livro de Gorki, traduzi o pequeno ensaio de Merleau-Ponty para a revista de São Paulo, escrevi duas crônicas para a publicação feminina que vai lançar uma nova linha de anáguas. As encomendas já foram feitas, entregues e pagas. É verdade que preciso iniciar o novo romance, mas não me fixei no assunto, no tema. Tenho algumas ideias vagas, nada tomou forma ainda. Preciso de um mês — ou mais — para ruminar, no ócio, uma ideia. Se o editor entrasse agora pela porta e pedisse: faça um romance sobre as guerras púnicas, quero os originais daqui a um mês, o preço é tanto — eu sairia da cama e daqui a um mês o negócio estaria pronto. Os críticos ficariam indignados, me malhariam convenientemente, e eu poderia passar cinco ou seis meses sem trabalhar, gastando o dinheiro das guerras púnicas.

A coisa agora é séria. Tenho dois ou três assuntos que me preocupam, parte está bastante meditada, preciso apenas de alguns dias para avaliar os episódios e iniciar o trabalho. Talvez comece a escrever a história de uma família que acabou toda no hospício. É fato mais ou menos verídico, pode servir de fábula sobre a fragilidade do homem e da família que o ampara.

Quem sabe se não é chegada a hora de descer a fundo no velho projeto que me persegue há tempos? A crônica de um judeu assimilado que não teve coragem de retornar às origens, nem covardia bastante para continuar escondido?

Bom, com a visita de Sílvio não poderei trabalhar. E, mesmo que pudesse, hoje é meu aniversário, gastarei o dia sem fazer nada. Mais tarde visitarei os pais, nunca deixei de visitá-los no dia de meus anos. Eles fazem questão disso e é das raras alegrias que lhes posso dar. Também visitarei Ana Maria no colégio, talvez ela não tenha necessidade de me ver hoje, mas eu tenho essa necessidade, que talvez seja mais que necessidade. Preciso de um pretexto para apresentar à diretora, direi que vou viajar, que preciso ver minha filha antes de embarcar, a diretora compreenderá, afinal, eu pago bem, tenho direitos.

Ana Maria. Quando Laura e eu nos separamos, ela ficou comigo uns tempos. Era bochechuda e terna, seus olhos compreendiam o que se passava. Fiquei com ela o quanto pude — e se mais pudesse, até hoje estaria comigo. Mas Laura insistiu e acabamos no meio-termo: Ana Maria foi para o internato, durante as férias passa semanas comigo, outras com a mãe. Há dois anos não tenho Ana Maria em casa: ela está moça, quase dezesseis anos, não sei o que fazer com uma moça dentro de meu apartamento de homem solitário. Quando, durante as férias, saio com ela para o cinema ou para jantar fora, há sempre algum comentário à nossa volta. Um imbecil, certa vez, viu-nos à saída do cinema, espalhou que eu andava pervertendo adolescentes. Não tenho nada contra adolescentes, mas não sinto atração por elas. Há Ana Maria, mas é minha filha, a menininha que buscava minha mão enquanto dormia. Laura era contra, queria que ela dormisse em quarto separado. Fiz-lhe a vontade, montei bonito quarto para Ana Maria. Na hora de dormir, levava sua pequena cama para o lado da minha, dormia segurando-lhe a mão gordinha e rosada. Mais tarde, ela me daria o troco. Certa noite, após separar-me de Laura, Ana Maria morando comigo, instalei-a em quarto ao lado do meu. Ela acordou e me ouviu gemer. Veio na ponta dos pés e deitou-se a meu lado, segurando-me a mão. Acredito que o pesadelo tenha passado, só lembro que acordei no meio da noite e vi Ana Maria a meu lado, apertando-me a mão. Compreendi e levei-a de volta ao quarto — ela pesava pouco nos onze anos.

Hoje, posso entrar em estado de coma que ela não virá apertar-me a mão. Tem vergonha disso e procura, à sua maneira, esquecer o passado.

São oito e meia. Levanto-me e olho o dia. Está nublado, é possível que chova mais tarde, a temperatura lá fora deve estar menos quente, sinto doloroso o ar-refrigerado. Vou ao aparelho, aperto o botão de cima. O motor para bruscamente e o silêncio, de repente, é um cúmplice. O som da buzina vem de fora e ressoa no apartamento, que agora me parece oco. Abro o janelão para expulsar o frio que me incomoda. Tinha razão: o ar que entra não é aquele bafo pastoso de ontem. Há uma aragem morna. O dia triste e cinzento espera-me, lá fora. E, juntos, vamos comemorar os meus quarenta anos.

No banheiro, espio a minha cara. Não é, basicamente, diferente da de ontem, nem da dos últimos tempos. Mas há nos olhos certo embaciamento, talvez a idade, talvez resto de sono. De qualquer forma, é sempre um estranho que vejo no espelho. Não me admira nem me maltrata o fato de os outros me julgarem cínico ou hipócrita: têm suas razões. A cara é mais ou menos indecifrável, sinto nela, misturadas e diluídas, as minhas origens evidentes ou clandestinas: o olhar de cigano, o nariz de judeu. Para complicar, tenho o bigode, que vai se tornando mais espesso e vasto, dando-me a aparência de vilão mexicano, traficante de cocaína, sei lá. Mas não sou cigano, nem judeu, muito menos cometo vilanias mexicanas ou tráfico de cocaína. Com esta cara posso representar qualquer papel, desde o de patriota que assiste às paradas de Sete de Setembro até o de revolucionário à antiga, ortodoxo, que joga bombas nas creches das criancinhas.

É vantagem. Posso representar qualquer papel e tenho sempre a cara adequada. É importante ter cara adequada. Os outros têm razão: sou um hipócrita ou um cínico, talvez as duas coisas juntas. Só a mim mesmo essa cara não tapeia. Também, olho-me pouco no espelho, o suficiente para fazer a barba. Não gosto de estranhos.

Abro a torneira, entorno a cara na água fria. Prendo a respiração e conto tempo mentalmente, quero saber como estou de fôlego. Para os quarenta anos não é ruim de todo: quase cinquenta segundos. Talvez suportasse mais um pouco, mas tenho de me apressar. Sílvio chega de repente e não quero que ele me surpreenda desarmado. Faz parte de meu código: nunca mostrar-me sem os disfarces, sem a cumplicidade de minha cara e de minhas ocupações. Tenho medo de que alguém me surpreenda, nu assim, sem as máscaras que me protegem. Bom, há as mulheres, mas essas não me preocupam, podem ver minha cara e meus testículos, é uma generosidade que lhes faço, não me importa o juízo delas acerca de minha cara e de meus testículos.

Agora, o banho. Ensaboo-me bastante e me examino. Quando, num dia da infância, o garoto me chamou de judeu, corri para casa e fui me espiar. Sempre tive pavor de descobrir, um dia, o talho da circuncisão que nunca me fora revelada. Hoje tenho certeza, mas assim mesmo me olho, um pouco por hábito, um pouco por cautela.

Tocam a campainha. Estou ensaboado e hesito se devo atender. Talvez seja Sílvio. A campainha soa novamente, pelo jeito de tocar é Teresa. Posso deixá-la esperando, estou tomando banho, é um direito. Mas vou afrontá-la. Saio do boxe, enxugo os pés e vou abrir a porta. O homem ensaboado tem seu real aspecto. Antigamente, distraía-me imaginando pessoas nuas e ensaboadas. O general De Gaulle ensaboado. Ou o papa Paulo VI. Não sou De Gaulle nem papa, mas darei a Teresa o espetáculo de minha nudez ensaboada. Diabo é que pode ser outra pessoa, algum fornecedor, ou o vizinho que vem avisar qualquer coisa, que a água vai faltar, por exemplo. Mas é Teresa mesmo, esse jeito de tocar é dela. A afronta não será tão grande, ela já me viu suficientemente nu, até ensaboar-me já me ensaboou, quando quebrei o pulso e tinha de ser ajudado no banho.

Pelas dúvidas, cubro o corpo com a porta que se abre. Meto a cara para o lado de fora.

— Happy Birthday!

Ela entra pela sala e não se surpreende — nem se ofende — de me encontrar ensaboado e nu.

— Happy Birthday! Merry Christmas!

Quando quer me aborrecer faz coisas assim. Exagera na exaltação aos meus quarenta anos. E tem, visível, à mão, o pacote retangular, embrulhado em papel vermelho.

— Teresa, você é idiota!

Ela me observa, de alto a baixo:

— Você estava se excitando?

— Já passei da idade de fazer isso. Por quê?

Ela não precisa responder. Olho para baixo e vejo que podia dar essa impressão. Não vou perder tempo explicando para ela que procurava a marca inexistente da circuncisão.

— Que que você veio fazer aqui a esta hora?

— Antes que você se escondesse, quis dar um pulo aqui. Se demorasse um pouco não o encontraria. Tive de vir já.

— Estou esperando uma visita.

Teresa olha em torno, investigando o apartamento. Sempre que entra faz esse exame, espera encontrar alguma mulher escondida. Sabe que não tenho outras amantes e que dificilmente me entusiasmo com uma estranha. Nos dois anos que frequenta o meu apartamento, nunca me surpreendeu em delito. Mas ficou-lhe o hábito de fazer a inspeção, talvez para me lisonjear. Depois de se certificar de que não há vestígios suspeitos, encara-me com alegria.

— Ainda não são nove horas e já vi hoje dois homens nus e ensaboados! Quando saí de casa, o Rui estava no banho. Fui despedir-me dele, disse que tinha compromisso cedo, ele pediu um beijo, fui ao boxe, afastei a cortina, ele estava ensaboado também. Você já imaginou o Rui ensaboado?

— Já.

Ela fica surpreendida. Explico:

— Sempre imagino os meus conhecidos ensaboados. Quando sou apresentado a um sujeito, imagino logo como é que ele fica ensaboado.

— E as mulheres? Também as imagina ensaboadas?

— Não.

Volto ao banheiro.

— Faça o café enquanto acabo o banho.

Demoro no resto do banho. A água cai com força sobre o corpo, um corpo de quarenta anos. De repente, há uma coisa que me incomoda. Procuro localizar dentro de mim o que não está bem — e lembro que tive pesadelo à noite. Foi rápido, mas estranho. Depois sonhei outras coisas, a impressão dolorosa passou. Ao acordar, nem me lembrava do pesadelo. Agora ele retorna, sinto na espinha o mesmo ponto gelado e agudo.

Sonhei que estava em casa — casa maior que este apartamento — e havia qualquer coisa como uma família, mulher, filhos, empregadas. No momento do sonho, tinha dois hóspedes: John Dillinger e Baby Face. Dois personagens que vejo frequentemente no cinema, cujas vidas leio em revistas ou livros. Mas Dillinger, em meu sonho, era pessoa secundária. O importante, o chefe, era Baby Face, homem risonho, parecido com um sujeito que conheço não sei de onde. Estávamos no gabinete quando Dillinger diz que vai tomar banho e se fecha no banheiro. Nesse instante começo a me inquietar — o medo de ter ficado sozinho com Baby Face? — e vou à sala, acendo a luz. É uma sala grande, muito iluminada. Sinto-me protegido. Apago a luz e fico mais tranquilo. Vou retornar ao gabinete quando de lá vem Baby Face. A inquietação retorna, volta o medo, percebo que alguma coisa desagradável irá acontecer. Ele se dirige ao armário e começa a procurar uma faca na gaveta dos talheres. Sei que é uma faca que ele está procurando na gaveta dos talheres, o sono me dá onisciência e certeza. Corro para o interruptor — que momentos antes fizera jorrar a luz grandiosa e tranquilizante —, mas o interruptor agora não funciona. Insisto em acender a luz, Baby Face apanhou uma faca comprida — na realidade, um punhal. Dirige-se a mim, sorrindo. Continuo insistindo no botão da luz, Baby Face se aproxima, riso mau na boca, ele sabe que a luz não acenderá, apesar do meu desespero em tentar ligá-la. Quando não posso mais fugir, imploro que me poupe a vida. Ele levanta o punhal, vejo a lâmina crescer contra mim. Súbito, para. O punhal é jogado ao chão e Baby Face volta a sorrir, com amizade. Diz qualquer coisa como: "Você não tem confiança em mim? não sabe que sou seu amigo?", e percebendo que estou apavorado, pede uma prova de confiança: "Vamos, me dê um abraço para provar que não está zangado comigo, que tem confiança em mim." Não estou em condições de contrariá-lo e atiro-me em seus braços, agradecido e humilde. Rio histericamente, não de alegria mas de nervoso, pelo susto vencido, Baby Face também ri, satisfeito, amigo. Suas mãos se entrelaçam às minhas costas e só então vejo — mas é tarde — o sorriso mau em sua boca. O pesadelo chega ao clímax: um dos dedos de Baby Face transforma-se em punhal. O estilete de aço penetra-me na espinha, à altura dos pulmões. A dor é violenta, me paralisa de ódio e agonia. Acordo sentindo nas costas o mesmo ponto doloroso, só que a dor não é tão profunda ou intensa. A rigor, não é dor nenhuma, apenas pressão na espinha, talvez tenha dormido de mau jeito.

No banheiro, relembro o sonho e fico admirado de agora, sob o chuveiro, à luz do dia, o cheiro do café feito por Teresa invadindo o apartamento, não descobrir motivo para tanta agonia durante a noite. De qualquer forma, tenho piorado em matéria de medo. Em criança, quase não temia pesadelos, se é que os tinha. À medida que envelheço, os sonhos maus e repugnantes me perseguem. Nos primeiros anos de casado passei tempos em que não podia dormir no escuro. Laura e eu colocamos no quarto uma pequenina lâmpada que me tranquilizava. Mesmo assim, houve noites em que acordava encharcado de suor, procurando com desespero a mão de Laura para me proteger. Ela era boa e compreendia, eu confiava nela. Ficava acordada até de manhã, até que chegasse a luz do dia e eu pudesse dormir novamente. Mais tarde, mesmo quando nossas relações começaram a piorar, havia trégua, um *sursis* tácito: quando tinha pesadelo, eu a procurava e ela não me repelia. Ficávamos enlaçados até que a manhã chegasse. Acredito que foi numa dessas noites que transamos pela última vez.

Hoje não tenho ninguém para me proteger. Ana Maria, apesar de criança, muitas vezes me livrou de pesadelos, dormia com ela e sua mão pequenina me protegia e abrigava. Quando, esporadicamente, Teresa ou qualquer outra mulher vem dormir comigo, nunca tenho pesadelos. Eles só me visitam quando estou só.

Acabo o banho e me enxugo com lentidão, ouço os passos de Teresa indo e vindo da cozinha para a sala. Enrolo-me na toalha e vou ao quarto, visto uma cueca. Vejo em cima da cama a bolsa de Teresa. Na certa, ela quererá alguns minutos comigo, mas estou sem vontade e é bom que diga logo isso a ela.

— Seu café está pronto.

Na pequena mesa, ao lado da sala, há a bandeja com café, torradas, geleia, manteiga, um ovo mexido, o suco de qualquer fruta amarela. Bem à mostra, o embrulho retangular ao qual não dera atenção.

— Você não abriu o presente.

Não deve ser gravata, o embrulho é pequeno. Despedaço o papel vermelho e abro: um cachimbo italiano, como gosto, dos pequenos, sem verniz.

— Gostou?

— Muito.

Ela apanha o cachimbo, vai ao gabinete enchê-lo de fumo. Sento-me e devoro o café, o ovo, as torradas — surpreendo-me com fome, geralmente não tenho fome pela manhã, ou melhor, não tenho quem me prepare um café desses. Se estou sozinho, limito-me a fazer o café no aparelho complicado que me deram, tomo um suco de fruta, mordo um pedaço de queijo.

— Teresa, estou esperando um camarada. Daqui a pouco estará aqui.

Ela volta do gabinete, o cachimbo com fumo.

— Está me mandando embora? Pois eu vou mesmo. Vim apenas dar o meu abraço.

— Não estou mandando você embora. Apenas não quero comprometê-la.

— O camarada não é seu amigo? Não sabe que você deve ter alguém?

— Bem, não chega a ser um amigo, ou melhor, é um amigo distante, passamos muito tempo sem nos ver, embora nos queiramos bem. Além do mais, ele pode reconhecer você amanhã, em outro lugar.

— Obrigada pela atenção. Mas não precisa se preocupar comigo. Sei o que estou fazendo. Mais dia menos dia eu me separo do Rui e ficaremos livres. Então, poderemos receber os seus amigos.

Acabo a refeição em silêncio. Não vou começar o dia — o dia dos meus quarenta anos — com uma discussão sem sentido. Teresa parece entender, vai ao quarto e volta com a bolsa.

— Bom, hoje não vejo mais você. Ou será que vai sobrar tempo para mim?

— Não sei. Não sei ainda. Pretendo fazer umas visitas, tenho de ir ver os velhos, dar um pulo no colégio, visitar Ana Maria. Mais tarde, se puder, eu telefono.

— Bem, fico esperando seu telefonema. Até as oito você pode ligar para casa. Depois, só com o código.

O abominável código que ela mesma inventara. Eu era Clarice, secretária da Associação Beneficente ao Menor Desamparado, ela atendia e ficava dizendo: "Está bem, Clarice, vou daqui a pouco, pode me esperar, levo o relatório da última reunião, está tudo bem, até logo, Clarice." Quando o marido atendia, eu dizia que era engano ou não dizia nada, desligava com força, como se a linha houvesse caído. Era esse o código que Teresa tinha a coragem de chamar de "nosso" e que sempre foi o de todos os adúlteros.

Acompanho Teresa até a porta. Paramos um instante e sinto-me obrigado a beijá-la. Afinal, o cachimbo é bonito, e o café da manhã me traz conforto. Ela me abraça:

— Você não enxugou as costas direito.

Beijo-a devagar, sem prazer. E estamos prolongando desnecessariamente o beijo sem sabor quando a campainha toca.

— É o Sílvio.

— Vou me esconder.

— Não. Agora espere. Já passou o tempo em que se usavam armários para isso. Ele não vai reparar, tem outras preocupações.

Vou à porta e abro. Vejo o camarada baixo, cabelos ralos, o rosto bastante moço. Há um riso permanente naquele rosto, um riso mais nervoso que amistoso.

— Entre, Sílvio.

Ele dá com Teresa, faz o gesto de quem volta:

— Incomodo?

— Não. Ela está de saída.

Ele entra, encaminho-o ao gabinete.

— Espere um pouco aqui, volto já.

Encontro Teresa no elevador. Vou até lá, beijo-a rapidamente.

— Telefone logo mais, por favor.

— Darei um jeito. E obrigado por tudo.

— Tudo o quê?

— O cachimbo... o café...

O elevador desce e me surpreendo de cueca em pleno corredor. A vizinha do apartamento fronteiro aparece para saber quem está comigo, amarra a cara ao me ver de cueca. Bato minha porta e volto ao gabinete.

Descubro que estou irritado com o dia. Desejava passá-lo sozinho, com meus fantasmas e medos, sem reparti-lo, sem conspurcá-lo. Mas já tivera a visita de Teresa — o cachimbo em cima da mesa me dá remorso de não ter sido gentil. E há Sílvio, o caso de Sílvio para resolver. A rigor, já o considero resolvido. Desde ontem, quando telefonei para ele e marquei o encontro, que risquei da minha agenda e de minhas preocupações a advertência há tanto tempo repetida: RESOLVER O CASO DE SÍLVIO. Uma vez que me decidira a encontrá-lo, pelo menos para mim o caso ficava resolvido: não o dele, o meu.

Surpreendo Sílvio examinando as estantes. Mantém certa distância, os braços cruzados, teme contaminar-se com os livros que tenho. A cara é impenetrável, mas há censura em seus olhos: romances, contos, ensaios literários, alguns livros de história, pouca filosofia — são coisas que ele não aprecia, talvez despreze.

Sento-me na poltrona giratória, atrás da mesa, peço que fique à vontade — o que é ocioso, ele já se sente à vontade.

— Olha, Paulo, ontem não pude avisá-lo pelo telefone, mas estou esperando uma pessoa. Uma mulher.

— Aqui?

— Sim. Não me leve a mal, mas o que tenho a conversar é coisa séria demais para ser ouvida e dita apenas por nós dois. Precisamos de uma testemunha.

É possível que Sílvio não tenha percebido o meu desagrado. Sou hábil em dissimular, faço gesto resignado, como a dizer: "Pois esperemos", e apanho o cachimbo que Teresa me dera. Já está com fumo e só preciso amassar um pouco, para desfazer o vácuo. Sílvio ronda a minha mesa:

— Você vai... você vai receber a moça assim?

— Assim como?

Só então reparo que continuei de cueca. Visto um short e sinto que minhas pernas cabeludas devem causar má impressão. Apesar de lutar contra a sociedade, Sílvio dá importância a detalhes assim: veste-se dos pés à cabeça, sem luxo, malvestido, mas inteiramente vestido: paletó, gravata, lenço no bolso de cima, calças largas, compradas em lojas baratas. O visual burguês não chega a ser disfarce: é uma opção, um estilo de vida.

— Quer que eu me vista?

— Você é quem sabe. A moça pode estranhar.

— Se é o que estou pensando, ela não estranhará.

— O que você está pensando? Que ela é comunista? E que por ser comunista não deve dar importância se a recebe de cueca? Você faz péssima ideia dos outros. Nem todo comunista é idiota como Paulo Simões pensa.

— Você já entrou no Partido?

— Não. Pelo menos, ainda não. Fui convidado, mas tenho pedido tempo para pensar. Essas coisas não são simples, dependem de muita meditação, inclusive de nossa conversa.

— Quer dizer, a moça que você convidou para vir à minha casa é a camarada do Comitê Central que dará os pontinhos necessários para que sua ficha seja aprovada?

— Não é bem isso. Conforme já disse, nós precisamos de testemunha. Você e eu precisamos de uma terceira pessoa aqui.

— E por que essa pessoa tem de ser um comunista, ou uma comunista?

— Isso não vem ao caso. Podia ser uma católica romana, uma budista, uma coisa qualquer. O fato de ser comunista, ou de ter sido comunista, é acaso. Nada mais que acaso. E o que vamos conversar nada tem a ver com o Partido.

— Bem, para todos os efeitos, comunico que não vestirei calças. Estou em minha casa, faço quarenta anos hoje e não estou disposto a começar o dia contrariado.

— Quarenta anos?! Você ainda conta os aniversários?

Há zombaria na voz de Sílvio, mas eu me levanto e ligo o ar-refrigerado. O dia começa a esquentar — ou a ficar desagradável — e o ar que vem de fora é abafado, como o de antes de tempestade.

— Você se corrompeu, Paulo! Olha os livros que você tem, e o que é pior, os livros que você escreve! Adúlteras, homens angustiados: tudo isso fede a mofo, a século passado. Você se perdeu à toa!

— E você vem me dar uma oportunidade? Assunto para um bom romance?

— Não. Acho você, como escritor, irrecuperável. O diabo é que a sua literatura faz algum sucesso, você vive bem, tem sempre uma amante disponível, um escritor ao gosto do século passado, um clichê de opereta, tipo pintor de Montparnasse, poeta de Sardou ou de Murger, subliteratura enfim. O que talvez possa ser recuperado é o homem que ainda resta em você. Por isso estou aqui, tenho uma oportunidade para lhe oferecer. Sinto-me obrigado a fazer alguma coisa — há embaraço em sua voz — por você e pelos outros.

— Que outros? Há outros metidos nessa história?

Sílvio não dá resposta. Apanha um livro dos meus, o mais recente, abre uma página, faz esforço para ler, mas não consegue:

— Isto é uma droga, Paulo, e você sabe que é uma droga!

Posso responder-lhe: "Faço o que posso." Ou: "Faço o que entendo, não devo explicações a ninguém." Mas sinto preguiça em discutir assunto que geralmente não discuto com ninguém, muito menos com um sujeito como Sílvio. Muito menos nesta manhã, em que inauguro quarenta anos.

Sílvio recoloca o livro na estante, apanha outro. Folheia páginas, cauteloso, como se das páginas saíssem micróbios, mau cheiro. Lê trechos por cima, sem se contaminar com o que está escrito.

— Olha só, vocês vivem fuçando num poço estéril: o vácuo do homem, a problemática do homem...

— É uma escola — defendo por conta própria a classe. — Você sabe que só o homem problemático pode ser objeto de uma pesquisa, de uma obra de arte.

— Mas por que não descem ao fundo do problema? Em vez de aceitarem o homem problemático, procurem, se não solucionar, ao menos conhecer o problema do homem.

— Qual é o problema do homem?

— Nunca pergunte qual é o problema do homem. Pergunte: qual é o seu problema, o meu problema, o nosso problema, o problema de todos.

Sílvio para, como se tivesse dito uma verdade surpreendente. Pergunto:

— E qual é esse problema?

Ele se espanta com minha insistência. Mas volta a falar, agora sem o tom apostólico e, ao mesmo tempo, inquisitorial:

— Espere um pouco. Nós vamos tratar disso, daqui a pouco. Só falta a moça chegar.

— Bem — resigno-me —, justamente no dia em que faço quarenta anos preciso ficar esperando que uma moça desconhecida entre aqui em minha casa e me diga qual é o meu problema. Sou humilde, não por virtude, mas por esperteza. Vou esperar.

— Já é um princípio.

Sinto-me no dever — e no direito — de mostrar impaciência. Olho o relógio:

— Estou cheio de compromissos, Sílvio. Tenho que ver os velhos.

Sílvio não se preocupa.

— Eles estão vivos? Pensei que seu pai tivesse morrido.

— Por quê?

Ele abana os braços, sem explicação:

— Sei lá! Pensei por pensar. No mundo em que vivo ninguém mais tem pai. Você é exceção.

— Eu não sinto glória nenhuma em ter nascido pelos meios normais, um pai, uma mãe. Sei que é chato ser como todo mundo, mas, pelo menos nesse particular, sou ortodoxo.

Sílvio não presta atenção no que digo. Olha-me as pernas:

— Mas você vai receber assim a moça?

Antes que eu responda, a campainha toca. Ele corre para atender, ouço um diálogo à distância, logo Sílvio retorna:

— É um vizinho. Quer falar com você.

Levanto-me, vou à porta. O sujeito vem reclamar qualquer coisa, a cara é de aborrecimento.

— Algum problema?

— O seu carro está impedindo a saída da garagem.

— O porteiro tem a chave. Ele pode manobrar, faz isso todos os dias.

— O Cabral saiu hoje, foi levar a mulher ao hospital. Não desejava incomodá-lo, mas estou atrasado, se o senhor pudesse descer...

Olho para Sílvio, pedindo compreensão. Ele faz cara de quem compreende e eu acompanho o vizinho ao elevador. É um estranho que mora a meu lado e que, agora, viaja a meu lado, em busca de uma solução. Eis um problema, que poderá ser resolvido — e bem — daqui a pouco.

Está vestido por inteiro, uma elegância afetada, de executivo em ascensão, gravata estupidamente de acordo com as meias, as abotoaduras da moda, o bico do sapato da moda. Vesti um short, formo contraste com aquele homem que tem de estar cedo na cidade. Eu não tenho de estar cedo em parte alguma e, quando estou em alguma parte, geralmente estou tarde.

O carro ficou empacado, próximo à porta da garagem. Alguém o empurrou durante a noite, sempre o deixo no canto, a lei nas garagens é selvagem, cada qual se desaperta como pode e quer. Faço a manobra e dou passagem ao vizinho, que passa por mim acelerando forte, sinto o seu protesto e o seu atraso na fumaça irritada do cano de descarga.

Subo novamente. Vou agora sozinho, de short, como se fosse à praia ou de lá viesse. É o primeiro instante solitário que desfruto do meu aniversário: desde que me levantei da cama que estou distribuindo e me distribuindo com e em outras pessoas e interesses.

A viagem é curta. Paro diante de meu andar, há súbita vontade de apertar novamente o botão, descer, ir mesmo à praia, deixar Sílvio e o seu caso para sempre.

Uma submissão miserável me atira para a frente e enfrento o meu dia. A porta do apartamento está semiaberta, talvez eu mesmo a tenha deixado assim. Ouço a voz de Sílvio e deduzo que a moça chegara em minha ausência.

Não teria nenhum escrúpulo em receber a visita de short, sentado em minha poltrona, em meu gabinete. Agora, tenho a impressão de que a visita sou eu. Perco a coragem de enfrentá-la com as pernas de fora. Sob a moldura da porta ela me verá ridículo e extravagante. Dou um pulo ao quarto e visto a calça. Abotoo a braguilha com cuidado, afinal, diante de uma mulher, o meio-termo é insuportável: ou se tem a braguilha abotoada ou não se deve ter braguilha nem calça.

Ao atravessar a sala, em direção ao gabinete, faço rápido exame interior: não sei se estou realmente interessado nessa conversa ou se desejo, apenas, causar boa impressão à moça. Decido que não estou uma coisa nem outra, isso me dá a calma para enfrentá-los com o tédio do meu aborrecimento.

— Puxa! Demorou um bocado!

Sílvio levanta-se ao me ver chegar. Enquanto dou uma desculpa sinto que ele repara em minhas calças e as aprova.

— Esta aqui é Vera.

Estendo a mão para a moça opaca, mais para magra que para gorda, embora seja um pouco as duas coisas, dependendo do ângulo. Tem cabelo preto, jogado com desleixo sobre a cabeça e os ombros. Controlo-me para não olhá-la de alto a baixo, mas guardo a sua opacidade. Enquanto procuro a poltrona, compreendo que a sua opacidade deve ser fruto de um orgulho controlado, ou de uma frágil sensação de fortaleza.

Quero ser rápido:

— Bem, vamos ao assunto. Tenho muito o que fazer.

A moça sentara-se na poltrona ao lado da minha. Sílvio fica de pé, e como ele é quem vai falar, a posição é apropriada.

— Para começar pelo começo, vou expor o método de nossa conversa. Eu falarei. Você ouvirá. Vera será testemunha. Depois, fala você, eu ouço.

— E a moça será testemunha. De acordo?

— Sim.

Sílvio começa a andar de um lado para outro. Sem mostrar embaraço, como se estivesse recitando um poema há muito decorado, em que apenas o som das palavras contasse, ele obtém o tom neutro e confidencial de um médico, ao encerrar um diagnóstico:

— Paulo, você, como todos nós, está na encruzilhada. O país, a humanidade estão na encruzilhada. Só há duas atitudes: ou ficamos sentados, à beira da estrada, sem tomar nenhum dos caminhos, ou optamos por um deles. Creio que você como homem, como escritor, não gostará de ficar sentado. Afinal, você não se preparou durante tantos anos para, na idade madura, sentar-se à beira da estrada. Assim, só lhe restam os dois caminhos, que são a outra ponta da alternativa inicial. Pois venho propor o meu caminho, que pode ser o nosso caminho: numa palavra simples, pequena e perigosa, a luta.

Faço o movimento de quem vai interrompê-lo, mas ele detém a palavra que não chego a soltar com um gesto impaciente de sua mão:

— Espere! Deixe eu chegar ao fim. Depois você falará.

Consigo reclamar:

— Mas quem disse que eu estou disposto à luta? Que luta?

— Bolas, você sabe como as coisas estão! Para resumir, apenas enumerando os problemas mais agudos, aí vai: supressão das liberdades públicas e individuais, empobrecimento brutal das classes médias, a faixa maior da população vivendo na miséria absoluta, degradação da pessoa humana, violências policiais, torturas, assassínios. Você não pode aceitar a vida, a vida de nossa época, sob condições tão infames. Ficar sentado equivale a uma cumplicidade criminosa.

— Concordo com você. Já assinei manifestos nesse sentido. Quase todo dia assino um. Contra a prisão de estudantes, contra a alienação de nossas riquezas, contra a política econômica, contra a Guerra do Vietnã, contra ou a favor de alguma coisa ou causa.

— E isso basta? Ou melhor: isso lhe basta?

— Basta. Não posso compreender a minha participação numa luta a não ser em termos assim. Ou você quer mesmo que eu pegue no fuzil? Onde está o fuzil?

— Pois eu lhe venho oferecer exatamente isso: o fuzil.

— E quem disse que eu quero pegar no fuzil? Uma coisa é assinar manifestos, outra é...

— Calma, Paulo, você está se precipitando. Espere que eu chegue ao fim. Nós sabemos que você tem assinado manifestos.

— Nós quem?

— Nós, quer dizer, os que se preocupam com a coisa. Muitos intelectuais e artistas também assinam manifestos e não pretendemos procurá-los para propor o que estamos propondo a você.

— Quer dizer, é uma honra?

Percebo que Sílvio, ao dizer "nós", refere-se principalmente a ele e à moça. Resolvo aceitar a conversa tal como é imposta. Fico quieto e deixo Sílvio falar:

— Não vem ao caso, agora, discutir o passado. Saber de quem ou por quem tudo isso caiu sobre nós. O que interessa é lutar, e já. Ou partimos para um futuro, agora, ou, daqui a duzentos anos, seremos o que somos hoje, piores ainda. Por tudo isso, a ação se impõe. Ela pertence à nossa geração, a mim, a você. Já fomos, até certo ponto, culpados por tudo de ruim que aconteceu recentemente. Ou faremos alguma coisa de concreto contra isso que aí está, ou seremos cúmplices passivos ou ativos do aviltamento que a ditadura instalou. Pois muito bem: um grupo de pessoas, de diferentes ideologias, padres, comunistas, militares, vigaristas, estudantes, mulheres, lavradores, bancários, está disposto a lutar. Chegou-se à conclusão de que sem algum derramamento de sangue não haverá solução. Restava saber se havia condições objetivas para que esse sangue derramado, de um e de outro lado, não o fosse em vão. Pois bem: a hora chegou. Há condições objetivas, concretas. Mais tarde, você será colocado, gradualmente, a par da organização que já temos. Por ora, aqui em sua sala, só posso afirmar uma coisa: quem der o primeiro tiro ganha a guerra. Pois daremos nós esse primeiro tiro.

— E você quer que eu participe desse primeiro tiro? Quem lhe disse que eu sei atirar?

— Nós sabemos que você sabe atirar. Precisamos de homens como você, que tiveram um rudimento de preparo militar...

— Ora, Sílvio, você vem falar em preparo militar a um sujeito que mal passou pelo quartel, que grudou com cuspe uma estrela de oficial da reserva no ombro?

— Sabemos que você foi bom aluno no Centro de Oficiais da Reserva. Um companheiro conseguiu obter cópias de fichas de muita gente, foi um trabalho apreciável, temos agora boa documentação, documentação até surpreendente. Basta dizer: a sua ficha é ótima.

— Eu não sabia. Fui buscar apenas meu certificado de reservista, não me interessei pelas avaliações.

— É possível que não soubesse. Se entrássemos numa guerra, eis uma hipótese, você seria imediatamente convocado. Sua ficha garante que você é um excelente comandante de pelotão, bom conhecedor de terreno, bom em tática.

Seria inútil contar para Sílvio a minha experiência como comandante de pelotão, a chuva caindo sobre Gericinó, as barracas enlameadas, os palavrões do Sarmento, o inimigo imaginário que nunca se mexeu no terreno até que desapareceu para sempre. O coronel e o Quincas ganharam a batalha e foram generosos, distribuíram bons conceitos nas fichas de seus comandados.

Prefiro ficar calado, distrair-me com a proposta de Sílvio.

— Como vê, nós sabemos muita coisa. E foi por acaso que sua ficha parou em minhas mãos. Perguntaram-me se eu podia sondá-lo. Ora, você não deve ignorar que há risco em sondarmos pessoas sobre assunto tão delicado. Você pode sair daqui, telefonar para o distrito policial mais próximo e me denunciar. Bem, pelo menos por isso eu botei a mão no fogo. Sabia que podia sondá-lo e que você, aceitando ou não, ficaria de bico calado.

— Estou orgulhoso pela confiança. Mas não aceito.

— Espere. Deixe eu terminar, que diabo! Ainda não falei metade!

Sílvio está mais calmo, agora. Vez por outra olha para a moça, em busca de aprovação. A moça permanece impassível, como se estivéssemos falando dialeto servo-croata diante de uma múmia.

— De alguns meses para cá começaram a surgir possibilidades. Não havia soluções políticas a tentar, nem mesmo essa solução tão latino-americana de um pronunciamento militar que, de forma paradoxal, corrigisse as coisas. Antigamente, quando vivíamos crises mais ou menos semelhantes, havia sempre a esperança de que algum comandante de exército, por qualquer motivo, às vezes um aborrecimento de ordem pessoal, desse um grito. O governo deposto, se teve erros, pelo menos colocou em discussão as questões fundamentais. O negócio, agora, será para valer e nenhum general está disposto a isso. Estruturamos um programa de resistência e combate à ditadura que, a princípio, parecia romântico, impraticável. Mas os acontecimentos precipitaram-se, surgiram acasos, alianças imprevistas, cooperações inesperadas, principalmente no que diz respeito a recursos financeiros. Temos condições que agora já podemos considerar objetivas. Resta apenas ultimar os preparativos e convocar alguns elementos. Já temos teóricos suficientes, até demais, economistas, estrategistas, gente treinada no exterior. Não posso, em nossa primeira conversa, revelar o panorama geral, nem mesmo eu estou a par de tudo, conheço apenas um setor do conjunto. Há um grupo pensando e resolvendo os problemas gerais. Mas desde já sentimos a necessidade de recrutar homens com algum preparo militar...

— Você não disse que há militares envolvidos nisso? Por que vão apelar para gente da reserva que nem mais sabe desmontar um FM?

— Os militares que usaremos são quase todos da reserva. Os que estão na ativa não podem aparecer nessa primeira fase. Ficam para o segundo estágio, muito mais importante, por sinal: o da consolidação. Ilustrando o caso: temos duzentos homens dispostos a tomar um quartel em determinada cidade do interior. Dentro do quartel, evidentemente, há um grupo de soldados, sargentos e oficiais do nosso lado. Eles não podem tomar o quartel, são minoria. O ataque tem de vir de fora. E para comandar esses duzentos homens precisamos de gente que saiba ao menos os rudimentos de comando. Se fôssemos apelar para os oficiais de carreira, facilmente despertaríamos suspeitas: o governo estranharia a concentração ou a coincidência de tantos militares em determinados lugares e isso poderia estragar tudo. Podemos, no entanto, concentrar médicos, engenheiros, lavradores, advogados, funcionários e comerciários em qualquer lugar, ninguém se lembrará de que, com algum treinamento intensivo, poderão comandar um ataque ao quartel ou à guarnição da região. Nesse ponto, acho que fui claro.

— Claro e fantástico. Você ignora o que seja o treinamento dos centros de reserva. A gente faz aquilo nas coxas. — Titubeio ao lembrar que há a moça ao meu lado, mas a expressão brutal já foi dita, corrigi-la será inútil e inoportuno. — Apesar de minha ficha, que segundo você é excelente, não me considero capaz de comandar nem mesmo a mim.

Sílvio me encara e diz com convicção.

— Você está reagindo melhor do que eu esperava.

— Queria que eu o botasse para fora a pontapés? Que eu chamasse a polícia?

— Não. Mas acredite: está reagindo melhor do que eu esperava. A dúvida que você levanta é legítima, normal, já a consideramos. Há, em diversos pontos do território nacional, grupos de preparação militar. Para leigos e sacerdotes. Você é sacerdote: apóstata, herético, mas sacerdote. Entende?

— Continuo achando a coisa fantástica demais. E muito perigosa.

— E eu continuo achando que você reage melhor do que poderia esperar. Segundo você, o plano é fantástico e perigoso. Concordo. Mas há uma coisa que você não disse: que o plano é impossível.

— Pois estou dizendo agora: o plano é impossível, pelo menos naquilo que me diz respeito. É impossível para mim. Precisaria acreditar suficientemente numa coisa para chegar ao ponto de lutar por ela. É simples. Creio que todo mundo seja assim.

É, se não me engano, a primeira vez que encaro a moça. Até então, contentara-me com a sua silhueta, a sombra a meu lado. Por isso a julgara opaca. Agora, irritado pelo rumo da conversa, encaro-a com alguma raiva. O rosto é magro, os olhos escuros, o nariz e os lábios terminam, vistos de perfil, numa mesma linha projetada para fora do rosto. Pode parecer um animal, mas parece mesmo é mulher. Na boca, a impressão é que falta carne para compor os lábios, que apesar de tudo são grossos mas não se fecham completamente. Imóvel, séria como está, os dois lábios não se tocam, há pequena brecha entre eles, que não dá para mostrar os dentes e forma uma sombra, feita de umidade e calor. Em certo sentido, dá a impressão de ser uma canibal: come carne humana todos os dias.

Canibal ou não, ela reage normalmente, ou seja, não reage de maneira alguma. Ouve o que eu digo como se não esperasse outra coisa de mim e olha Sílvio com desprezo, como se nós estivéssemos representando uma peça cuja trama e desfecho ela já conhecia e reprovava.

Sílvio, sim, surpreende-me. Enquanto encaro a moça, não reparo que ele começa a procurar pela estante. Quando torno a ele, já está com o livro na mão. À primeira vista, parece-me uma edição antiga dos diálogos de Platão, uma coleção em francês que mandei encadernar há tempos. Logo reparo que não é Platão, é a encadernação do meu primeiro livro, alguém o mandara encadernar na França e me dera de presente. Sílvio procura uma citação, sem pressa, com método.

— Que que é isso?

Sem interromper a busca, Sílvio me tranquiliza:

— Não se assuste. É o seu primeiro livro, o único que cheguei a ler e reler. Você era, então, recuperável, como escritor. Há um trecho que deve ser citado aqui, em nossa conversa.

— Não tenho nada com o que escrevo. Não me misture com os meus livros.

— Não estou misturando nada. Você mesmo é que se mistura, às vezes. Você sempre dizia isso, antes de escrever seus livros vivia repetindo a mesma coisa, até que... justamente no primeiro livro, fui encontrá-la, textualmente, comentei isso com amigos comuns, todos esperavam encontrar esse desabafo ou coisa que o valha... aqui está ela. — Marca com o dedo a página e fecha o livro. Encara-me: — Eu não iria tentar convencê-lo com argumentos políticos, morais e sociais. Seria gastar tempo e você não concordaria nunca comigo. Afinal, sua formação é apenas literária, uma conversa nossa, sob o aspecto formal da história, ou do nosso tempo, seria inútil e conflituosa. Vim preparado com o único argumento que você poderia aceitar: um argumento seu. Tão seu que, durante o tempo em que convivemos, desde os vinte ou vinte e um anos, você o repetia sempre. Tão seu que, ao receber o seu primeiro livro, fui direto procurar o trecho e lá o encontrei. Quer ouvir?

Não respondo. Acho divertida a seriedade que Sílvio coloca naquilo, e tenho espaço bastante para manobrar, fosse qual fosse o trecho. Sílvio abre o livro e lê, voz neutra, profissional:

— "A única certeza que possuo é esta: a da minha morte. Não sei se acabo de dar o laço desta gravata, não sei se chego ao fim deste dia, não sei se amanhã estou na cama com a rainha da Inglaterra ou se tomo conta dos cachorros do dalai-lama. Só de uma coisa sei: vou morrer. Aceito a morte, seria burrice fugir dela, ou não assimilá-la. Se é a minha única certeza, tenho de preparar-me para ela, ou, se possível, de prepará-la para mim. Não quero morrer de velhice ou de moléstia. Os samurais japoneses consideravam a morte natural, a morte por moléstia, como nódoa infame, abominável. Tampouco terei motivos para o suicídio. Mas não suportarei a morte na cama, a próstata inflamada, urinas presas ou soltas, sondas, algodões embebidos em éter, escarros, a repugnante liturgia da morte. Não vou esperar pelo câncer do reto ou do piloro, nem o insulto cerebral. Antes que a vida me insulte, eu insultarei a vida: me engajo numa luta — não há cruzadas para defender o túmulo do Salvador, é pena — e a ela me entrego com ferocidade. Talvez consiga ser herói."

Para de ler. Fica decepcionado com a minha cara, mas assim mesmo mantém a atitude do comandante de fuzilamento que se aproxima do condenado para o tiro de misericórdia:

— E há ainda aquela frase que você sempre dizia, que está também neste e, segundo ouço dizer, em quase todos os seus livros: "Viver depois dos quarenta é porcaria."

Agora sim, ele se surpreende. A frase, atirada na minha cara, justamente no dia em que faço quarenta anos, não me abala nem comove. Nem sequer me irrita. Avanço para Sílvio e retiro o livro de suas mãos.

— Eu pedi argumentos e você veio com frases. É idiota, Sílvio, o seu método de persuadir. Não quero me persuadir de nada, sou dono do meu nariz e da minha vida. E a nossa conversa acabou. Tenho muito o que fazer, visitar os velhos, dar um pulo no colégio de Ana Maria, tenho compromisso na editora, você me desculpe, mas não pode ser.

— Não pode ser o quê?

— Não posso prolongar esta conversa imbecil e muito menos aceitá-la.

— Mas eu coloquei a conversa em seus termos. Vera aqui é testemunha de que...

Olho para Vera, havia me esquecido de sua presença. Ela fixa em Sílvio o olhar de reprovação e desprezo.

— Ela sabe que todo mundo foi contra a minha ideia de atraí-lo para a nossa causa. Mas eu acreditava, e continuo acreditando, em você. Apenas, os termos da luta terão de ser colocados de outra forma. Não adiantava invocar o latifúndio, a ditadura, o subdesenvolvimento, as torturas policiais. Tinha de arranjar uma forma pessoal, carnal...

— Pois de forma pessoal e carnal recuso a conversa. Não gosto do governo atual, mas jamais gostei de governo algum. Politicamente, sou anarquista, mas sobretudo sou comodista. Por isso mesmo, me considero inofensivo e covarde. Não estou disposto a dar ou a receber tiro por causa da liberdade, da democracia, do socialismo, do nacionalismo, do povo, das criancinhas do Nordeste, que morrem de fome. O fato político não me preocupa, é tudo.

— Mas você tem assinado manifestos!

— Isso é fácil. Assino-os aqui mesmo, no meu gabinete, de short, o ar-refrigerado, o cachimbo. Entra aqui uma atriz de teatro ou da televisão, um estudante, mostra o manifesto, as assinaturas já apanhadas, eu assino e pronto. Faça um manifesto pedindo todo o poder ao povo e eu assino agora mesmo. Faça outro manifesto mandando o governo à merda e eu também assino.

— Mas você está de acordo com o teor desses manifestos. Eles revelam alguma coragem, uma consciência social e política.

— Pode ser. São, em geral, protestos contra a prisão de fulano, contra a demissão de sicrano, coisas assim. Não me custa passar por bom moço.

— Mas, Paulo, isso é loucura!

— Que loucura?

— Você não pode se desprezar a esse ponto!

— Pois me desprezo. E, além de me desprezar, tenho outros compromissos que você, na certa, considerará desprezíveis. Sustentar minha filha, por exemplo. Encarar a velhice de meus pais, outro exemplo. Sabe, o velho ainda tem medo do nazismo.

Sílvio me olha, varado:

— Lembro-me dele. Tinha pavor de uma nova perseguição aos judeus. Vocês viraram Simões por causa do nazismo, concorda? Acha que ninguém conhece isso, mas seus amigos mais antigos sabem que você é filho de um judeu que de noite tranca as portas com ferrolho duplo, de medo de que alguém vá levá-lo para Treblinka. — Toma fôlego, volta a atacar: — Se você não aproveita a oportunidade que lhe damos, em breve a hipótese de uma Treblinka geral, para todos, será realidade. O nome muda, é evidente, de Treblinka passará para Olaria, há invernada para presos políticos lá.

Vera abre a boca — os dois lábios quase não se movem:

— O senhor é circuncidado?

Odeio aquela pergunta, principalmente quando feita nesses termos. Respondo com brutalidade:

— Não. Quer ver?

— Obrigada. Acredito em sua palavra.

Volto-me para Sílvio:

— Não sou judeu, Sílvio. Meu pai é bastante diluído e totalmente assimilado. Nunca me preocupei com isso. E sendo ou não sendo judeu, o problema não muda: não aceito a sua conversa. Faz de conta que não ouvi nada, que você não veio aqui. É o máximo que lhe posso propor.

Vera levanta-se. Não a tinha visto de pé, quando eu chegara ela estava sentada. É magra, mas parece, de alguma forma, cheinha de carne bem localizada. A cintura é fina, o cinto surrado que divide a saia da blusa parece um anel. As pernas são fortes, musculosas. O todo é maltratado, a saia, a blusa, tudo parece amarrotado, quase sujo. Dentro de tudo aquilo há um orgulho que a faz vibrar como um peixe surpreendido na rede.

— Vamos embora, Sílvio. Foi um erro ter vindo aqui. Bem que nós o aconselhamos a evitar o perigo.

É a minha vez de me indignar:

— Que perigo?

Sílvio vem em ajuda de Vera. Parece derrotado:

— Ela tem razão, Paulo. Foi um erro. Afinal, por minha conta e risco, expus a causa a um perigo. Sei que nada tenho a temer, mas para aqueles que não o conhecem, para aqueles que consideram você um cretino a mais, o risco houve, há o perigo, Vera tem razão.

— Pode dizer a ela que...

— Diga você mesmo.

Viro-me para Vera:

— Eu só não boto vocês pela porta afora porque estou com preguiça. Caí numa cilada. Se há receio de alguma coisa, o receio é meu, agora.

Sílvio diz qualquer coisa ao ouvido da moça e estende-me um pedaço de papel:

— Antes que a conversa fique de todo desagradável, nós vamos embora. A semente está lançada. Aqui está um endereço e um telefone. A partir das quatro horas de hoje estarei sempre neste telefone e neste endereço, até o fim.

Que fim?

— A vitória ou a derrota.

— O negócio é assim para já?

— Para já, mesmo. Dentro de três ou quatro semanas teremos passado pelo gargalo. Ou estaremos mortos, exilados, ou... você imagina a alternativa.

Recebo o papel. As letras são impessoais, desenhadas para impedir qualquer identificação. O endereço é estranho, uma rua da qual nunca ouvira falar.

— Onde é isso?

— Longe, lá para os subúrbios. Não precisa se preocupar, basta telefonar e dizer que está pronto. Nós nos encarregamos do resto.

Vera, de repente, avança para o papel. Quase consegue tomar-me o pequenino cartão, mas resolvo enfrentá-la. Seguro-o firmemente e suporto o seu ódio. Ela esbraveja:

— Você fez nova besteira, Sílvio! Esse camarada pode facilitar!

— Acho que é hora de vocês irem embora.

Encaro-os com raiva e eles percebem isso.

— Bem — diz Sílvio —, você usa de seu direito, bota a gente para fora de sua casa. Não importa. Faz parte da luta. Guarde o endereço. Se puder ou quiser, destrua-o. Dei-lhe todas as oportunidades. O resto é com você.

Vera está lá fora, apertando o botão do elevador. Tem uma bolsa de couro a tiracolo, vista de longe parece mais moça, quase adolescente. Sílvio embaraça-se para achar a porta.

— Bem, Paulo, fiz o que pude. Desculpe o mau jeito. Mas creia, estou enterrado até o pescoço. Dando ou não dando certo, há uma oportunidade, certamente a última para nossa geração. Estou em suas mãos. E também nas mãos de muita gente. Você terá notícias, de qualquer forma.

Acompanho-o até a porta. Estou, sem querer, enraivecido e comovido. Sei que Sílvio me estima. Confia em mim de forma até inesperada. Se eu estivesse metido num brinquedo assim, dificilmente confiaria em alguém. Vejo-o aproximar-se de Vera. Parece que o evita, sei que ela o despreza, talvez o odeie. Isso me dá pena dele. Chamo-o:

— Sílvio!

Ele se volta, dá alguns passos em minha direção.

— Olha, apesar de tudo, obrigado.

Há confusão da parte dele. Abaixa a cabeça, procura assunto neutro que facilite a despedida amigável, como nós merecíamos:

— Está escrevendo novo livro?

— Não. Ainda não. Para a semana começo a pensar num assunto.

Vera comprime com raiva o botão do elevador, alguém deixara a porta aberta em algum dos andares. A despedida, ali na porta, é embaraçosa para todos. Ele pergunta baixinho, numa confidência:

— Tem visto Laura?

— Não.

— Ela casou outra vez?

— Casou. Foi muito digna, escreveu-me uma carta renunciando à pensão que eu lhe pagava.

— Conhece o marido?

— Não.

— Eu os vi, um dia, na cidade. Ele é mais moço do que ela. Laura ainda está um pedaço.

O elevador, afinal.

— Pense no assunto, Paulo.

— Não adianta, Sílvio.

Somem dentro do elevador, tenho tempo de dizer baixinho, para não ser ouvido:

— Vão para o inferno!

Fecho a porta e examino o que ficou atrás da conversa. Olho, num relance, quarenta anos de vida. Estou só, é manhã ainda, consulto o relógio, pouco mais de dez e meia. O dia custará a passar e já começa mal. O melhor é esquecer o que houve. O papel que Sílvio me deu está em meu bolso. Caminho para o gabinete, rasgo-o em dois, depois em quatro pedaços. O cinzeiro do gabinete tem pontas de cigarro, a moça fumara, e fumara muito. Despejo as cinzas e as pontas na cesta de papéis, recoloco o cinzeiro em seu lugar habitual. Tenho entre os dedos o cartão de Sílvio, rasgado já. Jogo os pedaços na cesta, vejo que se misturam com as cinzas e pontas de cigarro que caíram por cima de papéis amarrotados.

O ar-refrigerado ronca, monótono, o gabinete está frio. Tenho de me apressar. Para visitar Ana Maria, será melhor apanhá-la antes do almoço, desligo o ar-refrigerado, vou ao quarto, tiro as calças. Devia ter recebido os dois de short mesmo. Olho pela janela para ver como está o tempo. Dia abafado, mas não há sol.

Escolho o terno claro, talvez decida ir a algum lugar e quero estar trajado de acordo. Talvez jante em algum canto por aí, e não voltarei mais a este apartamento. Só à noite, quando o dia e os quarenta anos tiverem terminado.

Pretendo ficar longe de tudo, de tudo o que é o meu presente: esta solidão, este nenhum futuro, a conversa com Sílvio. Principalmente isso: a conversa com Sílvio. RESOLVER O CASO DE SÍLVIO. O caso agora é meu — nisso concordamos, Sílvio e eu. Mas o meu caso foi resolvido e despejado na cesta de papéis.

Estou pronto, finalmente. Verifico se tudo está em ordem, como se fosse viajar, passar dias fora daqui. Ou não voltar nunca. São onze horas e são quarenta anos quando fecho a porta e entro no mundo.

Engreno a segunda para subir a ladeira que liga o corte da rua Farani ao pátio do colégio de Ana Maria. Passo pelo portão de granito e ferro: à direita, o nicho de pedra com a imagem da Virgem. As freiras tratam do local — e eu pago um pouco desta paisagem: os jardins que sobem pela margem, até lá em cima. Na curva da ladeira, pouco antes de chegar ao pátio, novo nicho com o santo que nunca consegui identificar. Há lampiões coloniais que acompanham a ladeira. O pátio confortável, amplo, calçado com pedras redondas e antigas.

Desligo o motor, puxo o freio de mão e, como o declive é acentuado, engreno a ré. Há o aviso fincado nos jardins: "Estacione o carro à direita — não esqueça de freá-lo." As freiras são previdentes, já houve acidentes aqui, há dois anos um carro rolou pela ladeira, derrubou lampiões, quem ajudou a pagar as reparações fui eu.

Salto e fecho o carro. Subi, se tanto, cinquenta metros, mas a temperatura é outra. O vento que sopra do mar chega até aqui, passando por cima dos edifícios da praia de Botafogo. Vejo o mar, escuro, como o céu.

Até agora não pensei no pretexto que darei para falar com Ana Maria. Na hora me lembrarei de um. A freira pouco se importará de saber se estarei dizendo a verdade, pago bem, ela terá de arranjar um modo de me atender. Ela e eu nos tapeamos com a formalidade, eu encontro sempre o pretexto, ela sempre encontra a brecha no regulamento, no fim dá certo.

Subo os degraus e estou no esplêndido saguão do colégio. Há limpeza e silêncio. Ao fundo, em cima de uma coluna, outra imagem da Virgem, o jarro com rosas à frente. Além do saguão, o outro pátio, com jardins e o pequeno lago. Depois, o colégio propriamente dito, marcado pela porta pesada e escura, as janelas gradeadas, como de um convento ou de um presídio. Além das grades, Ana Maria.

Não vejo nem sinto a aproximação da freira. Desliza em silêncio pelos ladrilhos, vulto branco e macio, de talco, de cobertura de doce. São freiras enormes, algumas alemãs, outras vindas do Sul, todas de minha altura, ou mais altas. Se não fossem os óculos de metal branco a freira seria bonita, apesar da palidez da face, dos lábios murchos e inúteis, os olhos apagados.

— O senhor deseja alguma coisa?
— Sou pai de aluna. Queria vê-la, é uma emergência.
— Vou levá-lo à diretora.

Acompanho o vulto de talco-cobertura-de-doce pelo saguão, depois pelo corredor, mais outro corredor. Não há ninguém. O chão limpo, paredes de pedra. A intervalos, o lampião de ferro preso no alto. Atravesso outro pátio e novo corredor, mais comprido, circundado pelas arcadas que compõem o pátio principal do edifício.

A freira bate a argola de ferro contra a porta do fundo. A voz, lá dentro, responde com energia:

— Um momento.

Esperamos em silêncio. A freira coloca as mãos dentro das mangas e, na posição em que fica, ressalta o peito, onde o crucifixo de metal branco, como o aro dos óculos, se imobiliza, reto, parece fincado numa parede de pedra.

O ritual não é novo para mim. Domingo sim, domingo não, visito Ana Maria, mas sigo roteiro diverso, vou direto às salas da frente no outro edifício, ao lado do principal. Passeio com ela pelos pátios externos, desço a ladeira, chego quase à rua. Hoje, me surpreendo com tudo aquilo, pedras e lampiões, a limpeza, o silêncio, o crucifixo de metal no peito da freira, se não fossem os óculos de metal — tão frios — eu teria coragem e prestaria atenção para ver se aquele peito respirava.

A voz — energia e suavidade — vem lá de dentro:

— Pode entrar.

A freira torce a maçaneta e me introduz no gabinete da diretora. Conheço a ambos, o gabinete e a diretora. Levanta-se da mesa, estende-me a mão, voz não mais enérgica, apenas suave, hipocritamente suave:

— Bom dia, doutor Paulo, como tem passado?

— Bom dia, irmã. Preciso ver Ana Maria, recebi uma carta e...

— Ora, doutor, não se incomode, nós sabemos que o senhor não iria apelar para o precedente se não houvesse um motivo. Vou mandar chamá-la, mas creio que — olha o relógio da parede — daqui a cinco minutos as aulas da parte da manhã terminam, há uma pausa para o refeitório, ela estará livre.

Retorna à mesa, apanha o telefone interno. Um ruído áspero sai do aparelho, ela dá ordem:

— A aluna Ana Maria Simões à diretoria, logo depois das aulas.

Desliga o telefone e olha-me. Não temos mais nada a dizer. Mas ela recebe, todos os meses, o meu cheque, e se sente obrigada a ser gentil, a puxar assunto:

— Como tem feito calor! Para o ano, vamos instalar aparelhos de ar-condicionado no refeitório e no salão de estudos...

— Ótima ideia!

— Não poupamos conforto às meninas. Elas merecem.

Como sei que aquele novo conforto representará um acréscimo nos cheques do próximo ano, não vejo motivo para felicitá-la pela ideia ou pelo zelo em providenciar melhoramentos que eu mesmo pagarei.

Ela tenta outro assunto:

— O senhor tem acompanhado a defesa do papa Pio XII?

— Do papa?

Não tenho ideia de que o papa Pio XII ou qualquer outro papa estejam sendo atacados. Não revelo minha ignorância, desconverso:

— Não tenho tido tempo para me informar...

— É pena! Logo o senhor, que é escritor! Bem podia contribuir com alguma opinião. Isso é obra dos inimigos de Deus.

Aos poucos, consigo adaptar-me ao assunto. A freira lembra os ataques que começam a aparecer, em todo o mundo, contra a tibieza daquele papa durante a guerra, o massacre dos judeus na Polônia. Percebo que ela quer um testemunho meu, sabe, pelas fichas de Ana Maria, que sou Paulo Goldberg Simon, ela dá ênfase irônica ao se referir a Ana Maria como Ana Maria *Simões*. Conclui:

— De qualquer forma, a história fará justiça ao papa. Já estamos habituadas ao ódio.

— Os judeus também.

— O senhor é a favor da causa *deles*?

— Não. Não sou a favor de nenhuma causa. Nem contra. Sou homem e sou neutro.

Devo ter ficado de cara amarrada, ela muda de assunto, mas pretende me ferir, obstinada:

— Outro dia, pegamos uma aluna lendo um de seus livros.

Não tenho de afirmar ou de negar nada, é problema dela, diretora, ou da aluna.

— Pensamos em expulsá-la, mas a família não entenderia. Limitamo-nos a confiscar o livro — olha em torno do gabinete

—, deve estar por aí, em qualquer canto. Acho que o senhor aprova nossa atitude.

— Quando escrevo um livro, não penso nas pessoas que vão lê-lo. Se fosse pensar, terminaria escrevendo gramáticas e catecismos.

— Mas há livros que não são gramáticas nem catecismos e que podem ser lidos aqui. Somos tolerantes, atualizadas. Só não aceitamos é a pornografia, a irreligião.

— Meus livros não são pornográficos.

— Não me refiro a seus livros. Aliás, nunca li nada do senhor, mas as professoras dizem que o senhor é cético demais, amargo, enfim, uma influência mais perigosa do que a própria pornografia. — Toma coragem e avança: — Afinal, pouco conversamos e é tempo de lhe fazer a pergunta: o senhor deixa Ana Maria ler os seus livros?

— Não deixo nem proíbo. É assunto dela. O dia em que ela tiver curiosidade ou necessidade de ler meus livros, que leia. Ainda que os proibisse, ela leria da mesma forma. Mais cedo ou mais tarde ela decidirá se vai ou não ler o que o pai escreveu. Como disse, é assunto dela.

— O senhor deve saber o que faz.

— Sim. Acho que sei o que faço.

Não sei se é o tom da resposta que irrita a freira. Ela resolve atacar de outro flanco:

— Ando muito preocupada com a sua filha. O senhor sabe, ano que vem ela terminará o curso ginasial e até agora não determinou nada sobre o futuro. Acredito que ela queira continuar conosco, mas nós só temos a Faculdade de Letras e a Escola de Assistência Social. Ana Maria não dá para professora e até agora não mostrou nenhum interesse pela assistência social. É verdade que se habilitou a uma bolsa de estudo na França, fez as provas, estamos esperando os resultados, se ela obtiver a bolsa terá oportunidade de evitar alguns problemas.

— Que problemas? — Irrito-me ao saber que estou tão pouco informado sobre o futuro de minha filha. Ignorava que ela se habilitara a uma bolsa na França.

— Bem, o senhor há de concordar, Ana Maria é filha de pais desquitados, não tem lar, quando acabar o curso fatalmente terá de fazer alguma coisa. Pelo que estou informada, nem o senhor nem a sua ex-mulher desejarão ficar com ela.

— Isso é assunto nosso, irmã. Quando Ana Maria acabar o ginásio eu conversarei com ela e encontraremos uma solução.

— Ela já sabe que a mãe se... *casou* outra vez?

— Deve saber. Evidente, não seria eu quem iria fazer a participação. Mas a mãe dela já deve ter comunicado.

— É possível. Há algum tempo que a sua ex-mulher não aparece nos domingos marcados. Houve estremecimento entre as duas?

— Não sei. Ana Maria não me contou nada.

— O pai às vezes é o último a saber.

— Tal como os maridos.

— Como?

A freira conseguira me irritar. Não dou resposta e peço para esperar Ana Maria do lado de fora. Alego o calor.

— Pois não, o senhor pode usar as salas de visitas no outro prédio, ou, se prefere, espere no pátio central. Ela não deve demorar.

— Obrigado, irmã. — A voz é de quem dá uma bofetada.

— Não tem de quê. — A voz revida a bofetada.

Enfrento novamente os corredores, janelas gradeadas, silêncio que oprime e afaga. Os lampiões coloniais, suspensos no teto, bonitos, mas inadequados, não combinam com a imagem da Virgem em péssimas cores e em péssima forma. O jarro, a seus pés, rosas que começam a murchar, algumas pétalas caíram nos ladrilhos, são a única mancha deste chão impecável.

Chão impecável que eu piso com os meus pecados e dúvidas. Então Ana Maria me esconderá a história da bolsa? E não me dissera nada a respeito da mãe! Para a freira ter notado, é que Laura havia muito não visitava a filha. Nunca pergunto diretamente sobre o assunto, mas Ana Maria bem podia ter falado sobre isso.

Agora, no pátio central, penso na proposta de Sílvio. O CASO DE SÍLVIO. A freira quer redimir o papa, Sílvio quer redimir a pátria, eu não quero redimir ninguém. Faço quarenta anos e não tenho mais tempo sequer para me redimir.

O sino toca lá dentro, fica ressoando no pátio. Da cidade, sobem buzinas, ônibus roncam mais longe. O sino me surpreende como som único naquele instante. Quase meio-dia e ainda não fiz nada. Tenho de ver os velhos, dar um pulo na editora. Agora, o que importa é Ana Maria. Vejo, pelas janelas gradeadas, vultos brancos de freiras que deslizam sem barulho. De repente uma das portas se abrirá e Ana Maria surgirá para mim, para os meus quarenta anos. Faço esforço, quero lembrar-me de aniversários antigos, quando Ana Maria vinha despertar-me, cedinho ainda, com o presentinho na mão. Mais tarde, tão logo me separei de Laura, houve o aniversário que me ficou como um encantamento que até hoje persiste e dói. Ela veio na véspera, arrumei-a no gabinete e não saí depois do jantar, para lhe fazer companhia. Dormimos abraçados e no dia seguinte dediquei-me inteiramente a ela. Almoçamos na cidade, fomos ao cinema, fizemos lanche, ao cair da noite descobrimos o parque de diversões, onde, mais tarde, construíram o Museu de Arte Moderna. Enfrentei estoicamente as geringonças todas, ela insistiu em que eu atirasse ao alvo, e eu atirei ao alvo e errei o alvo, apesar de minha ficha no Ministério da Guerra ser ótima. Havia a churrascaria, comemos um belo bife com batatas fritas e farofa de ovo, e ela quis encerrar a noite na roda-gigante, exigiu que eu subisse com ela:

— Sozinha eu tenho medo, papai.

Fomos os dois, de mãos dadas, já era tarde, dia de pouco movimento, éramos os únicos na roda-gigante. O homem que a fazia rodar foi fazer qualquer coisa e deixou-nos ali, a rodar, rodar, rodar. As luzes da cidade, ao longe, as sombras das primeiras palmeiras que nasciam no Aterro. Lá em cima, no mais alto da roda, a viração salgada nos isolava do mundo, fazia-nos mais tristes e unidos. Ana Maria não aguentou, deixou cair a cabeça no meu colo. E eu fiquei, voltas e voltas, a rodar, rodar, as luzes me acompanhavam na subida e me abandonavam na descida, os cabelos de Ana Maria que eu afagava de encontro ao peito, suas perninhas pendentes e cansadas, seu afago, feito de sono, confiança e amor.

Quando foi isso? Há seis, sete anos? Não sei. Perdi a conta e o interesse em guardar recordações que incomodam, e incomodam cada vez mais, e mais fundo.

Ouço o ruído. É Ana Maria que vem. Aparece no canto oposto ao pátio. As freiras aprendem a deslizar pelos ladrilhos, sem som, sem peso, sombras de talco que o vento move. Minha filha não. Tem ossos, carnes e músculos, pisa e pesa como gente. Está vestida de uniforme interno, que por sinal é mais bonito que o horroroso traje obrigatório das visitas oficiais. Agora, toda de branco, parece mais alta e mais adulta.

— Papai!

Vou a seu encontro e nos abraçamos no meio do pátio. Ela tem um jeito discreto de me abraçar, não gosta que lhe sinta os seios. Eu compreendo e conseguimos o abraço perfeito, íntimo, amigo.

— Tudo bem, filha?

— Tudo. Você recebeu meu telegrama?

— Não.

— Pois mandei passar ontem, para você receber hoje, antes de sair de casa.

— Mas telegrama para quê, minha filha?

— Ué! O seu aniversário, papai. Não é hoje?

— É. Mas não precisava mandar telegrama.

— Mas você veio me ver, não? Eu sabia.

— Sabia o quê? Sempre fiz aniversários e nunca vim aqui.

— Você faz quarenta anos e eu sabia que vinha me ver.

Rendido, não faço nada, abano os braços:

— Já almoçou, filha?

— Não. A irmã vai guardar meu prato, nós podemos conversar um pouco.

— Eu só vim ver você um instante. Não gosto de abusar, essas freiras são de morte.

— Estou louca para me ver longe disto aqui. Sei que você não pode fazer nada, mas não suporto mais. Fiz um concurso aí, uma bolsa de estudo na França, se passar, você dá licença, não?

— Dou. Mas você terá de pedir licença também à sua mãe. Sem a autorização dela, nada feito, não há passaporte, você é menor.

Ana Maria abaixa a cabeça:

— Pode deixar. Nas férias falarei com ela.

— Por que nas férias? Por que não fala com ela na visita que vem?

Ana Maria evita meu olhar:

— Pai, eu ainda não contei, mas a mãe não vem me visitar há muito tempo. Nós tivemos uma discussão tola, uma bobagem, ela ficou aborrecida. Disse que eu só pensava em você, que eu a desprezava, chorou, foi um escândalo. Ameaçou suspender as visitas e eu disse que era melhor assim.

Caminhamos lado a lado, em silêncio. Ana Maria tem as mãos cruzadas atrás, olha os bicos do sapato de verniz que compõe a única nota de mau gosto em seu uniforme. Eu olho o ar, sem saber o que falar com minha filha.

— E quando é que você vai receber o resultado desse concurso?

— A bolsa? Lá para o fim do ano. Se for aprovada, e se tudo correr bem, poderei estudar em Paris.

— Mas estudar o quê?

— Em princípio, qualquer coisa. Mas já escolhi: sociologia.

— Você sabe o que é isso?

Ela me encara com uma seriedade que eu não suspeitava nela.

— Papai, perde essa mania de pensar que eu ainda sou aquela criancinha! Para início de conversa, fique sabendo, já li um livro seu.

— E daí? Muita gente tola já leu livros meus. Não prova nada.

— Mas li outros, também. A gente tem um processo infernal para tapear as freiras.

— A diretora disse que apanhou uma aluna lendo um livro meu. O livro está lá na diretoria.

— Isso foi golpe. As freiras apanharam um livro apenas, mas há outros que entraram aqui e são lidos em rodízio.

— Isso não me honra muito.

— Mas não é só você. Lemos Sartre, Faulkner, Miller...

— Miller?

— Sim. Uma garota diz que você, nos primeiros livros, imitava Miller, é verdade?

— É difícil explicar, mas não é verdade.

— Bem, de qualquer forma, vou estudar sociologia. Temos aqui dentro um grupo de esquerda, pai, não é legal?

— De esquerda?

— No duro. As freiras chamam a gente de comunistas. Somos contra o governo e a favor dos pobres.

— Isso não chega a ser um pensamento de esquerda. Contra o governo muita gente é, a favor dos pobres, todo mundo é, inclusive as freiras. O problema é não se aceitar a miséria num mundo que bem administrado daria para todos.

— Pode deixar que já estudei isso. O pai de uma garota daqui está exilado no Chile. Ela recebe literatura subversiva, já li muita coisa. Papai, eu acho você um bocado alienado!

— Não é só você. Muita gente acha. No entanto, hoje mesmo, no dia de meus quarenta anos, um camarada me propôs sair por aí, dando tiro.

— E você vai?

Olho de repente para Ana Maria e me inquieto com o seu olhar. Sou uma aventura para ela, nada mais que isso. Me ama, me amará sempre, mas sou uma legenda, um personagem, daqui a pouco uma simples lenda. Os contatos estão rompidos e ela se sentirá divertida, talvez orgulhosa, de ter um pai exilado ou numa guerrilha.

Percebe que fiquei espantado.

— Zangou-se, pai?

— Não. Apenas, para ser honesto, não esperava que você aprovasse tão repentinamente.

— Mas você não vai, não é? Foi uma simples proposta.

— Sim. Simples proposta. Não posso pensar nisso, tenho você para cuidar, e mesmo que não tivesse você, não me sinto responsável nem comprometido com nada do que aí está.

— É verdade que tem muita gente torturada pela polícia?

— Tem. Sempre teve, desde que criaram as polícias. Volta e meia eu assino um manifesto.

— E vovô? O que ele pensa de tudo isso? Fala ainda no nazismo?

— Fala. Vou vê-lo hoje. Vai lembrar aquela história, tem mania de perseguição, cismou agora que é judeu, que vai haver fornos crematórios aqui, está obcecado, é velhice.

O rosto de Ana Maria contrai-se. Até então, era a adolescente metida a besta, querendo impressionar o homem que, por acaso, é seu pai. Agora não: seu rosto tem o travo amargo, tal como aquele de há pouco, quando falou na mãe.

— Pode ficar tranquila, minha filha. Nós não somos judeus, nem eu, nem você. A questão dos nomes é coincidência, um acaso.

Ela abaixa a cabeça.

— E que estudante de sociologia é essa que tem medo de ser judia?

— Não é medo, pai, é... responsabilidade. Você sempre me prometeu explicar essa troca de nomes, porque sou Simon nos papéis oficiais e Simões no dia a dia. Mamãe diz que você é semijudeu porque nunca teve coragem para nada, nem mesmo para ser judeu. É verdade?

— A história é complicada e comprida. Um dia lhe contarei. Não hoje.

— Tem freiras aqui que fazem insinuações para cima de mim. Quando se referem a Nosso Senhor, falam sempre nos judeus, no povo que matou Deus, pedem que eu confirme: "São ou não são deicidas, Ana Maria?" Eu faço com a cabeça que sim e sei que elas sentem prazer em saber que eu admito esse deicídio... alguém pode mesmo matar Deus?

— Não dê bola para essa gente, filha. Se essas freiras tornarem sua vida insuportável, me fale que eu arranjo outro colégio. E olhe, essa bolsa em Paris, pensando bem, é uma boa coisa.

Ela não comenta minha deserção, mas poderia me acusar: "Uma reação típica de judeu: fugir!" Felizmente, ela não está amadurecida a ponto de compreender tudo, nem eu me sinto maduro, capaz de entender tanto.

Ana Maria aceita o novo assunto:

— Eu sabia que você ia concordar.

A frase, dita assim, me incomoda. Andamos alguns passos em silêncio e começo a suspeitar que caíra numa cilada: ela testava as minhas possibilidades como pai. Se eu concordava, tão imediatamente, era sinal que queria ficar livre dela. Ou não sabia o que fazer com ela, em minha companhia. Laura talvez tivesse caído em cilada igual.

Falo sério:

— Minha filha, o problema é o seguinte: você acaba para o ano este maldito colégio. Não fui eu quem escolheu esta droga. Por mim, nem interna você ficaria. Ficaria comigo. Mas Laura deu o contra, na base daquela santa ignorância que você conhece e sofre. "Nem comigo, nem com ele!" Foi ela quem exigiu este internato, essas freiras. Eu não podia fazer nada, afinal Laura tinha direitos para agir assim. Mas agora a coisa muda. Breve você fará dezoito anos, terminará o curso médio, já pode e já deve escolher um futuro. Acredito que Laura compreenderá isso. A solução de estudar na França é boa. Se fosse possível, manteria você comigo, em minha casa, lógico, seria o melhor para mim. Mas não posso, Laura jamais consentiria. Você tampouco poderia ficar com ela, houve um fato novo que você deve saber: ela se casou outra vez, não vai querer ninguém dentro de casa. O remédio seria você juntar-se com outra moça e alugar um apartamento, cursar uma de nossas faculdades, esperar pela profissão. Ora, a fazer isso aqui, é melhor que o faça em Paris. Estou sendo realista, minha filha. Agora, não pense que esse seja o meu desejo. Por mim, nunca me separaria de você, e você sabe disso.

Apanha minha mão, noto que ela ficou comovida e triste:

— Chato, não é, papai? Eu gostaria tanto de morar com você! Se ao menos você tivesse casado de novo...

— Laura não consentiria que você morasse comigo de jeito algum. E eu não pretendo casar-me de novo.

Ela não esperava aquela resposta. Dentro daquela cabecinha há um plano, que eu suspeitava e que só agora me é revelado. Ela não aceitou o casamento de Laura, mas tão logo a viu casada outra vez, desejou para mim outro casamento. Seria sua forma de vingar-se da mãe.

— Escuta, minha filha, eu não vim discutir essas coisas desagradáveis. Temos tempo, no fim do ano estudaremos a situação, e você terá a resposta sobre a bolsa. Até lá, é bobagem sofrermos com as dúvidas, as hesitações. Vim aqui para ver a minha filhinha, você acertou, eu não iria fazer quarenta anos sem procurar algum apoio e o meu apoio você sabe quem é.

— E a literatura?

Ela empina a cara contra o ar, buscando reencontrar seu feitio de adolescente sem problemas.

— A literatura não é apoio. É, agora, uma profissão.

Havíamos descido e subido a ladeira, estávamos novamente no pátio principal. Uma freira gorducha nos espera, o livro enorme na mão.

— Prepare-se, pai! Aí vem facada!
— Eu estou em dia, já paguei o ano todo!
— Essa é a freira que pede dinheiro para as missões.
— Mas para cima de mim?!
— Dá duro, papai, essa freira é meio vigarista!

A freira meio vigarista aproxima-se, sorriso engordurado na boca, duas mãos balofas prendendo contra o peito volumoso o livro de contribuições.

— Boa tarde, Ana Maria. Já me apresentou a seu pai?

Ana Maria diz o nome da freira e ela me estende a mão, gorda e consistente como um sapo escaldado.

— O senhor na certa vai querer contribuir para a Campanha Missionária do nosso colégio. As alunas dão o que podem, mas dão sempre pouco. As famílias é que ajudam, realmente.

O senhor pode assinar qualquer quantia, nós aceitamos cheques, o que vale é a intenção.

— Minha intenção é não ajudar, irmã. Não sou católico, não tenho nenhum interesse em ajudar as suas missões.

A freira não perde o rebolado. Continua a sorrir, mas agora há em seus olhos um espanto que ela procura disfarçar em polidez e piedade:

— Temos recebido contribuições de pessoas de outras religiões, a obra missionária não é apenas religiosa, é sobretudo de amparo aos pagãos da Manchúria. São milhões de pessoas em penúria que nós ajudamos a alimentar, a vestir, a ensinar a lei de Deus.

— Continuo insistindo na recusa, irmã. Não sou de dar conselhos, mas acho bobagem a senhora preocupar-se com os pagãos da Manchúria. Deveria é preocupar-se com os cristãos daqui. Sabe que no Nordeste há milhões de pessoas batizadas e comungadas que morrem de fome?

— Mas o Brasil vai, pouco a pouco, resolvendo este problema. Agora que os comunistas foram afastados, o governo vai cuidar dessa gente. O nosso marechal é homem muito religioso! Vai à missa todos os domingos e comunga pela Páscoa da Ressurreição.

— Pois o vosso piedoso marechal está é metendo toda essa gente na cadeia, irmã. Não quero ser indelicado, mas arranje outra forma de me arrancar dinheiro. A diretora me falou no ar-condicionado para o refeitório, o salão de estudos. Isso eu topo. Para as missões, não. Acho isso, com o perdão da palavra, uma vigarice.

A freira olha para Ana Maria e retira-se, seca.

— Boa tarde, Ana Maria.

Viro-me para minha filha:

— Ela não vai prejudicar você?

— Não. Não pode. Evidente, vai fazer fofoca por aí, mas não me incomodo. Tenho até orgulho nisso. Adorei você, papai!

Ela vai dizer que você também é comunista. Com a agravante: comunista e imoral.

— Belo pai você arranjou, minha filha!

Ela me segura pelo braço e me leva outra vez para a ladeira:

— Pois eu tenho muito orgulho dele!

Descemos mais uma vez, pisando com cuidado as pedras redondas e irregulares do passeio. De algum canto, explode o vozerio de moças:

— É o recreio, pai. O almoço acabou.

— Eu já estou indo.

— Não tenha pressa. Fique mais um pouco. Me conta essa história de revolução.

— Que revolução?

— Você não disse que foi convidado para dar tiro?

— Ora, coisa de maluco. Foi um camarada lá em casa, esta manhã mesmo, me propôs isso. Parece que há um plano, mas não quis saber dos detalhes. Recusei logo.

— Pois eu acho que você acaba indo.

— Você quer que eu vá?

Olho com seriedade para minha filha, que me parece, agora, uma estranha. Mas a cara compenetrada logo desaparece e volta a sorrir, sua boca é fresca, matinal quando ri.

— Qual, papai, só mesmo um idiota podia pensar que você era disso! Mas olhe, se por acaso você achar que deve fazer qualquer coisa, não se preocupe comigo. Falo sério. Tenho a bolsa, sou quase uma adulta, eu saberei me arranjar.

— Mas, minha filha, fazer o quê?

— Sei lá! O que você quiser. Casar outra vez, fazer revolução, eu entenderei tudo.

— Que bobagem, filha, nem pense nisso.

Ela repete, apertando-me o braço:

— Você foi o pai mais maravilhoso que eu podia ter arranjado.

— Isso é presente de aniversário?

— Não, pai. Você sabe que eu gosto de você.

Agora nos encaminhamos para o pátio. Ana Maria apertara-me o braço com algum desespero, para esconder a emoção com que me dizia aquilo.

— Tenho de visitar seus avós. Sem ser este domingo, o outro, venho outra vez.

— Adorei a visita, pai. Passei o telegrama ontem, mas sabia que você ia dar um jeito de me ver. Acho que quando eu fizer dezoito anos vou me sentir assim como você.

— Eu não estou preocupado com a idade, Ana Maria. Nem com o tempo que ainda me falta viver. O que me preocupa, pelo menos no dia de hoje, é o passado. O que fiz durante esses quarenta anos, ou melhor, o que esses quarenta anos fizeram de mim. Mas é preocupação limitada, amanhã estou novamente em mim, preso ao presente, sem passado, sem futuro. Mas hoje decretei, por conta própria, um pique, um recreio.

— Vai ver vovô?

— Vou. Ele anda alarmado. Além do mais, a sua avó não tem passado bem. A velhice deles está saindo meio amarga.

— Vovó vai gostar da visita. Ela nunca se esquece dos aniversários.

— Bem, minha filha, precisa de alguma coisa? Eu vou indo.

— Não, papai. Me dá um beijo.

Abraçamo-nos novamente, o abraço é demorado, desta vez ela se entrega, sinto castamente as duas pontas de seus seios adolescentes. Ela me segura o rosto com as mãos:

— Pai, eu adoro você, sabe?

— Eu também adoro você, minha filha.

Ela recua, de costas, até sumir pela porta, gradeada como a de uma prisão.

No fundo do corredor, as rosas murcharam mais ainda, o chão está coalhado de pétalas escuras. O vozerio que vem dos recreios é uniforme, como se todas aquelas vozes obedecessem a um comando. Um carro de praça sobe penosamente a ladeira e despeja no pátio outra aluna, que vem acompanhada pela mãe. Despedem-se na portaria, a mãe pede que a filha não se esqueça de seguir a dieta. A menina me olha, espantada:

— O senhor não é o pai da Ana Maria?

— Sou.

Ela não sabe o que dizer, faz uma espécie de vênia:

— Muito prazer.

Rio para a mãe da menina, que, de longe, olha a cena. É uma senhora magra, doentia, fica próxima ao táxi. A menina desaparece na mesma porta gradeada, mas agora não tenho a impressão de prisão, e sim de convento.

Dirijo-me para o carro, o táxi passa por mim, de dentro dele a mulher me cumprimenta com a cabeça, em silêncio. Vejo o relógio. Quase uma hora. Gostaria de ter dado um pulo na editora, mas agora todos estarão almoçando e não tenho vontade de almoçar com ninguém.

Manobro o carro, penso em ir direto para a casa dos velhos.

Estou passando pelo portão de ferro e granito, a rua me espera, há duas direções a tomar. Hesito, sem tomar nenhuma. Súbito, a decisão é forte, temerária. Viro para Botafogo, enfrento com lucidez a realidade do meu desejo: "Vou ver Laura!"

Não sinto emoção alguma quando penetro na rua. Há oito anos que não entro ali, naquela rua sem saída, ladeada de amendoeiras, no canto quase clandestino do bairro. Predominam as casas de altos e baixos, dois ou três edifícios apenas. No último deles, junto ao muro que impede a rua — do outro lado, onde havia o terreno baldio, ergueram agora a construção enorme que me parece os fundos do cinema cuja frente dá para a praia —, o edifício onde morei tantos anos. Quando do desquite, Laura quis permanecer naquele apartamento, a partilha dos poucos bens, como tudo o mais, foi amistosa, e ela ficou ali.

Não sinto saudade nem tristeza ao me aproximar desta calçada, onde, faz tempo, Ana Maria me esperava à tarde, quando eu voltava da cidade. Laura, de uma das janelas, me esperava também, e me acenava. Posso olhar, aqui do carro, e verei a mesma janela. Mas prefiro olhar o chão.

Não gostaria de ser reconhecido pelos vizinhos, muitos serão os mesmos, se lembrarão de mim. O elevador está parado no térreo, à minha espera. Faço tudo rapidamente — maquinalmente também, parece que foi ontem que deixei este elevador para sempre —, não quero ter tempo de pensar ou fugir.

Enquanto o elevador sobe, sinto o alarme inútil: é hora do almoço, hora imprópria para a visita mais ou menos embaraçosa à mulher que foi minha durante tanto tempo, mãe de minha filha, que agora ama outro e, tal como eu, procura ser feliz, à sua maneira.

Há quantos anos não vejo Laura? Quatro? Cinco? Perdi a conta. Tão logo tratamos do desquite, nunca mais nos procuramos. Quando Ana Maria dependia de nós, resolvíamos o caso pelo telefone, ou, mais tarde, por intermédio da própria Ana Maria. Nunca tivemos motivo para procurarmos um ao outro. E de repente, aqui estou à sua porta, e para quê? Resolver mesmo o caso de Ana Maria? Que caso? Bom, há a bolsa em Paris, é um caso, talvez seja apenas um pretexto. O fato é que Laura se surpreenderá de me ver aqui. Não importa: eu também me surpreendo.

Paro no andar. O cheiro de frituras vem de alguma área do edifício. É hora de almoço e a ideia me preocupa: talvez encontre o marido de Laura em casa. Se, em termos pessoais, é doloroso, em termos impessoais é melhor assim: ela — e ele — saberão da neutralidade de minha visita. E é isso justamente que tento ser: neutro.

A porta. Há o tapete de fibra de coco à entrada, deve ser escolha de Laura, no meu tempo não havia isso, eu era contra, mas ela insistia, dizia que era preferível qualquer tipo de tapete aqui fora a aturar visitas de pés sujos a estragar o assoalho, os tapetes lá de dentro. Com a minha retirada do campo de batalha, ela vive afinal como quer: os tapetes e tudo o mais.

Ao apertar a campainha, ouço voz de homem, exaltada. Parece discussão, mas talvez o seu tom seja esse mesmo. A campainha soa como no meu tempo: o ruído metálico, curto, irritado. Ruído que ficou em minha memória: julgava não ter guardado esse som, som insignificante, sem nada de especial. Mas ele está em mim, bastou apertar a campainha e o mundo antigo e sabido sobe à tona: as noites em que chegava de madrugada e Laura trancava a porta pelo lado de dentro, eu tinha de insistir para que ela se dignasse a abrir — e era o início da batalha campal que terminava sempre na cama mas que custava a progressão dolorosa, inútil, às vezes irreparável.

Com o vozeirão do homem, é possível que não tenham ouvido a campainha. Insisto. Novamente o som antigo e íntimo desperta sombras não neutras. O vozeirão para. Percebo que alguém, pelo lado de dentro, encaminha-se para a porta — um trajeto que conheço bem. O trinco range e estou diante do homem relativamente baixo, cabelos desfeitos, rosto inchado, não sei se de gordura ou de bebida, a banha é postiça, transitória, em estado normal aquele rosto deve ser anguloso.

O homem me olha, sem irritação, mas aborrecido, não me conhece:

— Deseja alguma coisa?

É o vozeirão que ouvira pouco antes, coado pelas paredes. Voz de barítono, ou de baixo cantante, apropriada para cantar uma ária como a do "Toreador", da *Carmen*, ou aquela outra, da *Traviata*, "Di Provenza il mar, il suol", ou ainda a canção de Dvorak, "Songs My Mother Taught Me". São os únicos pensamentos que me ocorrem quando me vejo frente a frente com o homem que em certo sentido me substitui.

— Laura está?

A cara do homem é de surpresa. Antes que ele me pergunte, adianto nome e condição:

— Sou o Paulo, ela sabe quem é.

O homem não está preparado para me receber. Fica indeciso na porta, até que me abre passagem com um gesto — a voz tenta sair, mas não consegue. Só no meio da sala é que a garganta permite-lhe o grunhido que tenta ser — também — neutro.

— Fique à vontade. Vou avisá-la.

A voz é outra, procura ser polida, mas o tom habitual arranhara-lhe para sempre as cordas vocais: em *mezza voce*, o homem emite o grunhido desagradável, como de um *castrato*. Ele acrescenta, para fortalecer a minha tranquilidade, o "fique à vontade":

— Eu estou de saída. Não incomodarei.

A promessa de sair e de não incomodar é uma gentileza. Talvez tenha se arrependido dela, mas é tarde: vai lá dentro, ouço a voz abafada, o bater de portas, depois, já no corredor, o homem diz para alguém:

— Venho tarde hoje, não me espere para o jantar!

Volta à sala, dirige-se a mim:

— O senhor pode sentar-se. Ela já vem.

Agradeço, procuro a poltrona. Tirante o sofá novo, a televisão horrorosa que entope um dos cantos, a sala é a mesma do meu tempo. Maquinalmente, seguindo e repetindo passos antigos, vou para a minha poltrona, a *bergère* estampada que ganhei de Laura, num aniversário qualquer: há uma luz em cima e é confortável para a leitura. No encosto, há o traço também antigo e que também é meu: certa tarde, na pelada da praia, arranhara o pescoço num tombo, Laura fizera o curativo com mercurocromo, quando cheguei em casa fui direto à poltrona, encostei o pescoço ali: ficou — até hoje — o vinco avermelhado que agora, com o tempo, parece mancha do próprio tecido.

Agradeço a cortesia do dono da casa:

— Obrigado.

— Estou de saída, não me leve a mal, mas tenho de estar na cidade, com licença.

Faço a metade do gesto de quem pretende levantar-se e — evidente — dou-lhe licença, toda a licença para que se retire. Vejo-o de costas: parece, realmente, inchado de uma gordura que não lhe é própria. Está bem vestido, talvez seja o terno apertado demais, reparo sua nuca, gorda, os cabelos abundantes, se não fosse tão baixo seria um belo, um belíssimo homem. O tórax é imenso, desproporcional ao resto do corpo. Talvez seja isso que dê a impressão de algo postiço em seu físico. Mas o pescoço é grosso, mais grosso que o corpo e que a cabeça. Enfim, o gosto foi de Laura.

O homem bate a porta com cuidado, não quer dar a impressão de que sai contrariado — talvez expulso — de sua própria casa. Na verdade, minha visita pegou-o de surpresa, ele podia esperar, à frente de sua porta, o papa, o arcebispo Makarios, o dalai-lama, o Aga Khan — menos eu. O diabo é que Laura, lá dentro, deve estar se refazendo de susto igual. Imagino que esperarei muito tempo, ela talvez queira se apresentar arrumada, e, pela hora, deveria estar à vontade, servindo o almoço. Tão certo estou de que ela vai demorar que me dou à extravagância de examinar os livros, colocados na pequena prateleira, para enfeite. Livros encadernados e tolos, enciclopédias baratas, volumes comprados a prestações, em critério, a não ser o da cor das lombadas enfeitadas. Há o volume imenso e parrudo que parece importante. Vou espiar o título: *O Mundo dos Esportes*. Folheio páginas, é uma espécie de *book of the year* dedicado aos esportes no ano passado. Fotografias coloridas, iates, cavalos, autódromos, nadadores, mergulhadores, o close espetacular de um pugilista que não identifico, novamente barcos, veleiros, caça submarina, afinal, uma cara conhecida, Sir Stanley Rous, presidente da FIFA, entregando uma taça a um jogador do Arsenal.

Não vejo Laura atrás de mim. Mas sei que ela está ali. Tanta é a certeza que coloco o livro na estante e me volto, com simplicidade, já em direção à poltrona.

Laura. Parece mais alta, agora que está mais magra. Os cabelos ficaram mais pretos também. Não teve tempo — ou não quis se arrumar. Veio como estava, apenas, se não me engano, passou batom nos lábios. A roupa é simples, foi com ela que almoçou, que talvez tenha feito o almoço: vejo, em sua saia, a mancha que pode ser de água ou de gordura recente. Em linhas gerais, é a mesma Laura, mais desbotada, mais sofrida, mas incrivelmente, absurdamente a mesma.

— Paulo!

O tom é afetuoso, calmo.

— Como vai, Laura? Assustou-se?

Ela me olha — e reparo que seus olhos estão dilatados, como se usasse lentes de contato, ou como se tivesse colocado remédio para abrir as pupilas. Ambas as hipóteses são frágeis, ela não usaria nada naqueles olhos que lhe dão vaidade e arrogância.

— Eu podia esperar tudo, menos...

— Sei, Laura, eu devia ter avisado, podia ter telefonado, o assunto é importante, mas podia ser resolvido pelo telefone. Nem sei como acabei vindo aqui. Você me perdoe, não quero criar problema.

Ela, que havia se sentado próxima a mim, na minha frente, faz um gesto impensado, como se fosse tomar-me as mãos. Reflete e se refreia a tempo.

— Não, Paulo, não é incômodo nenhum. O Luís tem o gênio danado, mas compreende a situação, sabe que só um fato muito importante o traria aqui.

— Bem, o fato não é tão importante assim. Na verdade, e para ser rápido, eu queria ver você, hoje.

Talvez tenha colocado, sem querer, emoção especial na palavra *hoje*. Laura repete-a:

— Hoje? Ana Maria pediu alguma coisa?

— Não. Estive com ela ainda há pouco, mas independentemente de Ana Maria, eu queria vê-la hoje.

O riso agradável e infantil surge em seu rosto, o riso que a tornava um pouco criança e um pouco minha mãe:

— Espere, hoje não é... deixa ver... sim, você faz anos, é hoje!

Abaixo a cabeça, confessando a culpa de fazer anos, aceito aquele riso que me faz enfermo e desamparado.

— Como você é criança, Paulo! Mas... por quê?

— Sei lá! Talvez a quantidade de anos que começa a me preocupar.

— Quantidade? Apenas dois anos mais velho do que eu! Você hoje faz, deixa ver, eu vou fazer trinta e oito... quarenta, quarenta anos, Paulo! Está moço ainda! Não parece um homem de quarenta anos, veja só, repara a minha cara, eu agora sou muito mais velha do que você, veja aqui, nos olhos, como estão cansados.

— Não, Laura. Você está esplêndida. Um pouco cansada, apenas isso.

— É a vida, Paulo. Não sei se você sabe, mas...

A nuvem passa em seu rosto. Ela se refreia, mais uma vez:

— Vou lhe fazer uma surpresa!

Levanta-se e sai rápida, em direção aos quartos. Agora, que estou sentado, quando vejo Laura levantar-se tenho a impressão de que ela crescera muito. Ou é o vestido que a faz mais comprida. Começo a sentir remorsos de ter mentido, eu dissera: "Você está esplêndida", e Laura não está *esplêndida*, eu e ela sabíamos disso. Apenas, no fundo de minha carne, há submissão àquele antigo esplendor que, agora, iniciando os escombros, ainda me atrai e me chama.

Não tenho tempo de sentir remorsos. Laura vem lá de dentro com uma coisa que, à primeira vista, parece um embrulho comprido. Não é embrulho: é uma criança.

— Olha, Paulo, o meu filhinho!

Há impulso, de minha parte, para estender os braços e apanhar aquele embrulho. Agora, quem se refreia a tempo sou eu. Não me fica bem segurar aquela posta de carne, pedaço da carne de Laura e de outro. A pureza com que ela mostra a criança pede um pouco de piedade e amor.

— Laura... sinceramente... eu não sabia!

— Ana Maria não lhe contou? Eu estava crente que você sabia! Oh, Paulo, se eu soubesse, não tinha falado nisso, nem ia mostrar a criança! Desculpe!

— Bobagem, Laura. Você tem o direito de ser mãe, de ser feliz, sei que você gosta de crianças, sempre quis ter muitos filhos, eu é que... bem, isso não vem ao caso, fui muito egoísta em relação a mim e a Ana Maria, não queria que outro filho viesse repartir o amor que tínhamos por Ana Maria. Mas ela não me disse nada.

Laura senta-se à minha frente, seus joelhos quase tocam nos meus. A criança no colo, naquele jeito que as mães sabem ter quando seguram os filhos pequeninos.

— Ana Maria não entendeu, Paulo. Quando fiquei grávida, achei de minha obrigação avisar, antes que se notassem os sinais. Ela, no início, não disse nada, pensei até que houvesse aceitado naturalmente. Mas quando a barriga começou a crescer, caí na asneira de ir lá, no colégio, visitá-la. Ela me viu e ficou louca. Fomos para o canto do jardim, me implorou que nunca mais lhe aparecesse, assim de barriga, diante das colegas. Eu chorei muito, Paulo.

Não sentira dor quando vira a criança. Sentira surpresa, talvez nojo. Agora, com a revelação de que Ana Maria sofrera por causa disso, o tranco veio, cruel, brutal. Odiei Laura e seu filho. Na garganta, o gosto de sangue e de grito. Apelo para tudo o que é forte em mim, não darei o braço a torcer, tenho de manter a *neutralidade.*

— Bem, agora que a criança nasceu, acho que pode ir visitá-la. Ela precisa de você.

— Evidente, Paulo, eu não abandonaria a minha filha. Apenas, tenho agora um filho, veja, dois meses apenas, olha só que dedinhos...

Faço um gesto delicado — mas com esforço — e me inclino para ver a posta de carne que Laura me exibe. A pretexto de examinar os dedinhos, examino a cara, cara indecifrável, enevoada, vermelha.

— É homem?

— É. Chama-se Luís, como o pai. Luís é outra criança que eu tenho em casa. Você o conheceu em mau dia. Ele é bom, Paulo, me compreende muito. Tem manias, mas qual o homem que não tem manias? Eu o adoro.

— Ele parece mais moço que você.

— Não, é só impressão. Tem a mesma idade. Ele pratica esportes, faz halterofilismo.

— Isso não arrebenta o coração?

— Ele diz que não. Já ganhou um campeonato, há anos. Hoje, só pratica para manter a forma física. É uma criança que me faz sentir vinte anos mais jovem.

— Ainda bem, Laura, que você se sente assim. Olha, estou muito satisfeito, mas satisfeito mesmo, em vê-la tão tranquila. Você merecia isso.

— Eu sei, Paulo, sei que você me quer bem. Eu também lhe quero, afinal, depois de tudo o que houve, vejo que tivemos razão. A vida melhorou para nós dois. Eu consegui o que mais quis: um lar, um filho, um homem que me enche a vida. E você tem conseguido tudo, não? Muita gente me fala bem de você... parece que está tendo sucesso...

— Exagero. Não há sucesso. Há é trabalho.

Ela se levanta:

— Vou levar o garoto para a cama, volto já. Você almoçou? Eu preparo qualquer coisa num instante.

— Obrigado, já almocei.

Ao levantar-se, o embrulho da criança prende a sua saia e aparece um pedaço das pernas de Laura. Aquela nudez, tão conhecida minha, me faz mal, sinto incerta vontade de vomitar.

— Fique mais um pouco. Você devia ter me procurado antes, eu é que não podia procurá-lo.

Some pelo corredor e continua falando, mas não a ouço. Aproveito estar sozinho e dou outra volta na sala. Só então reparo: em cima do bar há a flâmula da associação dos halterofilistas. Está explicado aquele tórax, a impressão de inchado no homem. Eu imaginara excessos de bebida. Houve tempo em que os jornais anunciavam academias de halterofilismo para os homens baixos, erguer aquelas bolotas fazia crescer tantos centímetros por mês, o camarada tinha ido na conversa, cresceu alguns centímetros, mas para os lados. Afinal, conseguira impressionar uma mulher difícil como Laura — e eu sei, por conta própria, que ela não cairia por qualquer um. Além do mais, ele era muito baixo para ela, devia ter problemas por causa disso.

— Paulo, dê um pulo aqui!

A voz é natural, amiga. Parece ter readquirido aquele timbre de antigamente, quando me chamava para mostrar qualquer coisa, a travessura de Ana Maria, a tomada em curto. Dou os primeiros passos embaraçados, medo de que haja empregada, eu aguentara a cara do homem, suportara a cara de Laura, mas não sei como reagiria diante da cara de uma empregada.

Felizmente, não tinham empregada ou estavam provisoriamente sem. A cozinha desarrumada, resto de almoço ainda, os pratos dentro da pia. No fogão, as panelas que eu comprara durante o noivado, bom alumínio por sinal, brilham como novas, Laura tem mania de arear panelas, parecem intactas.

A criança retornara ao quarto e nada, deste ou do outro mundo, me obrigaria a entrar naquele quarto. Mas a cozinha está aberta, escancarada, tão neutra como eu e Laura procuramos ficar um diante do outro.

— Olha aqui a geladeira, como está abarrotada de doces! Tem aquele que você gosta, de ovos.

A geladeira é nova, maior do que a antiga, compra recente. E, de alto a baixo, está repleta de pratos e formas cheias de doces.

— Você vai aceitar um pouquinho, não custa.

A voz é imperiosa e Laura apanha o prato para me servir.

— Não sei como você não engorda com tanto doce. Antigamente, fazia regimes. Que que houve?

— Os doces não são para mim. Continuo no mesmo regime, qualquer abuso e aumento logo dois a três quilos. Quando fiquei grávida, cheguei a pesar sessenta e seis quilos, uma baleia. Fiquei maior do que quando tive Ana Maria. Mas os doces não são para mim, são para o Luís.

Recebo o prato onde a porção pastosa e dourada tenta o estômago vazio. Lembro que não almoçara, apenas fizera uma boa refeição pela manhã, graças a Teresa. Pergunto, para ter assunto:

— Ele gosta assim de doces?

É a única pergunta que me compete fazer. Laura fecha a porta da geladeira, leva-me pelo braço de volta à sala:

— Não, Paulo, não é por gosto, é que ele precisa. O médico... bem, vou ser franca, mais dia menos dia você poderá saber e é melhor que saiba por mim. Luís tem tido, ultimamente, muitos problemas lá na firma, ele vende material de escritório para repartições do governo. Pois o governo cancelou contratos de compra, ele havia feito encomendas, assumira compromissos, a coisa ficou preta para o lado dele. E há a mania antiga, casou tarde, com trinta e cinco anos, viveu por aí em más companhias, com mulheres à toa, gostava de beber de vez em quando, levei-o ao médico, ele sugeriu o açúcar, muita gente bebe por necessidade orgânica do açúcar, sabe? Eu não sabia. Então, a dieta foi abarrotá-lo de doces. Obrigo-o a comer todos os dias, vários pedaços, dou duro para variar as receitas, encontrar novas coisas, mas tudo tem dado certo, raras, raríssimas vezes ele tem tido necessidade de apelar para o álcool. Eu zelo por ele, Paulo, é uma criança, é muito bom para mim e se Ana Maria o aceitasse, acredito que também para ela o Luís seria ótimo.

Aproveito a oportunidade para falar em Ana Maria:

— Olha, Laura, eu vim aqui, justamente, para falar de Ana Maria.

— Ué? Pensei que você tivesse vindo me ver!

— Sim — admito —, eu também queria ver você, mas há um assunto para tratarmos.

Ela se defende, prevendo o que vem pela frente:

— Só não voltei ao colégio porque não queria criar problemas para ela. E fui, na verdade, expulsa de lá.

— A questão não é essa. Ana Maria habilitou-se a uma bolsa de estudo em Paris, o resultado sai no fim do ano, acredito que ela ganhe. Evidente, ela só viajará se tiver o seu consentimento.

— E o seu?

— O meu já foi dado.

— Mas, Paulo, você já pensou numa menina de dezoito anos, sozinha em Paris?

— Já. Ela tem juízo bastante para decidir a própria vida.

— E os perigos?

— São os mesmos daqui. A bolsa em Paris resolve o problema dela, e, até certo ponto, resolve também o nosso problema.

— Você não queria se separar de Ana Maria por nada! Por que agora?

— As coisas mudam, Laura.

O prato está vazio e raspado. Se tivesse me concentrado no doce, talvez sentisse o gosto antigo dos doces de Laura. Mas me dispersara em cautelas, em solicitações recentes, não pude saborear a *antiguidade* daquele gosto. Tenho pela frente, agora, um assunto sério — Ana Maria —, e embora não tenha decidido nada, não posso dar a impressão de hesitar.

— As coisas mudam, Laura, veja nós dois, veja os outros, veja tudo. Ano que vem, com ou sem bolsa, Ana Maria termina o ginásio. E vai ficar com quem? Comigo? É penoso para mim e para ela vivermos no mesmo canto.

— Por que você não se casou outra vez, Paulo?

— Isso é problema meu, Laura.

— Não fique ofendido. Apenas perguntei. Olha o meu caso: eu estava num buraco sem saída, já tinha perdido todas as esperanças e, de repente, começo outra vida, um filho, um lar de verdade. É maravilhoso, Paulo, experimente!

— Já experimentei uma vez e não deu certo. E você sabe, a culpa não foi dos outros, foi minha.

— Ou você prefere viver mais... como direi... mais livremente?

— Não tenho necessidade disso. Vivo bem no meu canto. Lógico, gostaria que Ana Maria morasse comigo, mas não pode ser. Morar com você, para ela, seria também doloroso. Você mesma admite que ela não aceitou o seu casamento, o seu segundo filho. Não quero que ela crie problemas para você, destrua isso que você chama de sua "nova vida". É um direito que você tem.

— Mas não quero abandonar a minha filha!

— Indo para Paris, ela não se sentirá abandonada. Estudará dois ou três anos, amadurecerá, quando regressar as coisas por sua vez também deverão estar mudadas e ela poderá escolher o seu destino: casar, morar comigo, ou com você, enfim, qualquer futuro. Por ora, as feridas estão abertas e será cruel expormos nossa filha a...

Não gosto da expressão "nossa filha", ali jogada diante de Laura. Revela uma intimidade que eu não queria mais, que me repugna, agora que ela havia me exibido aquele naco de carne que era o filho do outro.

— Enfim, a bolsa em Paris é a solução. E, para uma menina como ela, com vontade de aprender, será ótimo.

Surpreendo Laura me fitando, longe. Não prestara atenção no que eu dissera. Olha-me fixamente, verificando os estragos dos últimos anos, meu rosto, meus cabelos que começam a ficar grisalhos. Chamo-a de volta:

— Laura!

— Hã?

— Obrigado pelo doce. Estava ótimo.

Devolvo-lhe o prato vazio. Ela recebe-o, distante, coloca-o no chão. Antigamente — outra vez *antigamente* — haveria conflito doméstico se alguém deixasse um prato no chão. Hoje, é a própria Laura que o esquece. A *nova vida*.

— Paulo, estive reparando, você envelheceu bastante...

— É possível. A vida.

Ela continua a me fixar, procura no rosto de hoje a fisionomia que fique adequada ao fantasma que ela criara para mim. O silêncio desce sobre nós, pesado, incômodo, mas até certo ponto íntimo, nosso.

Súbito, ela se levanta, vai à radiola e, na estante dos discos, cata alguma coisa.

— Desculpe, Laura, tenho que ver os velhos. Eles não me perdoariam se não os visitasse hoje.

— Não, Paulo, espere mais um pouco, eu estou procurando uma coisa, quero que você ouça.

— Você não vai pôr nada para tocar, vai?

— Um minuto só, Paulo. Já que você veio até aqui, não custa fazer uma vontade.

Laura está de joelhos, diante dos discos. Sim, seus cabelos ficaram mais pretos. De costas, é outra vez a Laura que eu amei.

— Pronto. Está aqui. Sou obrigada a esconder este disco. Luís tem ciúme quando ouço, diz que eu fico me lembrando de você.

— Que disco é?

Não lembro de nenhuma música que me unisse a Laura. Ou que unisse Laura a mim. Ao longo de tantos anos, ouvíramos e dançáramos muitas músicas, canções nasceram, fizeram sucesso, morreram, nenhuma havia ficado em nossa história.

Laura inclina-se sobre o *pickup*, o prato começa a rodar. Ouço chiados — o disco é antigo — e logo identifico a velha gravação, anterior às de longa duração, um disco do *nosso* tempo.

A voz abafada, quase rouca, de mulher, começa a cantar:

*Non dimenticare*
*t'ho voluto tanto bene.*

Laura não me olha. Fica de costas, cabeça baixa, a mão controlando o registro do volume, talvez para não aumentar demais e acordar o garoto. Levanto-me, chego o mais perto que posso:

— Você não havia quebrado isso?

Ela confirma com a cabeça. Ouvimos mais um pouco, em silêncio, sem nos olharmos, até que ela se volta para mim. Tem agora a expressão antiga, os mesmos olhos, a mesma cor dos cabelos.

— Faz algum tempo, passei numa loja que vendia discos antigos. Não tinha o que fazer, resolvi dar uma espiada. Achei este disco e não resisti, trouxe para casa.

Não preciso de esforço para controlar-me. Sinto o tremor nas mãos que se dirigem aos cabelos de Laura. Ela não percebe esse tremor.

— Laura, tenho de ir.

— Ouça até o fim.

Volto para a poltrona, mas Laura me detém pelo braço:

— Aqui. Junto de mim.

Para não fitá-la, olho para o chão. Os pés de Laura, quase juntos aos meus. Pés que andaram caminhos diferentes e que agora estão juntos, precariamente juntos, mas juntos. Nossas cabeças baixas. O disco range nos sulcos de cera, a voz arrastada da cantora persiste — faca de serrados gumes que nos abre na carne a sensação de mal-estar e de passado.

— Pronto. Acabou. Foi só um instante.

Laura desliga a vitrola, recolhe o disco. Guarda-o com cuidado, no canto mais fundo da estante.

— Você vai visitar seus pais? Como vão eles?

— A velha anda doente, coisa da idade. O velho está forte, mas obstinado, com aquelas manias...

— Eu tenho pensado nele. Temos aqui em frente um vizinho que é judeu, mas judeu mesmo. Parece com o seu pai. Aos sábados vai à sinagoga de Copacabana, com um chapeuzinho na cabeça. É um homem feliz.

— É o que o velho não é nunca. No fundo, acho que ele não tem do que se queixar.

— Eles perguntam por mim?

Posso mentir, dizer que sim, para ser gentil. Prefiro a verdade:

— Não. Eles não perdoam o que houve entre nós. Apesar de eu ter sido claro, de ter até exagerado na minha culpa.

— É o mesmo que há com papai. Ele não perdoa você, mas também não o esquece. No fundo, acho que ainda ama você.

— O quê?

— Isso mesmo: amor. O velho amava você, não sabia? Era o predileto dele. Ora, você sabe disso muito bem. Por isso é que ele não perdoa.

Ela adquire, agora, o seu tom habitual, o seu tom *recente*.

— O mais gozado é que nós já nos perdoamos, não?

— Certo. Mas, Laura, tenho de ir, demorei mais do que devia, comi doce, ouvi música, daqui a pouco somos capazes de brigar, como antigamente.

Ela ri — e como é neutra quando ri!

— Você é que está como antigamente, agora. A mesma zombaria, os mesmos olhos.

Aproximo-me da porta. Laura me detém, mais uma vez:

— Paulo, ia me esquecendo, está aqui separado há muito, ia deixar com Ana Maria, mas não tenho ido ao colégio, a coisa foi ficando por aqui.

— O que é?

— Uns papéis, uma pasta daquelas que você usava quando escrevia seus livros. Você esqueceu ou fui eu que não me lembrei onde estava quando você foi embora. Espere um pouco que está à mão.

Some pelo corredor, para me atender na pressa, que é real. O mesmo impulso que eu tivera, momentos antes, de acariciá-la com as mãos, volta agora, mas em outro sentido: o de ir embora sem me despedir, batendo a porta. Não tenho coragem para o gesto.

Em frente ao corredor, olho as sombras que se prolongam até a entrada dos quartos. No chão, duas coisas enormes que parecem bolas de futebol, depois de firmar a vista reparo que são halteres. Laura aparece próxima aos halteres, tem de levantar os pés para vencer as bolotas obscenas.

— Está aqui, Paulo, parece que é um romance.

Os críticos, em geral, me consideram autor fértil, fértil até demais — e eu me sinto obrigado a concordar com eles. Mas não a ponto de perder um romance e nem me lembrar de tê-lo escrito. Olho com curiosidade para a pasta que Laura me estende:

— Olha aqui, tem um nome complicado na capa.

Apanho a pasta. Em letras grandes, esmaecidas pelo tempo, imitando caracteres do falso gótico, a palavra *pessach*.

— Não me lembrava dele.

E é verdade. Em lugar algum de minha memória ou de minha carne ficaram vestígios daquele romance iniciado fazia tanto tempo. Havia o plano, que anualmente adiava, de escrever uma paráfrase mais ou menos épica sobre o êxodo do povo hebreu, a geração que preferiu a fome e a morte no deserto a continuar escrava. O assunto está em mim, há muito, mas não me lembrava de ter escrito nada.

Abro a pasta, algumas folhas provam que o plano tivera um início de concretização. Confiro a numeração, quase quarenta páginas, escritas à mão, na velha tinta verde que eu usava então, para facilitar as emendas posteriores, que vinham em tinta azul.

Laura está satisfeita, acredita que me prestou um favor, escoteira que ajudou a velhinha a atravessar a rua.

— Não é um romance?

— Não, Laura, é um início de romance, mas não deve prestar, é esboço muito antigo, talvez não tenha nada o que aproveitar aqui, nem o título.

— O que significa? É coisa feia?

— Você acha que eu só escrevo coisas feias?

— Eu não entendo disso. Muita gente elogia o que você escreve. Outras não. Você sabe como são as coisas.

— Bem, de qualquer forma, obrigado. Você foi gentil em ter guardado isso todo esse tempo.

Estou agora rente à porta, Laura estende a mão para abri-la.

— Olha, Paulo, fiquei contente em ter visto você. Ainda outro dia pensei: ele vai fazer quarenta anos! Não podia imaginar que você se lembrasse de mim.

— Quando fizer oitenta anos apareço outra vez.

— Não brinque, Paulo, olha, não se destrói o passado. Apenas, o presente é que conta.

— Isso mesmo, Laura, você melhorou muito, já sabe fazer frases, qualquer dia escreverá um livro.

— Não zombe. Olha, quando você se sentir muito sozinho...

— Eu nunca estou sozinho, Laura.

Ela me olha, sem entender. Eu poderia explicar, mas seria passar da conta, e eu preferi passar da porta, sem olhar para trás.

Olho pelo retrovisor e reparo que o carrinho pequeno, um Volkswagen grená, vem atrás de mim. São duas e meia da tarde, demorara-me na visita a Laura e tenho de atingir a Zona Norte, chegar quase aos subúrbios, para visitar os velhos. Quando saí da casa de Laura pensei em ir direto à editora, mas as coisas podiam complicar-se por lá, eu demoraria mais ainda e se chego tarde em casa dos velhos posso encontrá-los recolhidos, dormindo. Não há telefone para avisá-los, mas eles me esperarão hoje, sabem que nunca deixo de visitá-los, todos os domingos, todos os aniversários, o meu e os deles.

Perdi familiaridade com o trânsito da Zona Norte. Novas ruas, novos edifícios, o trabalho de demolição é grande nestas bandas, vez por outra me perco na rua sem saída, no trecho impedido para obras.

Coincidência ou não, olho novamente pelo retrovisor e o Volkswagen grená continua atrás de mim. Deve ser o mesmo que me acompanha desde Botafogo, desde que saí da casa de Laura.

Para tirar a dúvida, ameaço encostar no meio-fio. O carrinho grená percebe a manobra e me ultrapassa, em velocidade. Deu para ver o casal que vai à frente, ele dirigindo, de chapéu e óculos, ela apenas de óculos escuros, voltada para o outro lado

— nada de anormal, a suspeita é imbecil, não tenho por que ser seguido pela cidade.

Viro na rua dos velhos, rua mumificada de Zona Norte, calçadas esburacadas, árvores empoeiradas, lúgubres. O dia continua abafado, talvez chova mais tarde. Diminuo a marcha do carro e distingo, parado à porta dos velhos — o muro cor-de-rosa, pintado todos os anos, dá um toque de alegria e limpeza à rua —, um carro dos antigos, um Dodge de 1948 ou 1949, já não diferencio as marcas dos carros, houve tempo em que era hábil nisso.

"Há visita em casa!"

Faço rápido exame para ver que parente ou conhecido tem um carro daqueles. Evito, sempre que posso, os parentes, felizmente os tenho poucos e distantes. E nenhum, que eu saiba, com aquele tipo de carro.

Estaciono atrás do Dodge e agora verifico que não é Dodge, mas um Mercury 1948, em belíssimo estado, coisa de colecionador.

"Deve ser algum primo afastado de mamãe. Ela cultiva os parentes. O velho, que eu saiba, só tem no mundo a mim e à velha."

O cachorro late. É mania recente do pai, ter cachorro em casa, por causa dos ladrões. Um vira-lata ordinário e competente, achado na rua, feroz diante de estranhos, ainda não se habituou comigo, late como se eu fosse um intruso, e, até certo ponto, dou-lhe razão, considero-me intruso na casa de meus pais, o cachorro tem faro bastante para perceber isso.

A porta da frente, que dá para a varanda, está fechada. Contorno a casa pelo lado de fora, até atingir a pequena área onde os velhos almoçam. Ouço a voz de um homem, voz desconhecida, fala em tom autoritário. O cachorro continua a latir, vem atrás de mim, o rabo fazendo uma curva sob o corpo, seu protesto é obstinado e ineficaz, deve ter percebido que, em certo sentido, eu sou pessoa da casa, assim mesmo ele não me aceita.

A voz de minha mãe interrompe o latido do cão e a voz do desconhecido:

— Quem está aí? Joaquim, vai ver quem entrou, o cachorro está latindo.

— Sou eu, mãe.

Apareço na sala e dou de cara com o desconhecido. Não preciso de apresentação para saber que é o médico, recomendado por amigo da família. Conhecimento novo, a mãe tivera melhoras com ele e a ele se agarrava com esperança e devoção. Sabia o seu nome, dr. Mílton, Mílton não sei o quê. Imaginava-o mais moço, a mãe dizia que ele era de minha idade, mas é homem de cinquenta e tantos anos, vestido decentemente, sem afetação mas sem desleixo.

— Este é o nosso filho. — O pai tem orgulho em me apresentar.

O médico estende-me a mão, em silêncio. Depois comenta:

— Já o conhecia de nome. E de fama também, sua mãe fala muito em você.

Gosto do tratamento de "você", revela que ele tem de mim uma imagem infantil, esboçada e acentuada por minha mãe.

— Como é? Alguém doente?

O pai começa a explicar, mas como fala muito, e como sempre, sem objetividade, a mãe pede que ele se cale.

— Amanheci doente, meu filho, e pedi a seu pai para chamar o médico. Ele veio aqui, é muito gentil.

— Mas que que há? A senhora está com boa cara.

O médico ri, como se eu tivesse dito besteira. O pai faz cara de mártir, como se a velha estivesse dando muito trabalho a ele. A mãe segura-me a mão e só então estranha a minha visita:

— Alguma coisa, filho? Você por aqui em dia de semana? Soube que sua mãe estava doente?

— Não. Não sabia.

A mãe olha com reprovação para o pai:

— Vai ver que o seu pai telefonou para você, incomodando-o também. Eu não tenho nada, apenas senti dores, pedi que avisasse ao médico, mas não queria que você viesse de tão longe, num dia de trabalho. Seu pai não me respeita, vai ver que telefonou para você dizendo que eu estava morrendo.

— Não, o pai não me telefonou. Eu vim aqui...

Surpreendo a verdade: eles haviam esquecido que eu fazia anos, que aquele era o quadragésimo aniversário do filho único. Tenho vontade de dizer logo: "Vim aqui porque hoje faço quarenta anos", mas talvez seja precipitação minha, eles não haviam dito nada por causa do médico, quando ele fosse embora o pai abriria a garrafa de champanhe de todos os anos, e mamãe apanharia, na geladeira, um daqueles doces que ela faz e sabe que eu aprecio.

O médico retoma o tom autoritário, diz palavras complicadas para me impressionar, abusa do jargão de sua profissão e, como nota que não fico impressionado, encerra o discurso:

— Enfim, eu estou atento.

É minha a vez de falar:

— Desejava uma palavra, doutor.

Ele fica surpreendido. Tomo-o pelo braço, levo-o para a sala. De há muito gostaria de estar informado sobre o estado de mamãe, o pai suspeita que ela tem câncer, volta e meia alude a um fim próximo, para ela e para ele. Não perderia a oportunidade de saber ao certo o que se passa.

Sentamo-nos no canto, a sala está escura, as janelas fechadas para impedir o mormaço, sombrio e empoeirado, da Zona Norte.

— Doutor, sou homem razoavelmente ocupado; não tenho tido tempo para saber do estado de mamãe, mas gostaria que o senhor fosse franco, o pai acha que o estado dela é grave.

— Sou franco por princípio — o tom dele é de quem vai fazer um discurso — e não há o que esconder. Aliás, foi providencial a sua chegada, eu gostaria de explicar a situação a uma pessoa responsável, o seu pai, como se vê, anda muito nervoso, deprimido, preocupado com outras coisas, seria bom que você tomasse conhecimento do caso, me ajudasse a uma decisão.

— Que decisão?

— O caso é simples de ser exposto, mesmo a um leigo. Sua mãe vem sentindo dores bastante acentuadas na região uterina. A primeira suposição a que somos levados é sempre a mais drástica: câncer. Depois, por eliminação, e com a ajuda do laboratório, chegamos ao diagnóstico mais simples. Ela não tem nada de sério. Pensei em operá-la, seu pai chegou a tratar da internação, mas eu reconsiderei a tempo, a cirurgia de pouco adiantaria, talvez chegasse a ser inútil, ou prejudicial.

— Quer dizer, pelo que depreendo de suas palavras, que a mãe não tem nada, as dores que ela sente são imaginárias, as queixas, o definhamento, tudo é imaginário?

Ele ri, percebe que estou irritado:

— Calma! Chego até lá. Evidente, com setenta e seis anos nas costas, há o processo de consumpção generalizado. O mal é justamente esse: velhice, desgaste orgânico, autofagia do próprio organismo.

— Velhice não dói.

— A velhice, em si, não dói, mas, no caso dela, há na região uterina uma espécie de acidente que escapa a qualquer tratamento específico, só mesmo a cirurgia. Com a idade, com a flacidez muscular de todo organismo, acontecem coisas assim.

Apanha a caneta, há o bloco de papel na sua frente, ele desenha duas linhas paralelas, fecha-as embaixo com um semicírculo:

— Veja aqui, mal desenhada, uma vagina normal. As paredes laterais são controladas pelo sistema muscular de todo o organismo. Com a flacidez provinda da idade, há o relaxamento dessas paredes. Ora, o útero, embora atrofiado, ou por isso mesmo, pesa com relativa insistência aqui. — Com a caneta,

desenha dentro das duas linhas paralelas uma espécie de ovo.
— Aqui está o mal. O útero pesa e comprime permanentemente essa região, cuja flacidez é irrecuperável. Acontece então que ele cai, às vezes ameaça sair... Tal queda ocasiona um grande incômodo, certamente alguma dor. Mas não há o que fazer em pacientes da idade de sua mãe. Se fosse mais moça, podíamos e devíamos operá-la, afinal, o útero, na idade dela, pouco lhe faz falta. Imagina agora o trabalhão: interná-la, anestesiá-la, abri-la, costurá-la, o choque operatório, o risco de um acidente, de uma infecção, um acidente circulatório, um imponderável qualquer, e para quê? — Ele mesmo responde, depois de guardar a caneta no bolso interno do paletó: — Para tirar a dor. Sim, eis aí uma razão. Mas podemos chegar ao mesmo resultado com a terapêutica adequada, os sedativos, em momentos mais agudos, um pouco de morfina. No mais, a higiene rigorosa, lavagens constantes, reconheço, deve ser incômodo, mas não mata.

Apanho o papel com o croqui vaginal de minha mãe, pergunto se posso ficar com ele.

— Para quê? Vai explicar isso a ela? Eu já expliquei.

— Não. Não é isso. Talvez o senhor ignore uma coisa: eu nasci desse aparelho que o senhor desenhou. O senhor mesmo reconhece que está mal desenhado, mas, basicamente, eu vim disso. Suponho que a sua mãe tenha tido um aparelho igual para gerar o senhor.

— O dela foi pior. Teve mais de oito filhos, eu mesmo tentei a plástica do períneo, mas logo depois tivemos de extrair o útero.

— É uma façanha.

O médico ri, modesto:

— Sou contra preconceitos. Em medicina, temos por norma, por ética, entregarmos a colegas os casos assim, que envolvem nossos pais. Mas não me impedi disso, acha que eu errei?

Olho-o com assombro:

— Em absoluto. O senhor é um benfeitor da humanidade. Conseguiu extrair o útero de sua mãe. Mordeu-o?

— O quê? Mordi o quê?

— O útero.

— Mas para que ia mordê-lo? Não sou canibal!

— Os canibais mordem o útero das mães?

O médico sacode a cabeça, levantando-se:

— Eu não sei aonde o senhor quer chegar.

Dobro o papel e meto-o no bolso.

— A medicina é obscena, não acha?

— Como obscena? Ela salva vidas, elimina dores.

Dirijo-me para a copa, onde os velhos me aguardam. Deixo o médico falando sozinho, mas ele vem logo atrás. O pai olha-nos com ansiedade, como se tivéssemos tramado o destino dele e o de minha mãe.

— Como é, filho? Falou com o médico? É grave?

— Não, pai, o médico acha que está tudo bem. A velha não tem nada.

O pai olha o médico, para confirmar:

— O senhor explicou tudo a meu filho?

— Sim, expliquei. O seu filho é muito curioso, compreendeu a coisa.

O tom em que diz "O seu filho é muito curioso" tem uma indulgência insuportável, a professora felicitando os pais pelo fato de o filho ter conseguido somar dois e dois.

— O doutor é um bom desenhista. Fez um bonito desenho e me deu de presente.

O médico abre a boca, sem compreender. O pai quer ver o desenho:

— Mostra, mostra! Eu não sabia que o senhor era pintor!

— Ele não é pintor, pai, é desenhista.

Mamãe vem lá de dentro, trôpega, a cabeça cansada, ouve a conversa pela metade:

— O doutor é artista? Eu não sabia!

O médico me encara com raiva:

— A visita está feita, as explicações dadas, a medicação indicada. Tenho de voltar ao consultório, há outros clientes...

O pai entende que é hora de pagá-lo:

— Um momento, doutor, vou apanhar a carteira.

Faço um gesto detendo o velho:

— Deixa, pai, hoje eu pago. Quanto lhe devemos, doutor?

O homem abaixa a voz, na atitude que estudara havia muito, que exercia havia muito, diz a quantia com naturalidade, sem parecer que faz favor ou exigência, prostituta honesta que cobra exatamente o *essencial* e deixa de incluir os *acidentes*, os imprevistos:

— Cobro as visitas na base de vinte mil cruzeiros. Para o seu pai, que pode pagar, eu cobro isso.

Tiro da carteira as quatro notas de cinco mil cruzeiros, coloco-as na mão do médico. Ele olha para os velhos, à procura de audiência que melhor o compreenda.

— Bem, qualquer coisa, é só me chamar, acredito que ela agora está bem medicada, seguindo minhas instruções a coisa melhorará.

— A coisa? Sim, a coisa. Eu estava esquecido da coisa, doutor.

Ele me olha, áspero, medindo-me:

— Pela imagem que seus pais fizeram do senhor, eu o imaginava outra pessoa.

— Eu nasci da coisa, doutor. O senhor é bom desenhista. E olhe, não me esquecerei daquela história.

Afastamo-nos pelo corredor, já não somos ouvidos pelos velhos, levo o médico para fora de casa.

— Que história?

— Que o senhor tirou o útero de sua mãe e mordeu-o.

— Eu não mordi. Eu não disse isso. O senhor...

Estamos no portão. Ele para, compõe a cara mais solene de que é capaz:

— Acredito que o senhor deva consultar urgentemente um...
— Um psiquiatra?
— Como é que adivinhou?
— Eu ouço vozes, doutor, ouço vozes.

Ele me olha, aterrado. Jamais poderá compreender o estrago que havia feito em mim. Se tivesse me esbofeteado seria melhor, menos doloroso: eu saberia revidar a bofetada que não houve. A solução era amedrontar o homem que tivera a coragem e a lucidez de morder o útero da própria mãe:

— Doutor, eu o invejo. O senhor é um benemérito, terá uma estátua dentro da Basílica de São Pedro. Merece.

— O senhor está bêbado?

— Estou. Agora vá embora.

Regresso à copa, ouço o barulho do motor, os Mercurys antigos tinham um barulho característico de pegar, ruído de pinos batidos ou soltos.

Encontro na copa os dois velhinhos que continuam a me olhar, sem compreenderem mais nada daquele dia, nem a minha visita, nem o meu comportamento.

— Você gostou do médico, meu filho?

— Gostei, pai. É homem competente, a mãe está em boas mãos.

— Eu não tenho câncer? — Ela me olha, há angústia em seus olhos.

— Não, mãe. Eu não mentiria para a senhora.

— Mas você aqui, meu filho! Você veio hoje porque sabe que sua mãe está mal. Eu sei que estou com câncer, do contrário você não teria vindo em dia de semana, sem avisar...

— Não há câncer, mãe, e eu vim aqui porque...

Olho meus pais. Os olhos deles estão compenetrados no câncer inexistente, nada mais existe para eles. Não faria sentido jogar na cara deles: "Faço quarenta anos hoje, há quarenta anos atrás eu nasci de vocês e aqui estou para que admirem e constatem a bela coisa que fizeram há quarenta anos!" Seria crueldade com eles, crueldade comigo.

— Tive problema com o carro, me aconselharam um mecânico aqui perto, aproveitei e dei um pulo.

A explicação é boa, acreditam nela. Voltam à rotina, a mãe vai para o quarto, ouço-a gemer quando se deita. O pai leva-me para a sala, e, apesar de curvado, é ainda um belo homem.

— Quer que eu prepare uma bebida, filho? Um uísque?

— Não. Está muito abafado para beber.

— Há cerveja na geladeira, tome um copo comigo!

Aceito a cerveja. Papai chama a empregada, uma escurinha que atura os velhos e se santifica com eles.

— Guiomar, veja a cerveja e dois copos, traz aqui na sala.

O pai tem, ao lado da sala, uma espécie de escritório. Livros na estante, a coleção de selos, enorme, complicada, o Yvert em lugar de destaque, para as consultas. Naquela mesa, ele não apenas examina os selos, faz ainda escriturações de pequenas firmas, clientes de seu antigo escritório de contabilidade.

— Como vão as coisas, filho? Eu tenho medo.

— Medo de quê, pai? Do câncer de mamãe?

— Não. Eu acredito em você, seria franco se o médico tivesse dito alguma coisa nesse sentido. Mas tenho medo de tudo, veja, qualquer dia começa o terror.

— O terror? O senhor vive num mundo estranho, pai. Não há terror.

— É sempre assim que começa. No fim, quem acaba levando a pior somos nós.

A empregada traz a cerveja, os dois copos. Papai serve com perícia, tem pequeninas técnicas para as pequeninas coisas, descasca uma laranja com o amor do escultor pelo seu bloco de mármore.

— Aprenda isso, meu filho, que está em meu sangue, e, até certo ponto, em seu sangue também: quem paga por tudo, no fim das contas, somos nós, os judeus.

É, talvez, a primeira vez que ele me fala assim, tão cruamente, sobre o assunto.

— Mas, pai, nem eu nem o senhor somos judeus.

Ele me olha, fundo, obstinado. A cerveja deixara em sua barba branca, junto à boca, um coágulo de espuma. Senta na poltrona ao lado da estante, eu me instalara em sua cadeira, atrás da mesa. Por mais que ele fale, por mais informações que revele, não destruirá em mim a certeza que eu mesmo, com pesquisa própria, consegui obter. Sei que não sou judeu, a menos que se considere judeu quem tiver mais de 1/32 de sangue semita.

— Foi bom que você aparecesse hoje, assim de repente, sem esperarmos. Geralmente, nos domingos, eu e a sua mãe nos preparamos para a visita, queremos que você encontre aqui a imagem que sempre lhe vendemos do nosso lar. Mas hoje, de supetão, eu não estou preparado para continuar mantendo essa imagem. Você vai me ver nu, com meus pânicos, meus suores frios. Está no meu sangue, filho, no nosso sangue.

— Isso é idiota, pai. Não faz sentido. O seu antigo pavor pelo nazismo levaria a isso, está parecendo loucura.

— Não é loucura. Eu nunca tive medo do nazismo, pelo menos quando eu dizia "nazismo" eu pensava em outra coisa. O nazismo foi coisa transitória, durou pouco, menos de vinte anos, e o que é isso para o povo que desde os egípcios, desde os assírios, vem encontrando o seu algoz no próprio vizinho, no amigo da véspera?

— Eu não estou disposto a discutir esse assunto. Acho absurda a conversa, nem nós somos judeus, nem temos o que temer pelo fato de sermos Goldberg Simon. Às vezes penso que isso é mais que mania do senhor: é o princípio da velhice, a arteriosclerose cerebral. Essa obstinação cresceu, de tempos para cá. Daqui por diante o senhor será capaz até de se circuncidar.

— E quem disse a você que eu não sou circuncidado?

Olho com espanto para o pai. Ele sempre me garantira que não, não havia motivo racial ou religioso para isso. Bem verdade que existe, em sua vida, em seu passado, zonas obscuras onde os fatos esparsos que eu conheço não dão para formar um todo contínuo. Mas ele me garantira, diversas vezes, que não era circuncidado, chegava a zombar dos ritos judaicos.

— Quer ver? — Há um brilho odioso nos olhos do pai, geralmente opacos pela idade, pela tristeza. Repete: — Quer ver?

— Não. Não precisa. Acredito. Isso não muda a história. O senhor nunca foi um judeu, nem o será agora.

— Muito bem. Eu não sou judeu porque meu filho assim o quer e declara. Se tudo fosse fácil assim! Olha, há alguns anos, eu disse a mesma coisa para o seu avô.

— Bem, admitamos que somos judeus, no sentido racial, já que no sentido religioso o senhor nunca teve preocupações...

— Quem lhe garante isso?

— Mas, pai, eu nasci aqui, em sua casa, sei como o senhor viveu, como o senhor me ensinou a viver! Nunca tivemos religião!

— Foi um erro, meu filho. Neste fim de vida, feitas todas as contas, olhando tudo em conjunto, vejo que cometi um erro básico.

O velho fala pausadamente, sem raiva dele mesmo, mas sem pena. Meditara naquelas palavras. Palavras que, por acaso, com algumas variantes, estão escritas dentro da pasta que Laura me devolvera pouco antes. Lembro perfeitamente: havia coisa de dez anos, iniciara um romance. Tomara, como exemplo, o próprio pai, o homem que traíra suas origens. A ideia não fora avante, eu esboçara algumas páginas, algumas situações — e esquecera tudo. Ficara apenas a ideia central, que um dia pretendia retomar, aproveitando e ampliando a temática central, enquadrando-a dentro da passagem do Êxodo, a noite em que todo um povo resolve abandonar o cativeiro às margens do Nilo e partir para o deserto, para as pedras e as montanhas do deserto. Essa noite, que decidiu a história de um povo — e foi, até certo ponto, a noite mais importante do mundo —, seria diluída em acontecimento menor, individual: um homem escolheria a árdua caminhada pelo deserto, em busca de uma terra que jamais alcançaria. Seria essa a sua passagem, a sua travessia: conquistar a liberdade — ou a paz — e o importante não era a conquista em si, mas a travessia, a busca — os pães não fermentados — e repudiar o cativeiro, a passividade escrava, o grilhão.

Mais tarde, compromissos imediatos me obrigaram a escrever outras coisas, só a ambição ficou. É possível que algum dia, distraidamente, tenha falado do plano ao pai, ou a algum amigo. Hoje, não me sinto motivado para o tema. Mesmo porque a grande motivação — cortar os grilhões — fora superada no plano pessoal. Rompera meus grilhões interiores — tantos (Laura — dourada algema) — e se não chegara a terra alguma, pelo menos me sentia livre.

— Está prestando atenção, meu filho?

O velho continuara falando, eu não o ouvira. Digo que sim com a cabeça e me concentro na conversa. Ele conclui uma espécie de confissão:

— Não queria terminar meus dias sem me dar conta disso. Você sabe, cada judeu decide de si mesmo. Ele é quem escolhe se será ou não um judeu. Eu tinha decidido não ser judeu, e assim vivi. Agora, que sinto o fim próximo, ao lado de sua mãe, uma ruína, sem mais futuro, quero incorporar-me à minha raça. No fundo, queira ou não queira, é também a sua raça.

— O senhor decidiu ser judeu. Está certo. Pois eu decido não ser judeu, e também estou certo.

O pai não ouve. Continua no mesmo tom:

— Você precisa ler o capítulo 16 do Levítico. É a descrição do Arrependimento, base da festa do Yom Kippur. Vou confessar uma coisa: nunca deixei de celebrar o Yom Kippur.

— Nunca tinha percebido isso. Mesmo em minha infância?

— Sim. Fazia-o às escondidas, não queria que sua mãe nem você suspeitassem. Você nunca desconfiou, não?

— Não. Sinceramente, nunca.

— Pois é um alívio saber disso. Quando eu era criança, vivia num lar como o seu: meu pai, judeu assimilado, também decidira não ser judeu. Fui educado na ignorância da lei judaica. Um dia, em minha infância, entrei em seu quarto, encontrei-o vestido de branco, voltado para a tarde que caía. Recitava em voz baixa o cântico que mais tarde vim a saber que era o "Kol Nidre", o hino da aflição da alma. Fiquei quieto, no meu canto. Quando o pai acabou, deu comigo. Perguntou se eu estava ali havia muito. Disse que sim. Não esqueço o tom de sua voz quando me pediu: "Não diga nunca a ninguém que me viu fazer isso."

— Pois o senhor pode ficar tranquilo. Eu nunca o vi fazer isso.

O pai está arquejante. Aquilo lhe custara um esforço difícil e compenetrado. Toma o copo de cerveja, aos goles, como se fosse remédio.

— O senhor também obedece aos jejuns, aos alimentos proibidos?

— Quando posso. Tenho a obrigação de ser judeu, mas sou casado com uma cristã. Espero que ela morra primeiro...

— E se o senhor morre antes dela?

Ele faz o gesto com a mão, como se a hipótese fosse absurda:

— Ela vai primeiro. Eu sei o que digo. A menos que ocorra uma perseguição. Então, farei questão de ir para as ruas com a Estrela de Davi amarrada nas costas. Ou, conforme o caso, não deixo que ninguém bote a mão em mim e nela: vamos juntos, na mesma morte.

— Não temos esse problema aqui.

— Já vi muita coisa, filho. E, como judeu, vi mais ainda. Meus parentes, por parte de pai, foram trucidados em Dachau, Treblinka e Sobibor. Depois da guerra, quando fiz aquela viagem de negócios, fui ver o que restava de minha aldeia, terra do meu avô. Tive dois irmãos em Treblinka, meu pai, que conseguiu fugir antes, escapou do campo de concentração, mas teve fim pior: morreu agoniado, acho que sua morte foi provocada por ele mesmo. Como judeu, membro de uma raça antiga, conheço muitas espécies de Treblinka. São dois mil anos de Treblinkas. E aqui, por que não? Por que aqui é diferente? A Polônia, no início da Idade Média, era diferente. Para lá fugiram todos os judeus da Europa. E depois? Você conhece a história.

Lembrava-me dessa viagem, vinte anos atrás, ele trabalhava para um escritório de representações comerciais, maquinaria pesada, o Plano Marshall investia fundo na Alemanha Ocidental, ele fizera bons negócios lá. Voltara um pouco diferente. Mas não dei importância, primeiro porque ele tinha suas manias, segundo porque eu estava mais interessado na minha própria vida.

O velho despeja no copo o resto de cerveja e me olha com decisão:

— Não entendo de política, mas veja a situação: estamos novamente sob ameaça.

— Por pior que seja o governo, ninguém está pensando em exterminar os judeus.

— Mas pode pensar. No momento, pensa em exterminar os comunistas. Um dia, os comunistas estarão exterminados e como é que uma ditadura se mantém sem a existência de um inimigo interno para exterminar? Esse inimigo interno, que sempre serve de pretexto para justificar os regimes de força, é o judeu. Hoje, o cristianismo passa a mão pela nossa cabeça, em tom paternal, ou fraternal, mas durante séculos foram eles que nos botaram na fogueira. Eu conheço as coisas, meu filho, eu conheço as coisas.

— Olha, pai, não imaginava que o senhor estivesse tão convencido disso. Sempre teve medo de perseguições, mas ignorava que chegasse a este ponto. Acho improvável, absurda uma perseguição aos judeus, aqui na América Latina. É o que os jornais costumam afirmar que não está nas tradições do povo. Não há clima.

— Mas quando o governo, por meio de propaganda compacta, começa a dizer que os judeus é que fazem o custo de vida subir, que os judeus são os culpados pela fome e pela mortandade infantil, aí as coisas mudam. Já fomos acusados da chuva e da seca. A história se repete, em tom de tragédia ou de farsa. Para os judeus, nunca é farsa: é sempre tragédia.

Tomo o resto da cerveja que esquentara no copo e decido ir embora. O ar do escritório está pesado, o cheiro da cerveja apodrece o ambiente.

— A mãe está dormindo?

— Ela costuma descansar a esta hora. Vou chamá-la.

Passo novamente pela copa, tenho vontade de espiar dentro da geladeira. A de Laura estava cheia de doces. A de minha mãe — se ela realmente não esqueceu o meu aniversário — deve ter uma torta, ou um pudim. Abro a porta, vejo as prateleiras quase vazias, garrafas de água, de cerveja, um vinho branco aberto, o pacote de manteiga, verduras, ovos.

Ela, do quarto, percebe que abro a geladeira.

— Quer alguma coisa, meu filho? Eu mando a empregada preparar.

— Não. Abri por abrir, para ver como estão as coisas.

Vou ao quarto. Ela está semideitada na cama: dois travesseiros apoiam-lhe as costas. O corpo está murcho e me lembro do croqui que o médico havia feito.

— Você almoçou, meu filho?

— Almocei. E é cedo para pensar no jantar.

— Não quer café? Tem biscoitos lá na cozinha.

— Não. Eu já comi doce hoje, para ser agradável a uma pessoa.

Ela procura me olhar o mais intensamente possível com seus olhos apagados. Sempre acreditou que sabe me ler e era isso que tentava fazer:

— Agora me diz, meu filho, você acha que sua mãe está mesmo doente? Não é câncer? Você apareceu assim tão de repente que eu me assustei!

— Não, mamãe, o médico disse que a senhora está ótima. Só tem é velhice e velhice não dói, foi o que ele disse.

— Mas eu sinto dores. E um cansaço, uma tristeza...

O assunto me causa mal-estar. Não posso fazer nada, nem mesmo mostrar-me carinhoso: seria falso de minha parte. E ela pouco ligaria ao meu carinho: aferra-se à vida, ao seu corpo — e o mundo lá de fora que se dane. Talvez me excetue da geral danação, mas agora, ali deitada, vencida, e eu de pé, o carro me esperando, a vida pela frente, sou o mundo para ela, mundo do qual ela não mais participa, que ela odeia.

— Bem, no domingo apareço outra vez, prometo demorar mais.

— Vem sim, meu filho, não nos deixe sozinhos. Seu pai anda acabrunhado, com essa mania de perseguição.

— A mania é inofensiva, coisa de velho.

Passo a mão pelo ombro dela (lembro a frase do pai: "Casei-me com uma cristã", minha mãe era exatamente isso, uma *cristã*) e ela agarra minha mão:

— Sua mãe está doente, meu filho!

— Fique tranquila. Domingo eu volto.

Encontro o pai no corredor. Tem o copo de cerveja na mão e me chama, num gesto ridículo, infantil, despropositado. Suspeito que ele tenha enlouquecido, mas é apenas o gesto grotesco de um velho que vai fazer travessura:

— Venha aqui que vou mostrar uma coisa.

Como é o dia das revelações, vou até o escritório. O velho abre o cofre, embutido numa prateleira da estante de livros. Dele retira uma pequena caixa de papelão:

— Sabe o que é isso?

Procuro ver o nome impresso na caixa.

— A caixa é de outro remédio. Veja, guardo aqui três comprimidos, parecem aspirina, branquinhos, redondinhos, inofensivos, só para curar dor de cabeça. Mas não são aspirina. São de cianureto. Uma fórmula muito usada na Alemanha, na Áustria, durante a guerra. Arranjei isso lá. Basta a gente botar uma pastilha dessas na língua e deixar dissolver. Morre-se depressa, quase sem dor. Göring morreu assim. E, talvez, o próprio Hitler, o tiro foi depois, para deformar o rosto.

Faço o gesto de quem vai tomar a caixa, mas ele a protege:

— Não, filho, não vou fazer nenhuma besteira. É só para o caso de necessidade. São três comprimidos, um para cada um. O meu é esse, o de sua mãe aquele.

— E o outro?

— O outro? O outro é seu. Pode levá-lo.

Ele me oferece a caixinha. Tenho vontade de jogá-la ao chão, pisá-la. Estranha docilidade me apanha ali, diante do pai, a mão estendida, a caixa de papelão, os três comprimidos brancos na minha frente. Insiste:

— Anda! Toma!

Meto a mão e apanho o comprimido que ele me destinara. Parece mesmo simples aspirina, embora mais densa e pesada. O velho fica satisfeito, como se tivesse me dado um bombom inesperado, um brinquedo raro, joia de família, guardada havia muito para a sucessão.

— É bom guardar num envelope. Depois, quando chegar em casa, bote numa caixinha, é mais seguro, ele pode se esfarinhar.

O pai apanha o pequenino envelope impermeável, de guardar selos.

— Use isso. O papel protege contra a umidade.

Tenho vontade de perguntar se ele já consultou algum psiquiatra, mas recordo que, havia pouco, o médico me perguntara a mesma coisa.

— Bem, pai, obrigado, espero que não tenhamos necessidade de usar essa droga.

— Eu também espero. E estou com quase oitenta anos, podia usar a minha parte, mesmo sem necessidade. Você não, está muito moço.

A alusão à minha mocidade me fere:

— Já não estou tão jovem assim. Quarenta anos.

— Quarenta anos?

Ele abre a porta da frente, vejo o meu carro estacionado na rua e ele me parece a libertação, o meu mundo. Fugir daquilo, daquele caos silencioso e amargo que me oprime e mutila. Prometo que voltarei domingo.

— Não deixe de vir, meu filho. Sua mãe não perdoa quando você some, diz que não nos procura por minha causa, por causa de minhas manias.

Faço o gesto tolo, "não ligue para isso" — e me atiro ao carro, como à jangada que me liberte de um exílio e de uma herança, pesada demais para carregar, minha o bastante para sofrê-la sem aceitá-la.

Estou no centro da cidade. A tarde vai em meio, as ruas começam a pegar o tráfego pesado e conflituoso, a multidão inicia o deslocamento para os bairros. Tenho de ir à editora e é bom que procure vaga para estacionar, a mais próxima possível, não quero andar a pé.

Estou procurando uma vaga junto à Biblioteca Nacional quando vejo, pelo retrovisor, a sombra grená atrás de mim: parece o mesmo carro que, horas atrás, me perseguia. Procuro endireitar o espelhinho para ver se consigo identificar o casal de óculos, mas o ônibus me corta a visão, parando à minha traseira. Espero o sinal abrir e deixo o ônibus passar. Não vejo nenhum carrinho grená. Encontro uma vaga e estaciono. Olho em volta, procurando qualquer coisa grená que passe pela pista, sim, há alguns, muitos até, mas nenhum deles está me seguindo, ficam largados pelos meios-fios, abandonados. Outros cruzam comigo, rápidos, sem me darem importância, principalmente agora, que sou um pedestre a mais.

Muita gente apressada, caminhando para casa, a tarde cai sobre a cidade, os edifícios se destacam, com suas luzes acesas, manchando a claridade embaciada do final de dia. Quase cinco horas e eu me perdi à toa neste aniversário. Ainda não tive tempo para me preocupar com o fato mais importante — e mais doloroso — do dia: nem o pai nem a mãe se lembraram de que hoje faço quarenta anos. Em quarenta anos, é a primeira vez que isso acontece. Poderia não perdoá-los por isso, não que esteja dando exagerada importância ao aniversário, mas a data é mais deles que minha, o esquecimento é mais do que uma ofensa, é um abandono.

Em compensação, tenho no bolso duas coisas que pesam: o envelope de papel impermeável com o comprimido de cianureto e o papel em que o médico fez o croqui de minha mãe. Não deixa de ser um princípio e um fim, o alfa e o ômega de um homem.

A editora está instalada no edifício moderno, próximo à livraria antiga. Os elevadores são complicados, há fila. Estranhos à minha volta, comprimidos — não de cianureto, de carne — diante das portas que de repente se abrem e se fecham. Há que se aproveitar o minuto da decisão, a hesitação gera transtorno e polêmica.

A porta se abre e entramos todos, aflitos por um lugar no mundo de alumínio e néon. A voz invisível comanda a sociedade ali reunida ao acaso: "Não fumem"; "Não forcem a porta"; "Lotação esgotada"; "Vai subir". A porta se fecha e a música, que se ouvia em surdina, une e reúne as vinte pessoas que iniciam a pequena viagem para o alto. É trecho de ópera orquestrado, "Caro nome", parece, ou outro trecho da mesma ópera, ou de outra ópera qualquer.

O elevador para no décimo andar, as duas portas se abrem para o corredor imenso, vazio. Ninguém entra nem sai. Imagino se, de repente, entra um árabe autêntico, vestido com aquelas roupas do deserto, cheirando a camelos suados, a tâmaras fermentadas ao sol. Talvez houvesse revolução dentro do elevador, o mais certo é que todos nos espremeríamos para caber o árabe, suas roupas e seus cheiros.

O elevador sobe, andar por andar, a porta vai se abrindo em silêncio e em silêncio os companheiros de viagem vão saindo, esgotados da breve companhia, para nunca mais. Chega o meu andar e é com alívio que deixo o estranho país do qual fui hóspede, o território de alumínio e néon, seu hino em surdina

("Caro nome" sim, "Caro nome de mio sposo") e seus habitantes silenciosos, estanques, fatigados.

Abro a porta, quase ao fim do corredor, estou na sala de espera do editor. Há meia dúzia de pessoas, alguns conhecidos, todos mais ou menos escritores, difícil conviver com eles, nunca sei se estou diante de um ensaísta ou de um poeta, do especialista em economia desenvolvimentista ou do teórico do movimento Práxis. Há alguns cuja identificação é mais ou menos fácil, mas incompleta.

Discutem ou conversam qualquer coisa, interrompem quando chego, esperam que eu traga ou revele um fato novo. Limito-me a cumprimentá-los, o que os constrange mais ainda, tenho cara de poucos amigos e, além da cara, tenho o gosto e a realidade de ter poucos amigos. A secretária informa que o editor me espera, passara o dia tentando me localizar, fora sorte ter aparecido por conta própria.

— Já vou.

O poeta Ataíde acaba vasta digressão sobre o século XX, o século mais importante da humanidade, segundo a opinião de todos. Perguntam-me o que eu acho e eu não acho nada. Não tenho opinião sobre o século XX ou sobre qualquer outro século. Mesmo assim pergunto:

— Mas por que o século XX é o mais importante?

O poeta Ataíde, suado de rosto e colarinho, joga o dedo em minha direção:

— Porque é o século da Revolução Soviética, da energia nuclear, da penicilina, da Revolução Chinesa, da Revolução Cubana e, talvez, da Revolução Brasileira!

Tenho a merecida fama de ser espírito de porco. Para merecer e justificar a fama, faço por onde:

— Todos os séculos se consideraram importantes, o mais avançado estágio da humanidade e do progresso. Veja o século XV, o XVIII, não vamos tão longe, o XIX, das Luzes chamado.

— Mas você não pode negar a importância das nossas conquistas.

O poeta tem um jeito muito sincero para classificar de *nossas* as conquistas enumeradas. Parece que ele havia ajudado a conquistar a energia nuclear, a penicilina, as revoluções socialistas.

No outro canto, um teatrólogo expõe a teoria do distanciamento de Brecht, e um sujeito magro, de óculos, aparência humilde, escuta placidamente. Nenhum dos assuntos — Brecht e século XX — me interessa.

Um crítico de arte, que bebe uma coisa que parece uísque, num copo de papelão, dá a sua contribuição em voz alta, querendo abarcar os dois assuntos. Lera, em algum lugar, que o computador de uma universidade americana deglutira importantes dados sobre a situação internacional e vomitara a sua verdade e a sua conclusão: daqui a vinte e cinco anos a China Comunista terá engolido todas as nações do mundo. Tomaríamos refrigerantes chineses, leríamos histórias em quadrinhos chinesas, nossos generais fariam curso de estado-maior em Pequim e o embaixador chinês, junto ao nosso governo, de três em três anos articularia golpes de Estado.

O poeta acha formidável e provável o eletrônico palpite.

A secretária insiste, o editor me espera.

— Bem — acrescento alguma coisa à conversa —, isso prova apenas que o século XX é chato. Começou com a *belle époque* parisiense e vai acabar com a *belle époque* chinesa. Os cancãs de Offenbach e os haicais de Li Tai Po.

O senhor idoso, etnólogo, antropólogo ou sociólogo — jamais consegui catalogá-lo devidamente —, toma a palavra em minha defesa.

— Há mais verdade do que você pensa nisso que está dizendo!

Folgo com a solidariedade imprevistamente obtida, mas não me interesso em saber a "mais verdade" que minhas palavras contêm. Passo para a outra sala, contorno a mesa de reuniões, a estante de livros, entro no gabinete do editor.

— Puxa! Andei à sua procura. Você some!

— Tenho a minha vida.

— Com essa misantropia, você termina reacionário ou louco.

— Foi para isso que me procurou?

O editor afasta os papéis na sua frente. Atende a um telefonema e pede à secretária que não o interrompa. Espero conversa comprida.

— O que há é o seguinte: tenho o plano para novo livro, de vendagem assegurada, a crise anda feia por aí, para todos, temos de lançar coisas novas.

Ele nota a minha cara contrariada.

— Já sei que você vai reclamar. Mas temos de pensar na indústria do livro, na vida comercial da editora, é óbvio. Muitos de nossos livros foram confiscados e apreendidos, os prejuízos foram grandes. Nossa programação habitual é boa, mas de vendagem lenta. Precisamos de livros de impacto, que vendam logo, e façam o capital investido girar e regressar. Só assim podemos cumprir sem riscos a nossa programação básica.

— Você vai me encomendar outra história sobre adultério?

— Não.

— Bem, eu tenho um problema: pretendo iniciar, amanhã mesmo, o novo romance. Vim aqui justamente para isso, vou fazer uma retirada para viver dois ou três meses em qualquer canto. Pretendo voltar com o romance pronto.

— Eu não quero prejudicar o seu romance. O que vou lhe pedir é simples, você faz isso em dois ou três dias, não custa, o romance pode esperar um pouco.

— Mas este ano já escrevi, sob encomenda, mais de cinco trabalhos. Se não faço o romance agora, para o ano não lançarei nada de novo e isso pode prejudicar a mim e à programação da editora.

— Uma coisa não invalida a outra. Você fará o seu romance a tempo, leve o dinheiro, vá para o diabo, mas primeiro me faça o conto.

— Que conto? Sobre quê?

— Um conto, ou, se preferir, um ensaio picaresco sobre a virgindade da mulher. O livro será uma coletânea de artigos sobre a virgindade. Tenho boas colaborações, daqui e do exterior. Todos os da editora toparam, só falta você. É para vendagem fulminante, esgoto a edição antes do Natal. Você faz cinco ou dez páginas, nada mais que isso. E depois vá para fora, fazer a sua obra-prima. Não pense que estou sendo contra o seu romance. Apenas, acho que devemos aproveitar a oportunidade, há público para livros desse gênero.

Encho o cachimbo que Teresa me dera, puxo a tragada forte.

— A virgindade?

— É. Uma coisa direta, rápida, nervosa.

— Bom, posso escrever sobre a virgindade, mas de ângulo muito pessoal.

— É o que eu quero.

— Não é isso que estou pensando. Falo de um outro *ângulo*. Um conto com este título: "Biografia precoce de um bidê compreensivo." A virgindade da mulher do ponto de vista de um bidê. Um bidê compreensivo.

Pela cara do editor, vejo que ele gosta da ideia. Mas não revela isso, é, naquele instante, o profissional.

— Você topa?

— Qual é o prazo?

— Tem de ser para já. Quase todos já entregaram os originais. Se possível, para a semana. Uma parte está sendo impressa. Manda logo o trabalho e você fica livre para o romance. É aquela história do padre?

— Não. Não é o padre, ainda. Honestamente, não sei o que vou fazer agora. Tenho algumas ideias, mas só amanhã começarei a pensar seriamente sobre o assunto. Talvez escreva sobre um judeu que traiu sua raça.

— Isso não cola no Brasil.

— Eu darei um jeito. Olha, o assunto é bom. Neste momento, agora, não sei o que fazer, mas quando sentar diante da máquina a coisa virá.

— Aprecio o seu convencimento. Os críticos se irritam com esse convencimento, mas a coisa tem dado certo. Faça o que quiser, mas, antes, faça o bidê. Queremos o bidê!

O cachimbo está aceso e o editor me pergunta pela milésima vez que fumo estou usando. É uma das inibições dele, fumar cachimbo, nunca teve coragem ou cinismo suficientes para botar um na boca. Mas gosta do perfume e talvez goste da calma que aparentemente o cachimbo dá.

— Bem, estamos combinados. Para a semana você me entrega o bidê, se enfurne onde quiser e me traga o romance para o ano que vem. O seu último livro saiu em...

— Em outubro. Nos primeiros dias de outubro.

— Vamos lançar esse novo romance só no ano que vem, em abril, depois da venda dos livros didáticos. Deixa tomar nota.

Escreve no caderno alguns apontamentos. Para de repente:

— Já saiu aquela edição portuguesa do seu último romance?

— Pelo que me informaram, está em composição. Por quê?

— Já vi publicidade dele, num catálogo português. O pessoal anda irritado com você, seus livros são alienados, você não se compromete, não se engaja, muita gente me torce o nariz porque edito seus livros.

— Bem, se essa turma participante quer participar mesmo de alguma coisa, por que não vai dar tiro contra o governo? Eu sei de gente que está disposta a isso.

Olho a cara do editor, sondando-o. Impossível que ele não saiba de alguma coisa, é homem informado. Mas sua inocência é brutal e me desanima. Fala com calma:

— Olha, meu caro, essa história de dar tiro não resolve. Precisamos é de costurar todos os descontentamentos existentes, e, com essa colcha de retalhos, compor a mortalha da ditadura que aí está. Dar tiro não resolve. Nem cuspir na cara do marechal.

— Mas quem está disposto a cuspir na cara do marechal?

— Muita gente. O poeta Amaral, por exemplo. Ele acha que precisa escarrar no marechal, quer derrubar o governo a cuspe. Pergunto: de que adianta isso? Veja o caso do Hotel Glória. Uma atitude muito bonita, nove camaradas vão lá, vaiam o marechal, vão para a cadeia, comem queijos franceses na prisão, são notícia de jornal, provocam manifestos, são soltos, nada aconteceu. Apenas enriqueceram a biografia pessoal de cada um. E daí?

— Bem, eu assinei manifesto pela libertação deles.

— Eu também, mas por solidariedade pessoal, por serem meus amigos. Mas uma atitude romântica e irresponsável como essa de nada adianta.

Suspeito que há velada provocação na última frase. Ele também deveria ter sido sondado. Corre por aí que ele deseja ingressar no Partido Comunista, mas estão dificultando essa entrada, os intelectuais do Partido acreditam que ele é mais útil do lado de fora. De certa forma, o Partido o explora.

— Vou abrir o jogo. Sei que somos amigos, independentemente de nossas habituais divergências. Vou abrir o jogo, como disse, mas não estou metendo o saca-rolhas em você, para saber até que ponto pode ir. Hoje, pela manhã, um sujeito foi lá em casa e me ofereceu aquilo que chamou de *oportunidade*. Vai haver uma espécie de guerrilha por aí e ele me convidou para dar tiro.

— A você?! Mas isso é absurdo!

Foi exatamente o que eu respondi. Você sabe de alguma coisa?

— Não sei e não aprovo, mesmo não sabendo. Minha trincheira é aqui, nesta editora, publicando livros que, de uma forma ou outra, ajudam a criar uma consciência de nossos problemas e uma antevisão de nossas soluções. Fora destes termos, ninguém pode contar comigo para nada. Você sabe disso.

— Meu caso é mais ou menos semelhante. Apenas, não tenho tamanha ambição, não pretendo criar consciência em ninguém, eu mesmo desconfio de que tenha uma consciência. Mas a verdade é que o camarada foi lá em casa e me convidou. Disse que há condições objetivas.

— Duvido muito. Não sei do que se trata, mas, mesmo que haja condições objetivas, acho inútil a luta agora. Temos outras soluções. De qualquer forma, é estupidez terem convidado você e maior estupidez será a sua, se aceitar.

— Eu não aceitei. Fui claro nesse sentido. Mas por aí você vê que é bom eu dar o fora.

A cara do editor está preocupada. Olha-me com indecisão, sem saber se eu o engano.

— Olha, quero ser bastante claro, já disse que é estupidez partir para uma luta dessas. A sua participação nisso, consciente ou não, será uma palhaçada. Se você, por acaso, quiser tomar uma atitude, escreva alguma coisa séria, que denuncie, que traga uma problemática útil à realidade do nosso tempo.

— Eu me recuso a isso, também.

— Não quero me intrometer em sua literatura, mas se você quiser participar do processo, há milhões de caminhos.

O encontro, para mim, terminara. Sei que o editor ignora qualquer coisa naquele sentido — o que é preferível.

Levanto-me, bato o cachimbo no cinzeiro ao lado.

— Passo amanhã na caixa, falei com o Joaquim Ignácio e ele disse que posso fazer uma retirada equivalente a três meses, é o tempo que passarei fora. O seu bidê será feito, para a semana remeto pelo correio. E quanto ao romance, se tiver disposição, faço mesmo a história do judeu assimilado. Não amadureci a história, nem o desenvolvimento episódico, mas a ideia central está pronta.

O editor ri, com maldade:

— Prefiro o bidê. Você permanece fiel a essa problemática existencial, esquecido da problemática que realmente conta: a social. Em todo caso, o problema é seu. Eu apenas edito livros, e o faço com prazer, você sabe disso. Mas teria orgulho de você se...

— Mande o seu orgulho às favas. Eu não escrevo nem para o meu orgulho, quanto mais para o orgulho dos outros.

— Mesmo assim, eu teria muito orgulho em saber que você se rende à vida e aceita o homem. Negá-lo, como você vem fazendo até agora, pode ser cômodo, comercial, mas não ajuda a ninguém.

— Não escrevo para ajudar a ninguém.

— Então mande o bidê, tire o dinheiro na caixa, fornique bastante e me mande depois um bom romance. Seria um bom aliado na luta de nossa época. Mas essa luta não aceita mercenários. Tudo tem de ser na base do voluntariado.

Vou me retirando quando insisto mais uma vez:

— Sempre achei você com cara de urologista. Pensando bem, vejo que me enganei. Você tem cara é de fabricante de bidês.

— Quem falou em bidê foi você! Eu apenas venderei o bidê!

— Mas quem tem a cara é você. Minha cara não muda, escrevendo sobre bidês ou sobre o Verbo Encarnado, é a mesma: a de traficante de cocaína. Viva!

— Viva!

Lá fora, a turma aumentara: há outros poetas, outros ensaístas, outros etnólogos, antropólogos, sociólogos e uma meia dúzia de economistas de diferentes tamanhos e feitios.

— Sabe da novidade?

O poeta Ataíde tem os olhos arregalados atrás dos óculos.

— Houve alguma novidade?

— O governo vai apertar os parafusos. Muita gente será presa nas próximas horas. Até bispos entrarão em cana. Eles estão desesperados e resolveram aceitar a luta.

— Isso não chega a ser novidade. Não estou a par do fato político, mas há dois anos que vocês dizem a mesma coisa.

— Desta vez é para valer. Os jornais serão fechados, a polícia está procurando uma porção de gente. Houve atentados em Recife, jogaram bombas em repartições federais, parece que o governo está disposto a tirar a máscara e aceitar o fato consumado: fascismo ortodoxo.

— E vocês vão fazer o quê? Um poema?

— Já fiz. Estou agora fazendo outro.

O poeta fala em voz alta, o resto da turma se aproxima. Há apreensão nas caras.

— Vocês todos estão lúcidos, sabem de tudo e sabem o que fazer. Eu, apesar de não estar lúcido, já sei também o que vou fazer: um ensaio sobre o bidê.

— Lerei seu rutilante ensaio na cadeia — diz a voz grossa, no fundo da sala.

Olho o dono da voz grossa, é antigo professor universitário, entendido em materialismo histórico, autor de um ensaio sobre Kant e Hegel. Respondo no mesmo tom:

— Não aconselho. Vai ser coisa fescenina, o senhor terá visões lúbricas na cadeia. Na sua idade é perigoso.

— Estou imunizado contra qualquer tipo de visões.

O ambiente fica pesado, alguém lê um jornal clandestino, as manchetes são espalhafatosas, dão raiva: generais dão palpites sobre todos os assuntos, fome em diversas regiões do país, pobreza nas classes intermediárias, miséria nas classes baixas. Tudo isso nas manchetes da primeira página.

Apesar de tantos descalabros, alguns discutem cinema, o grupinho lá no fundo continua o debate sobre Brecht. Procuro a secretária, que mantém naquele caos uma serenidade quase ofensiva.

— Avise ao Joaquim Ignácio que amanhã passo por lá, vou fazer uma retirada.

Ela toma nota num papel. Saio sem me despedir de ninguém. Desço o elevador ("Não forcem as portas"; "Lotação esgotada"; "Vai descer") e inventario aqueles encontros desencontrados. De qualquer forma, tenho o que fazer: o bidê. O trabalho me custará dois dias, não mais. Depois, ir para Ouro Preto, ou outra cidade qualquer, um hotel razoável, papel, a máquina de escrever, o romance. Terei tempo de amadurecer o assunto. E o bidê?

Vontade de dizer em voz alta, dentro do elevador: "E o bidê?"

Felizmente a porta se abre e saímos. Um rádio toca a "Ave-Maria", são seis horas da tarde. A rigor, não tinha almoçado. Comera, pela manhã, a refeição reforçada que Teresa me preparara e, depois, o doce em casa de Laura. Sinto fome, mas é cedo para jantar. Há um café à direita dos elevadores, muita gente toma chope em pé, a moça alta, vestida com o uniforme que pode ser de aeromoça ou de bancária, chupa o refresco vermelho por um canudinho comprido como ela.

Compro a ficha e, enquanto espero, encho o cachimbo para fumar depois. É neste instante que alguma coisa me faz olhar para trás, sinto comichão na nuca, tenho nuca sensível: ela me revela coisas. Volto-me rapidamente, com a impressão de que alguém se esconde atrás de uma coluna.

O homem do café demora em me atender e resolvo dar uma espiada. Contorno a coluna e não vejo ninguém, ou melhor, vejo muita gente, mas ninguém com cara ou jeito de estar me seguindo.

Volto ao café, que já está na xícara, quase frio. Deixo-o pela metade, acendo o cachimbo, levo algum tempo em indagar, de mim mesmo, onde deixara o carro. Quando estaciono em lugares a que não estou habituado, perco um tempão para localizá-lo. Concentrado nisso, ando pela área central do edifício, iluminado agora, a noite caiu de vez sobre os meus quarenta anos.

Tomo a direção do largo da Carioca, mas recordo que estacionei do outro lado, para as bandas do Castelo, junto aos ministérios, talvez o da Fazenda. Volto-me e vejo: uma silhueta me acompanha a uns cinco metros. Quando me vê voltar, entra rapidamente na pequena loja de discos que tem duas frentes, uma para a galeria interna, outra para a rua. Vou atrás para ver quem é, mas me perco na barreira de pessoas paradas nas portas, ouvindo uma gravação recente.

Caminho sem pressa. Estou só, neste cair de noite. Um dia inútil, que acentua a inutilidade dos meus quarenta anos. Rápido inventário em meus bolsos e em minha memória seria melancólico ou repugnante. Algum dinheiro, o comprimido de cianureto, o desenho que o médico fizera de minha mãe, a necessidade de escrever sobre o bidê e um futuro — que futuro? Quem ou o que me obriga a um futuro?

Volta e meia paro, olho para trás. Ninguém me segue. Estou me dando demasiada importância, quem teria interesse em me seguir? Ou estaria, agora que entro na meia-idade, repetindo a trajetória do pai, suas manias, seus pânicos?

Ele, pelo menos, considera-se judeu. Não o é, evidentemente: apenas meio judeu, como eu, como tanta gente. A história da circuncisão é mania dele, dificilmente teria sido circuncidado. Em todo caso, ele é dono de sua vida e de seu destino, como todo mundo. Se quer ser judeu nesta altura da vida, o problema é dele. Treblinka. Podem fazer uma Treblinka em Olaria e transformar o pai em sabão, a pele dele daria um razoável abajur, a luz amarelada e fria se filtraria nele. A consciência cristã do nosso povo. Meu pai casou-se com uma cristã.

O poeta Ataíde está fazendo um poema contra o sabão e a favor da liberdade, todo mundo assina manifestos, a pátria será salva. Eu também estou salvo, chego ao carro e a um destino: vou para casa.

Apanho o trânsito pesado. Apesar das pistas do Aterro, há engarrafamentos junto aos túneis. Não tenho pressa: tanto faz chegar como não chegar. O importante é ter um destino, iniciar a travessia. Podia ter ficado na cidade mais um pouco, ido ao bar tomar alguma coisa, se fosse dado a gentilezas, poderia ter convidado o editor para os drinques em homenagem a mim mesmo, aos meus quarenta anos.

Já que estou aqui, cercado de carros por todos os lados, o mais prático é prosseguir, metro a metro, no asfalto melado de óleo. O calor do dia derreteu todas as formas, não apenas o asfalto, mas os carros, as lâmpadas, os edifícios. Estou também derretido e é bom que chegue em casa e tome banho. Depois sairei para jantar. Pensando bem: foi melhor não ter convidado o editor, gosto de jantar sozinho. E tenho no que pensar.

Abre-se o claro à minha frente, dou a guinada com o volante e obtenho espaço para correr bastante. Logo adiante, há o atalho que dá para a ladeira do Leme, caminho íngreme mas livre. Engreno a segunda e venço a ladeira. Estou em Copacabana, vejo os edifícios embrutecidos pelo calor e pela noite. Pego a rua Toneleros e — antes de esbarrar novamente com a massa de carros — estou em minha rua.

Não há a massa de carros, mas há a massa humana, à minha frente. Acendo os faróis pedindo passagem, ninguém se arreda. Buzino com raiva, o guarda sai do aglomerado, vem falar comigo:

— Pode encostar por aí, chefe. O senhor não passa. Tem um morto aí na frente.

— Atropelado?

— Não. O camarada atirou-se lá de cima, caiu no meio da rua. Encoste à direita, em cima da calçada. Ou dê a volta e pegue outro caminho.

— Eu moro nesta rua, logo ali, não tenho outro caminho.

— Então suba na calçada. Passar vai ser difícil, estamos esperando a perícia.

— Para que perícia? O sujeito não se atirou?

— Nunca se sabe. Sem a perícia o cadáver não pode ser mexido. O senhor suba na calçada, feche bem o carro, eu ficarei por aqui, explicarei se vier alguém multá-lo.

Recuo alguns metros e subo no meio-fio. Encosto o carro junto à parede dos edifícios, deixando o pequeno espaço para a circulação. Sei que meu carro levará pontapés e unhadas — é detestável esbarrar com automóveis em cima da calçada. Mas eu tenho um motivo.

Por falar em motivo, há o morto e o seu motivo. Ninguém está interessado em saber quem é o morto, mas o seu motivo. Todo mundo morre, mas cada qual tem o seu motivo e isso é que diferencia a morte, embora ela seja igual para todos — são frases que ouço à minha volta.

Vou entrando pelo grupo, dou e levo cotoveladas, afinal estou na primeira linha, diante do morto. É um homem que parece comprido, ali na horizontal. Na vertical, deveria ter sido de meia altura, mais para o magro. Está vestido integralmente — o que para mim é surpresa: imagino os suicidas nus, mas o camarada talvez não seja um suicida e sim uma vítima, tem motivos de sobra para estar vestido.

Nunca penso seriamente no suicídio, o dia em que resolver me suicidar terei o cuidado de me despir, antes. Não apenas de todos os poucos ideais e anseios: de toda a roupa também. A nua morte, em analogia com a nua vida: nasce-se nu e é conveniente unir as duas pontas da existência com a sua inocência e a sua nudez.

Não sou suicida e olho com implacabilidade o homem estendido a meus pés. Não aprecio defuntos, mas este veio se jogar no meu caminho. Fugir dele seria escamoteá-lo, é bom que lhe renda as minhas ofendidas homenagens.

Alguém acendeu velas, sempre aparecem velas nessas horas, há camaradas que andam com velas acesas dentro dos bolsos para iluminar os cadáveres que tombam pelas ruas. Se o defunto estivesse de cara para cima, já teria aparecido o lençol. Mas ele caiu de bruços, o rosto achatou-se contra o chão. Alguém me explica que o camarada jogou-se do nono andar. Mostra o edifício, dois prédios antes do meu.

— Jogou-se mesmo?

— Parece.

Tanto a pergunta como a resposta são as únicas coisas que podemos dizer. Já rendi minhas homenagens ao defunto e já é tempo de homenagear-me, tenho também um motivo: o meu aniversário. Vou para casa e, depois do banho, roupa mais leve sobre o corpo cansado, saio para jantar.

Aperto o botão do elevador: é um nono andar também e penso no suicida. Momentos antes, alguém apertara o botão 9 de um elevador e fora o último botão a apertar na vida. Houve o sujeito que se matou porque estava cansado de abotoar e desabotoar os botões de suas calças. É também um motivo.

Em casa. Tiro o paletó, vou direto à banheira, abro as torneiras, quero tomar um banho frio e demorado, para descansar os nervos, embora não esteja nervoso, apenas irritado com tudo: o dia estragado, a conversa de Sílvio, a ida ao colégio, os pagãos da Manchúria, Laura com seus doces e seu marido de tórax inchado, pior mesmo a visita aos pais e estou tirando os sapatos quando lembro do paletó e de sua carga. Vou à sala, procuro nos bolsos, apanho o pequeno envelope de papel impermeável, o comprimido dentro. Há também o desenho do médico, vou ao gabinete e meto o desenho sob o vidro de minha mesa de trabalho. Ficam bem visíveis as duas linhas paralelas, o ovo disforme despencando-se entre as duas colunas flácidas, relaxamento muscular, qual a diferença entre os músculos do tórax do marido de Laura e os músculos da vagina de minha mãe? Este papel, em minha mesa, me ensinará humildade e ira.

Apanho também o cachimbo novo, reúno aos demais, no compartimento especial da estante. Volto ao quarto e estou nu. A banheira está cheia e será um alívio cair dentro dela. Olho-me no espelho e vejo a minha nudez. Ali está: um homem nu e abandonado que cumpriu sua missão de viver quarenta anos — o espaço suficiente para a geração do deserto preparar-se para a Terra da Promissão. Não me preparei para nada, não tenho pela frente a perspectiva de um deserto ou de uma promissão. Meu futuro é mais modesto, embora mais confortável: escrever sobre um bidê. Poderia evitar tudo isso e — nu como estou — sinto-me pronto para o salto. Bastará abrir a janela e deixar esta nudez esborrachar-se no asfalto. Causarei transtorno lá embaixo, dois suicidas na mesma rua, quase um em cima do outro, suspeitarão que somos pederastas e que nos matamos por amor ou desamor, e eu, estando nu, levarei desvantagem nas suposições gerais: aquele é o ativo, porque está vestido, este outro, o que está nu, é o passivo.

Voz passiva de afogar é afogar-se. "Escritor afoga-se na banheira diante de um bidê complacente." Não, o bidê não é complacente, é compreensivo. Complacência equivale a cumplicidade e não vejo em que um bidê possa ser cúmplice. Já o bidê — compreensivo é um bidê que compreende as coisas.

Eis o bidê: uma problemática existencial. Você precisa preocupar-se com a problemática social, a existencial já passou de moda. Leia Lukács, leia Goldmann. Esfrego sabão em meu pênis e não me sinto obrigado a uma problemática social ou existencial. Confiro mais uma vez se sou ou não circuncidado, agora, lembrando o dia todo, vejo que tanto eu como o pai fizemos a mesma pergunta. Eu perguntei àquela moça que veio aqui, pela manhã: quer ver? Se ela dissesse que queria eu não teria coragem de mostrar-lhe.

Papai também me desafiou: quer ver? — e tinha nos olhos um brilho quase pornográfico. Não me interessa ver pênis alheios, principalmente o pênis de um velho de quase oitenta anos que — ainda por cima — é meu pai.

Demoro-me no banho. Pensar em bidê e em pênis, quando se está deitado na banheira, é mais ou menos lógico: estou diante de um e de outro. Volto à posição vertical e imagino o defunto da rua ficando na vertical, a cara achatada pelo chão. Que ele fique mesmo na horizontal, eternamente na horizontal. Como as cobras. Se as cobras andassem na vertical o mundo seria infinitamente pior. Bastam os homens.

Visto roupa leve. A noite está quente. Pela janela do quarto, vejo relampejar no horizonte, para os lados do mar. Talvez chova, um dos temporais desta cidade, ruas alagadas, desabamentos, ameaça de tifo — felizmente estarei longe, amanhã passo na caixa, apanho dinheiro e sumo. Volto daqui a três meses. Saberei de Ana Maria, providenciarei sua ida para a França, com ou sem bolsa ela estudará em Paris, eu a mandarei para fora. Não posso ficar com uma moça de dezessete anos aqui dentro. Que ela volte casada, serei sogro decente, avô razoável. Se não fosse Ana Maria eu poderia, lavado e livre como estou, atirar-me lá embaixo. Bem, há o outro cadáver na rua e ele também me impede. Amanhã não haverá morto nenhum e eu poderei me atirar, mas resta Ana Maria para me deter, e há o compromisso com o editor, tenho alguns motivos para continuar vivendo, embora não seja essa a questão: com motivo ou sem motivo, vive-se e morre-se.

Deixei no carro a pasta que Laura me devolvera. Hoje mesmo, antes de pegar no sono, lerei o esboço antigo, talvez, depois do bidê, encontre ali uma pista para iniciar o romance. O carro ficou em cima da calçada, a insatisfação que sinto deve ser por causa disso, gosto das coisas em seus lugares, aprecio os bidês porque ficam presos ao chão, imutáveis, fiéis.

Escolho o blusão, dos mais leves, e quando me fixo num dos mais antigos, ralo já, de tantas lavagens, a campainha toca. Imagino o despropósito: Teresa arranjou folga com o marido e veio me ver. Pode ser Sílvio também, que bolou novos argumentos para me convencer.

Aproximo-me da porta e descubro, junto ao tapete, o telegrama, jogado pelo porteiro durante a minha ausência. Deve ser de Ana Maria. Leio rapidamente as coisas rápidas que ela diz: "Um beijo no grande papai." Dobro o telegrama e vou guardá-lo no bolso quando a campainha toca outra vez. Pensara, ao primeiro toque, que fora o porteiro avisando-me que jogara o telegrama sob a porta: quando cheguei da rua não havia papel nenhum no chão. Ele me viu subir e enquanto eu tomava banho desobrigou-se da tarefa de entregar o que era meu. Quem batera antes e bate agora é uma visita ou entidade equivalente.

Abro a porta e deparo com o quadro imbecil: uma mulher com o filho no colo. Se fosse dado a extravagâncias, se fosse um pintor da Renascença, teria diante de mim a madona, a madona e o bambino. Não sou pintor e minhas extravagâncias não chegam a esse ponto. Além do mais, a mulher que está diante de mim, a cara arranhada por unhas recentes, olhos vermelhos de humilhação, é Laura.

— Eu explico, Paulo!

Há aflição em sua voz, e pressa em entrar pela minha sala. Deixa o menino no canto do sofá, escora-o com uma almofada, e quando penso que ela vem a mim, dizer alguma coisa, tomba para o outro lado e começa a chorar.

Não sinto emoção em ver aquela mulher, ali em minha sala, tão próxima de minha cama. Eu passara o dia todo na rua, mas os poucos instantes em que ficara em casa, três mulheres ali estiveram: Teresa e Vera pela manhã, agora Laura. Os moradores do prédio têm razão, não sou vizinho respeitável.

Penso em me aproximar, segurar-lhe a mão, acariciar seus cabelos. Sinto que não faz sentido consolá-la. Deixo-a chorar, ela veio para isso. Vou ao gabinete, guardo o telegrama de Ana Maria na gaveta, apanho outro cachimbo, encho de fumo. Uma contração aperta dentro do estômago: estou faminto, não comi nada durante o dia; comunicarei a Laura que tenho fome, que sairei para jantar, que ela me espere se quiser, se quiser que chore bastante e vá embora depois. Mas não encontro razão para ser indelicado com ela, afinal, fora a sua casa e ela me recebera bem, se havia alguém com razões para receber mal a alguém, aquele alguém era ela, o outro era eu.

Retorno à sala, despejo dois dedos de uísque no copo. A bebida desce, há o calor gostoso no estômago vazio. E um pouco mais de coragem — e paciência — para enfrentar Laura.

Olho o garoto que ela deitou no canto do sofá. É apenas um bolo de coisa. A cara está voltada para o encosto, associo aquele guri ao morto lá de baixo.

— Laura!

Ela parara de chorar. Ficara jogada no sofá, o rosto apoiado nas mãos. Saíra às pressas, está com vestido comum, daqueles de ficar em casa.

— Algum problema?

A pergunta é idiota, lógico que há problemas, as unhas recentes na cara, os olhos vermelhos, a visita inesperada e — para ela — humilhante.

Vira o rosto para mim. Apesar dos arranhões, dos olhos inchados, dos cabelos desalinhados, está bonita, mais bonita do que pela tarde, quando a surpreendi na hora do almoço.

— Foi horrível, Paulo, foi horrível!
— A culpa foi minha?

— Não. Não pense que a culpa foi sua, você deu apenas o pretexto. Luís voltou logo depois, embriagado, bebeu o dia todo por aí, não foi ao trabalho, quando chegou para jantar reclamou de tudo. Eu nem o censurei pelo fato de estar embriagado, aceito-o tal como é, e o amo assim mesmo. Mas hoje ele estava fora de si, bebera demais. Jogou o jantar no chão, acordou o garoto. Eu pedi que ao menos respeitasse o nosso filho, ele gritou que estava na casa dele, que nos sustentava a todos, que o guri era dele. Eu disse que a mulher também era dele. Aí ele parou, me olhou desvairado.

— Reclamou da minha visita?

— Não. Não tocou em seu nome, nem em sua visita. Jogou todo o jantar no chão, quebrou pratos. Eu me abaixei para limpar o assoalho, afastei a mesa para retirar o tapete. Então ele me agarrou e me levou para a cama. Eu estava suja, parte da comida havia caído no meu vestido, minhas mãos estavam lambuzadas, recusei, disse que precisava lavar as mãos, o rosto, mas ele me quis assim mesmo. Fiz-lhe a vontade, chorando, e ele nem percebeu ou nem se incomodou pelo fato de eu estar chorando. Quando caiu para o lado e eu pensei que podia me recompor, que ele ia adormecer e dormir até amanhã, foi o pior. Caiu em cima de mim. Meteu as unhas na minha cara, disse palavrões, eu tentei fugir dele, corri para o quarto do garoto, mas não tive tempo de fechar a porta. Ele me agrediu outra vez, deu-me socos, pontapés, eu nem gritar podia, não queria assustar o garoto, nem escandalizar os vizinhos. Foi horrível, Paulo, foi horrível!

Olho para Laura, sem pena e sem ódio. Os cabelos caem-lhe pelo rosto e ela está muito bonita. Tomo outro gole, longo, bem demorado, como sempre faço antes de dar uma trepada especial. Quando sinto a bebida esquentar a cabeça, tenho a vontade idiota de beijar Laura, sentir outra vez o gosto de sua boca, de seus cabelos desarrumados, caídos pelo rosto. Não sei por quê, na hora me lembrei de Binho, um amigo do CPOR. Quando lhe apresentei Laura, ele a achou parecida com Alida Valli, aquela atriz italiana que trabalhou com Orson Welles e Joseph Cotten em *O terceiro homem*.

Laura faz uma pausa, ajeita o garoto que ameaça acordar:

— Depois, ele foi para a sala, apanhou uma garrafa de não sei o quê, acho que de gim, e começou a beber. Bebeu pelo gargalo. Eu me agarrei ao garoto e esperei. Como de outras vezes, ele beberia até cair no chão. Então eu o levaria para a cama, o despiria, o lavaria, o adormeceria. Amanhã seria outro dia. Percebi que ele procurava alguma coisa: o revólver. Eu mesma o escondi dele, há tempos, em outra crise igual. Tinha que fugir imediatamente, ou ele apanharia o revólver, ou me bateria outra vez, para que eu o ajudasse a encontrar a arma.

— E o que que ele faz com o revólver?

— Sei lá! Quando tem dessas crises, fica olhando para o cano. Pode se matar ou me matar. Mas nunca me bateu assim, antes. Foi a primeira vez, creia.

— Mas bate, às vezes?

— Só quando bebe muito. Limita-se a um tapa, a um soco que geralmente não me pega, eu sei evitar. Horrível foi mesmo hoje.

— E ele achou o revólver?

— Não. Procurou, procurou, depois voltou para a sala, até que adormeceu na poltrona. Geralmente, aproveito o seu sono para levá-lo para a cama, mas desta vez eu temi que ele acordasse e tudo recomeçasse. Aproveitei a trégua e fugi. Não tenho para onde ir. Apanhei o garoto e, como você foi gentil hoje, me visitando, achei que podia vir aqui.

— E o revólver? — insisti.

— Está na minha bolsa. Não ia deixá-lo em casa, ele podia encontrar e eu não estaria lá para evitar um desastre. Ele é muito bom, Paulo, só fica assim quando bebe.

— E bebe muito, quer dizer, muitas vezes?

— Não. É raro. Só quando tem um problema. Nunca imaginei que ele chegasse a tanto.

— Foi ciúme? Falta de confiança nele ou em você?

— Tudo isso misturado e mais um pouco.

Procuro ser sincero (na verdade, estou sendo apenas formal) quando digo:

— Lamento ter causado a briga, mas você pode crer que em nenhum momento...

— Deixa disso, Paulo, foi coisa que tornei bem clara quando me casei com Luís. Você é o pai de minha filha mais velha, fomos casados durante tantos anos, você tinha e tem o direito de me visitar, nós, afinal, nunca brigamos, apenas não demos certo, Luís sabe de tudo e reconhece esse seu direito.

Ela se aproxima do garoto, que começa a agitar-se.

— Você pretende passar a noite aqui? — pergunto.

Ela me olha e há orgulho em sua humildade ferida:

— Não tenho para onde ir. Voltar para casa, hoje, é impossível. Procurar um parente, meu ou de Luís, será abrir a brecha, surgirão os comentários, todo mundo se meterá, um dia essas coisas todas azedam e anulam a nossa vida. Veja o nosso caso, meus pais se metiam, sua mãe também, os seus amigos, os meus amigos, foi um inferno. Não repetirei erros antigos. Vim porque você, agora, é neutro. Além do mais, confio em você, sei que tudo morrerá aqui mesmo.

— E se ele souber que você veio aqui? Não será pior?

— Ele não precisará saber. Um dia, quando o tiver recuperado integralmente, quando ele tiver mais confiança nele mesmo, eu direi tudo e ele compreenderá. Passarei a noite aqui.

Ela falou claro: "Passarei a noite aqui." A ideia não me agrada, mas, colocada nos termos de Laura, não tenho nem argumentos nem vontade de mandá-la embora.

— Acomode melhor o garoto. Vão para o quarto. Você jantou?

— Já. Quer dizer, metade do prato ficou no chão. Mas estou sem fome.

— O garoto não precisa de nada?

— Trouxe tudo para uma noite. Amanhã, pela manhã, eu telefono e volto para casa.

Ela apanha a trouxa de carne e fica indecisa, sem saber onde é o quarto. A sala dá para o corredor e há dois cômodos: o primeiro é o gabinete, ela entra ali, quando esbarra nas estantes é que muda de rumo. Acendo-lhe a luz, mostro o armário em que guardo as roupas de cama.

— Fique à vontade. Vou jantar, volto tarde, durmo no gabinete, tem bom sofá, basta um travesseiro, me arrumo bem, quando Ana Maria vem aqui ela dorme na cama e eu vou para o sofá. Estou habituado.

Ela se instala com familiaridade em meu quarto, embora nada ali seja do seu tempo, da nossa vida.

— Ligo o ar-refrigerado?

— Não precisa. O garoto anda meio resfriado, e eu estou habituada a dormir sem refrigeração, Luís é contra.

Quero sair logo, mas as pernas me prendem, inexplicavelmente:

— Se alguém telefonar, Laura, um favor, não atenda.

— Eu compreendo, Paulo. Não atenderei.

Não tenho mais nada a fazer ali. O garoto fora instalado em minha cama e isso me dá antecipada repugnância. Laura se ajeita, vestida mesmo, só tirara os sapatos.

Abro a janela:

— Já que você não quer o ar-refrigerado, deixe que eu abra a janela, fica muito abafado.

Meto a cara para espiar a rua, vejo, lá embaixo, o aglomerado no meio da calçada, a luz de duas velas, no fim já.

— Tem um morto lá embaixo, você viu?

— Não. Vi o ajuntamento, mas não tive vontade de olhar. É um morto?

— É. Tem duas velas acesas. Antes, só tinha uma.

— Atropelado?

— Não. O sujeito se atirou da janela. Estão esperando a perícia e isso é o diabo.

— Por quê? Tem medo de dormir com o defunto lá embaixo? Eu não tenho.

— Não é por isso. Meu carro ficou do outro lado, em cima da calçada, terei de dar marcha a ré até o fim da rua.

Laura apaga a luz do quarto. Não havia reparado — gastara algum tempo olhando a rua —, quando volto da janela vejo a brasa do cigarro em seus dedos.

— Você fuma agora?

— Passei muitas noites sozinha, Paulo, aprendi a gostar de fumar.

Olho o quarto escuro, a brasa do cigarro assinalando o ponto exato onde está a boca de Laura.

— Bem, fique à vontade, eu volto tarde.

— Obrigada.

Estou saindo quando ela me chama:

— Paulo!

Eu esperava aquele chamado. Volto. No escuro, aquela brasa é um aceno. Aproximo-me. Laura está encostada na cabeceira da cama, a escuridão afoga seu rosto, seus cabelos, suas pernas sólidas e brancas. Me chama para mais perto. Depois segura-me a cabeça e inclina meu rosto até o dela. Sua boca bate em minha testa, junto aos olhos. Seus lábios são firmes, sua boca cheira a fumo e a pranto. Vou retribuir o beijo, ela me oferece o rosto, mas eu prefiro os seus cabelos. Apanho-os lentamente, pesando-os em minha mão.

Saio em silêncio, bendizendo a escuridão que me esconde os passos — passos incertos — e a incerta vontade de ficar.

Com esforço, consigo chegar ao fim da rua: o pescoço dói pela posição incômoda, o carro faz um zigue-zague que depõe contra a minha perícia, a marcha a ré é conseguida sem mortos nem feridos, estou na outra rua, posso seguir em frente. Passei pelo morto sem o olhar, o aglomerado pouco a pouco vai se dissolvendo. Se a perícia demorar a chegar, o morto ficará sozinho, com as suas velas. Essas é que não se acabam, são renovadas sempre.

Antes de prosseguir, estendo o braço para o banco traseiro e apanho a pasta que Laura me devolvera. Coloco-a a meu lado, para não esquecê-la mais tarde. Agora, preciso procurar um restaurante, julgo-me com direito a um bom jantar, tive o dia complicado demais para a minha habitual monotonia. Lembro o comprimido de cianureto e tenho um estremecimento: Laura poderá levantar-se, é curiosa o bastante para inspecionar como eu vivo, vai encontrar o comprimido no gabinete, pensará que é para dor de cabeça. Tem razões para sentir dor de cabeça, esta noite. Ela não tomará um comprimido qualquer, se realmente tiver dor de cabeça. Procurará no armário do banheiro, tenho comprimidos eficientes, com rótulos explicativos e tranquilizadores.

A ideia de Laura morrer por equívoco, dentro do equívoco de estar ela em meu apartamento, não deixa de ser divertida, tem a sua lógica. Imaginá-la morta em minha cama é início de delírio, estou com fome, mais um pouco e desabo. Recordo o restaurante aqui perto, jantei certa vez com amigos de São Paulo, boa comida, serviço eficiente, necessito de compensação, um bom jantar me fará bem.

Encosto o carro com facilidade, o porteiro ajuda-me a arranjar a vaga. Estou na porta do restaurante e ouço a música antiga, achatada.

— Tem música aí dentro?

O porteiro que me batera meia dúzia de continências com seu quepe de almirante bate outras tantas e sorri, com alegria:

— Tem, sim, senhor. Um conjunto.

Espio. Tiraram, do salão, algumas mesas, armaram o pequeno estrado e lá está o conjunto: piano, violino, contrabaixo e, mais distante, para qualquer eventualidade sinistra, o acordeão. Tocam coisa antiga, acho que uma gavota, ou peça equivalente. Desanimo de identificar a música e agradeço ao porteiro, coloco em sua mão uma cédula pelo benefício de ter arranjado a vaga.

— Não fica para jantar?

— Não gosto de comer com música.

A explicação basta e ele me deixa em paz. Tenho preguiça em tirar o carro da vaga e ando pela rua, haverá outros restaurantes aqui perto. Evidente, não ia explicar ao porteiro que evito os restaurantes com música, tenho meus motivos. O pai, quando eu era pequeno, lutou em certo período com muita dificuldade, arranjou um lugar na orquestra que tocava num dos bares da antiga Galeria Cruzeiro. Quando ia à cidade, ele me convidava para almoçar, instalava-me na mesa do canto, onde eu comia e ouvia seu violino fanhoso e triste. Uma noite, mamãe passou mal, desmaiou de repente, eu não sabia o que fazer, estávamos sozinhos em casa. Fui ao bar, cheio de gente bêbada àquela hora. Atravessei o mundo de copos e rostos suados até chegar ao estrado. O pai tocava uma valsa lúgubre para o ambiente, mas, felizmente, só ele ouvia a própria música. Quando parou para me atender, o pessoal voltou o rosto em nossa direção: o som do violino era indispensável, parte importante do ambiente enfumaçado e ruidoso. Viram o pai guardar o violino e começaram a bater com os copos na mesa, arrastaram cadeiras, houve ameaça de vaia.

Mamãe não tivera nada, simples mal-estar. Mas eu fiquei para o resto da vida com aquela lembrança. O pai foi despedido logo depois, arranjou outro restaurante, nesse tempo havia muitos que mantinham orquestra. Depois da guerra, ele não mais precisou tocar em restaurantes. Melhorou de vida, abriu um escritório de contabilidade, acho até que vendeu o violino, nunca mais o vi lá em casa. Mas não vendeu nunca o jeito humilde de curvar a cabeça em direção ao ombro esquerdo, como se estivesse tocando um violino invisível que nem mesmo ele ouvia.

Encontro outro restaurante, acomodo-me na mesa, encomendo um prato complicado, o aperitivo e muita pressa. Pensara em comer descansadamente, tinha direito a isso, mas sinto as pernas inquietas, vontade de caminhar, ir bem longe, cansar bastante este corpo que hoje faz quarenta anos.

O garçom traz o aperitivo, que é razoável, apesar de muito colorido. Estou bebendo o segundo trago quando vejo o vulto de mulher cruzar por uma das portas do restaurante. Associo aquele vulto ao mesmo que, durante a tarde, depois que saíra da editora, se escondera atrás de uma coluna. Levanto-me, assusto os garçons, temem que eu esteja indo embora sem pagar a pouca despesa consumida até então. Na rua, ganho vantagem contra a mulher: ela não esperava que eu me levantasse. Aproveita os carros estacionados para se esconder, sou mais rápido dessa vez. Venho por trás e a agarro pelo ombro. Minha mão é forte e o vulto se detém. Faço força para virar-lhe o rosto, encontro resistência. A voz é quase desconhecida:

Me deixa em paz! Eu quero ir embora!

Pessoas que passam por nós julgam que estamos brigando. Seguro fortemente seus ombros, com ambas as mãos. Consigo torcer-lhe o rosto. É Vera.

— Me largue, senão eu grito!

— Por que andou o dia todo atrás de mim?

Ela me olha com ódio:

— Eu?! Você está bêbado! Ia passando e você me agarrou! Me largue, olha que eu vou gritar!

— Grite, se quiser. Terei muito gosto em ir à polícia. Talvez consiga saber por que você me seguiu o dia todo.

— Eu não segui ninguém. Tenho mais o que fazer. Agora seja bonzinho, vá jantar e me deixe em paz. Acho que você não comeu nada hoje.

O tom é de provocação. Ela suspeita que eu não havia comido nada, seguira-me o tempo todo. Junta gente em torno, seguro-a pelo braço — bracinho magro, frágil, mas voluntarioso —, tomo a rua menos movimentada:

— Se você tem de me seguir, vou poupar-lhe o trabalho. Não a largo mais. Quero saber quem mandou você me seguir. Sílvio?

— Não se meta nisso! Vá jantar, vá dormir com aquela mulher que entrou em seu apartamento há pouco e me deixe em paz. Você é inofensivo mesmo. Muita gente o julgava mais perigoso, inclusive eu. No fundo, não é mesmo de nada!

Cravo minhas unhas na carne de seu braço, puxo-a para o meu lado.

— Inofensivo ou não, sou mais forte do que você. Fique quietinha, vamos para o restaurante, vou jantar, você fica ao meu lado, se quiser comer peça alguma coisa, você tem cara de quem passa fome. O Partido não lhe dá de comer?

— Tira o Partido disso! Você não entende nada de nada.

Levo-a ao restaurante. Os garçons rejubilam-se com o meu regresso, o prato que pedira está na mesa, tampado com uma travessa.

— Outro serviço? — O *maître* sorri, subalterno.

— Sim, veja mais um prato, e mande um bife bem grande com batatas fritas. Ela não come há vinte e dois anos.

Ficamos em silêncio, um em frente ao outro. Ela come com apetite o bife e as batatas fritas, sem me fitar. Eu demoro em destrinchar o complexo, inabordável prato que me serviram, tem gosto de mostarda e ave. Peço vinho, Vera toma um copo e me encara:

— Ofendido?

— Por quê? Pela perseguição?

— Não. Porque o chamei de inofensivo.

— Aproveite o vinho.

— É uma droga. Você não sabe comer nem beber. O vinho, além de péssimo, é inadequado.

— Ora viva! Uma comunista que conhece vinhos!... É surpreendente.

— Surpreendente é você. Com quarenta anos no lombo, deveria conhecer melhor a vida e as pessoas. E os vinhos, também.

Há certa verdade naquilo tudo. Abaixo a cabeça e peço trégua:

— Olha, se você me seguiu o tempo todo, sabe que foi um dia duro e aborrecido para mim. Quero agora um pouco de paz, seja boazinha, me faça companhia tanto quanto possível agradável, eu preferia jantar sozinho, mas já que você apareceu...

— Quem me empurrou até aqui foi você. Eu não queria, nem precisava.

Aponto para o prato dela, vazio, raspado.

— Sim, estava com fome, mas isso não significa que eu seja uma faminta crônica. Andei o dia todo atrás de um sujeito que foi a diversos lugares. Nem ele nem eu tivemos tempo para comer.

— De quem era aquele carrinho grená?

— Você percebeu? Bem que achei aquele sujeito um idiota! Eu avisei que estávamos muito à vista, mas ele teimava em ir atrás, garantia que não éramos percebidos. Mesmo assim, perdemos você algumas vezes.

— Quem é ele?

— Não vem ao caso. Era apenas um motorista. Eu é que importava, eu é que o seguia. Agora basta, não toque mais no assunto.

— Mas eu tenho o direito de saber por que e por quem era seguido.

— Era seguido por mim, ora essa.

— E por quê?

— Você foi comunicado de um plano. Fui contra e muitos outros foram contra a ideia do Sílvio. Mas ele tem crédito. Garantiu que você toparia, que seria elemento útil, e, mesmo que não topasse, não teríamos nada a temer de você. Acertou apenas em parte.

— Tem certeza de que eu não abri a boca por aí?

— Tenho. Você é medroso e egoísta, não quer complicações.

— Pois olha, falei com alguém sobre o plano.

Ela abre os olhos, de incredulidade.

— Impossível!

— Falei com o meu editor que havia um plano e que fora convidado a participar dele. Ele aprovou a minha recusa e achou o plano imbecil.

Abaixa a cabeça, aliviada:

— Se foi só isso, nada de mais. Muita gente é contra o plano, todo mundo espera que os outros façam alguma coisa. No Partido, todos deram o contra à minha participação no grupo de Sílvio. Tive de deixar o Partido.

— Como foi que você se meteu nisso?

Ela fala depressa, sem dar a impressão de que está sendo ouvida:

— Há dois anos que ando entupida. Meu pai está no exílio, ele era diplomata, representou o Brasil em Genebra, em Haia, circulei pela Europa, bebi bons vinhos. Mas no Partido me acusaram de desvio pequeno-burguês e eu dei o fora. Entrei agora no brinquedo por conta própria, sabendo os riscos que corro. Dando ou não dando certo, o importante é fazer alguma coisa. Não quero ficar de braços cruzados. Sou individualista, ainda, nem o Partido conseguiu modificar-me. Mas não pense que eu sou *como* você.

Bebe o resto do vinho — e há desprezo em sua boca fendida. Conclui:

— Você é o fim! Agora, me deixe ir embora.

Pago a conta, que é alta, os garçons haviam corrido risco, o susto que lhes preguei comparece na nota por conta de um hipotético serviço especial. Compreendo o serviço especial e o pago.

— Vamos.

o restaurante, antes deserto, apanhara boa frequência. Todos olham para Vera, a moça maltrapilha, ao lado do homem bem mais velho. Devem imaginar que Vera é uma prostituta que eu arrumei na rua e a quem quero deslumbrar.

Dirijo-me para o carro, Vera toma outro caminho. Eu a detenho:

— Espere um pouco. Fale mais sobre o plano, estou ficando curioso.

— Não tenho nada para falar. Você só deve saber aquilo que o Sílvio quer que você saiba. Tem o telefone dele, ligue quando chegar em casa, ele estará esperando, se não for ele será outra pessoa, dá no mesmo. Minha missão acabou. Não o perseguirei mais. Você está livre.

— Obrigado. Não a forço a entrar em meu carro, embora me sinta com direito a isso. Diga ao Sílvio que não lhe telefonarei, que continuo achando o plano dele imbecil. Agora, desejo felicidades a vocês.

— Sabe que é desvio pequeno-burguês desejar felicidades?

— Sou pequeno-burguês. E daí?

— Você é desprezível. Não é obrigado a trabalhar? Já ouviu falar na exploração do trabalho intelectual? Se você se sente bem sabendo que está sendo explorado, o problema é seu. Há gente que lambe o pé do dono.

Conheço a cantilena e não vou perder tempo em discutir. O vinho que bebera, apesar de ruim, ou por isso mesmo, me dá um torpor gostoso, será bom aproveitá-lo para pegar no sono.

Faço um gesto para Vera — está bem, passe bem, boa noite, vá para o diabo —, ela me retribui com gesto igual e some na noite. Apanho o carro, passo pela porta do outro restaurante e ouço a música, a orquestra esfarrapa a valsa conhecida, Strauss ou Lehár.

"O cadáver deve ter ido embora!"

Para pegar a minha rua pelo outro lado, tenho de dar uma volta pelo quarteirão. Escolho o caminho mais curto, embora sob o risco de encontrá-lo impedido. Há alívio ao ver a rua livre. Um resto de vela treme, junto ao meio-fio. O cadáver está lá, apenas fora removido para o canto da calçada. Jogaram um jornal aberto em cima. A perícia já fizera o levantamento, esperam apenas o rabecão — o guarda me explica:

— O Instituto Médico Legal só tem um carro. Vai demorar.

Entro em minha garagem, deixo o automóvel em posição para sair cedo, pela manhã, sem incomodar os vizinhos. Não esqueço de apanhar a pasta com o esboço do romance. Dirijo-me ao elevador, o porteiro vem falar comigo.

— O senhor viu o morto?

— Vi. Quer dizer, passei por ele agora mesmo. Foi suicídio?

— A polícia diz que sim. Muita gente levou susto quando viu a cara do sujeito.

— Era muito feio?

O porteiro está embaraçado:

— Os moradores aqui do prédio pensaram que fosse o senhor.

Perco a vontade de subir e volto à rua, quero olhar o morto. Os guardas sentem minha aproximação, mas não me detêm. Sou inofensivo — Vera o dissera havia pouco. Abaixo-me, suspendo o jornal. Lá está: a cara achatada, suja de sangue. Tirando o sangue, recomponho a parte achatada, o que sobra é um rosto bastante íntimo, embora desagradável. O rosto que sempre vejo nos espelhos: meu próprio rosto.

Entro no apartamento e há o bilhete colocado no móvel à frente da porta. Pela letra, sei que é de Laura.

*Paulo*

*Não posso dormir fora de casa. Pensando bem, fui tola ao abandonar o Luís, deixando-o sozinho na hora em que ele tanto precisa de mim. Vou para junto dele: é o meu lugar. Mais que isso: é onde quero estar. Procurei no seu gabinete o papel em que lhe escrevo. Vi, na cesta, pontas de cigarro sujas de batom. Como também fumei em seu quarto, tive o cuidado de jogar fora os restos do cigarro: não quero comprometê-lo. Parece que tiraram o morto da rua. Muito obrigada por tudo. Laura.*

*P. S.: O guri urinou em sua cama. Fiz o que pude para secar. Não o odeie por causa disso.*

Amasso o papel e vou ao gabinete. Jogo-o na cesta, as pontas de cigarro que Vera fumara, pela manhã, estão visíveis. Ali também jogara o cartão com o telefone que Sílvio me dera. O bilhete de Laura junta-se àqueles restos, vejo que todos estão onde deviam estar: no lixo.

Guardo a pasta do romance que trouxera do carro, quero deitar logo, sinto cansaço e sono. A cama está úmida do lado esquerdo. E morna — quase quente — do outro lado, onde Laura se deitara. Se tivesse chegado dez minutos antes, talvez a encontrasse.

Melhor assim. Visto o pijama, atiro a roupa na cadeira. Por obrigação para com o morto, vou à janela. A chuva miúda que começa a cair embaciou a noite. Vejo chegar uma viatura, deve ser o rabecão. Gente em torno. Mais um pouco, a maca entra no carro. O morto que tem a minha cara vai embora.

Volto à cama, o sono passou. O vinho ordinário do jantar apenas me amoleceu, não dá vontade de dormir. Apanho a pasta no gabinete, deito no sofá da sala e começo a ler. O manuscrito é difícil de ler, a letra era insuportável, custo a decifrar as palavras, mesmo assim, insisto, sabendo que ali podia estar, se não o roteiro para um livro, ao menos o início de um cansaço — o cansaço de um dia, cansaço de quarenta anos.

A primeira parte é apenas um esboço, alguns apontamentos.

*Houve uma noite, há muitos anos, em que um povo foi deitar escravo. Seguindo a rotina da escravidão, todos foram dormir cedo. No dia seguinte, voltariam a seus trabalhos. Súbito, um jovem aparece no meio deles. É aproveitar aquela noite, o sono dos guardas, fugir. O deserto os espera. O Anjo do Senhor fez a passagem por cima dos tetos hebreus e agora cabe aos homens fazer a travessia. Quarenta anos de pedra e maná, fome e revolta. Os velhos morrerão na areia, os jovens talvez sobrevivam e talvez cheguem a algum lugar. O importante é que, nessa noite — e não em outra —, todos terão de tomar a decisão: a escravidão ou a liberdade. E o povo todo*

> *— um povo inteiro —, com seus utensílios, suas ferramentas, seus rebanhos, aproveita a escuridão e foge para o deserto. Levam o pão sem fermento, não houve tempo de fermentá-lo, com a luz do dia os soldados rondariam os acampamentos, os açoites castigariam a carne escrava. E em silêncio todo um povo abandona suas casas e vai para o deserto.*

Leio o trecho que ocupa as duas primeiras páginas. Está tudo no Êxodo, nada é novidade ali. Precisarei ler o resto para saber aonde quis chegar. O sono vem, afinal, forte, sem sonhos, brutal.

Acordo com a claridade do dia, esquecera de fechar as janelas. Ainda bem: saio de casa mais cedo, antes que Teresa resolva aparecer. Visto-me rapidamente, jogo na mala alguma roupa, vou ao gabinete, escrevo um bilhete para Teresa e outro para a empregada que vem fazer a limpeza. Não me admiro ao constatar que os dizeres são os mesmos para os dois bilhetes: "Passarei dias fora, trabalho, tudo normal."

Desço. É cedo para apanhar dinheiro na editora, a caixa só abre às nove horas. Passarei no posto, lubrificarei o carro, devo prepará-lo para a viagem. Não tenho tempo de fermentar o pão, mas terei tempo de lubrificar o carro.

Durante a noite alguém deslocara meu automóvel para o canto. Deixei-o em frente à porta, agora está de lado. Mesmo assim, poderei sair sem incomodar ninguém. Abro a porta e vejo que há alguém no assento de trás. Penso que é o rapaz que às vezes faz biscates no prédio, limpeza de vidraças, coisas assim. Logo vejo que não é um rapaz, apesar da roupa.

Sacudo-a com força e não preciso voltar-lhe o rosto para saber que é Vera.

# Segunda parte

# A travessia

O acelerador lá embaixo, sinto o pé dormente de tanto comprimi-lo contra o assoalho do carro. Aproveito as ruas vazias e atinjo velocidade. Já apanhei a estrada, o velocímetro sobe aos cento e dez quilômetros, olho a temperatura para puxar mais, o ponteiro ameaça ultrapassar a marcação vermelha que indica perigo, mantenho a marcha nos cento e dez, faltam vinte para as nove e estou abandonando a cidade.

Mais alguns metros, a ponte sobre o rio Meriti, depois dela a barreira. Vejo a ponte, o rio gosmento, parado, diminuo a velocidade para não chamar a atenção dos guardas, um deles examina os papéis do caminhão cheio de bananas, mais adiante há outro policial junto à motocicleta. Dois homens, à paisana, olham a paisagem.

— Pronto. Acho que passamos.

Vera, no assento de trás, encolhida, bota o focinho para fora e espia.

— Puxa! Você correu um bocado!

— Vou andar mais devagar. O carro não está bem, não pude lubrificá-lo, nem abastecê-lo, não posso forçá-lo.

— Vá devagar. No primeiro posto, querendo, pode parar. Quero tomar café, estou a nenhum.

— E eu também. Você não me deu tempo nem para isso.

O mostrador de gasolina está caído, apontando a marca da reserva. Felizmente, há postos pelo caminho neste início de estrada. Ando dois quilômetros e vejo as cores berrantes de um mastro, a concha amarela com letras vermelhas.

— Chegamos. Vamos fermentar o pão.

Vera arregala os olhos:

— O quê?

O empregado encosta na porta e pede as chaves. Agradeço, mas tenho de sair do carro, orientar o serviço, quero ver o óleo, bateria, pneus, verificar o sobressalente, enfim: a revisão sumária para uma viagem mais ou menos inesperada, que não sei onde nem como terminará.

Estou orientando o empregado do posto quando reparo que Vera está lá dentro, no bar, parece um rapazinho com aquelas calças azuis, ordinárias, desbotadas, a blusa branca saindo da cintura — e custo a identificá-la por causa disso. Afora os lábios fendidos de canibal, sua memória em mim é a cintura fina, apertada pelo cinto que parece anel.

— Encha o tanque com cuidado, ele está afogando. Vou tomar café.

Dirijo-me ao bar, onde Vera já havia pedido uma xícara de café para mim. O garçom aparece com dois bules, despeja café e leite, depois traz o pratinho com dois pães sujos de manteiga.

— Que história é essa de fermentar o pão?

— Onde foi que você ouviu isso?

— De você mesmo, há pouco, lá no carro.

— Eu queria dizer que íamos abastecer o carro. E nos abastecer, também.

Ela molha o pão no café, como as crianças mal-educadas. Reconheço que assim o pão fica melhor e molho também o meu. Para filha de diplomata, ela havia feito progresso dentro do Partido.

— Mas que que tem isso com fermentar o pão? — Ela fala mastigando, na atitude que procura ser grosseira para impressionar ou para demonstrar que está à vontade naquela situação em que se meteu e em que me meteu.

— Demora explicar. Mais tarde converso sobre isso. Tenho de voltar ao carro.

O empregado já fechou o tanque de gasolina, passa inutilmente, mas com afinco, a flanela no para-brisa, valorizando a gorjeta.

— Tudo pronto? Encheu o tanque?

— Até a boca. Olha as chaves.

Pago a despesa e me lembro de contar o dinheiro. Deveria ter passado na editora, apanharia uma quantia que me sustentasse dois ou três meses, mas Vera me advertira do fechamento das barrciras, se fosse esperar que a editora abrisse acabaríamos chegando tarde e não poderíamos abandonar o Rio dentro do tempo que Vera me dera.

Ela chega do bar, a camisa não deve ser dela, muito larga nos ombros, talvez seja camisa de homem que ela arranjou em algum lugar. Procura ser amável, desde que lhe faço a vontade:

— Alguma coisa não está bem?

— Nada está bem. Veja!

Mostro a carteira, poucas notas de cinco mil cruzeiros, o talão de cheques, mais nada.

— Está duro?

— Duríssimo.

— Não seja trágico. Não vamos precisar de tanto dinheiro assim.

Estou sentado ao volante e Vera força a porta do outro lado, até então viajara deitada lá atrás. Abro o trinco e ela entra no meu banco, com alegria, como se iniciasse um passeio.

— E dizer que ontem passei o dia inteiro vigiando este carro. Hoje estou dentro dele! É mais prático e não há o risco de perder você de vista.

Olho para trás, vejo o trânsito na estrada, deixo passar o monstruoso carro-pipa, penetro em minha mão, buzinando antes para espantar o cachorro sonolento que passeia pelo meio da pista.

— Bem, agora me ensine o caminho.

— Vá em frente. Temos muita estrada ainda, quando chegar a hora eu aviso.

Diante do carro, a reta enorme abre a perspectiva de azul e asfalto até o horizonte. Vera se acomoda, joga as pernas para o centro do assento, encosta a cabeça na porta. Pela posição, parece que vai dormir. De repente fala ríspida, como se desse uma ordem:

— Ligue o rádio!

— Quer ouvir música?

— Uma ova! Se houver novidade, a gente percebe.

— Percebe como? Você acha que vão permitir notícias?

— Não. Mas podemos perceber a censura. Você, com a idade que tem, com os golpes de Estado que já presenciou, deveria estar habituado. Pois eu, com menos idade que você, conheço a lenga--lenga de sempre. As estações começam a transmitir música, apenas música, algumas cometem o exagero de tocar dobrados e hinos patrióticos. De vez em quando o locutor lê o aviso do Ministério da Justiça dizendo que reina ordem em todo o país. Então a gente fica sabendo que a coisa está pegando fogo.

— Você não exagera?

— Não creio que a coisa estoure hoje. Mas temos de estar precavidos. Não podemos esperar, dentro de casa, que venha a nós um general dizer que está às ordens para depor o governo e nos entregar o poder. Concorda?

— Não entendo disso. Ouça você o rádio e decifre o significado das músicas que estão tocando.

A voz de Frank Sinatra canta "Strangers in the Night" e a reta que se abrira à frente chega ao fim. Uma curva para a esquerda e outra reta, maior que a anterior, surge à nossa frente. O céu azul, sem nuvens, a fita de asfalto sumindo no horizonte, uniforme e plácida, anúncios de pneus fincados à beira, o cartaz da companhia de aviação: "Se você estivesse viajando de avião já estaria chegando em São Paulo", a voz de Frank Sinatra acaba, vem o anúncio comercial e a orquestra, cujo nome não consigo ouvir, inicia o ritmo balançado, alegre, sem sentido.

— Como é? Estamos sob censura?

Vera olha o fim da reta, fixa o horizonte, fala sem decepção, mas sem entusiasmo:

— Parece que não. Em todo caso, é cedo ainda, se houver alguma coisa, lá para o meio-dia a censura começa. Agora, guie direitinho, vou tentar dormir. Tive uma noite terrível.

— Não quer voltar para o assento de trás? Lá você pode dormir melhor.

— Me ajeito aqui mesmo. Deixe o rádio baixinho, vê se não sai da estrada. Os pneus da frente estão bons?

— Estão. Quer dizer, acho que estão. Ia lubrificar o carro, verificar o alinhamento, mas você não me deu tempo, tive de partir sem fermentar o pão.

Tocada pelo sono, ela tenta se interessar:

— Lá vem você com a história do pão fermentado! Que que é isso?

— Durma, depois eu explico. Você vai achar graça, eu já estou achando.

Vera deixa a cabeça cair e eu abaixo o volume do rádio, até quase não ser ouvido. Sucessão de músicas mais ou menos alegres, anúncios comerciais, de cinco em cinco minutos a hora certa, nada que faça supor a emergência policial ou militar no país. Bem verdade que não sou entendido nessas coisas, não sei ler — nem ouvir — nas entrelinhas ou nos silêncios. Vera — que sabe tudo isso — dorme tranquila, a face virada para a porta. Retoma, em certo sentido, o sono que eu interrompera, quando desci à garagem para levar o carro à lubrificação. Ela percebeu a minha aproximação, mas continuou deitada, fingindo que dormia. Quando a sacudi, ergueu para mim dois olhos amassados. Sua fragilidade me desarmou. Nem sequer fiquei espantado, parecia que eu esperava encontrá-la ali.

— Olha, não dá bronca, não tive outro remédio.

— Continua me vigiando? A palhaçada não acabou?

Ela olhou em torno, perguntou se eu ia sair.

— Vou para fora, passar uns dias por aí, tenho de levar o carro para lubrificar.

— Que horas são?

— Sete e pouco. Quase oito.

Ela arregalou os olhos e, aí sim, ficou agitada:

— Tira o carro daqui e vamos dar no pé!

— Dar no pé por quê?

— Eu tenho um motivo para dar no pé. Vamos, depressa!

Eu já tirara o carro da garagem e me dirigia ao posto de Ipanema onde, periodicamente, faço a lubrificação, troco o óleo do cárter. Vera percebeu que eu tomava outra direção:

— Para onde você está indo? Não vê que temos de dar no pé? Às nove horas poderão fechar as barreiras, vão pedir documentos na estrada, tenho de estar fora do Rio antes das nove!

Havia aflição em sua voz e eu levei-a a sério.

— Você se meteu em alguma encrenca?

— Eu não. Mas a essa hora talvez tenha muita gente encrencada, uma coisa puxa a outra e eu não posso ficar aqui, dando sopa. Sou fichada no DOPS, saí do Partido há pouco, a polícia não toma conhecimento da saída, só da entrada. Numa hora dessas, me botam em cana.

— Que que vocês fizeram? Vão assassinar o marechal?

— Eu não fiz nada! Nem ninguém, com alguma responsabilidade, fez alguma coisa. Há muita gente, muitos grupos conspirando. Cada grupo procura exercer controle sobre os outros, para impedir uma besteira. Ontem, o controle parece que foi perdido e um grupo porra-louca se meteu nessa besteira.

— Sílvio está nisso?

— Não. Ele é dos mais responsáveis, por isso aceitei trabalhar no grupo dele.

— Mas eu não aceitei. Não tenho nada com vocês. Vou levá-la até fora da cidade, passo a barreira, você vá à sua vida e eu à minha. Tenho de voltar ao Rio, passar na editora, estou com pouco dinheiro, preciso de dois a três meses para escrever um livro.

Vera me olhou compenetrada. Acho que pela primeira vez me examinou com seriedade e me viu como sou: um homem quieto, com pequenas preocupações, sem alegria mas sem razão para o desespero.

— Você me deixa em Resende? Dali eu sigo para outro lugar.

— Não podia ficar antes? Eu tenho de retornar ao Rio e sair novamente. Terei de dar uma volta muito grande, vou passar a manhã toda na estrada... deixo você logo depois da barreira e aí você se vira...

Ela olhava a paisagem, como se eu não existisse, havíamos cruzado o centro da cidade, breve estaríamos na avenida Brasil.

— Antes das nove você já passou a barreira?

Confiro o relógio e admito:

— Sim. Mas, afinal, o que está havendo? Vai estourar a guerra civil?

— Antes fosse! O ridículo de tudo é justamente isso: fugir de uma bobagem.

Do banco de trás, ela se ergue, aproxima o rosto de minha nuca, sinto em sua boca um gosto de cansaço, de noite maldormida:

— Enquanto eu passei o dia de ontem atrás de você, por causa daquela ideia maluca do Sílvio, as coisas comeram feio por aí. Um grupo de loucos resolveu iniciar por conta própria uma ação isolada, de fundo terrorista. Uns imbecis, felizmente são poucos! Mas podem conseguir o que desejam: jogar uma bomba na embaixada dos Estados Unidos.

— E é por isso que você está fugindo?

— Evidente. Qualquer coisa dá pretexto à polícia e todo mundo entra em cana. Já passei presa quarenta e cinco dias, logo depois do golpe de abril. E, mais tarde, gramei três meses inteiros, por medida de precaução: foi o que o DOPS explicou ao juiz quando conseguiram *habeas corpus* para mim. Se esses idiotas jogam a bomba, a caçada será geral e eu tenho de me antecipar.

— E se prendem Sílvio?

— Sílvio não é suspeito. Nunca foi do Partido, tem a ficha limpa. Contra ele não há nada.

— Você já sabia de tudo isso ontem à noite, durante o jantar?

— Mais ou menos. Sabia que havia alguma coisa no ar, mas acreditava que o grupo de idiotas fosse contido. Depois que nos separamos é que consegui contato e soube de tudo. Não tive outra solução, me escondi em seu carro. Ir para casa seria perigoso. Com idiotas soltos na rua a gente nunca sabe o que vai acontecer. Nem quando.

— E por que não subiu ao meu apartamento? Teria dormido melhor.

— Você estava com mulher em casa. Eu vi quando ela subiu.

— Quando voltei do restaurante não havia mulher nenhuma em minha casa. E com mulher ou sem mulher, você poderia ter subido.

— Eu não queria atrapalhar a sua noite.

Havia o longo trecho em reparos. As quatro filas de carros espremiam-se em uma só. Vera perguntou se aquele embaraço não ia atrasar a nossa saída, eu a tranquilizei, estávamos próximos da barreira, mesmo que gastássemos quinze minutos para atravessar os duzentos metros congestionados, teríamos bastante tempo. O sol abria a claridade crua sobre o asfalto e os carros, espremidos uns contra os outros, transmitiam um calor pejado de óleo e fumaça.

Vera abriu o cinzeiro lá de trás, acendeu o cigarro. Tudo o que ela dizia tinha o gosto de absurdo, mas eu me sentia também absurdo, absurdo e irritado de estar ali, com ela, naquele nó de carros e problemas.

Afinal, vencemos a estreita garganta que as obras deixaram na carne da estrada — uma cinta de três metros entre dois imensos buracos que fediam a gás e a coisas podres. Novamente a pista se abriu diante do carro e eu afundei o pé no acelerador, para recuperar o tempo perdido, para vingar os aborrecimentos todos.

— Bem, agora a pergunta mais importante: por que confia em mim?

Ela riu:

— Ué! Você ontem fez essa pergunta ao Sílvio!

— Exato. E ele me respondeu.

— Pois eu também respondo. Sílvio tem a pretensão de conhecer os outros. Diz ele que conhece você. Quanto a mim, não o conheço, o que sei é tão pouco! Mesmo assim confiei.

— Mas por quê?

Ela disse com voz fria, como ofensa:

— Você é tão inofensivo!

— Já havia dito isso.

— Eu apenas suspeitava. Agora tenho certeza. Acompanhei ontem o seu carro, vi o seu dia, dia de um homem inofensivo. Você não iria, com as próprias pernas, tomar uma atitude. Se eu dissesse agora que ia matar o cardeal, ou jogar uma bomba no trem cheio de criancinhas, você não teria o trabalho de ir me denunciar. Evidente, se por acaso você encontrasse um policial em seu caminho, poderia avisá-lo. Mas jamais iria procurar expressamente o policial para isso.

— Bom, e se por acaso eu encontrar um policial aqui em frente? Você não corre risco?

— Em caso de aperto, você se desaperta. Só isso.

Logo cruzamos o rio Meriti e agora ela dorme, as pernas parecem ter crescido dentro das calças azuis e desbotadas. As retas abrem-se diante do carro, comprimo o acelerador sem necessidade, já cruzáramos a barreira e não há motivo para correr tanto. Quero apenas ficar livre daquilo, deixar Vera em qualquer lugar e regressar. Não tenho, é verdade, nenhum plano concreto: só a ideia de passar alguns meses fora do Rio, escrever a encomenda do editor e, pelo menos, iniciar o novo livro. Se é verdade que não sei ainda que livro vou escrever, também não sei que rumo tomar. Pensara em Teresópolis, mas estou farto daquelas montanhas, aquele cheiro de capim e neblina. Elimino Petrópolis, há muito conhecido por lá, não ficaria em paz. Mais tarde, quando de volta ao Rio, decidirei o lugar. O importante é ficar livre de Vera.

Agora a serra. Na primeira curva, com o embalo da velocidade que vinha desenvolvendo, Vera é jogada para o meio do carro. Desperta:

— Puxa! Que curva malfeita!
— Foi para aproveitar o embalo.
— O rádio deu qualquer coisa?
— Até agora nada.
— Não precisa correr tanto.
— Vai dormir outra vez?

Ela esfrega a mão pela cara:

— Não. Acho que o sono passou. Além do mais, não conseguirei dormir com você fazendo essas curvas.
— Você me pediu para ir a Resende. Faço-lhe um favor. Fica a meu critério, pelo menos, a velocidade com que procuro me livrar disso. Claro?
— Claríssimo. O Sílvio tem razão.
— Por que o Sílvio tem razão?
— Ele diz que você é um sujeito do século passado.

Não estou disposto a perder tempo com o assunto. Não discuti com Sílvio, por que iria discutir com Vera?

— Pare! Pare!

Vera estremece a meu lado, bota a cara para fora da janela.

— Que foi? Vai vomitar?
— Não. Acho que é o Boneca! Pare, por favor!

Deixara desacelerar ao primeiro grito de Vera, a própria subida fez o carro ir parando. Mantenho o pé no freio.

— Quem é o Boneca?

— Aquele ali. Está enguiçado.

Olho para trás e vejo, no refúgio da estrada, um carro preto, velho, malconservado. O capô levantado, o homem com a cara metida dentro do motor, só as pernas aparecem.

— Não pode dar ré?

— É seu conhecido?

— Mais ou menos. Ele trabalha para o Gustavo, não pertence ao grupo do Sílvio, mas está na brincadeira também.

Desço de ré, tendo o cuidado de ir conduzindo o carro para o lado da estrada, até atingir o refúgio. Vera salta. Vejo suas pernas — longas dentro das calças azuis — encaminharem-se para o outro carro. O corpo do homem sai do motor. Iniciam um diálogo, fazem poucos gestos, fico sem saber se conversam ou discutem.

Aproveito a pausa para encher o cachimbo. Penso em descer do carro, movimentar as pernas. Mas é melhor que fique no volante, na atitude de quem tem pressa — e tenho pressa realmente, embora não tenha o que fazer com a minha pressa.

Vera tampouco tem pressa em acabar a conversa com Boneca. Vão os dois para o lado, o homem abre a porta traseira do carro, mostra alguma coisa. Vejo, pelo retrovisor, que Vera parece estar falando com uma terceira pessoa.

O rádio anuncia o jornal falado, abandono o espelhinho para concentrar-me no dial. O Canadá vai exportar não sei quantas toneladas de aço para a Nigéria. Na ONU, o representante da França acusou o Marrocos de alguma coisa. A cotação do dólar está fixa. A umidade relativa do ar é de vinte e oito por cento. Um carregamento de algodão foi detido no porto de Recife, sob suspeita de contrabando. O trem colheu um comerciário, na passagem de nível da Penha Circular. Amanhã, o ministro da Guerra fará discurso, na Associação Comercial, sobre as diretivas econômicas do governo. A censura liberou, com cortes, um filme da Tchecoslováquia. A voz do locutor toma outro tom, lê o anúncio comercial.

— Bem, a bomba ficou para o fim.

Novamente o locutor, a voz nervosa, rápida:

*A polícia ainda não localizou o automóvel do qual partiu, esta manhã, a pedra que espatifou uma das vidraças da embaixada dos Estados Unidos. Segundo o depoimento de pessoas que passavam pelo local, uma caminhonete azul foi vista fazendo uma curva fechada, logo após serem ouvidos os ruídos de vidro estraçalhado. A pedrada ocorreu às sete horas em ponto, e, às nove e meia, outra vidraça já havia sido colocada no mesmo local. O embaixador norte-americano não quis fazer declarações, mas um dos funcionários da embaixada disse que "não foi nada, apenas uma brincadeira inconsequente de rapazes".*

Aperto o botão e desligo o rádio. Verifico pelo retrovisor se o carro do Boneca é caminhonete, ou se, pelo menos, é azul. É um velho Chrysler, caindo de podre, escuro, enferrujado. Com um carro daqueles, Boneca jamais subiria a serra. Faço o movimento com a mão para abrir a porta e ir a Vera, avisá-la da bomba. Ela vem vindo em minha direção.

— Olha, Paulo, surgiu um problema. Você talvez possa ajudar.

— Não ajudo mais nada. Não vai querer que eu reboque o Boneca até lá em cima.

— Não é isso. O carro dele não tem nada, apenas não pode subir. Ele vai voltar para o Rio.

— E daí?

— Há uma pessoa lá atrás, que precisa ser levada para local seguro. É gente de Sílvio. Quer ver?

— Ver o quê?

— O estado dele. Desça.

Abro a porta e nem tenho tempo de me arrepender: Vera me segura pelo braço e me conduz ao Boneca.

— É o meu noivo, Boneca, nós íamos a Resende, visitar uns amigos.

Boneca me estende a mão, dedos sujos de óleo que eu recuso apertar.

— O meu carro pifou, não aguenta a subida, preciso trocar os segmentos, mudar as velas, um despeso. E o dinheiro anda curto.

Vera me leva para a parte de trás:

— Olha aqui.

Olho e vejo um rapaz, mulato claro, deitado no assento.

Tem a cabeça enfaixada de gaze suja, o rosto está inchado, como se tivesse terminado uma luta de boxe. Os lábios crescem para fora, roxos, pisados.

— Que que é isso?

— Ele foi torturado pela polícia. Conseguiu fugir, mas estão atrás dele. Precisamos escondê-lo.

— Precisamos uma ova! Lamento muito, Vera, mas minha gentileza termina aqui. Sabe que não houve bomba nenhuma? O rádio acabou de dar: jogaram uma pedra na vidraça da embaixada americana, em menos de duas horas foi colocada outra. Eles têm dinheiro para trocar quantas vidraças vocês quebrarem.

O rosto de Vera desmancha-se, como se os ossos da face não mais sustentassem a carne: a mulher transforma-se numa guria balofa, sem forma, sem luz.

— Mas me disseram que ia ser uma bomba!

— Foi uma pedrada. Acho que você pode voltar para o Rio, não há mais nada o que fazer aqui.

Deixo Vera com a sua cara e vou à frente do Chrysler, onde Boneca tenta desmontar a bomba de gasolina, que está vazando.

— Pifou mesmo?

Das entranhas do motor sai uma figura grotesca, suja de óleo. Imaginando-o sem aquele óleo, teria de Boneca melhor imagem:

é louro, olhos azuis, rosto muito branco, o apelido se justifica. Fala mole, homossexual assumido, típico.

— Tudo deu o prego. Um defeito puxou outro.

A voz de Vera:

— Paulo!

Surpreendo-me diante da Vera de antes: a cara readquiriu todos os seus ângulos, os olhos têm decisão. O tranco que a notícia lhe dera fora assimilado, ela volta à forma antiga:

— O assunto "bomba" está encerrado. Poderíamos voltar agora mesmo, a cautela que me fez abandonar o Rio já não se justifica. Não há mais o meu problema. Mas surgiu outro, mais grave. Temos de levar esse camarada para local seguro. O carro do Boneca está fora da jogada, você podia dar um jeito...

— Aonde é que pretende levá-lo? A Resende? Topo. Estamos perto.

— É mais longe. Perto de São Paulo, pouco antes da divisa. Temos uma fazenda onde a turma se reúne. O camarada pode ir para lá.

— Pois que vá. Eu é que não posso levá-lo. O carro do Boneca enguiçou, pois eu desço, no primeiro posto arranjo mecânico, mando subir até aqui, o carro desenguiça e pronto. Já é um favor.

Boneca vem lá de trás:

— Acho que não dá jeito. O carro estava ruim, fiz mal em forçar a máquina. Já dei jeito na bomba de gasolina, vou esperar que a máquina esfrie, dou ré e desço para o primeiro desvio, seria bom sumir da estrada, é perigoso. Subir, o carro não sobe.

Vera avança para Boneca:

— Você devia ter visto isso antes! Se o seu calhambeque está tão podre, por que se arriscou a trazer o camarada para deixá-lo no meio da estrada? Agora estamos precisando de um estranho!

Boneca abre a boca em minha direção:

— Mas não é o seu noivo? Ele não é da turma do Sílvio?

O embrulho está complicado. Boneca diz que não teve culpa, fora requisitado à força, avisara que o carro estava ruim, mas não havia outro, fazia parte de um esquema complexo, não entendera nada, só sabe que jogaram o camarada ali atrás e mandaram que ele tocasse serra acima.

De minha parte, a manhã fora perdida. O mais prático era subir a Resende, almoçar. É o que digo a Vera.

— Você leva o camarada?

— Levo.

— Só até Resende?

— Só.

— Então não serve. Prefiro outra coisa. O Boneca vai com você a Resende, entra em contato com alguém que mande buscar o camarada. Ele não pode ser visto nesse estado.

Mais uma vez olho dentro do carro: o rapaz agora parece morto. A cara disforme, parada, sem nenhuma expressão.

— Ele fugiu da prisão?

— Não foi bem uma fuga. Nós conseguimos tirá-lo de lá. Ele precisa ser medicado e protegido, só na fazenda podemos fazer isso.

— É muito longe?

— Uns cem quilômetros de Resende. Abandona-se a estrada, há alguns trechos de terra, anda-se mais um pouco e pronto. Você almoçaria com a gente.

Há, nos olhos dela, uma astúcia que eu percebo mas não decifro. Sua cara é um desafio, descubro que ela pode ser bonita quando odeia ou ama.

Boneca se afasta, volta ao seu motor. Pelo modo de andar tenho certeza: é homossexual. Estou fazendo asneira em aceitar a provocação de Vera, de um grupo como o de Sílvio, constituído de gente como Vera, Boneca, o rapaz torturado. Descubro estranha submissão em minha carne. O sol começa a esquentar e eu quero dar o fora dali.

— Vamos!

Ajudo Vera a segurar o camarada. Veste paletó surrado sobre a pele, paletó muito maior que ele. A calça é de pijama ralo, parece roupa de hospital, há o número comprido carimbado na parte de trás. Em pé, resulta num homem relativamente forte, mais alto do que eu, embora curvado. De seu corpo vem o cheiro azedo, podre, de bicho mal lavado. Vera segura-o pelo braço, sem repugnância em apertar aquele monturo de carne e roupas fedorentas.

— Veja o estado em que o deixaram!

Vou na frente, abro a porta de trás do meu carro, ajudo Vera a deitar o sujeito. Ela regressa para falar com Boneca, conversam em voz baixa, desconfio que ele não gostou da minha cara nem da minha reação.

Abro os vidros do carro para espalhar a morrinha que aquele corpo destila, como um percevejo que foi pisado. Vera vem vindo, as pernas compridas dentro das calças azuis, novamente mulher. Dirige-se com intimidade à porta do carro, parece a dona dele. Eu retardo o momento de entrar, de respirar o ar viciado lá de dentro. Mas ela me olha com seriedade e ordena:

— Vamos logo! Temos de pegar o almoço na fazenda!

Faz meia hora que abandonamos o asfalto da Rio-São Paulo e corcoveamos no esburacado atalho que o mapa rodoviário, publicado pelo Touring Club, denomina de "estrada de trânsito regular". Vera não tem intimidade com o caminho, sabe vagamente onde se localiza a fazenda, e como não podemos ir perguntando às pessoas que encontramos, ela me obrigou a comprar o mapa num dos postos onde paramos para lanchar: o camarada que vai lá atrás matou uma fome de três dias e eu tentei matar uma porção de irritações procurando tomar um gole apressado de péssimo uísque.

As perspectivas não são boas. Após alguns quilômetros na "estrada de trânsito regular", teremos pela frente outros tantos em estrada que a mesma terminologia classifica de "estrada de trânsito precário". Volta e meia, quando caímos numa vala ou num buraco, temo ficar sem a suspensão e sem a calma. Já estou no meio do caminho, mais para lá que para cá: o jeito é ir em frente. Não mais pretendo regressar no mesmo dia. Pensava em despejar na tal fazenda a carga fedorenta que levo, e voltar logo. Vera me prometera almoço, depois do almoço toparia a volta. Mas com aquelas estradas seria absurdo, cansativo, inútil.

— Lá tem lugar para dormir uma noite?
— Tem.

Não gosto da maneira com que ela disse "tem". Parece ironia, parece também ameaça.

O rádio, vez por outra, dá novas informações: a polícia continua a procurar o carro azul do qual partira a pedrada. Embora ninguém tivesse apurado nada, a própria polícia adotara a versão da embaixada: uma brincadeira de rapazes. Vera ouve a notícia, geme, de raiva:

— Brincadeira!

Por pouco vou agravando a ira de Vera, acrescentando algumas considerações sobre a bomba. Detenho-me a tempo. Prefiro que ela me conte sobre o camarada que fede e dorme em meu carro.

— O homem é do grupo de Sílvio. Serviu, há pouco, num regimento da Polícia Militar, deixou lá alguns amigos. O grupo de Sílvio precisa de armas, embora o grosso delas venha de fora. Para as pequenas missões, não podem empregar armamento vindo do exterior, os trabalhos preparatórios são efetuados com armas daqui mesmo, em caso de fracasso ninguém suspeitará que há armamento estranho metido no negócio. Pois o camarada estabeleceu um elo com soldados do regimento, meteu-se com o grupo que protegia uma quadrilha de ladrões de carros, conseguiu assim desviar algumas metralhadoras. Até que houve o assalto a um supermercado com metralhadoras usadas pela polícia. Foi a pista. Alguém denunciou o camarada como elo da corrente, para salvar o nosso movimento ele teve de admitir suas relações com o pessoal do assalto, foi torturado para dar nomes e locais, a turma do Sílvio acabou se metendo antes que o camarada contasse tudo. Conseguiram subornar os guardas, tiraram o sujeito da cela e providenciaram local seguro para protegê-lo. Boneca o levaria a esse local.

Respondo, com raiva:

— Ontem, a essa hora, quando eu estava visitando minha filha no colégio, não podia imaginar que hoje estaria nesta estrada, metido neste buraco, cúmplice de roubos e assaltos.

— Você não procura assunto para um romance?

— Isso jamais daria um romance. É estúpido demais.

Vera salta para abrir a cancela. A estrada de trânsito precário começa agora, e eu compreendo a precariedade da estrada logo nos primeiros metros: há uma ponte que, olhada do ângulo de quem dirige, mal dá para a metade do carro. A impressão é que as rodas ficarão do lado de fora.

— E agora?

— Pode passar. Tem gente que vem e volta da fazenda todos os dias. Passa até caminhão. E não há outro caminho.

— Tem certeza?

— Tenho.

Mesmo assim, faço Vera descer para diminuir o peso. Se a ponte caísse com o carro, sobraria, em tese, uma pessoa para me socorrer, embora duvide do empenho de Vera em socorrer dois sujeitos dos quais ela quer ficar livre.

Cruzo os cinco metros da ponte, respiração suspensa, avançando milímetro a milímetro. Há o instante em que sinto uma oscilação que me gela o estômago: madeiras estalam, mas o carro consegue atingir a outra margem. Abro a porta para Vera.

— Olha, eu não tenho certeza, só vim aqui duas ou três vezes, acho que há outro caminho. Não me lembro de ter passado por nenhuma ponte assim. Mas lembro o trecho em que passamos por um riacho, o carro ficou com as rodas cobertas de água. Disso me lembro.

— Seria o mesmo rio, ou tem outro mais adiante?

— É o mesmo, mas em outro trecho, onde passamos a vau. É assim que se diz?

— É. Enfim, temos o mar Vermelho.

— Que mar Vermelho?

— O mar Vermelho, ora! O mar que se abriu para que Moisés passasse com os hebreus. Pois foi isso: Moisés conhecia uma região pantanosa, de águas rasas, nas cabeceiras do mar Vermelho, justamente onde mais tarde os ingleses abriram o canal de Suez. Cortaram aquele pântano em diagonal. Os egípcios, que vinham atrás, meteram os peitos em outro trecho, pegaram mar feio e se afogaram.

Vera me olha sério, percebe que, talvez pela primeira vez, eu esteja conversando com ela.

— Eu estava esquecida que você é judeu.

— Não sou judeu. Você ontem me perguntou se eu era circuncidado, lembra-se?

— Lembro. Você foi grosseiro.

Outra cancela — e Vera me garante que é a última. Logo avistamos algumas casas primitivas, plantações miseráveis, o milho ralo e esquálido, algum gado disperso em péssimos pastos, começamos a subir a pequena elevação onde a estrada é melhor, mais larga, com um pouco de saibro, pés de eucalipto em volta. O carro ronca e o barulho que fazemos deve chamar a atenção de todos — se é que há alguém ali. Fico admirado quando, ao chegar lá em cima, numa espécie de pátio, em frente à casa principal da fazenda, não encontramos ninguém.

— Isto aqui está deserto?

— Deserto? Tem mais de quinhentas pessoas em volta da gente.

Não acredito nas quinhentas pessoas mas no homem que de repente surge por trás do carro e me encosta a arma no pescoço.

— Deixa de bobagem!

A voz de Vera é imperiosa. O homem mete o rosto dentro do carro e reconhece Vera. Sinto o cano da arma afastar-se de minha carne.

— Desculpe. Eu não tinha visto você.

O homem guarda a arma e vejo que estamos cercados, não de quinhentas pessoas, mas de umas dez ou doze. Tenho preguiça de descer, apesar do cansaço. Gostaria de despejar aquela carga e retornar ao Rio, o cano da arma deixara em meu pescoço uma comichão que eu não sei se é raiva ou medo.

Vera abre a porta traseira, alguns homens a ajudam: o camarada é carregado. A catinga que sai de seu corpo torna-se mais forte com os movimentos. Sinto engulhos, olho o relógio: dez para as duas.

O homem que me encostara a arma no pescoço fica a meu lado e a ele me dirijo:

— Come-se nesta droga?

— Ainda não almoçaram?

Vera se aproxima:

— Não tivemos tempo, Peixoto. Nós íamos ficar em Resende. Encontramos o Boneca no meio da estrada, o carro dele enguiçou. Resolvemos trazer o sujeito, havia pressa. Muita gente está procurando esse camarada. Você vai lá em cima e mande fazer qualquer coisa para nós. Estamos com fome.

O sujeito — e tem mesmo cara de Peixoto, é um nome óbvio — resmunga e sobe as escadas em direção à casa principal. Só então olho para lá e vejo o escombro de uma construção que, algum dia, teve solidez e uma beleza austera, colonial. A enorme varanda circunda a parte da frente, voltada para o pátio onde estamos. Dando para a varanda, uma dezena de portas e janelas, onde os vidros foram substituídos, há muito, por pedaços de tábuas. Portas e janelas, vistas daqui, parecem fechadas, mais que isso, trancadas. Apenas uma delas está aberta, e, ao peitoril, um homem sólido e alto que olha a nossa chegada em silêncio, sem fazer gestos. Quando nota Peixoto encaminhando-se para a casa, o vulto desaparece da janela.

— Quem é aquele camarada que estava nos observando?

Vera dá de ombros.

— Sei lá! Tem tanta gente aqui, não conheço todo mundo.

Ela começa a andar em direção à varanda, para no meio:

— Como é? Você não vem? Vamos comer!

— Olha, Vera, convém deixarmos claro o seguinte: trouxe vocês até aqui, mas isso não significa mais que uma ajuda circunstancial, uma cortesia, o que você quiser. Vou comer porque estou com fome e volto hoje mesmo. Entendido?

— Entendido.

Subimos o pequeno lance de escadas, onde o limo revela mau trato e pouco uso. Atingimos a varanda, olho para trás: a casa está na elevação do terreno, dominando um panorama relativamente amplo, algumas plantações ao longe, tetos irregulares de casebres construídos à volta. Há passado naquilo tudo, uma época extinta, o que sobra, agora, são ruínas.

Vera me observa:

— Depois do almoço, se quiser, damos um giro por aí. Isto foi fazenda de café, houve muito café aqui. Depois veio a Abolição, foi tudo embora, as terras ficaram abandonadas, hoje é isso que você vê.

Peixoto nos aguarda em uma das portas, a única que se mantém aberta.

— Por aqui.

Entramos na saleta, escura, sem mobília, as tábuas do assoalho rangem, do teto cai uma espécie de poeira que é um pouco de mofo e muito de velhice. Ao cruzarmos a pequena sala, eu mesmo me sinto mais velho, como se atravessasse um espelho mágico que me abrisse as portas do Tempo e por onde eu penetrasse em território estranho, que não saberia precisar se era o passado ou o futuro.

— Esta sala é mal-assombrada?

Vera não ouve, mas Peixoto ri, com má vontade.

— Tudo aqui é mais ou menos mal-assombrado.

Peixoto quer parecer sinistro e ali, ao cruzar aquela saleta, consegue sê-lo. Tanto ou mais quanto momentos antes, quando encostara a arma em meu pescoço.

Saímos no corredor interno, onde o assoalho apodrecido tem de ser vencido palmo a palmo, sobre vigas que sobraram do cupim: dos buracos abertos sobe um cheiro de sepultura, de terra úmida, de lacraias, e, paradoxalmente, de conchas marinhas.

— Cuidado com o chão. Só pise no meio das vigas, essas tábuas arrebentam à toa!

Atingimos outra sala, enorme, bem iluminada: duas bandas de janelas dão para os lados da casa e, através das janelas, posso ver a razão de tanta claridade: um galpão fora construído recentemente, os zincos do telhado, novos, brilham ao sol, refletem com intensidade dentro da sala. Sob o galpão, um trator dos pequenos, uma caminhonete, um carro de boi, ferramentas espalhadas.

Vera me afasta da janela.

— Depois eu mostro tudo para você. Vamos salvar o almoço.

— Não é certo que almoçaremos? Há alguma dúvida?

— Tudo é possível. Nós não avisamos, eles não estão preparados, talvez não tenha sobrado nada. Alimentar essa gente é um dos problemas da turma. Em todo caso, eles farão o possível, fique certo disso.

Peixoto penetra por outra porta e logo regressa, acompanhado de um homem alto, atlético, de bigode e óculos escuros, cara suburbana, cheia de espinhas, que não chega a ser desagradável, embora faça esforço para isso. Apesar dos óculos escuros — fora de moda, mal adaptados ao rosto — vejo que é o mesmo sujeito que, à nossa chegada, nos observara de longe, de uma das janelas. Botara os óculos para nos impressionar ou — devido a tantas espinhas — ocultar uma deformação monstruosa próxima aos olhos. Noto que, por trás das lentes escuras, há alguma coisa volumosa em torno das órbitas.

Vera estende-lhe a mão:

— Como vai, Macedo?

— Trabalhando.

A voz é boa, exata, de ritmo forte: voz de quem sabe e gosta de comandar. Por trás dos óculos, duas vistas me examinam com frieza.

— Este aqui é um amigo de Sílvio. — Vera faz o gesto em minha direção. — Talvez você o conheça, é escritor.

O camarada admite:

— Não sabia que Sílvio era seu amigo.

Estende-me a mão, eu a evito. Alguma coisa me alerta contra aquele homem. Eu cumprira, até ali, um jogo, e estava a trezentos quilômetros de minha casa, de minhas preocupações, rodeado de gente estranha e armada, uma situação inédita em minha vida e, por isso mesmo, desagradável. Até ali eu aceitara o jogo sem impor regras, julgava-me superior aos adversários que vinham surgindo, Sílvio, Vera, Boneca, Peixoto — eu saberia me livrar deles à hora que quisesse. Agora, sentia que tinha, diante de mim, coisa mais sólida, imperscrutável.

— Antes de mais nada — respondo — quero deixar claro o seguinte: vim aqui trazer uma carga. Está entregue. Vera me prometeu almoço. Não sei se tinha autoridade para prometer isso, mas de qualquer forma eu gostaria de comer alguma coisa, só vou encontrar restaurante longe daqui. Depois do almoço, regresso ao Rio. Sou amigo de Sílvio, mas não aceitei o plano dele. Se cheguei até aqui foi por uma série de equívocos e acasos. A Vera depois explica o negócio da bomba na embaixada.

Havia dito o que pretendia e estendo a mão para receber a dele. Ele a retira, mas sem animosidade, como se fosse, agora, um gesto inútil. Dirige-se a Vera:

— É um caso embaraçoso, Vera. Vocês têm, apesar de tudo, direito ao almoço. Sabe como tudo está difícil, mas sempre sobrou alguma comida, o Peixoto leva vocês ao refeitório, depois conversaremos melhor.

Vera segue Peixoto. O camarada me detém:

— Enquanto vocês almoçam, eu pensarei no caso.

— Mas não há no que pensar. Vou comer e depois retorno ao Rio. É problema meu. Você não tem de pensar em nada. A única coisa que pode fazer, e com direito, é negar o almoço.

Já estou no corredor e o camarada eleva a voz:

— Cuidado com as tábuas, pise sempre no meio das vigas!

Vera e Peixoto atingem outra sala, essa sim, simpática, confortável. As paredes, embora sujas, não têm o aspecto decadente do resto da casa. O tamanho é desproporcional: parece refeitório de convento, não apenas pela amplidão, mas pelo mobiliário frugal: uma só mesa, estreita, de madeira nua, em toda a extensão das paredes. Em volta do quadrilátero, bancos também rústicos, de um e de outro lado.

— Aqui é o refeitório e a sala de reuniões gerais — Peixoto informa profissionalmente, cicerone entediado. — Fiquem aqui que vou à cozinha, ver se arranjo comida.

Desde que chegáramos é a primeira vez que ficamos sozinhos, Vera me leva para uma das janelas.

— Olha, aquele terreiro, ali, era para secar o café.

Ela percebe que eu não olho a paisagem. Volta-se:

— Fez bem em dizer tudo, em abrir o jogo. Assim eles sabem logo o que fazer com você.

— Mas fazer o quê? Eles não têm nada a fazer comigo. Você mesma sabe que não aceitei o plano de Sílvio, se estou aqui é culpa sua.

Há medo em seus olhos, de repente. Ia perguntar-lhe a razão daquele medo, mas Peixoto chega da cozinha.

— Sempre se arranjou alguma coisa: ovos, arroz, pedaços de galinha, podemos abrir uma lata de salsicha. Serve?

Vera responde por mim: servia. Peixoto retorna à cozinha. Vou sentar-me à mesa, mas Vera se aproxima, seus olhos têm medo por mim, ou pena de mim. Não sei por quê, parece um pouco com o olhar de Laura. Fala em voz baixa, soprada:

— Saia agora mesmo! Não tem ninguém olhando, pegue o carro e suma!

A reação dela é surpreendente até para mim. Dirijo-me à porta que dá para a frente. Isso significa que eu também tenho medo. Paro, no meio da fuga:

— E você?

Ela agora é a Vera de antes. A voz é fria, o olhar distante, decidido:

— Eu me arranjo.

— Se eu saio assim, você pode pagar por isso.

— Vá embora, enquanto é tempo. Eu me arrumo.

Ainda hesito, com pena de me separar dela. Afinal, ela me metera num embrulho complicado demais para a minha simplicidade. Sem ter aderido àquela maluquice, eu prestara um favor: devia merecer gratidão. Posso dispensar o almoço, correndo bem — e teria mesmo de correr bastante — em hora e meia chegaria a Resende, comeria um frango assado à beira da estrada, tomaria uma cerveja.

Atinjo o pátio, não há ninguém. O carro ficara onde o tinha deixado, as portas estão apenas encostadas. Tiro a chave do bolso e meto na ignição. Catuco o acelerador e aperto o arranco. O ruído seco me responde. Insisto. Volto a insistir. Confiro a gasolina, a bateria, tudo em ordem. Novamente aperto o botão do arranco, o mesmo estalido seco, inútil.

Não aparece ninguém. A casa permanece fechada, janelas e portas fechadas, ninguém à vista. Saio do carro, abro o capô. Dou rápida espiada, primeiramente no carburador, à procura de um defeito evidente. Nem preciso procurar muito: o platinado está deslocado, os cabos da bobina tinham sido arrancados.

A raiva é mais forte do que a fome: subo as escadas da casa-grande. Conheço o caminho e as cautelas: pisar sempre no meio das vigas. Vou direto à sala onde o homem de bigode e óculos escuros nos recebera. Sei que ele está lá, me esperando.

Está. Sentado numa espécie de poltrona feita de caixotes e almofadas esfaceladas, por trás da mesa comprida, feita também de tábuas nuas. Sobre a mesa, inerte como um polvo morto, a tampa do distribuidor do meu carro, com seus cabos escuros e elásticos. O homem fuma charuto, cujo cheiro eu sentira lá fora. Sei que ele tem nome: Macedo. Tal como o outro é Peixoto, Vera é Vera,

Boneca é Boneca. Esses nomes todos talvez sejam falsos, apenas para a ocasião. Mas não vou chamá-lo pelo nome, seria o início de um diálogo, eu não queria dialogar com ninguém ali.

— Vamos deixar de brincadeiras! Me dá o distribuidor!

O homem está preparado para conversa comprida. Sopra a fumaça em minha direção, custa a responder:

— Vamos com calma. Acredito que você não tenha percebido a situação.

— Que situação?

— A sua.

— Não tenho o que perceber. Vim aqui trazer a moça e aquele camarada que fedia tanto quanto este charuto. Fiz um favor. Ofereceram-me o almoço, mas eu recuso o almoço. Quero regressar agora mesmo.

O homem levanta-se, apanha o distribuidor pelos cabos, fica alisando as pontas, na calma que pretende apenas me irritar.

— Para início de conversa, serei franco. Você não poderá sair daqui tão cedo. Só depois que não oferecer perigo. Afinal, há mais de ano e meio que estamos organizando um movimento clandestino, perigoso, conseguimos articular uma rede que inclui campos de treinamento, depósitos de armas, equipes de segurança e de aliciamento, uma coisa complexa como um... — Olha o distribuidor, pensa no polvo: — ... como um polvo. Mil braços, em torno de um núcleo central. Aqui não é o núcleo central, mas é um dos braços importantes da engrenagem. Você não sabe o susto que levamos quando ouvimos o barulho de seu carro subindo a rampa que dá para aqui. Tomamos cautelas, esperamos sempre pelo pior. Uma denúncia, uma suspeita, um descuido, e teremos a batida policial ou militar que nos matará a todos. Mas além do susto, você me deu outra surpresa: quando reconheci Vera, percebi que se tratava de uma emergência. Mas vi você: eu o conheço mal, sei que seria o último homem a se engajar no tipo de luta como a nossa. Nunca li nada seu, somente alguns artigos publicados em jornais, vejo seu nome nos manifestos, você não chega a ser reacionário, não passa de um liberal, um burguês liberal. Não desprezo essa turma, mas não a aprecio.

— Não vim aqui receber análises. Vim apanhar o distribuidor.

— Calma, chegamos lá! O distribuidor não será devolvido, o seu carro está confiscado, precisamos de viaturas, e um carro como o seu, que não está manjado, inocente em todos os distritos e barreiras, será útil. E perca as esperanças de regressar ao Rio. Não quero dizer que você esteja preso, mas não poderá sair daqui. Dá no mesmo, talvez.

— Isso é violência!

— Que seja. Não sei como foi que você veio parar aqui. A história que Vera contou será testada, hoje à noite terei contato com o Rio, pelo rádio, e saberei de tudo. Acredito que você tenha apenas prestado o favor a ela. Muito gentil de sua parte. Mas ela errou ao trazer para cá um homem em quem não podemos confiar. Fosse meu pai, e minha atitude seria a mesma: não o deixaria sair. Evidente, a sua permanência entre nós não significará que seja obrigado a nada. Instalaremos você em qualquer canto, daremos casa, comida, é o máximo que podemos fazer. Para pagar a despesa da hospedagem, você emprestará o carro. Não vejo nenhuma indecência nisso.

— Eu não disse indecência. Disse violência.

Passos no corredor, alguém pisa nas vigas com intimidade, e logo um mulato entra na sala. Macedo joga o distribuidor que se abre no espaço, como uma aranha pesada e negra, e é recolhido pelo mulato.

— Leve o distribuidor e tire o carro daqui da frente. — Vira-se para mim: — As chaves do carro, por favor.

A fala é mansa, o homem não quer prolongar um atrito nem agravar uma situação em que a parte mais forte é a dele. Surpreendo-me submisso, irritado mas submisso, como quando entro em avião: não gosto, mas não posso fazer nada, fico entregue ao acaso, não adianta espernear de minha poltrona, não ajudo nada e a ninguém.

Levo a mão ao bolso em que guardara as chaves. Quando puxo o chaveiro, vem junto o comprimido branco dentro do envelope de papel impermeável que nem sei por que meti no bolsinho da calça, em parte, talvez, por não ter decidido, ainda, onde devia guardá-lo.

— Como estou em minoria, aqui estão as chaves.

O homem repara no comprimido, apanha as chaves com um gesto solene mas educado, procurando ser o menos desagradável possível.

— Obrigado. Fico satisfeito ao ver que você compreende. Está com dor de cabeça?

— Ainda não. O comprimido é para outra eventualidade.

— Você é prevenido.

O homem entrega as chaves ao mulato. Este, sim, passa por mim com ar de triunfo, como se eu tivesse perdido uma batalha.

— Agora, que nos entendemos tão bem, acho bom você ir almoçar. Temos problemas com a nossa alimentação, os mantimentos vêm de longe, não podemos esbanjar.

Procuro pelo corredor que, apesar de escuro, é agora íntimo a meus passos. Pior é o cheiro de túmulo que sai dele. Talvez me habitue também àquele cheiro.

— Paulo!

Volto-me. O homem tirara os óculos escuros, passara a fase da importância, da autoridade, os óculos ajudavam-no a compor o papel de chefe ou de tirano. Em torno de seus olhos, há cicatrizes antigas, a pele crescera em largas estrias vermelhas e azuis, monstruosas varizes, pejadas de pus. Os óculos, maiores do que o rosto, têm utilidade: escondem a deformação que o torna repugnante.

— Alguma coisa?

Ele nota que me impressiona:

— É bom que vá se habituando com a minha cara. Mais tarde, se houver oportunidade ou necessidade, eu explico essas cicatrizes. Mas é bom que tratemos de sua instalação. Você é amante de Vera?

— Não.

— Isso dificulta a coisa. Se vocês dormissem juntos, eu podia arrumá-los aqui mesmo, na casa-grande. Temos um quarto vazio, com cama das grandes. Você não se incomoda de dormir nos barracões?

— Bem, já que começamos a nos entender, prefiro expor o meu caso. O fato de ficar aqui algum tempo não me prejudica. Quando saí de casa, esta manhã, pretendia procurar um local para trabalhar. Pensava em coisa mais próxima do Rio, mas não posso escolher. Já que estou prisioneiro, gostaria de não perder o meu tempo: um lugar onde possa ficar sozinho e escrever viria a calhar.

— Vejo que é compreensivo. Mas não se considere prisioneiro. É apenas medida de cautela. Se você voltasse ao Rio, teríamos de destacar um homem, ou um grupo de homens, para fiscalizar seus passos. Você agora sabe o mapa da mina e isso o torna perigoso. Quanto à sua instalação, se o barracão coletivo não lhe convém, arranjarei coisa melhor. Aqui perto há algumas cabanas, posso desocupar uma delas. Tudo muito primitivo, cama de lona, um barbante para pendurar a roupa. Você pretende mesmo escrever?

— Eu vivo disso. Tenho uma encomenda do editor.

— Providencio mesa, cadeira. Do contrário, você arranje um caixote e se ajeite do melhor modo. Agora vá almoçar. A comida deve estar fria. E Vera está nervosa.

Vou direto ao refeitório. Venho por trás e tenho tempo de reparar em Vera: ela come pausadamente, sua atenção está em outro lugar. Um crioulo, que deve ser o copeiro ou o próprio cozinheiro, a fiscaliza. Na mesa há outro prato, cujo aspecto é sofrível.

Ela ouve o barulho de meus passos, volta-se:

— Desculpe a demora, Vera, mas não foi possível.

Ela faz o gesto imperceptível, indicando-me o crioulo.

— Sua comida esfriou. Estava preocupada.

Antes de sentar-me, enfrento o crioulo:

— Olha aqui: já me entendi com o seu chefe. Vá embora e nos deixe comer em paz.

O crioulo não diz nada. Olha para Vera — um olhar concupiscente e mau — e se retira.

— Que que houve?

— Tiraram o distribuidor do meu carro. Fui falar com o tal Macedo e o melhor que faço é almoçar mesmo. Você me meteu numa enrascada.

— Foi bom você ter voltado. Estava com medo do crioulo.

— Por quê?

— Sei lá. Ele me olhou esquisito.

— Esqueça o crioulo. É pau-mandado. O chefe é o Macedo.

Vera havia terminado. Come uma banana e readquire sua atitude para comigo:

— O mais gozado é que Sílvio nem suspeita de nada.

— Quando é que ele vai saber?

— É possível que já saiba de alguma coisa. Eu deveria ter um encontro com ele, hoje à tarde. Vai imaginar que por causa da bomba eu tive que me esconder em qualquer canto.

— Não foi bomba, foi pedrada.

— Dá no mesmo. Ontem, à noite, era bomba. As cautelas são levadas a sério, embora as ameaças e os planos nem sempre sejam sérios. Sílvio jamais imaginaria você aqui.

— Era para cá que ele pretendia me enviar, se eu topasse?

— Não. Quer dizer, acho que não. Você iria diretamente para o Sul, lá existem grupos maiores que este, e mais bem organizados.

Enfrento com apetite o meu prato. Tirante o ovo que esfriara e ficara intragável, o resto é razoável: há cenouras, uma espécie de salada, pedaços de galinha, as salsichas estão boas.

— Quem está saindo com o seu carro?

Do lado de fora vem o ruído do motor. O camarada acelera muito forte e desnecessariamente:

— O carro foi requisitado. Vai pagar a minha estada aqui.

— O Macedo deu recibo?

— Que recibo?

— Geralmente dão recibo, em código. Quando tomarem o poder, você receberá o que é seu.

— Você acha essa gente com cara de quem vai mesmo tomar o poder?

Vera acabou a banana e fuma o cigarro. Parece tranquila, e, reparando bem, noto que só agora ela relaxa as defensivas, fica tal qual é, sem medos, sem missões. Para ela — descubro naquele instante — a ida até a fazenda é importante, uma etapa decisiva. O peixe nervoso, apanhado nas malhas da rede, fora devolvido a seu elemento natural e ela simplesmente vive. A força com que expele a fumaça do cigarro revela confiança em si mesma, calma realizada. Se tiver tempo, será agora capaz de ternura.

— Por que não? Tudo tem um começo, Paulo. Não julgue que o nosso movimento seja apenas o que você viu até aqui. Eu lhe garanto que há seriedade nisso, não foi à toa que abandonei o Partido, que muita gente abandonou negócios, família, posições. Eu acredito em alguma coisa. Você faz força para não acreditar em nada. O Sílvio diz que isso é do século passado, ceticismo é o nome, coisa que andou muito em moda há tempos. Ele cita o nome do sujeito que você lia muito.

— Renan?

— Sei lá. Um nome qualquer. Quem foi esse camarada?

— Um ex-seminarista que escreveu fantasias, num ótimo francês. Sílvio tem razão nesse particular: o ceticismo fica bem no século XIX, mas não sou um homem do século XIX, embora seja cético quanto ao movimento de vocês. Luto apenas para ser homem, independente do tempo, sozinho.

— Você acha isso possível?

— Difícil. Mas não impossível.

Ela se levanta, vai à janela. A tarde está caindo lá fora, o sol entorna a claridade macia em cima dos morros. Acabo o meu prato e recuso a banana. Procuro pelo cachimbo, vou enchê-lo ao lado de Vera, na janela.

— Bonito isto aqui, não?

— Tem mesmo quinhentas pessoas metidas nesse mato?

— Talvez. Não sei de nada. Eu sou apenas uma aliciadora, o nome é feio, mas é esse mesmo, ajudo Sílvio, só isso. Não podia supor que um dia ficaria presa aqui.

— Você também está presa?

— De certa forma, sim. Não posso voltar ao Rio. Queira ou não queira, tenho de seguir agora este grupo, até que as coordenadas mudem. Sílvio vai dar pulos de raiva.

Por trás da plantação de eucaliptos passa, lá longe, o meu carro. A poeira levantada do chão segue seu rastro, assinalando-o pelo alto.

— Para onde levarão meu carro?

— Não se preocupe. Eles são responsáveis. Isto aqui é pior que um quartel: todo mundo é caxias. Você ainda não viu nada.

— O que vi não me agradou.

— O Macedo maltratou você?

— Não. Foi, dentro do possível, gentil. Que que ele tem na cara?

— As cicatrizes? Há muita lenda em torno dele. Não o conheço bem, mas o que contam dele é heroico, chega a ser lendário. Aquilo é marca de tortura. Maçarico. Foi preso em Recife, logo depois do golpe militar, a polícia torturou-o. Levou maçarico no rosto, perto dos olhos. E em outro lugar também, ficou impotente, sabe?

— Como é que eu iria saber? E você, como sabe?

— Todo mundo diz. Há muita mentira nessa gente, uma cicatriz de nascença é promovida a tortura, conta pontos para a liderança. Tem gente que exibe o umbigo e diz que foi a polícia.

— Bem, nesse caso, eu posso exibir a minha medalha: tenho excelente umbigo.

Sob a janela, passa o homem carregando a minha mala, a máquina de escrever também.

— Olha — Vera aponta com o cigarro —, você foi feliz, trouxe mala. Eu estou com a roupa do corpo.

— Para onde ele levará aquilo? Macedo falou numa cabana.

— Você vai dormir sozinho ou no barracão?

— Sozinho. Ele perguntou se éramos amantes.

— E por que você não respondeu que éramos?

— Qual a vantagem?

— Você dormiria aqui em cima. Há gerador que dá luz para a casa-grande. Nas cabanas só há lampião ou vela. Você não pretende escrever?

Sacudo o cachimbo com raiva. Não pensara nisso. Posso ser homem do século XIX, homem até das cavernas, mas não me agrada escrever à luz de velas ou lampiões.

— E agora?

Encaro Vera, mas ela me mostra lá fora: o homem que leva minhas coisas foi detido por outro. É, sem dúvida, um graduado: tem o fuzil a tiracolo, o baita revólver à cintura. Examina minha máquina de escrever, manda que abra a minha mala.

Deixo Vera e corro para as escadas. Quando me aproximo dos dois, o homem do fuzil examina a pasta onde trouxera os originais que Laura me devolvera. As folhas não estão numeradas de maneira correta e o homem folheia esparsamente, embaralhando páginas.

— Deixa isso aí, seu idiota!

Devo ter cara ameaçadora. Além do mais, aproximo-me do homem com os braços estendidos, como se fosse agredi-lo. O sujeito que levava as malas surge na minha frente. Não lhe vejo a cara: a sombra desce brusca, em meus olhos. Há o clarão dentro de minha carne, tudo fica luminoso, depois vermelho, vermelho cada vez mais vermelho, até que a escuridão toma conta de tudo e eu me sinto cair como cai um corpo morto.

Não desperto em nenhum dos círculos do inferno, mas no casebre miserável, teto muito baixo, o chão que parece de terra mas é de tijolos tão estragados que faz o mesmo efeito. Não estou em nenhum círculo, mas há um círculo à minha volta. Pouco a pouco reconheço as caras: a primeira delas, por causa dos óculos tampando o rosto inteiro, o chefe da casa-grande. Procuro entre os rostos o de Laura. Sinto náusea: não sei se é efeito do almoço bruscamente encerrado, ou do cheiro de terra e umidade que, pesado, me penetra por todos os lados.

Ouço a voz às minhas costas:

— Não foi nada. Já está despertando.

Faço nova ronda pelas fisionomias e identifico o homem que me agrediu: está recuado, humilde, próximo à mala. É um sujeito manso, cara de nordestino, apesar de magro tem musculatura exagerada.

Procuro pela minha máquina e vejo que a colocaram numa espécie de mesa, formada pela união de dois caixotes. Em compensação, há uma cadeira austríaca no meio de toda aquela miséria. Vira algumas, nas salas da casa-grande. Não há dúvida de que providenciaram para o meu conforto.

Procuro pelo rosto de Vera. A menos que ela esteja atrás de mim — mexo com a cabeça em direção ao fundo do casebre —, e o movimento desperta a dormência que sinto em torno dos olhos. Passo a mão ali, percebo que há inchação perto da vista esquerda.

— Acho que vou precisar de óculos escuros.

O chefe da casa-grande não ri, nem se ofende. Abaixa o rosto, como se examinasse o meu ferimento:

— Não é nada, daqui a dois dias não há nem sinal.

— Usaram maçarico?

— Não diga bobagem.

O chefe faz um gesto e todos se retiram. Ficamos nós dois apenas. Quando a porta se abre, vejo que a tarde caiu e que a noite escurece lá fora. Há um vento que refresca o interior abafado e miserável do casebre.

Macedo senta-se na cadeira austríaca, cruza as pernas. Faço esforço para virar o rosto em sua direção, e, apesar da dor que retorna com o movimento, consigo fitá-lo frontalmente. Vendo-o de pernas cruzadas, tão próximo a mim, lembro que Vera insinuara a sua impotência, os testículos queimados.

— Não se deve complicar as coisas. O camarada que o atacou pensou que você ia agredi-lo. Um caso de legítima defesa, não tenho por que censurá-lo. Você parecia ameaçador.

— Ele mexia em meus papéis. Aquilo não interessa a ninguém. É meu.

— Sei, sei. Já examinei, é um romance, não?

— Ainda não. Apenas apontamentos.

— Que significa *Pessach*?

— Passar por cima. Etimologicamente é isso: passar por cima.

— Eu não entendo dessas coisas, mas acho de mau gosto usar uma palavra dessas, que ninguém entende.

— Quem disse que eu vou usar? *Pessach* é a festa judaica que celebra o êxodo, a passagem pelo mar Vermelho, a fuga do cativeiro, a procura da Terra Prometida, e, sobretudo, a passagem do Anjo que poupou os primogênitos hebreus. O Anjo *passou por cima*. Tem muitos significados.

— Mesmo sem ser entendido, prefiro essa que você deu: como é? Passar por cima, não?

— Foi a última praga que Moisés rogou contra os egípcios. O Anjo feriria de morte os primogênitos do Egito. Para poupar as famílias hebraicas, foi feito o sinal de sangue nas portas: o Anjo passou por cima dessas casas.

— Você é judeu? Vera me garantiu que é.

— Não. E se ela duvida é porque ainda não lhe mostrei uma coisa. Você não vai querer me examinar para saber se sou circuncidado, vai?

A minha vista começa a doer, e muito. Tento sentar-me na cama, o chefe ajuda, amparando-me com cuidado.

— Não há nenhum sedativo aqui? A dor está ficando forte.

— Os estoques acabaram. Amanhã ou depois esperamos nova remessa de mantimentos e remédios. Talvez chegue até um médico. Não temos nenhum aqui. Pedi ao Rio há tempos, pelo menos um enfermeiro. Prometeram-me mandar na próxima remessa. Até lá, bote compressas frias.

— Adianta?

Macedo tira os óculos, vejo suas cicatrizes:

— Olha, tem gente que sofre mais que isso. Conheço um camarada que foi torturado a fogo e jogado numa cela mil vezes pior que esta. A dor era tanta que ele cuspia na mão e passava o cuspe no rosto. Eu estou lhe oferecendo o que posso, arranjo um pano, um pouco de gelo, temos geladeira lá em cima.

— Não precisa. Eu me ajeito.

— Você não tinha um comprimido no bolso?

— Tenho. Não é hora de usá-lo, ainda.

— Como queira. Lamento o que aconteceu. Em parte foi bom, nós o trouxemos para cá, uma cabana individual, acredite, é a mais confortável de todas. Tem banheiro lá atrás, janelas, não chove aqui dentro, e veja, há uma cama de verdade, com colchão e tudo. Nos barracões coletivos o pessoal dorme até no chão. E eu não teria pretexto de trazer você para cá. Felizmente, quem o carregou escolheu essa, era a mais próxima. Foi sorte.

Novamente a porta é aberta e agora a noite veio de vez. A escuridão compacta e perfumada chega lá de fora. A luz do casebre — que Macedo insiste em chamar de cabana — vem da lanterna pendurada do teto. Na verdade, é um pequeno holofote manual, com a gradação de luz reduzida transforma-se em lâmpada mortiça, amarelada. Macedo retira-a do teto, roda o botão: o foco cresce e vara a noite com o seu cilindro de luz.

— Como é que vou ficar aqui no escuro?

— Mandarei trazer uma vela. Procure escrever de dia. Não temos mantimentos em demasia, tudo é racionado. Você terá uma vela de dois em dois dias. Não podemos abrir exceção. Se a turma sabe que tratamos um estranho com regalias, será difícil manter o moral e a disciplina. Isto aqui é uma mistura de caserna, colégio interno, partido político, acampamento de ciganos e até bando de criminosos. Temos de tudo. Não podemos facilitar. Você compreenderá.

— Farei esforço. Desde que me deixem em paz.

Ele vai fechar a porta, peço que a deixe aberta: é bom ver a noite, a aragem traz o gosto de eucaliptos e de frio. A vista dói, mas não é o pior. Pior é a lassidão que me prostra. Não deve ter sido o soco, por mais violento que tenha sido. Ando cansado, dirigi o dia inteiro, tive a véspera agitada. Além do mais, há muito que não descanso, não tiro férias há dois anos, embora meu trabalho seja intermitente por natureza. Por tudo isso, ali estou, jogado na cama, num catre, o casebre que não merece o nome de cabana, de miséria óbvia e solitária.

Rodeado por quem? Um bando de exaltados, santos, criminosos, fanáticos, soldados, políticos? Mistura incômoda e inabordável. Desde que me deixem em paz, por que não? Tenho um canto, a máquina de escrever, bastante papel — por que não?

Amanhã procurarei Macedo, explicarei a situação, aceito as imposições, sublinho o fato de aceitá-las sob protesto, mas aceito. Em compensação, peço que me deixem trabalhar em paz e me ajudem, preciso entrar em contato com o editor, avisar que estou longe. No mais, remeterei a encomenda tão logo a apronte, eles darão um jeito de fazer o trabalho chegar às mãos do editor, deve haver gente indo e vindo sem cessar.

Sílvio. Procurou-me durante uma semana, propositadamente evitei-o, limitando-me a tomar o apontamento: RESOLVER O CASO DE SÍLVIO. Marquei aquele encontro idiota e aqui estou eu. Ele é o culpado de tudo. Mas há Vera também, e ela tem de ser culpada de alguma coisa. A bomba na embaixada. "Preciso de prudência, as barreiras serão fechadas, pedirão documentos, sou fichada no Partido e no DOPS, tenho de antecipar-me." Uma brincadeira de rapazes. Rapazes inconsequentes ou inconsequente brincadeira. O Tesouro dos Estados Unidos não está tão abalado assim, providenciou uma vidraça nova. Depois eu aceitei o jogo. Aceitei o homossexual louro, sujo de óleo. Onde jogaram o camarada que trouxemos? Tortura. Posso alegar que meu olho inchado é tortura, entrei na grande classe, sou herói também. Minha estátua, na praça pública, terá um olho enorme, caído para fora. A poeira tornará o olho maior, monstruosamente heroico e histórico.

Quanto tempo fiquei desacordado? Não inauguro com brilho minha carreira de herói. Um soco apenas e caí como um saco de batatas. Devem me julgar um palerma que cai ao primeiro sopro. Bem verdade que eu não esperava o ataque, só quis impedir que o sujeito mexesse em meus papéis, são apontamentos inocentes, não oferecem perigo nem ajuda à reação ou à revolução. Talvez tenha dormido meia hora, não pelo desmaio, mas pelo cansaço, um cansaço feito de cansaços misturados e antigos. E quando é que virão trazer luz? Se soubesse, teria dito que sou amante de Vera, dormiria lá em cima, com luz elétrica — ela se sente culpada pela minha situação, compreenderia.

Não sei fazer nada à luz das velas: tremem demais, me irritam a vista e a paciência, não conseguirei escrever à noite. Terei de aproveitar o dia, ajustar-me à vida rural: a presença de um boi me dá sono e fastio. Sofro de torpor pastoral — o cheiro de mato não me agrada, embora a noite esteja perfumada, boa.

Imagino o que Teresa pensaria se soubesse onde estou. Farejaria bandalheira, botaria a culpa em Vera. Ela tem a chave do meu apartamento e irá lá, amanhã, se não tiver ido hoje mesmo, deixei-lhe o bilhete pedindo que se dedique ao marido para quebrar o tédio e me receber melhor, quando voltar.

Preguiça de levantar-me. A dormência é agradável, e a cama, embora dura, não é desprezível. Os lençóis estão limpos, arranjaram o melhor para o meu conforto. Vou esperar pela luz, depois apanho a pasta e vejo se coloco em ordem as páginas que o outro remexeu.

Justamente um esboço de tantos anos é o que me acompanha agora. Depois da encomenda do editor, talvez encontre coragem para iniciar este trabalho. *Pessach*. A passagem por cima. Estou passando por cima de uma porção de coisas e pessoas, mas estou dentro do brinquedo. O pai ficaria orgulhoso de saber que o plano antigo não foi abandonado, está aqui, a meu lado, como uma oferta, talvez mais do que isso, uma imposição.

Alguma coisa prende minha vista, lá fora. A escuridão começa a tremer, só depois de algum tempo percebo que uma luz se aproxima. Deve ser a vela que me prometeram. Uma vela de dois em dois dias — é pouco. A claridade se aproxima, tremendo, vejo sombras de árvores que renascem em volta, embaciadas, noturnas, como em pesadelo. A luz aumenta, não deve ser uma só vela, não haveria tanta claridade.

O nó na garganta e o susto em toda a carne: a aparição começa a surgir no quadrado da porta. Vem em silêncio, lentamente, como um fantasma. É vulto branco, tem à mão um candelabro de várias velas, acesas todas. Vem devagar, o vulto branco é alto, a mão segura o candelabro acima do ombro, com firmeza.

Os cabelos estão soltos, a roupa roça pelo chão — fantasma magnífico, inédito. Reconheço agora que o candelabro é um menorá, símbolo sagrado dos judeus. Não tenho tempo de compreender: logo reconheço Vera à minha porta, parada, o candelabro erguido à altura do rosto, espada incandescente e trêmula, feita de luz. Sento-me na cama, encharcado de respeito e pavor.

— Assustou-se?

— Um pouco. Podia esperar tudo, menos isso. Onde arranjou esse candelabro?

— Na casa-grande. Encontrei no armário, ao lado do meu quarto. Estava procurando roupa para dormir e encontrei este candelabro. Tem um nome especial, não?

— É um menorá. Durante séculos serviu de símbolo ao judaísmo, até que foi substituído pela Estrela de Davi. Mas qualquer judeu se reconhece e se comove diante de um menorá.

— Você ficou comovido?

— Não. Assustado. Me prometeram uma vela, eu esperava apenas uma, espetada no gargalo de uma garrafa de Coca-Cola.

— Pois aqui tem o candelabro inteiro. Disse ao Macedo que você precisaria de mais velas que os outros, ele relutou, mas acabou consentindo. Não são velas inteiras, são restos usados.

Entra na cabana, coloca o candelabro em cima da mesa. As velas estão quase no fim, não fariam falta à libertação nacional. E seriam úteis, se me dispusesse a trabalhar.

De repente, Vera passa pela luz, cortando-a de meus olhos. Pela transparência da roupa percebo que ela está nua.

— E essa camisola? Também encontrou no armário?

— A camisola estava na arca. É muito grande, mas para dormir serve. Não gostaria de dormir com a roupa que usei o dia todo. Estou me preparando para o pior, mas podendo mudar de roupa todos os dias, é preferível. Estou bonita?

— Parece assombração, saída da sepultura. Prefiro você de calças azuis.

Ela vai até a porta e a fecha.

— Estou sentindo frio. Botei a camisola em cima da pele. O corpo está todo arrepiado.

— Já tinha reparado.

Ela inspeciona a cabana, como se ali entrasse pela primeira vez. Tira a máquina de escrever do chão e a ajeita na mesa, próxima ao candelabro.

— Precisa de mim para alguma coisa? Macedo disse que estou à sua disposição. Sirva-se. Já jantou?

— Não. Nem preciso. Talvez um café, se for possível.

— Dá-se um jeito.

Repara em meu rosto. Ajeita a luz para obter melhor iluminação, chega-se bem próxima.

— Puxa! O sujeito maltratou o seu rosto! De longe, eu pensei que ele tivesse dado um soco só.

— Você viu?

— Vi. Caiu duro, como pedra. O Macedo disse que você é intelectual típico: alienado, confuso e fraco. Desabou à toa.

— Não esperava o soco. E o camarada usou toda a força.

Vera senta-se na cama, sinto seu corpo junto ao meu. Não mais a menina magrinha — a cintura que cabe num anel —, quase masculina, que desde ontem me persegue e me acompanha. É agora mulher, vejo a silhueta dos seios pela transparência da roupa: seios pequenos, suaves, silenciosos.

Ela nota o meu olhar e se levanta, ríspida:

— Não pense que vim seduzir você. É que às vezes me esqueço que sou mulher. Não me culpe por isso, mas sou assim. Gostaria de ficar aqui, mas é melhor ir embora. Mando alguém trazer o café.

— Como queira. Obrigado pelo menoá.

Ela me encara, surpreendida:

— O soco tornou você submisso. Preferia como antes. Agora parece enfermo, coisa largada. O Macedo talvez tenha razão, você é fraco.

— Deixa de lado o que o Macedo pensa de mim. Vamos ao que interessa: onde foi que você me meteu?

— O Macedo não conversou com você?

— Muito pouco. Ainda não compreendi nada.

— Eu também pouco sei. Depois do jantar, ele se reunirá com os chefes, na sala dos fundos, lá é que está o rádio, falam com o Rio, Recife, São Paulo, Goiânia, com todo mundo. A esta hora Macedo já comunicou ao Rio que você está aqui. O Sílvio deve ter tido um troço!

— O Sílvio tem contato permanente com Macedo?

— Não. Sílvio é subordinado a outro grupo, mas, de qualquer forma, o seu caso está afeto a ele, por bem ou por mal. Talvez seja punido por causa disso. E eu também. Amanhã saberemos.

Ela vai saindo, mas ainda a chamo, prendendo-a um pouco mais ali:

— Vera!

Ela para. Sem o candelabro, não parece assombração, apenas uma mulher vestida como um fantasma. Espera que eu fale, mas continuo olhando para ela — e ela nota que a olho como mulher. Compreende isso e compreende mais: que é momento de ir embora, de me deixar sozinho, com as luzes tremidas, tremidas vacilações.

Não há espelho no minúsculo banheiro que a libertação nacional destinou para minha prisão. Mal acordo, vou examinar a cara que, ao contato com a mão, parece monstruosa. Mas há apenas a pia do tamanho de um prato de sopa, a torneira esquálida da qual o fio d'água escorre, lesma luminosa. Felizmente, há o chuveiro, e é bom sentir a água fria, quase gelada, que estimula o corpo maldormido. Meu relógio parara durante a noite — nem o tirara do pulso — e não sei se é cedo ou tarde. Há sol lá fora, e bastante. Os eucaliptos brilham contra o céu sem nuvens.

Ao longe, alguns ruídos, um motor ligado, talvez o trator que vira ontem no galpão, em função rotineira da fazenda. Não há vozes humanas: tudo é feito em silêncio, como convém a uma conspiração.

Abro a mala, procuro roupa adequada à nova situação, misto de prisioneiro e conspirador. Trouxe shorts, blusões coloridos, duas calças esporte, roupa branca. Não estou desprevenido — mas longe de estar adequado. Esperava ir para um hotel, minhas roupas causarão escândalo aqui: o uniforme oficial da conspiração é uma ruína de fardas antigas e misturadas, há roupas da marinha e de mata-mosquitos no meio de macacões de operário. Só o chefe usa roupa normal, mas tão suja que, não fora a solenidade que lhe dão os óculos e a função, seria tão insignificante quanto os demais.

E há Vera. Talvez ela decida andar de camisola pelo meio do mato, como ontem. Bem, a pátria exige sacrifícios de seus filhos — foi a frase de Sílvio. Estou limpo, lavado, vestido, vou procurar alguma coisa para comer. Afinal, ontem não jantei e, embora não esteja com fome, um café me fará bem. Se não me impedirem, logo depois iniciarei a encomenda do editor. Conspirarei a meu modo: contra a virgindade e a favor dos bidês.

O casebre-cabana não fica distante da casa-grande: cinquenta metros, no máximo. Há o pequeno atalho que dá na parte dos fundos, pela cozinha. E é por ela que entro. Vejo o fogão enorme, dos antigos, onde a lenha queima uma dezena de panelas de vários tamanhos e feitios. O cheiro é indecifrável: nem o da lenha nem o das comidas ali preparadas predominam um sobre o outro. Sobra o gosto de gordura e calor.

O copeiro me serve café, leite, o pedaço de pão duro, sem manteiga. O leite é excelente, gordo, e me lembra que estou numa fazenda. Se os conspiradores não devorarem o gado inteiro, inclusive as vacas, terei bom leite todas as manhãs.

Estou mastigando o pedaço de pão quando o copeiro me avisa:

— O chefe pediu que o senhor fosse falar com ele, mal acordasse. Está lá embaixo.

— Onde é lá embaixo?

— Depois do terreiro. Há o caminho que desce, dá na ponte, perto dos estábulos. Ele deve estar lá.

Encontro Macedo de botas e chicote na mão. Parece feitor de fazenda, não um conspirador. Alguns homens ordenham as vacas — e pela postura e intimidade com os animais percebo que nada têm com a conspiração, são simples colonos, Macedo, para eles, nada mais é que o capataz, o chicote assenta-lhe bem, e as botas, e tudo o mais.

Ao me ver, coloca os óculos escuros. Tira-os do estojo de couro, preso à cintura.

— Tomou café?

— Já.

— Pretende fazer alguma coisa?

— Quero trabalhar. Ontem você deixou claro que eu ficava desligado de qualquer compromisso, que poderia escrever. Pois é essa minha intenção.

— Como queira. Apenas, pensei que desejasse conhecer o campo. Falei ontem com Sílvio, pelo rádio, ele disse que você é de confiança. Disse mais: que com o tempo, e bem motivado, é capaz de aderir.

— Ele é idiota. Faz juízo errado a meu respeito.

— Você não se considera de confiança?

— Não. Se me ameaçarem com o maçarico eu conto tudo, vendo meu próprio pai, minha própria alma.

— E daí? Qualquer um faria a mesma coisa.

Ajeita os óculos sobre o rosto, para melhor esconder as cicatrizes. Começamos a andar em torno do estábulo, uma dúzia de vacas magras haviam sido ordenhadas, os bezerros, ao lado, lambem os restos de leite que pingam dos úberes castigados. O cheiro de capim e urina arde em minhas narinas.

— Gosta do mato?

— Não.

— Vamos dar uma volta? Quero mostrar um pouco de nosso trabalho.

— Não ofereço perigo?

— Em parte, apenas. O Sílvio, em minha opinião, precipitou-se ao convidar você. E as coisas, depois, precipitaram-se sozinhas. Afinal, já que você está aqui, é melhor que conheça tudo, tome intimidade conosco. O risco é o mesmo.

— Preferia trabalhar. Tenho a encomenda do editor, quero acabar logo com ela para escrever meu livro.

Atravessamos o riacho por uma pinguela sacolejante — é o divisor de atribuições: da casa-grande até o rio, aquilo é uma fazenda decadente, que mal provê a própria subsistência. Do rio em diante, em meio a pés de milho amarelados, uma ou outra bananeira mirrada, algumas galinhas ciscando, começa o *campo*. Vejo o telhado do enorme barracão onde se agrupam, em volta, pequenas cabanas, menores do que a minha.

— Vou precisar remeter a encomenda ao Rio. Há possibilidade?

— De dois em dois dias temos correio especial. O seu trabalho será entregue em mãos, com toda a confiança. Apenas, será examinado, antes.

— Quer dizer que a organização funciona! Vou confessar: faço péssimo juízo de vocês. Veja o caso de Vera: fugiu de uma bomba que não passava de uma pedra. O tal do Boneca meteu-se a proteger um camarada seviciado pela polícia, mas não tinha o carro em condições. Se nós não passássemos pela estrada, ele ainda estaria lá, o camarada poderia ter morrido, ou um guarda rodoviário ter descoberto a fuga.

Macedo caminha devagar, percebo que tem dificuldade em se locomover. Movimenta as pernas com cautela, como se tivesse um ferimento doloroso entre elas. Em seu rosto, há sinais de esforço para esconder a dor: as mandíbulas tensas, firmes, revelam a contração muscular incômoda. Fala manso, sem se irritar:

— Não podemos evitar nem prever os erros individuais, como o de Sílvio, por exemplo, ao convidar você. *Grosso modo*, a coisa funciona. Pelo menos na prática. O que nos estraga, e aqui vai uma confidência, são as cisões internas, divergências de tática ou de estratégia, coisas muito complicadas para um leigo. Acredito que o movimento dará certo. E como não podemos controlar a complexidade global, ficamos limitados, cada um, a cumprir a sua tarefa. Aqui, no nosso campo, sob a minha responsabilidade, tudo vai bem. Embora, pessoalmente, eu discorde de detalhes do conjunto.

Contornamos o barracão. Pelas minúsculas janelas vejo que é um dos dormitórios coletivos. Há camas, redes, esteiras pelo chão. As roupas são penduradas no arame que circunda as paredes. Do barracão sai o cheiro pesado de suor e urina.

— Onde está o pessoal? São mesmo quinhentas pessoas?

— Quem lhe disse que somos quinhentas pessoas? Vera?

— Ela disse que estávamos cercados de quinhentas pessoas.

Macedo ri, riso doloroso, custa-lhe um pouco de dor:

— Não chegamos a isso. O pessoal do campo vai a trezentos camaradas arrebanhados de todas as partes e de todos os ofícios. Temos ex-padres, diversos oficiais, sargentos, um antigo deputado, vários estudantes, lavradores, funcionários, operários. E agora, com você, um intelectual. Predominam mesmo os sem trabalho, o marginal há muito colocado fora da lei por perseguições políticas. Pessoas que perderam tudo, família e negócios, com o golpe militar. Há também gente que passou na cadeia algum tempo. Eu, por exemplo. Quer dar uma espiada?

— Você me trouxe aqui. Agora me mostre o que puder.

Saímos numa espécie de campo de futebol, que bruscamente se abriu após pequena plantação de cana. Há balizas fincadas de ambos os lados. No meio do campo, em círculo, um grupo heterogêneo ouve um sujeito que fala.

— Ali tem uma turma. Fizeram há pouco educação física, que é bastante puxada. Agora vão receber instrução militar. O camarada que está falando é ex-major, fez a campanha da Itália, mas foi posto para fora do exército porque protestou contra a Guerra da Coreia. Já podia ser general. Eternizou-se como major: o exército o considera morto. É dos nossos principais instrutores. Tirante o conhecimento técnico, é uma besta. Eu não creio em guerrilhas, ele crê. Fui voto vencido na reunião da Comissão.

— Você é do Partido?

— Não. Ninguém aqui é do Partido. Ele não apoia o nosso movimento. Estamos divididos em dezenas de posições e conflitos. Cada setor tem o seu esquema. Isso é que prejudica tudo. Bastava a nossa união e o governo cairia de podre.

— Se você foi contra, por que aceita dirigir isto?

— Tenho de fazer alguma coisa. Se não fizer isso vou fazer o quê? Esperar, como o Partido espera, que por meio da pregação pedagógica, burocrática, a ditadura desmorone por si mesma? Tive de decidir rapidamente, passei nove meses na cadeia, não fui bem tratado lá. Fugi da prisão com um propósito. Evidente, há um caminho que considero o melhor, mas aceitei a decisão da maioria.

— O Partido combate a posição de vocês?

— *Combater* não é o termo. Não aprova, o que é outra coisa. Considera o nosso movimento individualista, romântico, que vamos apenas provocar uma reação ainda mais severa. Não posso aceitar a posição do Partido: esperar, esperar, esperar...

— Vera não quer esperar que um general, preterido numa promoção, resolva derrubar o governo.

— Ela tem razão. Está no nosso grupo, apesar de ser do Partido... creio que já deixou o Partido. Mas ela aprova a luta de guerrilhas. Isso eu não aprovo. Acho loucura.

Paramos à distância do círculo de homens. Alguns rostos voltaram-se em nossa direção. O ex-major gesticula, tem o fuzil nas mãos.

— Vocês estão armados?

— Sim e não. Armas, temos muitas, vindas de todas as partes. O camarada que vocês apanharam na estrada conseguiu, ele sozinho, mais de cinco metralhadoras, dessas que a polícia usa. O que nos falta é munição. Nossos exercícios são simbólicos, não podemos gastar tiro. E, além do mais, não podemos fazer barulho. Oficialmente, isto aqui é uma pequena fazenda, temos que produzir a média de quarenta a sessenta litros de leite diários para a cooperativa mais próxima. Metade da turma que mantemos está destinada à guarda, os limites da fazenda são vigiados, noite e dia. Qualquer descuido será fatal.

O ex-major percebe que o observamos. Para de falar e vem em nossa direção. É baixo, troncudo, à distância parece jovem, à medida que se aproxima revela-se: cinquentão, cabelos grisalhos, maus dentes. Apesar da roupa esfarrapada, conserva o porte militar, ereto, em permanente posição de sentido. Cumprimenta Macedo com um aceno de cabeça e me estende a mão:

— É o novo companheiro?

Macedo ri:

— Não, Ivã, não é um companheiro. Veio por conta da Comissão. É escritor.

Aperto a mão de Ivã e noto que lhe faltam dedos. Ele percebe.

— Perdi três dedos. Fazia um coquetel molotov e a garrafa explodiu. Foi sorte ter perdido apenas três dedos.

Macedo indica a turma com o queixo:

— Como vai o pessoal?

— Muito bem. A turma está afiada. Há impaciência. Todos querem fazer alguma coisa.

— Pois estão fazendo. Bom dia, major, estou mostrando o campo ao nosso hóspede.

O ex-major retorna para seus homens e nós cortamos o campo em diagonal, saímos no pequeno curral onde dois porcos dormem e onde há um arado abandonado. Mais adiante, depois de pequena subida, uma plataforma cheia de obstáculos improvisados: muros, escadas, uma corda suspensa da árvore, tudo primitivo. Homens se exercitam, alguns deles nus, outros de cuecas. A impressão é deprimente.

— Não repare. Temos falta de roupa. Às vezes, é mais fácil conseguir um fuzil que um terno. Mesmo assim, quando chegar a hora, teremos de possuir roupas e calçados. Esses homens serão distribuídos por diferentes pontos, não podem viajar esfarrapados, terão de tomar trens, navios, ônibus, aviões.

— Pelo que depreendo, isto aqui é o campo de treinamento para abastecer todos os grupos, não?

— Mais ou menos. Temos, espalhados por aí, cinco campos iguais a este, alguns até maiores. Daqui sairão os dirigentes. Aprontamos algumas turmas que já tomaram posições em vários pontos.

Descemos outro atalho e desembocamos em outro trecho do rio, agora cortado pela ponte de concreto. Mais acima, perto de um laranjal — há laranjas mirradas, escondidas entre as folhas —, um outro galpão, menor do que o barracão.

— Aqui é a enfermaria. Você é bom de estômago?

— Por quê?

— Estamos sem médico. Amanhã deverá chegar um.

Macedo não me leva à porta. Acercamo-nos da janela e eu posso olhar para dentro. Há leitos e redes, tal como no barracão. Só não há esteiras no chão. Redes e leitos estão ocupados. Uma mulher, deitada sob a janela, tem o rosto queimado, a perna entalada. Alguém improvisara o peso para ajudar a recolocação do osso na posição exata.

— Também coquetel molotov?

— Não. Essa aí foi torturada. Era dirigente de sindicato, passou cinco dias na tortura. Quebraram-lhe a perna de tanto torcer. O rosto foi queimado a vela. Lentamente. É pior que o maçarico.

Reconheço, em uma das redes, o camarada que apanháramos na estrada. Aparentemente, não fora medicado: está como o encontramos no carro do Boneca.

— Você tem aí bom material para um romance. Mas peço-lhe o favor: essa gente é desconfiada. Não se aproveite da liberdade de andar pela fazenda para vir interrogá-los. Eles não falarão nada. Já estão habituados a não falar nada. E suspeitarão de você.

Macedo me puxa pelo braço, leva-me de volta à casa-grande.

— Por hoje, chega. Você já viu, praticamente, tudo. De minha parte, disse tudo o que podia dizer.

— Há um detalhe que me preocupa: quanto tempo vão me prender aqui?

— Não posso informar. Nem ninguém. De uma coisa você pode estar certo: só depois de ter irrompido o movimento é que você poderá pensar em regressar ao Rio. Antes disso, é impossível. Você agora sabe demais.

— O mapa da mina.

— A própria mina.

— Isso demorará muito?

— Quem é que sabe? Não viu como o pessoal do major está impaciente? E os outros que já saíram daqui e estão engolindo a raiva? Este, aliás, é um dos nossos problemas mais sérios: conter o pessoal que acredita ter soado a hora. Olha o caso da bomba na embaixada. Tudo nasceu de um camarada que aqui fez o seu treinamento. Aprendeu a fabricar coquetéis molotov e em vez de ir para Caxias do Sul, esperar pela hora, preferiu ficar no Rio. Havia abandonado o Partido porque achava que dali não sairia nada. Veio para cá por causa disso, acusando o Partido de ser uma oposição acadêmica, uma burocracia estéril. Depois que saiu daqui, passou a achar que nós também estávamos perdidos na esterilidade burocrática que não leva a nada. Aliciou dois outros sujeitos, tão estúpidos quanto ele, e planejaram a bomba na embaixada. Ato de terrorismo inconsequente, sem nenhuma significação, apenas com grande carga pejorativa. O Partido descobriu os planos dele e deu o alarme. Todo mundo se escafedeu: nisso o Partido é de eficiência brutal. Os dois camaradas que iam ajudar acabaram se convencendo da inutilidade da bomba e a destruíram. Em desespero, o sujeito passou pela embaixada e jogou a pedra. De que adiantou? E se fosse mesmo uma bomba? De que adiantaria? Talvez a esta hora estivéssemos com a tropa farejando atrás de nós.

Atingimos o terreno onde, antigamente, se secava o café. De uma das janelas da casa-grande, um vulto me acena.

— Lá está Vera acenando para você.

Olho em torno, procurando-a.

— Onde?

— Lá, na janela.

— Aquilo é Vera?

Macedo ri — e mais uma vez os músculos da face se torcem na tensão dolorosa.

— Ela arranjou roupas por aí. Daqui, parece homem.

Firmo a vista e admito que o vulto da janela é Vera. Tem uma blusa xadrez, chapéu de palha na cabeça. Parece um dos homens dos estábulos.

— Vera está entrosada com vocês?

— Não. Ela é auxiliar da Comissão. Não conhece bem o nosso campo. Vem aqui poucas vezes. Não sei exatamente a posição dela, mas acho que está afinada com a Comissão.

Vera some da janela e logo reaparece, descendo as escadas que dão para o pátio. Macedo fica contrariado com a aproximação dela.

— Bem, demos o nosso passeio, agora, até o almoço. Tenho o que fazer.

Já está longe quando para:

— O seu carro desceu hoje ao Rio. Foi com o Peixoto. Tínhamos encomenda importante. Ele voltará amanhã, ou hoje mesmo, à noite, trazendo o médico e o material de que precisamos.

Quando cruza com Vera, noto que entre os dois há irritação. Vera o cumprimenta, com alegria, ele vira o rosto, rosna um bom-dia que é uma ofensa. Vejo-o afastar-se de costas, percebo que o seu andar é estranho, irregular, como se o movimento das pernas estivesse descontrolado do comando central. Não chega a mancar, mas é pior: o passo é ridículo, doloroso.

Vera está diante de mim:

— Que tal a sua experiência pastoral?

— Péssima. Você ficou fuinha com esse chapéu.

Ela parece de bom humor. Comparo-a com a primeira vez em que a vi, na antevéspera, em minha casa. Era seca, irritada, assexuada. Agora, apesar dos trajes masculinos, tem um viço elástico e perfumado de mulher, de bicho selvagem, sadio.

— Conheceu o pessoal?

— O Macedo deu uma volta comigo.

— Não ficou horrorizado?

— Dificilmente me horrorizo. Tire o chapéu e meu único horror se acaba.

Ela vai tirar o chapéu, mas resolve enterrá-lo mais ainda na cabeça.

— Estou muito bem assim. Vou passar na enfermaria e não gosto de sol na minha cabeça, ela já está cheia de outras coisas. Sabe que o Macedo brigou comigo, ontem à noite, por sua causa?

— Porque você me trouxe aqui?

— Não foi bem por isso. Ele teve um rádio com o pessoal do Rio, explicaram tudo, chegou a falar com o Sílvio. Todos confiam em você e acham que será útil de alguma forma, mesmo contra a sua vontade. Ele brigou por causa do candelabro, por causa das velas.

— Ele não gostou quando viu que você vinha para cá.

Caminhamos em direção à cabana. Até a hora do almoço eu teria tempo de, ao menos, pensar em como destrinchar a encomenda da editora.

Vera me acompanha até a porta.

— Olha, o Macedo gostou da sua cara. Nunca leu nada seu, faz mau juízo de seus livros, aliás, todos nós achamos você o fim. Agora, como pessoa humana, talvez o Sílvio tenha razão, você é recuperável. Apesar disso, pediu-me que não confiasse demais em você.

— Ele me mostrou quase tudo, sem eu pedir.

Vera abaixa o tom de voz e volta a ser seca, tal como no Rio.

— Ele teme que o pessoal daqui estranhe a sua presença, os seus privilégios. Todo mundo dá duro, está disposto a dar a vida pela causa. Já deram tudo, abandonaram negócios, profissões, família, amigos. Só falta mesmo é dar a vida. E de repente chega um estranho, com roupas coloridas, com candelabro de sete velas...

— Aquilo é um menorá, Vera, eu lhe expliquei.

— Pois tem outro menorá lá em cima, no mesmo baú. Andou algum judeu pela fazenda. Mais tarde eu mostro o baú.

— Você não precisa exagerar: tanto faz com sete ou com uma só vela, eu não poderei escrever nada. O Macedo tem razão.

Vera volta a ser a menina caipira mergulhada na manhã:

— Não se precipite em defender o Macedo. Nós não brigamos apenas por sua causa. Ele discorda de alguns pontos da Comissão, acha que as guerrilhas são loucura.

— Eu também acho. Vocês não têm chance nenhuma. Vi a turma lá embaixo, sujeitos sem dedos, sem pernas, rostos e testículos queimados, não é assim que tomarão o poder.

— Então como é? Como quer o Partido? Esperar mil anos até que a ditadura militar se acabe por si mesma? Você ignora muita coisa, Paulo, viveu sempre num mundo distante, preocupado com angústias, problemas existenciais, mulheres. Resultado: não sabe de nada. O Partido já não é o mesmo, desde que a União Soviética abandonou a América Latina à própria sorte. Foi pouco depois do episódio de Cuba, quando Kennedy ia invadir a ilha. A União Soviética dividiu o mundo com os Estados Unidos, metade para cada um, o Tratado de Tordesilhas, de novo. O Brasil, como a América Latina toda, coube aos Estados Unidos. A União Soviética não quer mais nada com a gente. Até ajudar a esta ditadura já ajudou: outro dia, o embaixador soviético firmou acordo com os militares, cem milhões de dólares. Que que você acha? Nós aqui dando duro para varrer essa cambada do poder e os nossos amigos socialistas entrando com dólares para que os militares nos torturem e matem.

— E qual a alternativa a isso tudo?

— Interessa saber? Pois a alternativa é esta: pegarmos em armas, sem a ajuda de ninguém, até mesmo contra o Partido. Foi o que fiz: abandonei o Partido tão logo percebi que aquilo era uma estrutura acadêmica.

— E o Macedo? Que que ele pensa?

— Ele procura a solução intermediária. Não aceita o Partido, irritou-se com o oportunismo das velhas lideranças. Em compensação, não aprova as guerrilhas. Diz que os americanos emprestarão armas e fuzileiros para o governo arrasar qualquer tipo de movimento armado. Ainda ontem, à noite, ele dizia: "Esses rapazes da aeronáutica estão loucos para pilotar um aviãozinho supersônico. Estão fatigados de nossas carroças aéreas. Pois os Estados Unidos poderão emprestar ou doar alguns aviõezinhos para os rapazes brincarem de guerra."

— A suposição é lógica.

— Pode ser lógica, mas nós sabemos disso tudo e estamos dispostos a lutar assim mesmo. Sem derramamento de sangue não se fará nada.

— Mas o que Macedo propõe, em lugar das guerrilhas?

— Ele fica no meio. É favorável à preparação de turmas que possam não iniciar uma guerrilha de fato, mas tomar alguns pontos-chave no interior do país. Um núcleo que pode até ser pequeno, como Sierra Maestra. Formado esse núcleo, ele admite que as negociações políticas terão maiores chances. Assim, o derramamento de sangue será mínimo. Para evitar a famosa luta entre irmãos, os políticos e militares mais liberais procurarão um acordo. Ele não pensa em instalar um regime revolucionário, quer apenas acabar com a ditadura, ainda que seja necessário retornar ao estado burguês e liberal de antes. O raciocínio é tão ou mais romântico do que o nosso.

Entro na cabana, apanho o menorá:

— Leve isto daqui. Não quero ser assassinado por causa de sete velas.

Ela ri. Seus dentes têm juventude, ali no campo, na manhã.

— Mais tarde eu apanho. Vou espiar a enfermaria, essa gente está sem médico há mais de duas semanas. Prometeram um, para amanhã.

— Você é médica?

— Não. Mas a presença de uma mulher sempre ajuda. Tem doentes que ficam estimulados.

— Mesmo com essa roupa?

— Por que não? Ontem um sujeito me olhou com cada olhão!

— Ontem, à noite, você estava nua sob a camisola.

Ela me enfrenta:

— Você acha que fui obscena? Pois o Macedo ontem me agarrou e me beijou. E eu estava sem camisola, vestida como estou agora!

É a minha vez de rir:

— Mas o Macedo não é... e aquela história do maçarico?

— Pois com maçarico ou sem maçarico, ele me agarrou e me beijou.

Depois do almoço, volto à cabana, pretendo iniciar o trabalho — e sempre que vou enfrentar um tema que me é imposto, fico angustiado, achando que levei muito longe a prostituição do ofício. A refeição lá em cima foi difícil, metade pela comida, metade pelo ambiente. A comida era intragável, embora abundante. O pedaço de carne que me serviram estava duro, sem gosto, matam boi uma vez por semana, as melhores carnes são logo servidas, para o resto da semana sobram os piores pedaços.

E o ambiente era mais duro do que a carne. Almoçamos nós três, Macedo e Vera em silêncio, sem se olharem. Dormem sozinhos na casa-grande, a revelação de que alguma coisa há entre os dois me incomoda. Macedo sabe que Vera me contou a discussão que tiveram durante a noite. Não só a discussão mas a cena depois da discussão, o beijo à força. Procurei ficar neutro, o mais neutro possível, neutro diante de tudo o que está me acontecendo. Passo por cima. *Pessach*.

O sol esquenta a cabana, o calor não chega a ser desagradável. Coloco o short e tiro a camisa. Os eucaliptos lá fora estão imóveis, a claridade dourada cai sobre eles e os imobiliza num silêncio verde. Há paz em torno de mim, mas não dentro. À minha volta preparam uma aventura, talvez gloriosa, talvez estúpida, mas, gloriosa ou estúpida, todos têm uma missão. Menos eu. Minha missão — para apenas aceitar a palavra — é escrever. Escrever sobre o bidê. Durante o almoço, Macedo rosnou qualquer coisa sobre a impaciência geral: "Todos sentimos comichão nas mãos", eu também tenho essa comichão nas mãos, mas fazer o quê? Sinto-me sórdido ao parar para pensar num bidê. Sou hábil em coisas assim, sem muito esforço desovo oito ou dez laudas sobre qualquer tipo ou uso de bidê.

É tempo de acabar com tanta ignomínia. Os homens que, à minha volta, preparam-se para a luta, repelem a ignomínia que caiu sobre eles. Preferem morrer a aturar essa ignomínia. Eu a aceito, ainda. Preparo-me para consumar, mais uma vez, a coisa hedionda, abominável, sem sentido: o bidê.

Olho a máquina: não foi para escrever sobre bidês que amealhei sofrimentos e espantos, tréguas e esperanças. Vontade de mandar um bilhete ao editor comunicando simplesmente: não escrevo mais sobre bidês. Vou para a luta. Minha luta não é a mesma de Vera, de Sílvio, de Macedo. Meu pai tem medo, medo milenar e carnal que acompanha os homens de sua raça. Esperou o fim da vida para sentir esse medo e esse compromisso. Lembro dele tocando violino na churrascaria, não parecia sentir o estigma que sobre ele pesava.

É melhor escrever sobre os judeus que sobre os bidês. Enquanto Macedo hesita, sem saber se adere ou não às guerrilhas, eu tenho outra hesitação, mais estúpida e amarga: bidê ou *Pessach*. Bidê ou atravessar. Atravessar o quê? Passar por cima — o Anjo do Senhor poupou os primogênitos de seu povo. Passar o mar Vermelho — Rubicão coletivo de um povo.

Enquanto hesito, o melhor que faço é dormir. É uma forma barata de passar por cima.

O crioulo da copa vem me acordar. A noite caíra e é hora do jantar. Vejo luzes na casa-grande. Acompanho o crioulo, descomunal no meio da noite. Não conhecia a casa-grande à noite: é sinistra, a luz do gerador, embaçada, deixa nos cantos das salas, dos corredores, zonas impenetráveis de escuridão e silêncio.

Macedo e Vera me esperam. A comida é a mesma do almoço, acrescida de sopa de milho. Detesto milho, mas um alimento fresco me faz bem.

— Trabalhou muito? — Vera tem a cara lavada, conseguiu mudar de roupa. Veste agora uma espécie de batina vermelha.

— Donde saiu isso?

— Do baú. Tem cada coisa!

Macedo informa que o baú fora deixado pelos antigos donos da fazenda, gente muito religiosa. Na sala da frente, que funcionava como uma espécie de salão nobre da casa-grande, uma vez por mês vinha o padre dizer missa. A fazenda possuía paramentos próprios.

— Vera me apareceu ontem com um menorá.

Macedo não sabe o que é menorá. Explico o que posso e sei:

— No interior usam o que podem: dois candelabros de sete velas de cada lado, um crucifixo, um padre, e pode-se dizer a missa. — Olhando a batina de Vera, penso em outra coisa: — O curioso é que Vera descobriu nesses guardados uma batina vermelha e um menorá. A batina é para o ritual católico. O menorá é símbolo judaico, em algumas igrejas existem menorás, mas não fazem parte oficial da liturgia canônica. Fica difícil entender como aqui havia batinas e menorás.

O crioulo nos serve em silêncio. Noto que Macedo exerce sobre ele um poder extranatural: quando os olhares se cruzam, a massa escura treme, ferida pelo olhar de um deus.

Vera pergunta:

— Sílvio ainda vem hoje?

— Não. Se não chegaram até agora, só amanhã.

Eu não sabia que Sílvio vinha e Macedo diz que fizera novo rádio à tarde: fora avisado de que, devido à minha presença, Sílvio resolvera dar um pulo até a fazenda.

— Ele vem trazendo o médico. E mantimentos. Estamos quase a zero, e não compramos nada aqui perto. Não podemos despertar suspeitas, se mando comprar dez sacos de arroz no armazém do povoado que fica a uns vinte quilômetros todo mundo começa a comentar que estamos cheios de visitas. Tudo o que consumimos aqui ou vem da própria fazenda ou tem de vir do Rio.

Acabamos o jantar, Vera insiste:

— Afinal, você não disse se trabalhou muito.

— Dormi muito, isso sim.

Macedo comenta, em voz baixa, que não devo dormir tanto durante o dia:

— O melhor é cansar-se bastante e deixar a noite para dormir. A insônia aqui é de matar.

O crioulo me traz a vela, inteira, espetada no gargalo de uma garrafa. Vera ri:

— O seu menorá, hoje, ficou reduzido a uma garrafa de cerveja.

Olho o rótulo e vejo que a garrafa não é de cerveja, mas de cachaça.

— Eu esperava uma vela espetada em garrafa de Coca-Cola. Mas cachaça também serve.

Macedo dá um pulo, agarra a garrafa.

— Já disse que não quero dessas garrafas aqui!

Arranca a vela e joga a garrafa contra o crioulo. Este nem se mexe com o impacto: amortece-a no peito e abaixa a cabeça. Vai lá dentro e volta com outra garrafa, esta indefinível, não tem rótulo, tanto pode ser de cachaça como de água sanitária.

— Não posso facilitar. Uma gota de álcool faz mais estragos do que dez policiais no meio da gente.

O jantar termina mal por causa da garrafa e eu tenho um pretexto para me recolher. Vera se aproxima da janela, puxa o cigarro.

— Estão acabando. Amanhã deverão chegar mais cigarros.

Penso no meu fumo de cachimbo, trouxe provisão razoável, fumando pouco, passo um mês sem me preocupar.

— Boa noite, Vera.

— Boa noite, Paulo.

Macedo pergunta — e sinto em seus olhos certa inquietação:

— Você vai dormir logo?

— Parece. Apesar de ter dormido a tarde inteira, estou com o sono atrasado.

— Mas não vai trabalhar? A tal encomenda? Amanhã teremos portador para o Rio!

— Prefiro dormir. Ainda não consegui pensar num assunto, nem mesmo escolher um rumo. Descansando bem, acredito que terei tempo para escrever nessas férias a que vocês me obrigaram.

Vera me acende a vela:

— Tem fósforos na cabana?

— Tenho. Obrigado.

Desço, e percebo que o crioulo me fiscaliza. Atrás de mim, as luzes da casa-grande pouco a pouco vão se apagando, ficam apenas algumas janelas acesas.

Dentro da cabana, a luz da vela mal dá para iluminar o contorno da cama e da mesa. Alertado por Macedo, decido aproveitar o portador que ele me prometeu para amanhã. Escrevo à mão um bilhete para o editor:

> Meu caro
> *Aconteceram alguns imprevistos. Você cairia duro se eu contasse tudo. Não se assuste, que estou bem. Só não posso ainda é escrever o que você encomendou. Quando puder remeterei o trabalho, o mundo pode esperar pelo bidê — que é mais seu que meu. Passarei uns dias fora do Rio, conforme lhe avisei. Estou trabalhando, como um frade medieval, embora não existissem bidês na Idade Média. Abraço do Paulo*

O bilhete será lido por Macedo, por Sílvio, por todos os escalões superiores. Dobro o papel e apago a vela. Não tenho sono. O farrapo de lua crescente brilha por cima dos eucaliptos. Todos aqui dormem cedo e eu poderei andar à vontade — foi o que Macedo me garantiu. Só não poderei é atravessar os limites da fazenda, há guardas, possivelmente com ordem de atirar, eles não devem brincar em serviço. Mas isto aqui é grande e não conheço seus limites. Andarei pelos lugares mais próximos — e basta.

Passo pelo barracão. Há um violão que toca repertório antigo. A luz da vela treme lá dentro — uma só vela para galpão tão grande. Um cachorro late quando me vê passar, logo se cala. Esbarro com sapos, tenho repugnância a sapos, faço barulho com os pés para afastá-los de meu caminho.

Vejo, de longe, o barracão dos doentes. Está apagado, ali todos dormem. Aproveito o campo de instrução e fico andando de um lado para outro, até cansar as pernas. Não penso em nada. Sei que custarei a dormir e prolongo o momento de voltar à cabana.

Vou renunciar à história do bidê, amanhã mesmo começo o trabalho sério. O pai. Chegou o tempo de escrever alguma coisa pensando nele. O comprimido de cianureto me acompanhou até aqui, está no meu bolso. Vou misturá-lo com água e dar ao cachorro que latiu há pouco. É uma forma de me vingar do cachorro e provar a eficiência do comprimido.

Retorno à cabana. Subo devagar, o fôlego está cansado pela pequena subida. Na casa-grande há apenas uma janela acesa, provavelmente o quarto de Macedo. Deve estar falando ao rádio, ou refletindo sobre as alternativas e opções da salvação nacional. Onde é o quarto de Vera? Talvez seja vizinho ao dele, na ala contrária à sala das refeições. Macedo quis beijar Vera. Para quê? Maçarico ou não, o fato é que ele anda de pernas abertas, como se tivesse uma chaga entre elas. Mas Vera mentiu. Disse aquilo para me irritar, ou, quem sabe, testar minha contenção. Sabe que, aqui, ela é a única mulher em condições e que eu, até certo ponto, sou também o único homem em condições.

Macedo deve estar ao rádio, ouço algum ruído em seu quarto. Desisto de ir para minha cabana e com cautela me aproximo da casa-grande. Evito fazer barulho, todos devem pensar que estou dormindo, há mais de uma hora que apaguei a minha vela. Estou agora sob o quarto iluminado de Macedo. O ruído aumentou. Encosto-me à parede e percebo que alguém está gemendo.

Há um barulho confuso que não consigo identificar, mas é violento. Outro gemido. É Vera.

Não perco tempo em pensar. Talvez estejam se amando — e a história do maçarico é uma fábula heroica que torna Macedo importante e sagrado. Afasto-me, mas ouço novamente o ruído estranho, e consigo identificar qualquer coisa como uma chicotada. E o gemido de Vera, de repente, é um grito abafado.

Então, subo. Sinto dificuldade em me orientar no corredor, pisar no centro das vigas, o cheiro de túmulo saindo do chão esburacado. Consigo atingir a sala e, dali, me oriento melhor. Penetro em outro corredor e vejo o filete de luz saindo de uma das portas. Sei que é o quarto de Macedo. A porta parece fechada, mas talvez esteja apenas encostada. Força-a suavemente e verifico que está trancada. Mas é tranca primitiva, apenas o pedaço de madeira que prende a porta ao batente, como pequena língua. Os gemidos são mais fortes, distingo perfeitamente que alguém chicoteia alguém.

Tomo distância e entro com o pé em cima da porta, arrebentando-a. Diante de mim, mais ou menos o que esperava ver, com algumas surpresas: Macedo está nu, de chicote à mão. Entre as pernas, tem uma coisa estorricada, disforme, sem cor. Na cama, o crioulo, também nu, possui Vera. Há pedaços da batina vermelha em volta do leito, o lençol sujo de sangue.

Macedo avança para mim, erguendo o chicote. A cara é terrível, as cicatrizes da face, mais vermelhas que a batina de Vera, vão estourar de raiva e de força.

— Seu filho da puta!... seu!...

Antes que ele me atinja, consigo meter o pontapé entre suas pernas. Há um urro de dor e Macedo cai para o lado. O crioulo já tinha se levantado, tem o pênis ereto e sujo de Vera. Parte para mim, imenso em suas carnes negras. Consigo atingi-lo com um soco, mas a força com que dera o pontapé em Macedo diminuíra minha agressividade. O crioulo suporta o meu soco e continua a avançar. Sinto em meu ombro o choque de seu murro, cambaleio. Não chego a perder o equilíbrio, mas fico à mercê do crioulo, ele pode servir-se, bater à vontade. Acerta-me um soco na cara, perto dos lábios, o gosto de sangue desce pela garganta, melando-me o queixo.

Reúno o que posso de força e ódio, parto para o crioulo. Passo por cima de Macedo, que se contorce no chão. Enfrento o crioulo agora de igual para igual, ele julgou que o soco me colocaria fora de combate, não esperou pela reação. Estou frente a frente com seus músculos, as duas mãos em guarda, protegendo-me o rosto e o peito. Ele se concentra num soco, muito violento e mal dado, meus braços amortecem o choque e consigo firmar-me nas pernas. Aproveito a oportunidade, com as duas mãos acerto-lhe o rosto. Dessa vez ele sentiu.

A vitória é breve. Logo um murro tremendo me atinge a cabeça e caio. Sinto o chão estalar ao meu peso. O crioulo é a montanha escura que desce sobre mim. Levanto o pé para atingi-lo no sexo, mas ele percebe o golpe e o evita — começa a lutar com mais inteligência. Consigo levantar-me e me aproximar do leito onde Vera, de olhos arregalados, imobilizou-se em terror e em espera.

Entre mim e o crioulo há agora a cama. É vantagem para o mais fraco, que sou eu. Ele procura me atingir com os braços, mas é fácil evitar seus ataques, até que a raiva lhe sobe à cabeça e ele faz a primeira besteira: sobe em cima da cama, pisando Vera, e vem sobre mim. Meto a cabeça em seu estômago, o negro ruge, sinto o salpico em meu ombro: o pênis do negro encolhera, mas continua úmido, viscoso, lesma lustrosa. O crioulo cai para o outro lado, a cabeçada fora violenta, eu o pegara desprevenido. Não tenho agilidade bastante para pular sobre a cama e aproveitar a vantagem, o crioulo caído. Além do mais, no corpo a corpo, a vantagem seria dele.

Há frio em minha carne quando o negro se levanta, nas mãos uma garrafa partida, as pontas do casco, ameaçadoras, em minha direção. Só então percebo que o quarto está cheirando a álcool.

Em silêncio, o crioulo contorna a cama, enquanto eu resvalo pela parede, sem saber para onde fugir. Vera me olha — e guardo aquele olhar como a última coisa de minha vida e de meu desespero. Passo a mão pela boca e tiro o enorme pedaço de sangue que começa a ficar coagulado pela poeira e pelo medo.

O crioulo se aproxima, a luta esquentou-lhe os músculos e a raiva, colocou aquela massa de carne a serviço da morte. Eu não sinto mais nada, a não ser vontade de vomitar. As pontas brilhantes do casco tomam a direção certa, aproximam-se cada vez mais.

Súbito, encoberto pela cama, vejo alguma coisa mover-se. Ouço um estampido seco, vejo o negro arregalar os olhos e deixar cair a garrafa. Dá alguns passos, ébrios, e logo cai, de joelhos, me abraçando as pernas.

Afasto-me e ele tomba, para sempre.

Imóvel, procuro compreender o que se passou. Vera cobre o seu corpo — até então ela estava nua e eu nem reparara. Próximo ao leito, do outro lado, a cara congestionada de Macedo, as estrias vermelhas e ferozes. Na mão, o revólver.

O crioulo é uma poça escura a meus pés. Há também um pouco de sangue agora, e o cheiro de álcool, de suor, de pólvora. Dirijo-me à janela, abro-a com força para respirar bastante ar — ou talvez vomitar. Percebo que Macedo se levanta, consegue botar um pano em torno da cintura, aproxima-se do crioulo. Abaixa-se, retira de sob o corpo o casco da garrafa. Viro-me, à espera do pior.

— Não se assuste. Estou armado, se quiser matá-lo não preciso de garrafa.

Pela janela, o casco é varejado com força.

O ar da noite me faz bem. Estou calmo, embora as pernas tremam, desgovernadas. Vou à cama, ajudo Vera a se compor. A batina vermelha está em fiapos. Ela mesma, com o lençol, consegue disfarçar sua nudez. Tenta abraçar-me, mas eu a evito.

— Paulo, foi horrível!

Tem o olhar de Laura quando foi ao meu apartamento: "Foi horrível, Paulo, foi horrível!"

Macedo cai sobre a cadeira. Depois apanha o chicote que ficara estendido no chão.

— Preciso que me ajudem. Temos de enterrar este filho da puta!

Estou muito fraco para discutir ou brigar com um homem armado que acabou de matar outro homem. Digo que não tenho nada com aquilo.

— Vocês dois estão sob minhas ordens. Não adianta resistir. Mas não sou um vilão, embora tenha a cara. Esse crioulo me envenenou o sangue, sabe de minha fraqueza. Quando ele trouxe a vela para você, depois do jantar, mostrou a garrafa de cachaça. Queria me avisar que tinha conseguido comprar cachaça em algum beco, nós fiscalizamos severamente o pessoal, uma garrafa de cachaça é pior que dez policiais aqui dentro. Pois o camarada, depois que vocês foram deitar, me trouxe um trago, sabia que eu ia aceitar. Depois me embebedou. Foi chamar Vera dizendo que eu precisava falar com ela, uma mensagem do rádio. Eu perdi a cabeça. Não adianta pedir desculpas a Vera. Nem explicar mais nada. Agora você sabe em que estado a polícia deixou um homem que se habituara, todas as noites, a possuir uma mulher. Obriguei o crioulo a possuir Vera por mim.

— E o chicote?

— Não usei o chicote contra Vera. Apenas contra o crioulo. Não era justo que ele gozasse enquanto eu e Vera sofríamos.

Procura a roupa, vai para o canto, acaba de vestir-se. Chega a colocar os óculos escuros, mas devido à luz fraca, e pela inutilidade do disfarce, resolve tirá-los.

— Agora vamos enterrar o crioulo. Ninguém vai saber o que houve.

Apanha o revólver e me entrega.

— Se está com medo, fique com o revólver. Agora vamos.

Nunca botei a mão em cadáver. Espero reação pior, mas o crioulo está quente ainda. Vera se enrolara nos trapos vermelhos, parece uma imagem de São Sebastião, seminu.

Macedo readquire a voz de comando. Ordena para Vera:

— Pegue a lanterna elétrica e vá na frente.

É difícil pisar no centro das vigas com aquele fardo. Eu seguro as pernas, Macedo, os dois braços. A cabeça do crioulo cai como a de um porco no espeto. Descemos pela parte de trás e Vera para, sem saber que direção tomar.

— Lá atrás, depois do galpão.

Na terra, é mais fácil: seguramos o crioulo pelos braços e o arrastamos pelo pó. Quando ultrapassamos o galpão, Macedo larga um dos braços do crioulo e vai lá dentro, volta com uma pá e uma enxada.

— Vamos cavar.

Ajudo-o pouco. Meus braços estão moles, quentes e frios ao mesmo tempo, um arrepio me coça o corpo, a ânsia do vômito que não tenho coragem de enfrentar. Vera soluça baixinho, sentada no chão, a lanterna pendurada num prego da parede traseira do galpão.

Macedo cava forte, com movimentos ritmados, tira a camisa e volta a cavar, suas espáduas são atléticas, o suor faz brilhar seus músculos tensos. Eu tiro a terra com a pá. A noite amortalha o crioulo, quando olho para trás não o distingo na treva. Sei que ali, atrás de mim, está aquilo, a massa escura, nua e morta. Mas continuo a afastar a terra que vem para fora, o cheiro das raízes feridas ardendo nas narinas. Macedo já entrara no buraco, a cintura pouco a pouco vai descendo, cada vez mais. Não é grande a cova, mas tem de ser funda.

— Esse crioulo pode feder e vai dar encrenca. Temos de enterrá-lo bem no fundo — Macedo fala tranquilo, não tem nada com a morte daquele homem.

Vera, depois de algum tempo, parece dormir. Macedo pede-lhe que vá buscar água, mas ela não ouve. Não está dormindo, apenas de olhos esbugalhados, distantes.

— Vera!

— Deixe a menina em paz!

— Então vá você buscar água. Estou morrendo de sede.

— Não recebo ordens de você. Vá buscar, se quiser.

Macedo me encara. Na escuridão, sinto seus olhos tremerem de raiva. Mas logo admite:

— Você tem razão.

Larga a enxada e some na treva, em direção à casa-grande. Procuro Vera. Está recostada na parede do galpão, os olhos esburacados, sem pranto.

— Como foi isso, Vera, como foi isso?

Ela custa a falar. Pouco a pouco vem o resto da história.

O crioulo batendo em sua porta. Ela não percebera a cilada, acreditara que alguém a chamava pelo rádio. Quando entrou no quarto de Macedo, o cheiro da cachaça era forte. A garrafa já estava partida no chão, uma poça melando as tábuas. Macedo possesso e hediondo, os olhos medonhos. Puxou o revólver e obrigou-a a despir-se. Ela não compreendia nada, nem mesmo quando viu Macedo ficar nu. Virou o rosto para a parede, a fim de não ver aquilo. Mas logo sentiu o crioulo segurá-la e levá-la para a cama.

O soluço a interrompe. Penso que há lágrimas em seus olhos, agora que há soluço: meus dedos esbarram em dois olhos ásperos e secos.

— O pior é que eu era virgem. Não dou importância a isso, mas na hora, quando senti o crioulo me rasgar, pensei nisso: sou virgem. A raiva foi tão grande que não senti dor. Depois sim. Macedo apanhou o chicote, começou a bater no crioulo, algumas lambadas me pegaram nas pernas. Estou toda lanhada.

— Por que não gritou?

— Quem escutaria? Nós ainda estávamos na sala quando vimos você apagar a luz da sua cabana. Além disso, o crioulo me tapava a boca.

A silhueta de Macedo pouco a pouco foi surgindo do escuro. Traz a garrafa de água, bebe mais um trago, depois a oferece a mim.

— Não tenho sede.

Minto. A garganta arde, o estômago é um covil de lacraias em fogo. Mas levanto-me e volto a ajudar. Quanto mais cedo aquilo acabasse, melhor para todos.

Afinal, Macedo para.

— Agora chega. Vamos empurrar o crioulo.

Arrastamos o corpo até a cova. Cai lá no fundo com um barulho seco, pedaço de borracha grande e oco. Macedo toma a pá e começa a encher o buraco de terra. Apesar da escuridão, suas costas brilham de suor.

Não mais resisto à água e apanho a garrafa. Bebo todo o resto e aproveito para lavar a boca, onde o sangue se empastara, endurecido pela poeira. A água me alivia.

— Bem, quem me dá as ordens agora sou eu. Você tem outras armas lá em cima, mas eu também estou armado. E ficarei armado até o último dia em que permanecer aqui, ou seja, até amanhã. Vou embora e levo Vera comigo. Não iremos denunciar ninguém, mas você também não abrirá o bico.

Suspendo Vera. Macedo tem a pá na mão e pode avançar sobre mim. Puxo o revólver, aponto contra o seu peito nu. Vera apoia seu corpo no meu, pela primeira vez sinto, contra a minha carne, aquele corpinho magro e maltratado.

— Vera vai comigo. Dorme na cabana. Eu levo a luz também. Dormi a tarde inteira e estou sem sono. Enquanto ela dorme, eu estarei acordado. Se você se aproximar, eu atiro, sou bom nisso, entendeu?

Macedo não responde. Continua jogando terra no buraco. Andamos, Vera e eu, em direção à cabana, pouco a pouco a distância vai amortecendo o barulho da terra jogada para dentro da cova e da noite. De repente, a voz de Macedo, forte, a voz de sempre:

— Façam hoje o que quiserem. Mas amanhã será como sempre.

Seja por ter dormido grande parte da tarde, seja pelo medo ou pela raiva, monto guarda a noite inteira. Deito Vera em minha cama, coloco ao lado a cadeira austríaca e nela me instalo, o revólver à mão. Apesar da friagem da noite, deixo a porta aberta. Qualquer movimento, qualquer coisa que se agite na minha frente — e faço fogo. A luz me ajuda: eu estou no escuro, lá fora há alguma claridade.

Vejo a noite morrendo, a madrugada insinuar-se pelos eucaliptos, a aragem da manhã torna o frio cortante. Vera desperta da sonolência em que passara a noite. Pede-me que feche a porta — o frio realmente aumentou. Quando volto à cadeira, percebo que ela se espremera na cama, deixando-me um pedaço razoável para deitar.

— Deite aqui, Paulo, a meu lado.

Com a porta fechada, o dia chegando — da direção dos estábulos começa a vir o rumor do trabalho, vacas mugindo, tocadas para a ordenha —, será impossível a cilada. E o cansaço é grande agora. Além de ter passado a noite em claro, os músculos doem-me pelo esforço do trabalho noturno, a pá enterrando-se na terra, para abrir a cova. E, no ombro — no rosto também, mas sobretudo no ombro —, o soco que o crioulo me dera dói como um pedaço de chumbo cravado na carne.

Aceito o convite de Vera e deito-me a seu lado, deixo o revólver no chão, ao alcance da mão. Vera geme, baixinho, ao movimentar-se na cama para me ceder espaço. Quando me sente acomodado, procura a minha mão. Sinto o beijo seco, sonolento. Faço esforço para retirar a mão de seu rosto, mas ela a prende entre as suas e volta a dormir. Então não faço nada, a fim de que ela durma.

A posição não é cômoda, o cansaço é mais forte que a comodidade. As pálpebras pesam, começo a pensar numa porção de coisas ao mesmo tempo e durmo. Quando acordo, estou sozinho na cabana — Vera tivera o cuidado de me tirar os sapatos e de jogar uma coberta em cima de minhas pernas.

O sol está forte lá fora, talvez seja meio-dia, ou mais tarde ainda. Passo a mão pelo chão à procura da arma, alguém me tirara o revólver.

Levanto-me, vou à porta, abro-a com raiva. A claridade do dia me apanha desprevenido, cambaleio diante da luz. Estou meio curvado, o ombro ferido pesa mais que o outro. Esfrego os olhos, não tenho coragem de apalpar a hediondez de meu lábio.

"Felizmente, não há espelho aqui!"

Mas há o chuveiro, razoável até, e mergulho minha carne cansada na água que chega com gosto de terra, de infância. Enquanto me lavo, lembro que durante a briga com o crioulo um respingo de secreção saíra daquela carne e me batera em alguma parte dos braços. Lavo-os bem, enojado.

Acabo o banho e ouço o barulho de um carro. Não preciso apurar o ouvido para reconhecer que é o meu. Distingo a sua aproximação, as curvas entre as encostas e os eucaliptos, logo percebo que há outro automóvel atrás, é a caravana que chega com mantimentos e com o médico. Há um homem assassinado lá adiante, atrás do galpão, mas a coisa funciona.

Pelo menos para mim, acabou. Tenho, agora, um motivo. Sempre procuro um motivo e nem sempre encontro um tão bom quanto esse. O meu carro está de volta, regresso hoje mesmo.

Enrolo-me na toalha e saio do banho. Entro na cabana e encontro Vera, parada na porta. Não preciso ouvir a sua voz — nem as suas palavras — para saber que ela voltara, mais uma vez, a ser como antes. Está dura, magra, olhos decididos, fanatizados. Quase se desconcerta com o meu aspecto — afinal, meu lábio deve estar maior do que a cara —, mas a hesitação é breve. Fala o que eu esperava, depois de reconhecê-la tão como antes:

— Estamos esperando você para almoçar.

— Posso botar roupa?

— Evidente.

Ela dá as costas e eu vou à mala, apanho um blusão colorido, festivo, o mais inadequado ao local e ao ambiente. Quando ela se vira, tem vontade de rir, mas se controla:

— Você está ridículo! Um beiço deste tamanho e este blusão. Vão fazer péssimo juízo de você.

— Não me incomodo com o juízo que você e o Macedo fizerem de mim. Para mim, acabou.

Ela parece ter guardado a notícia para o fim:

— É o que vamos ver. Sílvio chegou. Veio correndo. Trouxe novidades.

— Foi você ou o Macedo quem me tirou o revólver?

— Fui eu mesma. Devolvi o revólver ao Macedo. O seu a seu dono. Você não pode andar armado. A menos que resolva lutar. Ao nosso lado.

— Eu lutei ontem.

Caminhamos devagar em direção à casa-grande. Vera não escutou — ou fingiu não escutar — o que eu disse. Pouco antes de atingirmos a escada que leva ao refeitório, ela se vira bruscamente e me fixa os olhos:

— Paulo, procure compreender.

— Estou compreendendo. Você também terá de compreender que eu tenho de dar o fora.

Ela abana a cabeça, um pouco desesperada, e, por isso, humana.

— Não crie problemas. Será pior para todos.

— Eu ainda não criei nenhum problema. Os outros é que criaram problemas para mim. Eu tenho direito de criar alguma coisa.

— Chega, Paulo! Você só fala em eu, eu, eu, eu! O mundo não gira em torno de sua pessoa!

Subimos a escada e olho para o lado: junto ao galpão há o trecho de terra revolvida. Nem sequer tiraram a pá e a enxada, lá estão, abandonadas, a apontar para a cova. Seguro com raiva o braço de Vera e mostro aquele pedaço de terra remexida:

— Pelo menos, mande alguém guardar as ferramentas.

— Deixa pra lá!

Penetramos, primeiro, na cozinha. Sobre a mesa enorme, um mulato arruma as caixas que acabaram de chegar. Há sacos de feijão, latas de óleo, pacotes de açúcar. Para sustentar quase quinhentos homens, é pouco, dá apenas para alguns dias. Mas não tenho com que me preocupar. Darei o fora hoje mesmo, estou decidido, embora isso me custe uma discussão dolorosa, talvez perigosa. Bem verdade que Sílvio chegou e o terei a meu lado. Não denunciarei o incidente de ontem, a não ser em caso de necessidade. Afinal, Macedo matou para que eu não morresse — mas o chicote, a brutalização de Vera? Não pretendo fazer chantagem, mas usarei de todos os meios para dar o fora daqui.

No refeitório, vazio ainda, vejo que há pratos para cinco pessoas.

— Quem foi que chegou? Só o Sílvio? Ou veio mais alguém?

— O Sílvio e o médico.

Chego-me à janela que dá para o pátio central. Vejo meu carro. Está sujo, imundo, embora íntegro — o que me parece milagre. Um camarada tira coisas de lá, outro sujeito acabou de sair de dentro dele, levando enorme embrulho em direção ao barracão da enfermaria.

Ouço barulho às minhas costas, viro-me. Pela porta que dá para o corredor chega uma mulher. Nem jovem nem madura ainda — no exame apressado dou-lhe trinta e três anos, e fico pensando comigo mesmo: idade de Cristo! Que que tinha Cristo e sua idade com aquela mulher?

Ela ri, amável, não tem a dureza de Vera. É amolengada, muito fêmea e vazia, os olhos parecem vidro, de tão azuis. Ela me estende a mão.

— Paulo?

— Sim.

— Prazer. Já o conhecia, uma conferência, há tempos, na Faculdade de Medicina. Sobre os loucos de Dostoiévski, lembra-se?

Não me lembro, mas é possível. Houve fase em que cismaram que eu fazia conferências e é possível que tenha feito alguma sobre aquele tema. Mas não na Faculdade de Medicina.

— A senhora é médica?

— Sou *a* médica. O Macedo me falou de seu rosto, o lábio está ferido, mas não há o que fazer, o tempo resolve isso.

— E o olho?

— Idem. Já está ficando bom, não?

O olho fora ferido anteontem. O lábio, ontem. Havia gradação nos ferimentos e na cura.

— Você andou lutando boxe?

— Mais ou menos. Preciso praticar um pouco de esporte.

— Ótimo. O boxe é o esporte dos reis... não, esporte dos reis são os cavalos. O boxe é o *nobre* esporte.

Pelo corredor surgem os outros. Macedo colocou os óculos escuros, cumprimenta-me secamente. O revólver à cintura, acintoso, obsceno, o mesmo revólver com que matara o crioulo.

Atrás de Macedo, sem jeito, cansado da viagem, uma cara apatetada e antiga: Sílvio.

Evito a efusão com que ele se aproxima. Cumprimento-o friamente, para que ele saiba que estou aporrinhado e que é o culpado de tudo. Acredito que ele esperava reação melhor, tem um jeito tímido de ficar aborrecido.

— Precisamos conversar, Paulo. Você não sabe como estou preocupado com a sua situação!

Macedo levanta a voz em nossa direção:

— Vocês conversem depois. Agora vamos almoçar e proíbo assuntos pessoais.

Vera é a última a aparecer. Tinha ido lá dentro, volta com uma blusa azul que lhe fica muito bem. Pela primeira vez a vejo vestida de modo normal, e com roupa que parece ser sua realmente.

Ela percebe que eu reparo a blusa.

— O Sílvio passou lá em casa e me trouxe algumas roupas.

Sentamo-nos em silêncio, em silêncio comemos. A comida fora melhorada, havia bifes, os inevitáveis pedaços de galinha — que eram a base de sustentação da nossa culinária —, queijo e doce. A médica faz esforço para engrenar um assunto comum, mas esbarra com dificuldades: a cara sombria de Macedo, a minha própria cara, procuro demonstrar que estou ali na condição de prisioneiro. Vera nada comeu — é evidente que Macedo exerce sobre ela um poder sobrenatural.

Chegamos à sobremesa e resolvo abrir a discussão:

— Vou aproveitar o fato de estarmos reunidos para comunicar o seguinte: quero descer ao Rio agora mesmo. Meu carro está lá embaixo e não tenho mais nada o que fazer aqui.

Sílvio balança a cabeça, pedindo-me calma:

— Calma, Paulo, precisamos conversar, depois você toma uma decisão.

Macedo, sem levantar a cabeça, com a ponta da faca riscando um círculo imaginário na tábua que nos serve de mesa, diz, macabro:

— Ninguém vai sair daqui enquanto eu não der o consentimento. Não tente fugir. Lá fora tem pá e enxada para fazer uma cova.

Vera procura meu olhar, eu evito o seu. Evidente, ela está do lado dele. Se me matarem, ela ajudará na abertura da cova. A médica tenta o gracejo, para aliviar a tensão:

— Não fica bem você aparecer no Rio com essa cara. Deixe passar alguns dias.

Levanto-me com raiva de Sílvio, que ainda não acabara a sobremesa. Estou na porta quando ele abandona os restos do doce para vir falar comigo. Descemos as escadas que dão para a parte de trás. Embora faça esforço, não consigo deixar de olhar a terra remexida, as ferramentas caídas, apontando o pequeno monte que indica e acusa o nosso trabalho noturno.

Sílvio coloca a mão em meu braço, como quem consola, ou como quem impede que eu fuja.

— Pode largar o braço, Sílvio. Não vou fugir. Esse Macedo é louco!

Para início de diálogo, o tom é inamistoso. Mas Sílvio tem uma estranha, infinita capacidade de falar e ouvir em condições adversas e difíceis.

— Vamos para o sol?

Estávamos do lado da sombra, os eucaliptos despejam a franja escura e fresca que na parte de trás contorna a casa.

— Gosto de apanhar sol na cara — explica. — Lá no Rio nunca tenho tempo de ir à praia.

Sílvio começa a cantarolar uma melodia, depois me pergunta:

— Conhece isso?

— Isso o quê? A música?

— É.

— Não.

— É um hino. Chama-se "Cara ao sol". Era o hino dos fascistas espanhóis, durante a Guerra Civil.

Como introdução à complicada conversa que teríamos pela frente, o assunto não presta. Ele percebe o meu desinteresse pelo hino, pelo fascismo. Apenas aceito o sol, a friagem da manhã deixara uma dormência nos ossos, há frio dentro de minha carne.

Sílvio inicia a conversa de longe, de muito longe, desde a criação do mundo, como se não quisesse aprofundar o assunto, nem enfrentá-lo.

— Vera me contou como veio parar aqui. Você já admitiu?

— Admitiu o quê?

Tem o gesto mole, como quem desculpa um vício perdoável, uma fraqueza passageira:

— Você tem de admitir que, se não cooperasse, se, de certa forma, você não concordasse, estaria agora bem longe daqui. A menos que...

Diz aquilo como se eu fosse um homossexual e ele compreendesse as razões ou desrazões de minha homossexualidade. Ao dizer "a menos que" volta ao tom apropriado, à conversa séria. Mas estanca. Eu o provoco:

— A menos que...

Encorajado, ele solta o resto:

— A menos que o macho, em você, seja tão exigente que para trepar com Vera tenha topado qualquer preço. Nesse caso, eu compreenderia a sua passividade, a sua complacência em aceitar o nosso jogo. Mas honestamente, se para trepar com uma mulher precisa fazer tanto sacrifício, eu acho que...

— Você não acha nada. Eu já dormi com Vera. E daí?

É a vez de Sílvio se alarmar:

— Vera não é disso!

— Pois dormi. Esta noite mesmo. Quando vocês chegaram eu ainda estava deitado, não? E sabe por quê? Porque não dormi a noite toda. Querendo, pergunte a Vera se ela não passou a noite comigo, em minha cabana, na minha cama. Ou pergunte ao Macedo.

Ele balança a cabeça:

— É possível. Afinal, um homem e uma mulher, juntos esse tempo todo, acabariam mesmo na cama. Mas eu não esperava que Vera cedesse assim, tão rapidamente... Eu tinha a impressão de que ela o odiava...

Acho engraçado discutir o propósito de uma mulher em ir ou não ir para a cama com um homem. De qualquer forma, desarmara Sílvio, ele iniciara a conversa com empáfia, é tempo de reduzi-lo a nada.

— Olha aqui, Sílvio, não dormi com Vera, ela não é exatamente o meu tipo, e mesmo que fosse, não seria por causa dela que me meteria numa embrulhada dessas.

A informação faz bem a Sílvio. Ele deixa escapar uma espécie de confissão:

— Quer dizer... ela continua virgem?

Amarro a cara:

— Não sei. Só estou afirmando que não trepamos. Agora, se ela é ou não é virgem, isso não me interessa. Se a virgindade dela lhe interessa, acho melhor tomar cuidado, mas não comigo. Repito: ela não é meu tipo.

— E a médica? Ela topa, sabe?

Ele tinha viajado trezentos quilômetros para ter uma conversa séria comigo. Começara com o hino dos fascistas. Há milhares de palavras para serem ditas, mas ali estamos, como dois homens comuns, a conversar sobre mulher. Para mim, é surpresa. Não conversava havia muito com Sílvio, e, que me lembre, ele nunca falava de mulher. Quando, dias atrás, foi lá em casa, censurou-me o fato de ter mulheres, de escrever sobre mulheres. Queria que eu recebesse Vera de calças, no pressuposto de que o homem de short é meio obsceno. Pois o guardião da castidade ali está: depois de viajar trezentos quilômetros, sondava-me sobre a virgindade de uma e me comunicava a devassidão de outra.

— A médica até que poderia me interessar, mas o que realmente me interessa é dar o fora daqui, o mais cedo possível.

— Isso você sabe que é difícil. Quando se entra num negócio desses, o mais prático é continuar, ir até o fim.

— Mas eu não entrei. Me empurraram. Você, com aquela conversa idiota lá em casa. Depois a perseguição de Vera o dia todo, com medo que eu fosse denunciá-lo à polícia. Agora essa prisão, por causa de uma pedra jogada numa vidraça. Você deve se sentir responsável por tudo o que me aconteceu. Quando você for embora, vou junto.

— Eu volto hoje mesmo, Paulo. E não posso levar você. A coisa se agravou.

Faço o gesto aborrecido:

— Lá vem você com a lenga-lenga. Foi assim que Vera me meteu no brinquedo. O agravamento limitou-se a uma vidraça quebrada na embaixada americana. A Bolsa de Nova York não estourou, ninguém se suicidou em Wall Street.

Sílvio adquire, aos poucos, o tom adequado à conversa. Fala de mansinho, cicerone educado que mostra uma igreja antiga, diz as datas e os encantos, mas sem acreditar neles:

— Quem deu o alarme, no caso de Vera, não fomos nós. Sabe, ela ainda é membro do Partido, não oficializou a sua saída. A ordem de fugir foi dada pelo Partido, que em matéria de cautela é infinitamente prudente e finitamente eficaz. A nossa jogada é outra. O fato de Vera estar conosco não significa que o Partido nos apoie, nosso movimento tem hoje uma importância ideológica, tática e econômica maior do que o próprio Partido. Não posso dizer como, nem de quem, mas recebemos ajudas e estamos preparados para tomar a iniciativa. No Rio Grande do Sul há, hoje, condições para iniciarmos o movimento. Você está num campo de treinamento, deve ter andado por aí e viu a seriedade com que nos preparamos. Pois bem: há cinco campos iguais a esse, alguns até maiores e melhores. Várias turmas já foram preparadas e estão em posição. Basta a ordem da Comissão e podemos, com um mínimo de luta, tomar diversos povoados em diferentes regiões do país. Evidente, a maior concentração de forças é no Sul, temos, ali, uma retaguarda protegida, que é o Uruguai. Se a coisa der certo, ótimo. Se fracassar, estaremos todos a um ponto que não vai além de oitenta, cem quilômetros da fronteira. Podemos ir a pé. Caminhando durante a noite, em etapas, em três ou quatro noites podemos atravessá-la. O importante é derramar o mínimo de sangue, de ambos os lados. A sangueira geral pode colocar a opinião pública contra nós. E sem o apoio da opinião pública, da sociedade civil, nada poderá ser feito. Nem mesmo adianta fazer nada. Compreende? Eu estou sendo claro, revelei muita coisa que talvez não merecesse ser dita a você. Saiba, é um privilégio.

Faz gestos, no ar, desenhando as posições, os quilômetros. As palavras saem com entusiasmo, como se recitasse uma poesia que, no fundo, ele admirava mais do que outras, porque a havia feito.

— Mas essa hipótese, a que acabei de descrever, é apenas defensiva. Interessam são as hipóteses, ou melhor, as perspectivas ofensivas. Se conseguirmos tomar determinado número de posições, teremos, no tabuleiro nacional, uma situação de fato, e com ela, e por meio dela, poderemos iniciar a segunda fase, essa sim, estritamente política. É aqui que o Partido poderá nos ajudar. Ele se recusa a aceitar qualquer tipo de luta armada, mas há muito que procura costurar os descontentamentos e formar uma frente que consiga, em termos políticos, derrubar a ditadura. Os militares não temem a articulação de um partido clandestino, a conspiração de políticos decaídos ou exilados. Mas se criarmos um fato, se tomarmos a iniciativa do ataque, a situação será diferente, a ditadura terá de escolher um desses dois caminhos: ou exterminar totalmente o foco de rebelião, e isso acarretará a guerra civil que todos temem, ou fazer concessões, que mais cedo ou mais tarde acabarão por derrubá-la. A nossa jogada, portanto, não exclui a articulação política, apenas a fortalece com um fato concreto: a luta armada.

Admito:

— É um plano bom, mas fantástico.

— Nem chega a ser um bom plano, nem é fantástico. Nós temos condições, por conta própria, de estourar a guerra civil. Se aceitamos o caminho mais tortuoso da luta limitada, confinada a determinada região, é em respeito às decantadas qualidades do povo: a paciência, a cordura, o não derramamento de sangue. Fazemos uma jogada ambígua e só usaremos a força para detonar a crise, criar condições políticas que, por sua vez, deverão ser aproveitadas pelos demais setores que se opõem à ditadura.

O sol começa a esquentar, o blusão queima de encontro à pele, vou tirá-lo para apanhar sol no busto. Sílvio percebe e me leva para o lado da sombra. Um homem vem vindo do lado dos campos, custo a reconhecer o major. Aproxima-se, vê Sílvio, desvia-se do caminho e vem para nós. Estende-nos a mão onde faltam dedos.

— Bom dia.

Sílvio trata-o por cima:

— Como vai o pessoal, major?

— A turma está impaciente. Vai demorar muito?

— Acho que não. Em breve teremos notícias.

— O senhor diz a mesma coisa há muito tempo.

— Prepare bem a sua turma e deixe o resto por nossa conta.

— Meus homens estão no ponto. Hoje mesmo, se precisarem deles.

Vira-se para mim. Tem um gesto condescendente:

— E o nosso escritor? Está escrevendo poemas?

É homem muito burro para que eu suspeite ironia em sua pergunta. Ele supõe que todo escritor obrigatoriamente faça poesias todos os dias.

— Estou fazendo uma ode em seu louvor, major.

Sílvio toca-me o braço, é melhor deixá-lo ir. O próprio major reconhece isso.

— Bem, soube que chegou o médico, estou com alguns homens necessitando de cuidados. Sabe onde ele está?

— Não é médico, major, é médica. Está lá em cima.

O major some e nós continuamos a andar na sombra. Os eucaliptos ardem em minhas narinas, Sílvio também sente o forte cheiro que deles nos chega, trazido pelo vento.

— Você não tem medo dos eucaliptos?

— Medo de quê?

— Sempre ouvi dizer que eles reduzem a...

Ele embatuca quando fala sobre assuntos que considera delicados. Faço gesto com a mão, entendendo:

— Algum impotente inventou a história para justificar um fracasso. Cientificamente, nada foi provado contra os eucaliptos. São decorativos e, quanto ao cheiro, há quem goste e quem deteste. Eu gosto.

Noto que Sílvio para, enquanto falo. Penso que só agora ele percebe meu lábio inchado.

— Está vendo? Já comecei meu treinamento!

— Já havia reparado no seu lábio, o Macedo disse que você se desentendeu com um camarada e levou um soco.

— Então por que está olhando para a minha cara?

Sílvio retoma a caminhada, puxa-me o braço, num súbito, inesperado sinal de amizade:

— Olha, Paulo, surpreendi você agora, falando naturalmente, sem pose. Há muito não tinha uma conversa assim com você. Em sua casa, no outro dia, você me recebeu como a um cão. Era só atitude. Parecia que estávamos diante de um deus. Agora não. Enquanto você falava sobre os eucaliptos eu percebi que dois dias já o ajudaram a encontrar o homem que se esconde aí dentro. Pretende mesmo escrever aquele romance sobre os judeus?

— Pretendo. Mas aqui, na fazenda, não terei condições para escrever coisa alguma.

— E talvez nem haja tempo. Se houver deslocamento da turma, você terá de acompanhar a todos.

— Você me acha com cara de meter-me numa luta sob as ordens do major?

— Não, você não acompanharia o major. Iria com o Macedo. Está entregue a ele. É o seu responsável. Se o Macedo mata você, ninguém, do grupo, vai perguntar nada a ele. É um direito.

Por acaso, estamos quase em cima da terra remexida. A pá e a enxada apontam para nós, como um símbolo. Se eu dissesse: "Pegue na pá e cave, vai encontrar um cadáver recente", Sílvio nem se alarmaria.

— Assim, vocês não conseguem nada de mim. Não faço parte da quadrilha.

— Não me inclua nisso, Paulo. Eu não usaria de nenhuma coação contra você. Levei-lhe o plano, o convite, minha tarefa parou nisso. Deixei que você mesmo resolvesse. Quem acabou vindo para cá, atolando-se na quadrilha, com as próprias pernas, foi você mesmo. Agora, nem eu posso tirá-lo daqui. Só há dois caminhos para o seu caso: ou manter-se nessa atitude, considerando-se prisioneiro e procurando, por todos os meios, fugir, ou aceitar o jogo e entrar no brinquedo. Eu só posso ser útil nessa última hipótese. Quer pensar nela?

Fico em silêncio e Sílvio toma minha hesitação como vitória:

— Quer tempo para pensar? Tenho de regressar ao Rio ainda hoje. Mas se você me der esperança, volto daqui a três ou quatro dias. Até lá, terá tempo para pensar.

— E você me tira daqui se eu concordar?

Ele fica embaraçado:

— Paulo, me compreenda. Sou seu amigo, sinto-me responsável por você. Mas não posso trair os companheiros. Se o que você quer é apenas pretexto para dar o fora, eu não poderei ajudá-lo.

— Eu estava quieto no meu canto. Quem começou tudo foi você. Agora, tem de me tirar daqui de qualquer maneira!

Sílvio está desconsolado, mas firme:

— Não posso. Eu jamais traria você para dentro do negócio. Talvez tenha cometido um erro ao fazer o convite, mas estava bem--intencionado, queria dar uma oportunidade, mas sem violentá-lo.

De repente mete a mão no bolso, puxa uma espécie de carteira:

— Ia me esquecendo, mas aqui está. No outro dia, em sua casa, não consegui lembrar-me. Mais tarde, apanhei o seu primeiro livro, aquele que você me deu, o único que você me deu. Pois foi também o único que li e cheguei a reler, já lhe disse isso. Os demais, conheço de referências. Mas o primeiro foi o mais importante, você me procurou e me declarou que havia escrito um livro *puro*. Guardei esse termo: *puro*. Pois encontrei a frase. Olha aqui. — Estica o pedaço de papel, toma a voz de um orador: — "A coisa mais inglória da vida é a gente ser livre e não ter nada o que fazer com a liberdade."

— Essa frase é minha? Não é de Gide?

Sílvio encabula:

— Está sem aspas na edição que tenho.

— Nas outras também está.

— A frase é sua ou de Gide?

— A gente deixa escapar influências sei lá de quem ou de onde! Em todo caso, a frase me parece íntima, já a li em algum canto, talvez em Gide, talvez em Sartre, essas coisas acontecem, são traições da memória, roubamos uns dos outros desde Homero, nada de novo sob o sol, essas coisas...

— Mas por que tantos rodeios? Por que não admite que a frase pode ser sua?

— Se está no meu livro, sem aspas, ela é minha. Satisfeito?

— Então retornamos ao início. Você escreveu, num livro *puro*, que a coisa mais inglória é a gente ser livre e não ter nada o que fazer com a liberdade. Certo?

— Certo. Nessa época, eu era livre, agora estou prisioneiro de vocês. Se não tenho liberdade, não tenho o problema do que fazer com ela.

Sílvio mostra aborrecimento:

— Não, Paulo, não desconverse. Você construiu uma estranha liberdade. Desquitou-se por um capricho. Laura gostava de você, é uma mulher bonita, vocês se amavam.

— O caso de Laura nada tem a ver com a minha liberdade. No sentido em que eu emprego a palavra, a liberdade é mais do que uma conquista: é uma natureza. Mesmo encerrado num sarcófago, eu seria livre, entende?

— Entendo. Pois bem, eu ofereço o sarcófago para você exercitar a sua liberdade.

— Eu recuso.

Sílvio para. Sua voz torna-se sombria, procura ser sinistro como Macedo, mas não tem cicatrizes no rosto nem dois pedaços de carvão entre as pernas:

— Você recusa a minha proposta?

— Não pense que me converteu. Quando voltar, talvez eu tenha uma resposta.

O riso de orgulho na cara dele:

— Você não quer me dar a impressão de vitória. Pois bem: você está livre para aceitar ou recusar. Se aceitar, eu posso providenciar um outro grupo para você, ficará livre do Macedo. Mas se recusar, continuará na órbita dele, já não é comigo.

— Não, Sílvio, se eu aceitar, quero justamente permanecer na órbita do Macedo.

Ele se espanta:

— Gostou dele? Ou é de Vera que você não quer se separar?

— Nada disso, odeio o Macedo. Acho que é a primeira vez que consigo ter um sentimento puro: o ódio. Nunca amei suficientemente a ninguém. Há minha filha, mas isso é diferente, é coisa da carne, do instinto. E agora, caído na esparrela que você armou, aprendi a odiar. Não me pergunte por quê. Nem você acreditaria. O fato é que odeio. É uma bela coisa, o ódio.

Sílvio coça a cabeça, embaraçado:

— Francamente, Paulo, como você é complicado! Em geral, quando tentamos convencer alguém a entrar em nossa luta, usamos outros argumentos. Falamos da liberdade, da injustiça social, da reforma agrária, das violências policiais, enfim, usamos argumentos tirados *de fora*. A você, sujeito razoavelmente informado, esses argumentos não convenceriam. Já os conhece, e se decidiu não entrar na luta é porque não os considera importantes. Todo o seu universo oscila em termos antigos: *ódio* e *amor*. Honestamente, é arriscado aceitar o seu jogo. Não creio que um ódio pessoal e tão recente sirva de motivação para uma luta em que você pode até perder a vida.

— Olha, Sílvio, há analogia entre o seu esquema tático e o meu esquema interior. Você disse que é preciso um detonador, uma força, uma situação preexistente que faça explodir o ódio que todos sentimos pela ditadura. Detonada essa força, o ódio ativado, obtém-se a unidade de combate, a simultaneidade. Certo?

— Certíssimo.

— Comigo acontece o mesmo. Há uma situação preexistente que poderia me motivar a uma luta dessas. São diversas questões que, separadas e estanques, não me motivariam o bastante. Teria de motivar-me pessoalmente. O ódio serve de detonador. É coisa minha, pessoal, intransferível.

— E por que não o amor?

— Mas vou amar a quem, na situação em que estou? A Vera?

Sílvio agora tem pressa e me leva para cima:

— O problema é seu. Tenho a sua palavra e ela me basta. Desço ao Rio, mas volto. Vou lá em cima, falo com o Macedo, peço a ele que não o aborreça além do necessário. Ele sabe que estamos conversando, e sobre o que conversamos. Quer alguma coisa para o Rio?

Lembro o bilhete para o editor:

— Tenho um recado para a editora.

Regresso à cabana, acrescento algumas palavras ao bilhete que havia escrito, na véspera. Estou acabando de escrever quando ouço a buzina do meu carro.

Sílvio está ao lado do motorista — o mesmo Peixoto que me recebera com o revólver encostado na nuca e que, aparentemente, se apossou do meu carro, tem a cara e a atitude de dono. A lembrança me dá súbita repugnância, vontade de desmanchar o trato, mandar Sílvio ao diabo. Mas há agora um novo cansaço em mim. Ando até o carro e, quando penso que vou dar um grito, entrego em silêncio o bilhete para o editor.

Macedo e Vera estão próximos. Passo por eles, enquanto me dirijo a Sílvio, cuja confiança em mim não deixa de ser uma espécie de triunfo contra os dois. Ao vê-los tão juntos, percebo que estão unidos, quando mais não seja, contra mim.

Peixoto acelera e parte. Sílvio coloca a mão para fora e me acena:

— Até a volta, Paulo!

O carro vai sumir na curva dos eucaliptos. Tenho tempo de reparar que a chapa fora trocada: é um número comprido que parece terminar em 87 ou 67. Guardo apenas o nome do estado: Rio Grande do Sul.

Decido testar minha rebeldia: o novo copeiro — que substitui o crioulo assassinado — vem avisar-me que estão me esperando para o jantar. Digo que resolvi fazer minhas refeições sozinho. O camarada ouve, o rosto imóvel, não vejo reprovação nem apoio em seu silêncio.

Gastei a tarde lendo os apontamentos que fizera, quinze anos antes, sobre o romance que — agora sei — não terei vontade nem tempo de escrever. Volta e meia, Macedo e Vera passavam ao largo da cabana, em direção ao campo de treinamento. A impressão é que não mais se separaram, desde a manhã. Vi a médica descer, em direção ao galpão da enfermaria. Dois sujeitos levavam caixotes contendo medicamentos. Ela deve ter tido muito o que fazer. Todos — Macedo, Vera, médica, doentes e sãos — fazem parte de um mundo de que eu me recuso a participar.

O esboço do romance é razoável, mas pretensioso. Naquela época, nunca sentira, realmente, nem sinto agora, o problema de ser judeu. Nem o pai, que me lembre. Não sei mais qual o pretexto — ou motivo — que dei a mim mesmo para armar essa trama em torno de um assunto que, à época, era-me impessoal. Evidente, sentia — como sinto ainda — a beleza do episódio em si: o povo escravizado, mas alimentado, decide partir para a aventura no deserto, liderado por um tipo suspeito como Moisés. Quem seria Moisés aos olhos do hebreu da época anterior ao

Êxodo? Um camarada encontrado nas águas, educado no reduto inimigo: o palácio do faraó. Bem verdade que esse camarada havia matado o guarda egípcio, em defesa de um escravo hebreu.

Aí está, mais ou menos, o núcleo do romance: o episódio do Êxodo, cujas evidências sociais, políticas e religiosas são claras, nasceu de motivação estritamente pessoal. Desde criança, Moisés habituara-se à ideia de que seu povo era escravo. Aceitava o pão e a proteção do opressor de seu povo. Um dia, viu a violência — violência de rotina, nada de mais que o senhor açoite seu escravo, é rito antigo, tacitamente aceito no jogo senhor-escravo. Ele já devia ter visto, antes, muitos hebreus açoitados e assassinados. Mas um determinado escravo, ou um determinado açoite, foi o bastante para a decisão e o resto.

Uma vez no exílio, resolveu seus problemas imediatos: sobrevivência, amor, família. Mas — então sim — estava contaminado pela obstinação de libertar o povo que não o escolhera. Ele é que escolhera aquele povo. A motivação pessoal cedeu à motivação social. O resto é lenda: as pragas, a passagem do mar Vermelho, o Anjo do Senhor passando por cima das casas, poupando os primogênitos da raça, o pão não fermentado, o maná, a legislação do deserto: o Sinai.

E o povo inteiro, certa noite, escolheu a liberdade. Historicamente, a liberdade durou pouco, embora tenha durado bastante, o suficiente para que os judeus se organizassem como religião e, mais tarde, como nação. Essa mesma liberdade, estruturada e fortalecida, gerou dois imperialismos, o de Davi e o de Salomão. Depois, os cativeiros, os rios da Babilônia, os alaúdes suspensos nos ramos dos salgueiros, depois Tito e Vespasiano, a destruição do Templo, Massada, a Diáspora. Mas na noite do Êxodo, quando os hebreus comeram o pão sem fermento, o futuro pouco importava. O povo partia para um destino, fundava uma posteridade. Em termos de povo — termos coletivos — aquela noite foi uma noite existencial, embora, mais tarde, tenha sido também um grande fato social e político.

Aí estão os elementos do romance. Reduziria essa passagem do Êxodo à vida de um homem simples — o pai —, à vida obscura de um homem triste, frágil, fatigado. Seria esforço de imaginação — e de interpretação — compará-lo a Moisés. Evidentemente, no grande homem há um universo onde todos os homens pequenos se reúnem e se compreendem. Posso levar o raciocínio adiante: o grande homem é a soma de vários homens pequenos, amassados durante séculos. A atitude inicial de Moisés, marco de sua vida pública, foi pessoal e simples, ao alcance de qualquer outro homem: matou o guarda que açoitava o escravo. Isso, até eu podia fazer.

Iniciara, também, um capítulo mais ou menos extenso, em que surgia a figura do pai: tocava seu violino, no bar da Galeria Cruzeiro, seus cabelos e sua música inúteis para entristecer o ambiente, apesar do esforço que ele fazia para isso. Retratava o seu medo que — à época do esboço — era totalmente imaginário. Agora, esse medo era real, o medo que o ligava à sua raça. Jogando com o medo, podia fazer o personagem — o pai — tomar caminhos inesperados, os comprimidos de cianureto seriam a etapa final — e agora possível.

O copeiro interrompera-me o pensamento e eu, que não pensara em tomar uma atitude de protesto, inicio o combate ao medo tomando a ofensiva: decido, naquele instante, não mais participar da mesa do homem que violenta as mulheres, que mata, que se prepara para matar. Bem verdade que matou para que eu não morresse, isso não o redime: o culpado de tudo foi ele mesmo. Sílvio, se soubesse de minha atitude, diria que eu me transformara em moralista.

Teria razão: o ódio me cega.

O copeiro sobe para a casa-grande, resolvo tomar outro banho. É uma forma de me manter alerta e de fazer o tempo escorrer. A água está fria e boa, a noite caiu lá fora. Acendo a vela — alguém, enquanto eu almoçava, colocou em minha mesa o pacote de velas, enormes e brancas, dão luz razoável.

Estou acabando de me vestir quando sinto a aproximação de alguém. Penso em Vera. Ela vem, talvez, trazer-me o menorá, em busca da reconciliação difícil. Mas não é Vera. É a médica, o prato de comida tampado pelo guardanapo. Está arrumada como se estivesse num hotel: calças compridas, ajustadas nas pernas, o blusão de seda, bem penteada, maquiada — uma mulher típica de hotel de veraneio.

— Vai fazer greve de fome?

— Não.

Ela afasta a garrafa que segura a vela, coloca o prato sobre a mesa. Estou metendo o blusão para dentro da calça e sinto que ela não se ofendeu com o fato de a ter recebido quase nu.

— Arroz, cenouras, um pedaço de galinha, salada, dieteticamente a refeição está perfeita, mas para quem vai fazer revolução é pouco — diz ela, destampando o prato.

— Não vou fazer revolução nenhuma. Mas gosto de comer bem. A comida aqui é uma droga.

— Para a semana a coisa entra na reta final, teremos de alimentar bem a turma. Sílvio levou um relatório meu, a Comissão vai se virar para arranjar o que pedi.

Sento-me à mesa e começo pela galinha: à luz da vela parece razoável.

— Você leu o relatório de Che Guevara, que é médico também, sobre a invasão cubana?

Ela senta-se em minha cama e faz a pergunta no tom profissional, como se perguntasse pelas moléstias da primeira infância: teve catapora? em que idade contraiu sarampo?

— Não. Nunca tive tempo nem vontade de me instruir sobre revoluções.

— Bem, o negócio foi bastante duro. Eles viajaram em lanchas, o pessoal enjoou, não havia remédios nem armas, nada. Mas ganharam a guerra.

— Aonde é que você quer chegar?

— Eu? A nenhum lugar. Apenas constato. Não entendo de revolução, mas o pouco que sei, das outras, me faz desconfiar desta superorganização em que nos metemos. O Partido, você sabe como é...

— Eu não sei nada do Partido.

— Nem eu. Sei o que todos sabem. É a Superburocracia, e está todo escondido no mato. Quem não é do Partido, quer dizer, nós...

— Quem é *nós*?

— Nós, ué! Nós todos. O Sílvio, a Comissão, o Macedo, Vera, eu, você, toda essa gente.

— Me tira disso. Não estou no brinquedo.

— Você está comendo uma comida que custou o suor e o sangue de muita gente. Sabia disso?

A comida já é intragável sem aquela lembrança. Pego no guardanapo e tampo o meu prato.

— Perdeu a fome?

— Tenho repugnância a sangue e suor.

Ela se levanta para apanhar o prato, mas eu peço que fique.

— Quem é você? É mesmo médica?

— Quer ver o diploma?

— Não precisa.

Ela arruma o prato no canto da mesa, recoloca a garrafa com a vela no mesmo lugar de antes, volta à cama. Senta-se, cruza as pernas — belas pernas, cheias, estourando dentro das calças. Fala o que pode ou o que quer. Trinta e quatro anos, o marido exilado no México, desde abril de 1964. Era advogado e líder de sindicato.

— Quando eu vi você, hoje pela manhã, dei-lhe trinta e três anos. Idade de Cristo.

— Obrigada por me tornar mais moça. Tem gente que me dá vinte e oito.

Formada havia sete anos, tivera um emprego no Hospital Distrital de Brasília, fora demitida depois do golpe. Quisera acompanhar o marido no exílio, não foi possível. "Fique", disse o marido, "e lute com os que lutarem." Ela estava lutando com os que lutavam. Razoavelmente confusa, nunca se aprofundara em política. Tinha apenas a palavra de ordem pessoal: lute com os que lutarem. Passou alguns meses, quase um ano, sem saber como lutar. Certa noite, foi chamada às pressas para atender uma moça torturada pela polícia. A moça morreu e ela ficou conhecendo o fio da meada. Agora, é médica à disposição da Comissão e está disposta a tudo.

— E o marido?

— Parece que vai bem. Sabe, ele casou, lá no México.

— E você?

— Bem, eu me candidato a um lugar de heroína nacional. É um emprego, como outro qualquer. Vive-se. Dou duro no trabalho e, quando preciso, arranjo uma companhia.

— Quem mandou você para cá? Sílvio?

— Não. Sílvio não queria que eu viesse, ia mandar-me ao Paraná, lá existe um campo que há mais de dois meses não recebe a visita de médico. Mas eu pude escolher e preferi vir para cá. Sabe por quê?

— Como é que eu iria saber?

— Soube que você fora apanhado na rede, não me explicaram direito, apenas me disseram que você estava aqui. Li alguma coisa sua, tinha curiosidade em conhecê-lo. Honestamente, a última coisa que eu podia esperar de você era se meter nisso. Pensei em atitude, em gesto. Ou, então, fuga de problema pessoal. Agora sei de tudo. Vera me contou.

O desabafo me deixa mal. Não é a primeira vez que alguém procura me desmascarar, de corpo presente, com uma violência nem sempre cortês, como se eu fosse apenas e no todo um simples impostor. Em geral, evito esses contatos, mas não era o caso. Ali, prisioneiro em uma cabana, cercado de gente que tinha motivos para me desprezar, aquela mulher pode ser uma espécie de aliada. E tem pernas rijas, confortáveis, que me excitam e chamam.

— Decepcionada?

— Decepcionada como? Com você? Não. Tirante o lábio inchado, eu esperava encontrar um homem como você. Resistindo.

— Você aprova a minha resistência?

— Não. Você só pensa em si mesmo. Há um mundo à sua volta e você só se preocupa com seus probleminhas pessoais, suas angústias existenciais. Compreendo que precisa de tudo isso para fazer seus livros, mas a vida é mais importante do que qualquer livro.

— Curioso — não posso deixar de reconhecer que ela fora brilhante em me arrasar —, você acaba de repetir o que Sílvio me disse. Combinaram isso? Ele até tirou do bolso uma frase.

— Não comentei nada com Sílvio, nem com ninguém. Se ele soubesse que eu tinha um motivo pessoal para vir aqui, não teria deixado.

— Bem, estamos entendidos. Falamos pouco, mas já somos inimigos de infância. Você queria ir embora e eu pedi que ficasse. Agora, pode ir.

— Agora eu não quero ir. Vou ficar aqui. É verdade que Vera dormiu esta noite com você?

— É. Dormiu mesmo. Por quê?

— Nada. O Sílvio, antes de ir embora, chamou-me e pediu-me cuidado com vocês dois. Disse que eram amantes.

— Não somos amantes. Você logo perceberá isso.

— Pode ser que você esteja dizendo a verdade. Mas o seu comportamento, na hora do almoço, valia por uma confissão. Entre vocês dois há qualquer coisa, está na cara. Talvez não sejam amantes, mas se amam. Uma mulher sempre percebe isso.

Levanto-me, vou até a porta. A noite está firme, as sombras dos eucaliptos, recortados contra o céu escuro, dão a impressão de um gigantesco cemitério. Justamente ali, onde começam os eucaliptos, há um cadáver enterrado. Quantos cadáveres existirão enterrados por aí? A médica saberá de tudo?

Viro-me — e me lembro de perguntar seu nome.

— Débora.

— É nome judaico, sabe?

— Sei. E daí?

Espero que ela me pergunte se sou judeu. Preparo resposta mais brutal do que as outras: em vez de apenas ameaçar (quer ver?) abro as calças e mostro o pau para que ela mesma examine. Isso me dá consciência de que desejo aquela mulher. Proponho:

— Vamos dar uma volta? Gosta de andar à noite?

— Tenho medo de sapos. Prefiro ficar aqui.

Ela percebe que estou excitado. Sinto em sua carne a surpresa, a tensão defensiva. Mas já fora percebido, seria ridículo se tentasse esconder o desejo.

— Não se impressione com o que está vendo. Estou habituado a ter mulher. Desde que vim para cá estou em jejum. Aceite o meu conselho: vá embora.

Ela fica como está: sentada na cama, pernas cruzadas, as calças compridas e justas estourando de carne. Aproximo-me com decisão. Penso na besteira que vou fazer, jamais destruirei, nela, a péssima impressão que estou causando. Sinto que cheguei ao ponto de não retorno, nada no mundo me interessa, nada tem a ver comigo a não ser aquela mulher deitada na cama que — em certo sentido — eu posso chamar de minha.

— Pela última vez, vá embora e fiquemos nisso!

Seguro-lhe o rosto. Ela tem os olhos abertos e duros, parece preparar-se interiormente para uma extração de dentes. Não há desejo em seus olhos, talvez submissão, ou curiosidade. Abaixo meu rosto para beijá-la, ela pede, baixinho, úmida:

— Apague a vela...

Com os dedos, espremo o pavio. O pouco de gelatina morna fica endurecendo em meus dedos. No escuro, percebo que ela se despe. A porta está aberta, o vento traz o cheiro dos eucaliptos e da noite.

Quando, horas depois, levanto-me para fechar a porta, a madrugada destaca os eucaliptos contra o céu. Ao longe, vindas dos estábulos, as vozes dos homens que levam as vacas para a ordenha são matinais e fortes, vozes da terra, da vida.

À hora do almoço o mesmo dilema: ir à casa-grande submeter-me à prisão, comer ao lado de Macedo, meu carcereiro, ou continuar resistindo, em minha cabana? Débora, ao levantar-se pela manhã, disse que não queria intrometer-se em minha vida, mas achava ingênua a resistência. Quase concordo com ela: na cabana ou na casa-grande, sou prisioneiro de Macedo, basta ele me chamar e eu terei de ir, ainda que arrastado.

Débora gasta a parte da manhã nos barracões, só a vejo quando retorna para o almoço. Passa ao largo, nem se digna de olhar para cá. Quanto a mim, gasto a manhã estupidamente, sem fazer nada. Mas estou satisfeito: sentia falta de qualquer coisa e Débora me deu essa qualquer coisa, e generosamente, com a abundância de suas seivas.

O empregado vem avisar do almoço. Mando dizer que não vou, que ele me traga a comida. Estou comendo — a refeição fora melhorada, os mantimentos chegados na véspera trouxeram novidades à culinária revolucionária — quando alguém se aproxima da cabana. Penso em Débora, o desejo retorna em minha carne, seco, persistente. Há indecisão nos passos de quem vem: para subitamente, logo contorna a cabana, evitando-a. Vou à minúscula janela de que disponho, vejo a silhueta de Vera, sumindo em direção dos estábulos.

Acabo o almoço, apanho o cachimbo e, enquanto o encho de fumo, desço atrás de Vera. Encontro-a no pequeno curral, olhando dois porcos imensos que dormem no chão enlameado, envoltos em morrinha e banha. Chego por trás e fico a seu lado, os braços apoiados no portão de tábuas.

— Como dormem!

Ela fala como se eu não tivesse chegado. No momento, só os porcos existem para ela. Não tenho nada a acrescentar e fico apreciando o sono dos porcos, como se houvesse alguma coisa transcendental no sono dos porcos.

— Sabe no que estava pensando? — ela pergunta, sem se virar para meu lado.

— Como os porcos dormem! — respondo.

— Não era bem isso. Estava vendo como certos homens se parecem com os porcos. Veja só: os porcos tratam apenas de si, não se preocupam com a vida alheia, engordam, comem, dormem, procriam. Não têm preocupações. Talvez saibam, por instinto, que outros porcos já foram mortos e esfolados; é aqui mesmo, neste curral, que os matam, os que sobram gritam na hora, depois ficam assistindo, satisfeitos por terem escapado. Até que chega a vez deles. Então, o grito é apenas histérico, urinam-se todos, uns covardes.

— E daí?

Continua olhando para os porcos, eu suspeitava da filosofia que pode existir neles, esqueci Vera e sua filosofia.

— Daí? Daí nada.

Seguro-a pelo braço e a retiro dali.

— Não suporto este cheiro. Vamos embora.

Caminhamos lado a lado. No pátio pequeno, alguns homens exercitam-se nas cordas, pulam obstáculos. No pátio maior, o major obriga a turma a rastejar, fuzil nos braços, cotovelos apoiados no chão.

Ficamos olhando um e outro grupo, em silêncio. Vera me pergunta:

— Sílvio ficou de voltar amanhã ou depois, sabe?
— Sei.
— O Macedo acha que ele está cometendo um erro com você.
— Na opinião do Macedo, o melhor seria dar sumiço em mim. Afinal, ele teria uma ajudante para fazer uma vala nova e nela me enterrar.
— Você não conhece o Macedo. Ele não é o que você está pensando.
— Sabe o que eu penso do Macedo?
— Um assassino, um criminoso comum, nada mais que isso.

Bem, e o que você pensa dele? Ainda não fiz essa pergunta, mas agora descubro que ela está dentro de mim: o que Vera pensa de Macedo?

— Pois eu vou responder.

Começamos a andar, aparentemente sem rumo, mas, na verdade, começamos a subir a pequena elevação que vai dar nos pastos mais afastados da fazenda. Nunca me aventurara ali, mas já havia programado um passeio naquela direção. Mais ao longe, depois dos pastos, há boa vegetação, adivinho boas árvores naquela floresta em miniatura.

— Para início de conversa, só agora fiquei conhecendo pessoalmente Macedo. Antes, nas poucas vezes em que aqui estive, não houve tempo para conhecê-lo. Vinha e voltava no mesmo dia, ou no dia seguinte, não me lembro mais. Apesar disso, conhecia Macedo de nome. É lendário entre nós. O que sei dele é o que ouvi falar. Ele nunca fala de sua vida, nunca diz nada. Mas todos sabemos que Macedo, desde rapaz, entrou na luta. Inicialmente, por meio do Partido. O pai dele era lavrador, em Pernambuco. Deu um duro danado para mandá-lo estudar em Recife. Conseguiu chegar à faculdade de direito, ao segundo ou terceiro ano, mas logo começaram as Ligas Camponesas. Macedo abandonou os estudos e saiu a percorrer os engenhos para formar novas Ligas.

Foi preso pela polícia. Sofreu espancamentos e torturas, mas tortura relativamente amena. Quiseram obrigá-lo a dar o nome dos integrantes das Ligas que ele conhecia. Macedo resistiu. Prenderam o pai dele, que era cego. Ao primeiro espancamento, o pai morreu. A irmã dele foi estuprada pelas volantes policiais que davam batidas nos engenhos. A mãe enlouqueceu. Macedo conseguiu fugir e voltou à luta, já na clandestinidade. Até que veio o golpe de abril e ele perdeu as cautelas, liderou o grupo de camponeses que estava disposto a lutar nas ruas de Recife. Preso com arma na mão, na mesma noite foi queimado a maçarico; você viu as marcas. Passou muitos meses na cadeia, quase um ano, até que fugiu de novo. Agora está aqui. Não tem, exatamente, formação ideológica. Mas há muito sabe o que quer, entregou-se inteiramente à causa. Brigou com o Partido, é agora livre-atirador. Tem as qualidades de um chefe, você deve reconhecer isso.

Vera calou-se: assunto e fôlego acabaram-lhe. Estávamos numa elevação mais ou menos acentuada, a vista que dali tínhamos era boa. Depois da mata de eucaliptos havia o rio escuro e sinuoso que eu não suspeitava existir ali.

— Que rio é esse?

Vera olha, dá de ombros:

— Sei lá! É um rio e pronto. Não sei o nome das coisas.

Senta-se no chão, algumas gotas de suor escorrem em seu pescoço.

— Acabou?

— Acabei o quê? De falar sobre Macedo? Acabei.

— Mas falta muita coisa. Falta o resto.

— Que resto?

— Bem, o que eu conheço dele é diferente. Esse passado glorioso que você decorou pode ser verdadeiro, não tenho elementos para negá-lo. Mas o que sei dele, e você também sabe, é bem menos glorioso. Vi esse homem de chicote na mão, açoitando um crioulo que brutalizava uma moça. Uma moça virgem, segundo ela mesma me disse.

— E eu era virgem! Não sou galinha como essa médica que dormiu com você!

— Como é que sabe que ela dormiu comigo?

— Ela foi levar o seu jantar e não voltou. Eu e ela ocupamos o mesmo quarto lá em cima.

— Você também passou uma noite inteira comigo e não chegou a trepar comigo.

— Isso é diferente. E não interessa discutir a minha virgindade ou a galinhagem dela. O que interessa é que o Macedo, mesmo de chicote na mão, mesmo brutalizando uma moça, é um homem. Há gente que tem tudo perfeito e não chega a ser homem. Os porcos têm testículos perfeitos e dormem o dia todo.

A palavra *testículo*, em sua boca, era mais feia do que na boca de qualquer outra pessoa. Pouco antes ela dissera que não sabia o *nome* das coisas, mas, pelo menos sobre os porcos, estava bem informada.

— Eu não durmo o dia todo. Trabalho, à minha maneira.

— Você não trabalha, Paulo. Você apenas salva a pele.

— Eu não estou em discussão. Estamos discutindo é o Macedo. Você o perdoou, mas eu não o perdoarei nunca.

— Eu não o perdoei. Perdão é coisa cristã, sem sentido para mim. Simplesmente não vejo falta em Macedo. Ele foi tentado pelo crioulo a beber. A bebida torna-o louco, a contenção em que ele vive é obtida continuamente pelo domínio que exerce em si mesmo. O álcool relaxa esse domínio. Surge a fera, concordo com você, mas ele tem motivos para ser uma fera.

Não adianta discutir com Vera. Nem o assunto me interessa particularmente. Convido-a a caminhar mais um pouco, quero ver árvores, as frondes de algumas delas anunciam espécies espetaculares. Gosto de ver árvores, embora nunca tenha me metido no mato especificamente para vê-las. Mas, afinal, estou ali próximo, sem nada o que fazer, é tão fácil caminhar mais um pouco quanto ficar ao lado de Vera.

Vou sozinho. Encontro um tipo de baobá africano perdido na mata tropical. O tronco tem uns cinco metros de diâmetro. Há inscrição ao lado, roída pelo tempo, algum fazendeiro o plantou há muitos anos, a data é 1856, mais de um século portanto. Há também paus-d'arco, uma infinidade de angicos monumentais.

Retorno e encontro Vera deitada, a cabeça apoiada num pequeno barranco. Dorme. Fico olhando aquele rostinho infantil às vezes, às vezes adulto, adulto demais. Sinto ternura por ela. Inclino-me, sopro em seu rosto, devagarinho, até despertá-la. Ela abre dois olhos enormes e lúcidos, olha-me em silêncio, do fundo e para o fundo. Mais um pouco e eu poderia beijá-la. A ideia me irrita: apanho-a pela mão, suspendendo-a.

— Vamos. Está ficando tarde.

Caminhamos separados, ela à frente. Apanha o pedaço de capim à beira do caminho, trinca-o entre os dentes. De sua boca sai o gosto de mato.

Chegamos ao pátio de treinamento, não há mais ninguém. Dos barracões vem o ruído mais ou menos alegre, o major — segundo vim a saber — avisara que os dias chegavam, breve a coisa seria para valer. Ainda que fosse mentira, a notícia estimulava e alegrava os homens.

Atingimos a zona da casa-grande e eu me encaminho para a cabana. Vera segue em direção ao pátio central, nem nos despedimos, ficamos no aceno de mão que significa mais ou menos "até logo" ou "até nunca ".

Abro a cabana e encontro, sentado na cama, lendo o esboço do romance, os óculos escuros apoiados nos joelhos, o herói lendário e bem-amado de Vera.

— Como é? Emocionado?

Macedo me fixa e não vejo expressão nenhuma em sua cara. As veias queimadas estão mais vermelhas. Ele nota que eu reparo aquele estigma e coloca os óculos. É sua única defesa. O fato de ser surpreendido mexendo em meus papéis não o afeta: sente-se com direito a isso.

— Não — afinal ele responde —, não sinto emoção. Isto aqui é romance ou ensaio?

— Isso não é nada, ainda. São apontamentos, fragmentos esparsos para um romance. Mas a sua ideia talvez seja boa: posso transformar esse material num ensaio sobre a importância do indivíduo na luta social.

Macedo me olha e, embora não veja seus olhos, percebo que se interessa pelo assunto. Diz, depois de pensar um pouco:

— Pelo que li, até agora, você pode enquadrar Moisés como um individualista. Outros líderes também foram individualistas. Espártaco, por exemplo. Mas, no meu entender, o individualismo pode, no máximo, ser um estágio anterior à luta. Quando se entra nela, o indivíduo passa a ser nocivo, é óbvio. O próprio Moisés, depois que resolveu lutar, distribuiu tarefas, aceitou a ajuda de Arão, dividiu o povo em tribos e a cada qual deu uma missão específica, enfim, tornou-se um ser social, dotado de uma consciência social. Mas não pense que isso justifica o individualismo de intelectuais do seu tipo.

— Você veio me doutrinar? Depois do que houve?

Ele se levanta, guarda as folhas que espalhara pela cama, coloca a pasta em cima da mesa e readquire o tom sombrio que o torna chefe:

— Vamos ficar entendidos para sempre: não houve nada. Nada! Você não viu nada, porque não houve nada, absolutamente nada! — Vê o prato do almoço que não fora retirado. Aponta-o: — A partir do jantar, as refeições serão lá em cima. É uma ordem. Você não pode se queixar. Tem tudo do melhor que podemos oferecer. Até mulher teve esta noite. E na anterior também. Duas mulheres para duas noites: para você, a revolução está saindo razoável. E não lhe custa nada.

— Você se engana a respeito de Vera. No estado em que a deixou, eu não poderia ter nada com ela.

Macedo não ouve. Vai saindo, as pernas abertas, rastejantes. Ao passar pela porta, já do lado de fora, me avisa:

— Tive um rádio hoje de manhã. As coisas estão complicadas e é possível que o seu turismo acabe. Ou seremos descobertos e presos, você não ganha nada em alegar que é apenas um prisioneiro, ou teremos de agir e aí você partirá conosco. A menos que Sílvio resolva o contrário.

— Sílvio entendeu-se comigo. Você é apenas o meu carcereiro.

— Se o carcereiro parte, o prisioneiro também parte. Estamos entendidos?

— Nós nunca nos entenderemos.

Macedo não ouve, ou se ouve, não dá importância. Vejo-o sumir em direção à casa-grande. Olho o relógio. Falta muito para o jantar e não tenho o que fazer. A máquina de escrever permanece fechada, no mesmo lugar onde a puseram. Nenhuma vontade de trabalhar. E mesmo se houvesse vontade, rodeado por homens estranhos, atolado no mundo absurdo a que fora levado, seria impossível escrever sobre bidês.

Deito-me na cama, deixo a porta aberta para ver a tarde. Examino a minha situação — coisa que até agora evitara fazer. Não dera importância ainda ao que acontecera, ao que estava me acontecendo. No fundo, não me levava a sério, nem levava aquilo a sério. Parecia uma brincadeira que de repente ia acabar ou transformar-se em uma nova pedra contra uma vidraça. O diabo é que a brincadeira estava custando a acabar e eu tinha de admitir que havia organização naquilo tudo. Não fora fácil arranjar um local como aquele. Provavelmente algum fazendeiro arruinado, que a mantinha por manter, com dificuldade em vendê-la ou explorá-la. Um contato qualquer e cedera a fazenda para aquilo. Isso explicava uma parte, não explicava tudo. Honestamente, não suspeitava que houvesse tanta gente metida nisso. A médica, por exemplo. O marido no exílio: "Lute com os que lutarem." Ela lutava e amava.

É certo: eu cooperara, desde o início, com a engrenagem que me tragava. Se realmente repelisse aquilo, teria encontrado o meio e o modo de dar o fora, sem ser preciso enfrentar a possibilidade de um tiro, a cova aberta ao pé dos eucaliptos. Desde o início que podia ter evitado tudo. Afinal, fui eu mesmo que peguei no telefone e marquei o encontro com Sílvio. Sabia que alguma coisa ia acontecer, conheço as ideias dele, seu modo de vida, deveria mantê-lo à distância. Não o sabia tão comprometido assim, mas poderia adiar infinitamente o encontro para resolver aquele *caso*. Depois, foi o declive que mal percebia, Vera me seguindo, o jantar, a vidraça, a fuga. Bastava, por exemplo, ter dado o fora na estrada, quando paramos junto ao carro do Boneca. Estaria agora num bom hotel, a encomenda do editor pronta, teria talvez iniciado o romance.

Até que ponto não quis mais ser livre? Afinal, a liberdade, depois de certo tempo, também cansa. Há a nostalgia da escravidão, da proteção, da irresponsabilidade. Eis o que sou: escravo, protegido, irresponsável.

Também não adianta tapear-me: temo o domínio que Macedo exerce sobre todos, inclusive sobre mim. Não o odeio — foi apenas uma frase o que disse para Sílvio. Mas o temo. Temo um homem mutilado.

E há Vera, também, que me intriga. Talvez a odeie, a ela e à sua opacidade. Descarrego em cima dela toda a culpa pela situação. Também me sinto, às vezes, inclinado para ela, espécie de namorada antiga que a gente não ama o suficiente, nem despreza o bastante para o rompimento. Nessas horas, ela é transparente — vejo através dela, como através de um fantasma.

Admito, enfim, a minha cumplicidade. Há em mim uma comportada rebeldia contra tudo o que é mundo. Essa rebeldia limitou-se, até agora, a uma obra fracionária, mais ou menos moralista e mais ou menos escandalosa. O certo é que não vou escrever nem a encomenda da editora, nem o romance que me prometo há anos. Os tempos são de ação: estou agindo. Já ajudei a enterrar um cadáver. Foi uma ação. Se a polícia vasculhar a fazenda, minha presença aqui alarmará muita gente. Eu já estou alarmado.

A noite caiu, ouço o barulho do gerador roncando. Algumas luzes se acendem na casa-grande. Breve virão chamar-me para o jantar. Terei de ir, nem que seja arrastado. Pois ninguém me arrastará mais. Irei com as próprias pernas. Pensando bem, há uma forma de escravidão na liberdade que é a melhor maneira de ser livre.

As refeições são tristes. A luz é fraca e a comida, embora melhorada ultimamente, não dá para satisfazer, mesmo a um sujeito pouco exigente como eu. Além do mais, Macedo faz a cara ficar mais sombria à noite — e nem precisa se esforçar para isso, os enormes óculos escuros devolvem a pouca luz da sala com reflexo curto e sinistro.

Vera come em silêncio, tem medo de olhar para Macedo, evita meu olhar também. Quanto a Débora, essa ela despreza.

O ambiente só não é fúnebre porque eu e Débora chegamos a rir — embora não haja motivo para isso. Nossas roupas são alegres, limpas, parecemos um casal de veranistas deslocados num hotel de última classe. Macedo e Vera, em roupa e em cara, acentuam a qualidade inferior do hotel.

Débora faz o relatório oral do estado dos doentes. Tirante o camarada que trouxéramos da estrada e que está com complicação renal devido às queimaduras, os outros passam bem, alguns resfriados, nada mais que isso. A moça da perna quebrada só dependia de tempo.

Quando nos levantamos da mesa, ela me toca com o pé. Estava tardando o sinal da parte dela e eu me rejubilo: na verdade, passei o dia todo esperando o sinal. Queria mais — e ela sabia disso. Poucas vezes encontrara uma síntese assim. Débora tinha pedaços de todas as mulheres que amei ou desejei. De Laura: o modo de olhar, os cabelos, o ar triste e zombeteiro. De outras: as pernas fortes e longas, os quadris violentos, a boca descarada, devassa. Até mesmo a voz é íntima — e não sei exatamente de quem é o seu jeito de falar que me deixa amolecido e curioso.

Macedo desaparece pelo corredor, pisando no centro das vigas, deve fazer isso insensivelmente. Não pronunciou uma única palavra durante a refeição. Vera diz que há qualquer coisa acontecendo, Macedo está atento ao rádio, as notícias do Rio e do resto do país não são boas.

Débora chega-se à janela, ri dos temores de Vera:

— Estou cansada de rebates falsos. Já fui tirada da cama várias vezes. E ainda não tomei o poder.

Olho Débora e me lembro dos sapos. Propor uma volta pelos campos seria inútil e arriscado, ela pode aceitar e eu não tenho nenhum interesse em ir à frente, chutando os sapos de seu caminho.

Vera me vê descer as escadas, é gentil:

— Você ainda tem vela?

— Tenho.

Débora provoca Vera:

— Esta noite ele apagou a luz muito cedo.

Mal entro na cabana, sinto que alguém vem atrás de mim. Temo a emboscada — estou com os nervos tensos e cansados —, mas adivinho a silhueta barroca e generosa de Débora. Nem acendo a luz. Rolamos na cama, esfomeados, agora que eu conheço os seus delírios, a sua potência. Fartei-me como um porco.

E não me fartei mais porque ouvimos passos, junto à cabana. Calculei o tempo. Antes de conferir a hora no relógio, já tinha certeza: meia-noite, se tanto. Alguém bate à porta e vou abrir, a escuridão esconde a minha nudez suada.

— Sou eu.

A voz de Vera é assustada, obriga-me a um recuo. Visto as calças e volto à porta. Débora, da cama, puxa o lençol para cobrir-se. Pergunto:

— Que que há? Vamos tomar o poder?

— Débora está aí? Estão precisando dela. O camarada que foi torturado pela polícia está morrendo. Ela deve fazer alguma coisa.

Débora ouve o recado. Veste-se em silêncio, e rápida. Vejo as duas mulheres engolidas pela escuridão, Vera leva uma lanterna, vai à frente para espantar os sapos.

Acendo o cachimbo e decido esperar por Débora. Adormeço antes de acabar o cachimbo. O cansaço do dia, Débora havia me deixado um peso doce e sofrido. Estou fora de forma. "Amanhã farei exercícios", é meu último pensamento antes de adormecer.

Durmo pouco. Ouço barulho em torno da casa-grande, uma voz se eleva, a ordem é dada com aspereza. Não é a voz de Macedo, imagino que seja a do major. Talvez o camarada tenha morrido e estão abrindo a cova ao pé dos eucaliptos. Vou à porta, vejo pontos de luz flutuando na escuridão, lanternas indo e vindo, a casa-grande acesa.

Estou apenas de calças. Visto o blusão para enfrentar a friagem da madrugada e saber o que se passa: não é preciso. O major vem em direção à cabana. Estende-me a mão mutilada e, pegando-me distraído, sinto em minha carne o contato frio e desagradável dos dedos amputados.

— Alguma novidade, major?

— O Macedo mandou que o senhor se preparasse. Vamos debandar, agora mesmo.

— A polícia nos descobriu?

— Nada disso! Houve novidades, o Macedo recebeu um rádio!

Acompanho o major até a casa-grande. Ao contornar o galpão, vejo três homens abrindo um buraco na terra, próximo à cova do crioulo.

— Morreu alguém?

O major não dá importância à pergunta, diz que sim, mas não sabe quem nem por quê.

— Não era dos meus homens. Chegou há pouco, nem saiu da enfermaria. Um banana!

A cozinha está em rebuliço, o copeiro corta fatias de pão, um sujeito coloca na enorme cesta um estoque de enlatados, sardinhas, salsichas, doces em pasta.

Encontro Vera dando ordens a um grupo de homens. Ela me vê e tenta amarrar a cara. Mas quando passa junto de mim, abaixa a voz:

— Não temos tempo de fermentar o pão.

Vou perguntar o que há, mas ela escapa e some na multidão que se formou no refeitório. Há calma nos rostos, calma pesada, um tribunal onde alguém vai ser condenado à morte. No canto, sentada numa pequena mala, Débora me acena, o cigarro na boca. Sua presença ali é um escárnio.

— Como é? O camarada morreu?

— O rim não aguentou. Fiz o que pude.

— E agora? O que vão fazer com a gente?

Ela dá de ombros:

— Sei lá! Nem me importo. Em qualquer canto a coisa é a mesma, ao menos para mim. Na certa volto para o Rio, aqui não precisam mais de mim.

Um sujeito de cabeça raspada, que me parece ser o ajudante mais graduado do major, pergunta-me se não tenho bagagem.

— Tenho mala.

— Onde está ela?

— Na cabana.

— E vai deixar a mala aqui, seu idiota?!

— Idiota é a mãe!

Ele não ouve a resposta, segue adiante, dando ordens a outros homens, há balbúrdia que pouco a pouco se transforma em confusão. Até que Macedo surge à porta do corredor. Um silêncio súbito, todos se voltam para ele. Os óculos escuros estão na mão, mas ao dar comigo, ele os coloca e readquire a cara sombria a que já me habituara.

— Tudo pronto, major?

O major berra a resposta que eu não chego a compreender. Macedo vem em minha direção:

— Houve um atentado em Recife, quase mataram o ministro da Guerra, mas pegaram um almirante e alguns oficiais, mais de seis mortos. A repressão do governo será furiosa. Temos de nos preparar para qualquer eventualidade.

— Aqui mesmo?

Ele não se admira da estupidez de minha pergunta:

— Vamos deslocar o pessoal para as suas bases, a maior parte irá para o Sul. Você me acompanha.

— Mas o trato com Sílvio não foi esse.

— Esqueça Sílvio. Ele foi preso hoje à tarde. Agora, por bem ou por mal, você está comigo.

Tampouco se importa com a raiva que há em meus olhos. As coisas complicam-se realmente. Sílvio caíra — a expressão é comum naquele meio e eu a absorvo —, podia ser torturado, denunciaria todo mundo, meu nome seria citado mais cedo ou mais tarde, ficava encalacrado para sempre, até explicar tudo e acreditarem em mim poderia ser tarde.

Débora ouvira a conversa e me interpela de modo obsceno:

— Você vai pegar no pau furado?

— Não. Sou pacifista. — Depois corrijo: — Um anarquista que é contra tudo, inclusive a anarquia, compreende?

— Não.

Todos estão mergulhados em si mesmos, mecanizados. Tirante Macedo, que mantém a mesma calma, o mesmo aspecto sombrio e tranquilo, estamos tensos e cansados.

O major me pergunta se vou de mãos abanando.

— Minha mala ficou na cabana.

— Vá buscar e ande depressa.

Desço pela cozinha a tempo de ver os homens, lá fora, jogando na cova o camarada morto, envolto em lençol ou rede. Ouço uma voz:

— É preciso deixar o buraco bem tampado.

Acendo a vela para distinguir os objetos. Coloco na mala a pouca roupa que dela tirara, e como sobra bastante espaço, meto a pasta com o esboço do romance. A máquina de escrever também cabe, e é um alívio saber que fico reduzido a um corpo de setenta e cinco quilos e a uma mala de uns dez quilos. Apago a vela e sinto novamente nos dedos a gelatina morna. Débora. Olho a cama — que afinal foi pródiga e boa.

Quando saio da cabana, encontro o homem baixinho à minha espera.

— Alguma coisa?

— Vim apanhar a mala. O major mandou.

— Deixa que eu levo.

— O major mandou. Tenho de cumprir a ordem.

— Mas você sabe para onde vai levar?

— Vou entregar ao major.

— Essa não! Eu mesmo levo. Deixa o major por minha conta.

A cova fora tampada, os homens limpam as mãos e o rosto numa bacia de água. Os eucaliptos balançam à aragem que desce dos morros. Sinto o gosto de rio e como sempre acontece quando deixo um lugar, descubro em mim uma certa angústia, achando que nunca mais voltarei ali — uma forma de ir deixando o mundo para trás.

A confusão na casa-grande foi controlada. Os homens estão quietos e soturnos, muitos já foram para algum lugar, procuro por Débora e me tranquilizo ao vê-la na mesma posição, sentada na mala — um escárnio no meio daquela gente malvestida, fedorenta, que tem medo e pressa.

O major me segura:

— O senhor sabe em que turma vai?

Do outro lado a voz de Macedo vem forte:

— Esse homem é meu, major.

Instantaneamente o major me expulsa de suas preocupações, não existo mais para ele. O que, talvez, seja melhor para nós dois.

Uma turma de dez homens prepara-se para sair. Recebe as últimas instruções de Macedo. Acenam aos que ficam e descem a escada. Vejo-os tateando no escuro, lá fora os passos se distanciam.

Até o poder. Ou até a morte.

Há emoção em todos, percebo que a dispersão é abrupta e problemática. Somente Débora — e, em outro sentido, Macedo — mantém a atitude de sempre.

Escolho um lugar para ficar, e eliminado o canto onde Débora se instalou, prefiro o lado oposto, junto à cozinha. Sento-me na mala, que é a única atitude que posso tomar, enquanto espero. Nova turma se despede, o mesmo aceno de mão, o major dá um tapa amistoso nas costas do crioulo alto e simpático que parece chefiar o grupo.

Macedo vem em minha direção:

— A sua mala é essa?

— É.

Chama um rapaz magrinho e manda que ele apanhe a mala.

— Eu prefiro levar. Pesa pouco.

— Temos de andar a pé três ou quatro quilômetros, você não vai aguentar.

— Nós vamos para onde?

— Depois você vê. Por ora, seja bonzinho e deixe o rapaz apanhar a mala.

O rapaz já apanhara a mala de Débora: é uma garantia de ir perto dela. Levanto-me, o camarada se abaixa, bufando ao sentir-lhe o peso, imaginava-a mais leve.

No refeitório, agora, restamos poucos: Macedo, Vera, Débora, eu, quatro ou cinco sujeitos a mais. Macedo dirige-se a eles:

— Estamos prontos. Vocês tomem conta de tudo isto aqui. A turma da vigilância permaneceu em seus lugares, não há o que temer a esse respeito. O pessoal do gado também continua, tem um rapaz que vai tratar disso. O rádio foi desmontado, já está a caminho para o novo posto. Na enfermaria ficaram apenas duas pessoas. Podem trazê-las para cá. O tempo resolverá o problema delas.

Hesita um instante e percebo que ele quer dizer alguma coisa amável aos que ficam. Limita-se a apertar o braço de um deles:

— Até a vista! — Faz o gesto para nos chamar, a mim, a Débora e a Vera: — Vamos.

Ele nota que procuro nos bolsos:

— Esqueceu alguma coisa?

— Acho que perdi um comprimido. Levo sempre comigo. Ah! Está aqui, achei.

Aperto, dentro do bolso, o pequenino envelope onde sinto, redondo e sólido, um misto de força e fatalidade.

Descemos pela ladeira dos eucaliptos. Macedo manda que os homens à nossa frente, carregando as malas, tomem o atalho do lado oposto à habitual saída do pátio central. Há poucas lanternas, o suficiente para não errarmos o caminho e o insuficiente para evitar que Débora tropece algumas vezes, apesar de meu braço ter procurado ampará-la.

Vera caminha em silêncio, rastejando atrás de Macedo. Reparo que o chefe tem dificuldade em andar, se a caminhada é difícil para todos, para ele é duplamente penosa: as pernas vão abertas, e, embora não lhe veja o rosto, sei que está contraído pelo esforço e pela dor.

O grupo é pequeno: somos nós quatro. Os homens que vão à frente são empregados da fazenda, carregam as malas e alguns caixotes. Macedo fiscaliza os caixotes, volta e meia grita com os homens para tomarem cuidado. As outras turmas seguiram rumos diferentes, a separação fora feita na fazenda, Macedo não ia facilitar, dando sopa para que a polícia botasse a mão em todos.

A distância não parece tão grande assim. Antes mesmo do amanhecer atingimos uma pequena estrada e logo tomamos outro atalho que nos leva ao asfalto.

— Que estrada é essa?

O único que pode responder é Macedo. Torce o rosto em minha direção, pede-me que não faça perguntas. Quando chegasse a hora, ele explicaria o que fosse possível.

Os homens deixam as malas à beira da estrada e Débora logo senta-se na maior delas, tira o sapato e pede-me que lhe massageie os pés. Vera olha a cena — plenamente ridícula naquela situação: sua cara de asco é mais uma denúncia que uma reprovação.

Macedo chama os homens, dá instruções em voz baixa e logo eles retornam pelo mesmo caminho. Débora enfrenta Macedo:

— E agora?

Macedo chega-se a nós. O dia amanhecera, a claridade obriga-o a colocar os óculos escuros.

— Vamos esperar o caminhão. Daqui a meia hora deve estar aqui.

— E para onde vamos?

Macedo olha Débora com raiva:

— Nós vamos, primeiramente, para São Paulo, depois para o Sul. Depende de muita coisa ainda. Quanto a você, voltará para o Rio. Não precisamos de médicos. De duas uma: ou vamos todos para a cadeia, ou vamos matar ou morrer. Em nenhum dos casos você será necessária.

Cabe a minha pergunta: "E eu?" Prefiro não fazê-la. Se vamos para São Paulo, eu teria tempo e oportunidade de dar o fora, de forma até decente. Vera percebe o meu pensamento e me olha surpreendida:

— Você não vai fugir, vai?

Débora ri na cara de Vera, e isso a desarma. Da maneira como Débora ri, parece que havíamos tramado a fuga juntos agora que nos amávamos — ou parecia isso.

O caminhão é pontual. Não deixo de reconhecer a eficiência de tudo aquilo. Há uma engrenagem organizada da qual fazíamos parte e da qual dependíamos. Macedo vai direto à cabine e pergunta por notícias. O motorista pouco informa, ouço apenas a palavra *atentado*.

Ajudo Vera e Débora a subirem no caminhão, instalamo-nos com certo conforto, as malas fazem encosto razoável, os homens que vieram na cabine armam, em cima de nós, o toldo que nos abriga não apenas do sol que começa a esquentar, mas das vistas alheias — o que é prudente.

Macedo toma lugar na cabine, depois de trocar um olhar com Vera. Entendo aquele olhar: ele pede que ela nos fiscalize, não nos deixe fugir, a mim e a Débora. A médica caíra em desgraça pelo fato de ter dormido comigo.

Começamos a rodar, e nem chegamos a vencer um quilômetro na estrada, logo pegamos o caminho de terra que nos enche de poeira e sacudidelas.

— Para onde vamos, afinal?

Vera responde, mecanicamente, procurando imitar o tom sombrio de Macedo:

— Você já ouviu: para São Paulo.

— Mas nesta estrada?

— O itinerário tem de ser este mesmo. Você não vai querer fazer uma revolução viajando de primeira classe, em ônibus refrigerado.

Calculo que viajamos hora e meia naquele caminho. Súbito, após uma curva, penetramos numa cidadezinha, a matriz toca para a missa — e só então descubro que estamos num domingo. Há povo pelas ruas e ninguém nos dá importância. Cruzamos a pequena vila e saímos em outra estrada, asfaltada, confortável, reconheço a Rio-São Paulo. Fiscalizo os marcos que surgem e descubro que estamos quase em São Paulo, no quilômetro 305.

Logo o caminhão abandona o asfalto e paramos no posto de gasolina. Macedo manda que desçamos.

— Vamos tomar café.

Dirigimo-nos ao restaurante paupérrimo que há ao lado do posto.

— É bom que vocês se arrumem um pouco, tirem a poeira. Não vamos entrar em São Paulo com essas caras.

O conselho de Macedo é seguido como ordem, as duas mulheres somem atrás da porta rústica, fechada pela cortina miserável. Débora leva a pequena frasqueira em que ainda não havia reparado.

Aproveito uma pia e lavo o rosto, penteio os cabelos. A camisa está imunda e volto ao caminhão, em busca da mala. Troco-a na cabine e Macedo pela primeira vez me aprova alguma coisa.

Encontro Vera e Débora comendo. Há fatias de presunto fresco que me tentam. Macedo ronda a nossa mesa, toma apenas uma xícara de café, em que despeja um pouco de cachaça. Vera repara e olha-me, com ansiedade.

— Não fiquem preocupados. — Macedo parece perceber o que se passa às suas costas. — Não vou me embriagar. Só preciso de um pouco de álcool no sangue.

Vera me procura, após deixarmos a mesa. Leva-me ao canto, bem distante de Débora. Depois daquela noite, é a primeira vez que voltamos a falar um ao outro, como antes:

— Você está com medo?
— Medo? Por quê?
— Se o Macedo bebe vai tudo por água abaixo.
— Não posso fazer nada. Não serei ama-seca de ninguém. Se está preocupada, fique você de ama-seca.
— Ele é capaz de beber. Para nós, não há risco em ir a São Paulo. Podemos andar pelas ruas, nos ônibus, ir ao cinema. Ele não. É muito manjado pela polícia, pelo exército, tem muita gente com o retrato dele no bolso. A cara marcada e os óculos escuros são conhecidos nos DOPS de todos os estados. Ele pode ser preso. E dessa vez não haverá tortura. Darão sumiço nele, para sempre.
— É um risco. Não se faz revolução viajando em ônibus refrigerado.

Débora vem chegando, Vera muda de assunto:
— Acho que estamos perto.

Ao lado do caminhão, Macedo faz o gesto, chamando-nos. Vamos subir para a parte de trás quando notamos que há, agora, na caçamba, meia dúzia de homens. Eu não vira aquela gente chegar: eles brotaram do chão enquanto tomávamos café.

Ajudo Vera a subir quando ela me avisa:

— Olha, o Macedo está chamando.

Macedo leva-nos a um lugar distante do caminhão. Fala sem emoção, parece que não dá uma ordem, mas um conselho:

— Aqui nos separamos, provisoriamente. Quando chegarmos a São Paulo, vocês três saltam, vão para um hotel qualquer, façam ficha normal, não há necessidade de apelar para a clandestinidade, nada há contra vocês em São Paulo. Se possível, fiquem juntos no mesmo hotel.

Vira-se para mim e Débora:

— Vocês dois tomem o mesmo quarto, podem passar por marido e mulher, amantes, qualquer coisa. Vera ficará perto. Eu sigo no caminhão. Você tem dinheiro?

— Tenho algum. Trouxe pouco, mas passei esses dias sem gastar.

— Então compre duas passagens aéreas para Porto Alegre, para você e Vera. Há um avião da Cruzeiro do Sul que parte às onze e meia de amanhã. Eu tomarei esse avião, não se preocupem comigo. Agora, ninguém conhece mais ninguém. Em Porto Alegre haverá gente nos esperando.

Vera eleva a voz com veemência exagerada, aponta para mim e para Débora:

— E se eles fugirem?

Macedo olha-me fixamente:

— Você vai fugir?

— Ainda não sei. Como prisioneiro, minha obrigação é procurar fugir de qualquer maneira. O diabo é que não sei exatamente se sou um prisioneiro.

— Isso só você pode saber. O problema é seu. De qualquer forma, mesmo que resolva fugir, compre uma passagem para

Vera e siga depois a sua vida. Débora retorna ao Rio, ela que vá como e quando quiser. Você e Vera terão de embarcar.

Vera mais uma vez se exalta:

— E se ele fugir?

Macedo abana os braços, com irritação:

— Não posso fazer nada, por ora. Lógico, mais cedo ou mais tarde ele pagará pela fuga. Para onde quer que vá, haverá gente que irá atrás dele. Ele sabe disso. Já viu como somos organizados, que a coisa funciona. Nós fugimos da polícia e do exército. Ele fugirá de nós. Não sei qual é o mais perigoso.

A ameaça é clara e possível, me irrita, mas tenho de pensar com calma. Volto ao caminhão, Débora vem atrás de mim em silêncio, sinto que ela está solidária comigo. Macedo e Vera continuam discutindo em voz baixa, ela reclama contra a provisória liberdade que me é dada.

— Aquela filha da puta — Débora rosna entre os dentes.

— Deixa pra lá!

Seguimos viagem. Os homens que agora nos fazem companhia são típicos do grupo. Talvez sejam elementos da fazenda que saíram antes de nós, durante a noite. Não conheço as caras, mas as roupas e os cheiros são os mesmos.

Casas e fábricas começam a aparecer de ambos os lados da estrada, não demora muito e paramos num sinal luminoso: estamos nos subúrbios de São Paulo. Macedo bate com a mão na parte traseira da cabine, um dos homens vira-se para nós:

— Na próxima parada vocês saltam.

Abano a cabeça, concordando, o homem faz sinal em resposta a Macedo. Apesar do caminhão em movimento, levanto-me, separo nossas malas que se misturaram aos caixotes do outro grupo. São duas malas apenas, a minha e a de Débora, Vera viaja de mãos abanando, numa disponibilidade que lhe dá encanto e fortaleza.

Percebo que dobramos uma esquina, o caminhão para, subitamente. Ouço a voz soprada com energia:

— Depressa!

Pulo, ajudo Débora a descer. Vera recusa a minha mão, salta sem meu auxílio. Um dos homens me entrega as malas e logo recebo nas pernas a fumaça da descarga: o caminhão arranca, dobra adiante uma esquina, vejo o vulto de Macedo, na cabine, espremido entre o motorista e um outro homem. Os óculos escuros são ásperos à distância, parecem saber e parecem temer.

Estranha a nossa situação: somos três pessoas e duas malas. Débora e eu estamos vestidos corretamente, embora com fisionomias e roupas amarrotadas. Vera é a mesma da fazenda: desleixada, quase suja. Será difícil entrarmos os três em hotel decente.

— Bem, quem é que manda agora? Sou eu, não?

Vera abaixa a cabeça, admite minha repentina e transitória autoridade.

Chamo o táxi e nos instalamos. Vamos em silêncio, só cortado quando atingimos o centro da cidade. Vera vira-se para o motorista e dá o nome do hotel. Não tenho o que objetar, os hotéis que conheço não estão em cogitação, não poderia ir a nenhum deles com a dupla estranha e heterogênea que me acompanha.

Louvo a escolha de Vera: o hotel é para as bandas da Estação da Luz, nem novo nem velho, modesto, confortável, sólido. A gerência não faz exigência e eu preencho uma ficha para mim e Débora: "Sr. e sra. Paulo Simões." Naquele hotel não corro o risco de ser identificado, posso ter uma dúzia de leitores, não são tantos assim, seria mais uma ironia do que um azar ser descoberto ali.

Vera faz ficha individual, consigo ler por cima de seus ombros. Bota um nome que me parece tão falso quanto Vera: Maria de Lourdes Linhares. Será esse o nome verdadeiro? O gerente pergunta se ela tem carteira de identidade, eu me intrometo e abono a sua assinatura.

Ocupamos, Débora e eu, um quarto de casal, na parte da frente. Vera instala-se no quarto ao lado. Nem chego a abrir a mala: abro antes o chuveiro e tomo um banho demorado e bom.

Ocupo o boxe e noto que Débora prepara-se também para o banho, enche a banheira. Quando saio do boxe, ela está dentro d'água, o corpo branco e úmido parece um peixe descamado e brilhante, cheio, saudável.

Procuro a toalha para enxugar-me, mas Débora levanta a perna para fora da banheira, pede-me que a ensaboe. Sinto em minha mão aquela carne molhada, o sabonete deixa a espuma lisa e envernizada que se espalha pela carne dela, tornando-a elástica, macia. Estou nu e ela percebe que a desejo.

— Vem.

A banheira é ampla, cabemos nós dois, embora a água vaze para fora quando me atiro lá dentro. Fazemos um amor complicado, tenho de destampar a banheira, o nosso orgasmo coincide com o soluço grotesco da água finalmente sorvida pelo ralo. Débora enorme e côncava e branca dentro da concha — a impressão que me fica é de ter possuído um animal imenso, voluptuoso.

Sou o primeiro a sair. Ela torna a encher a banheira e declara que vai passar o dia dentro d'água. Aviso:

— Dou um pulo na agência, compro as passagens e volto para dormir. Estou pregado.

Ao apanhar a minha carteira, percebo que alguém mexera nela. Vou à porta e descubro que não a fechara a chave. Examino meu pouco dinheiro e fico sem saber se fui ou não roubado. Alguém ali estivera, mas não sei por quem e em quanto fui roubado.

Visto-me, antes de sair vou ao banheiro. Vejo o corpo saciado e denso de Débora, boiando na água clara, molusco gigantesco e nu que me tenta ainda.

— Na volta almoçamos. Peço para subir qualquer coisa. Não precisamos sair para comer.

Bato a minha porta devagar, para que Vera, no quarto ao lado, não perceba que estou saindo. Finalmente, estou na rua, sozinho, livre. Não tenho nenhuma emoção especial, nem mesmo a de liberdade. Posso fazer muitas coisas, e, eliminando a hipótese da traição — ir à polícia e denunciar todo mundo —, sobra-me muito. Experimento a sensação nova, inédita em minha vida: pela primeira vez *tenho* de fazer alguma coisa. Pela primeira vez há sentido em meus passos, pela primeira vez cumpro uma ordem e repilo instantaneamente a palavra *ordem*, ninguém me ordenou nada, eu estou indo à agência porque preciso comprar duas passagens para Porto Alegre no avião das onze e meia. Não sei bem o que vou fazer em Porto Alegre, mas meu destino — eu tenho um *destino* finalmente —, meu futuro, minha missão é ir à agência e é nela que eu entro.

Pagas as passagens, verifico que fiquei sem dinheiro, apenas alguns trocados. O talão de cheques de nada me servirá, teria de telefonar para o Rio e pedir outro talão, o simples desconto seria demorado e difícil. Mas estou em São Paulo e não me custa passar na filial da editora. Ando pelas ruas e descubro que estou odiando aquela cidade, aquela gente comportada e vestida que vai para os escritórios, para as repartições, para os cinemas. Uma carneirada que nem sequer fedia. Homens de testículos inteiros — e passivos na rotina incolor, na cadeia imbecil de compromissos ridículos, mesquinhos. Aquela gente andando na cidade, parando nos cruzamentos, atravessando as ruas nas faixas de segurança — ah, a segurança! —, pedindo desculpas quando esbarra em outras pessoas. Aquela gente com ideias assentadas e tranquilas nas cabeças penteadas e dignas é justamente a humanidade de meus romances. Sou cúmplice daquela humanidade, cúmplice e escravo ao mesmo tempo: parava nos cruzamentos, ia sempre a algum lugar fazer alguma coisa que eu não queria nem precisava realmente fazer. A última vez que estive em São Paulo, há sete meses, compareci ao jantar em homenagem a um poeta que eu desprezava e todos desprezavam mas que era bom homem, pagava os impostos, penteava-se, escovava os dentes, enviava cartões de boas-festas pelo fim do ano — um homem digno, merecia ser jantado.

E tanto sou cúmplice que paro no cruzamento, esperando o sinal abrir. Há a banca de jornais, quero saber como vão as coisas no mundo. Compro um jornal do Rio e outro de São Paulo. Atravesso a rua e continuo andando pelas calçadas, agora com o mundo diante de mim. Não me decepciono com o fato de não existirem notícias sobre a turma. Só depois de muito procurar encontro, na sétima página, a pequena nota que tem implicações com o caso: a polícia de Recife continua procurando os autores do atentado, um boliviano fora preso como suspeito — por que prendem sempre um boliviano em uma hora dessas? — e a Câmara Federal dedicara a ordem do dia aos mortos do atentado, a turma de cadetes da Polícia Militar de Pernambuco receberá o nome do almirante que morrera na explosão. O ministro da Guerra comparecerá ao *te deum* em ação de graças por ter escapado do atentado, diversas associações de classe, inclusive a Sociedade dos Homens de Letras do Brasil, passaram telegramas felicitando o ministro.

Nada mais que isso. Bem verdade que eu mesmo não sei dizer até que ponto o atentado tem a ver com a turma da fazenda. O grupo de Macedo e Sílvio não apoia movimentos terroristas, o anarquismo é condenado em teoria e prática. Sílvio fora preso por outro motivo, um descuido qualquer, deve haver em tudo aquilo um fato ou uma interpretação que eu não percebo e que tornam próximas e imediatas as tais condições objetivas para a luta. Em resumo: o atentado de Recife parece uma pedra na vidraça da embaixada em ponto maior.

As demais notícias são de louvor ao regime, ao governo, à probidade dos administradores, à paciência dos administrados. No Vietnã, os americanos ameaçam empregar a guerra química. O papa vai dedicar o mês de outubro ao Santo Rosário, pede que a cristandade reze o terço em intenção da paz.

Estou diante da editora, a porta de vidro é monumental. Vou entrar quando vejo, refletido no vidro, o vulto que não preciso de esforço, agora, para identificar: Vera. Posso voltar-me e desmascará-la, mas como sei que ela esperará por mim, resolvo cansá-la mais um pouco.

Não chega a haver surpresa pela minha presença. Vez por outra, sabem que ando por São Paulo, geralmente perseguindo alguma mulher ou fugindo de outra que me obrigava a emigrar. Ano passado aqui me enfurnei com uma garota do balé de Jean Babilé, uma francesinha de Arles que gostava da maneira como eu dizia a palavra *sacanagem* — e eu tive de escondê-la antes que ela descobrisse que todos os brasileiros pronunciam essa palavra da mesma maneira.

Levo o assunto para este lado: "Sim, uma mulher, estou num hotel por aí, não posso aceitar nenhum compromisso." Vou à caixa, peço um vale, recebo o dinheiro e o recado para ir falar com um dos diretores que deseja me ver. Sem querer, fico admirado de que alguém ainda deseje me ver. De minha parte, já não pretendo nem desejo ver alguém.

Ele me recebe de cara séria. Trocamos as primeiras palavras a frio. Abre uma gaveta e apanha o envelope dos grandes, denso, pesado, que veio do Rio, lá está o timbre da matriz.

— Olhe, mandaram este envelope para cá, está endereçado a você.

— Mas como é que sabiam que eu estava em São Paulo? Não avisei a ninguém!

— Eles sabem que você sempre foge para São Paulo quando está com algum embaraço.

— E se não tenho nenhum embaraço? Digamos: decidi fazer uma revolução. Como é que saberiam que eu vinha para São Paulo?

— Todo mundo que vai fazer alguma coisa passa antes por São Paulo. Até mesmo uma revolução. Mas, em geral, ninguém faz revolução, muito menos um camarada como você. — E apontando o envelope: — Não vai abrir? Tem coisa importante aí dentro.

— Como é que sabe?

— Avisaram pelo telefone, lá do Rio.

São recortes de jornais, seções de livros, apareço em algumas, sempre alguma espinafração, poucos elogios, a rotina de um escritor. Não tenho interesse em ler. Sem me dar conta, sinto que já estou realmente em outra.

— Você não se refere a isso? É importante o que ele diz?

Mostro um artigo razoavelmente longo, com título que me parece desfavorável.

— Mais ou menos, o artigo é contraditório, você pode deixar para ler mais tarde.

Remexo nos outros recortes, um colunista literário informa que estou em Poços de Caldas escrevendo um romance sobre a juventude de Copacabana. Mas há uma notícia que não é originária das seções que normalmente me afetam. "Casal de velhos suicida-se na Tijuca." A notícia não chega a ser grande e não há fotografias. Lá está o nome do velho, tal como sempre foi, sem os disfarces posteriores que ele adotou: Joachim Goldberg Simon. Somente meia dúzia de pessoas, se tanto, saberiam que aquele Joachim Goldberg Simon é pai de Paulo Simões. O duplo suicídio é narrado sumariamente, a autópsia é fiel: cianureto. Vizinhos e parentes afastados atribuem o pacto de morte à depressão final da velhice. Ninguém alude ao pânico que o velho tinha — e que na certa transmitiu à minha mãe — de uma onda de terror. Confiro as datas: o pacto de morte funcionou no dia seguinte ao do atentado em Recife. Imagino a cena: o pai achando que chegava a hora, que o sangue ia espirrar, o comprimido de cianureto na caixa de papelão, foi simples. Um amigo do velho, seu procurador, tomara as providências para o enterro e demais formalidades. Ninguém — felizmente — mencionou o meu nome.

Sem olhar para o diretor, levanto-me e vou à máquina de escrever. Faço dois pequenos bilhetes, ao editor e a Ana Maria. Deixo as instruções possíveis, aviso que estarei fora mais tempo do que imaginava. Para minha filha, falo sobre a morte dos velhos, comunico que tanto o velho como eu temos uma espécie de testamento, não haverá problema, o procurador é homem de confiança e discreto.

O diretor leva-me à porta e me abraça. Não sei por quê, tenho vontade de chorar, não pela morte dos pais, mas pelo abraço. Retribuo com carinho — é o máximo que posso fazer.

Saio sem cumprimentar ninguém e descubro a figurinha de Vera atrás da banca de jornais. Não me incomodo em ser seguido. Ao dobrar a esquina, paro de repente e espero que ela apareça. Leva susto quando esbarra comigo, sorri embaraçada. Noto que comprou roupas novas.

— Olhe, eu ia avisar, mas vocês estavam na banheira e eu não queria atrapalhar. Tirei dinheiro de sua carteira, comprei roupa. Estava em trapos, não podia viajar assim.

Ela espera que eu reprove o roubo, mas estou muito preocupado comigo mesmo para dar importância a Vera. Ela percebe:

— Algum problema? Você está com uma cara!

— Não. Não há nenhum problema. Minha cara é essa mesmo. Vou depositar um dinheiro, preciso abrir conta num banco que tenha filiais espalhadas em todo o Rio Grande do Sul.

Encontro um, que me parece honesto. Na parede principal há um painel colorido com o mapa do estado. As regiões estão assinaladas com bois, cavalos e trigo, e uvas também, e no meio dos bois, cavalos, trigos e uvas, há bandeirinhas vermelhas anunciando a existência de agências que financiam bois, cavalos, trigos e uvas. Faço um depósito e fico apenas com o necessário para os deslocamentos, os imprevistos que poderão surgir. Vera nota que ainda fiquei com muitas cédulas. Fala naquele tom sinistro que ela insiste em copiar de Macedo:

— Não sei para que tanto dinheiro! Você não vai precisar dele tão cedo!

Seguro-a pelo braço e tomo o caminho do hotel. Débora deve estar me esperando para comer, mas não tenho fome, a notícia dos velhos valia por um boi mal digerido. Olho para Vera:

— Você já almoçou?

— Comi qualquer coisa. Agora me largue e volte para Débora!

— Você vai ficar andando por aí? Não tem medo?

— Não há nada contra mim. A menos que Sílvio tenha dito alguma coisa. Mesmo assim vai ser difícil a polícia me localizar aqui em São Paulo.

— E a situação do Macedo? Se o Sílvio abre o bico?

— O Macedo sabe se virar. O diabo é que ele está sozinho e pode encher a cara.

— Você o perdoou, afinal?

Ela me encara: é a Vera de sempre, dura, impermeável, histérica em sua fidelidade à causa.

— Perdoar o quê? Ele não me fez nada. Não sei de que você está falando.

Deixo-a no hall do hotel, consultando a coleção de jornais. Subo ao meu quarto. Encontro Débora dormindo e não a acordo. Tenho sono também e o melhor que faço é dormir. Não quero pensar em nada, nem na morte dos velhos, nem em minha situação pessoal. Sinto certo conforto, à medida que me afasto do passado e me entrego ao presente que não depende mais de mim.

Débora acorda quando faço barulho ao esbarrar numa cadeira.

— Você voltou? Não deu no pé?

— Comprei as passagens.

Ela tem uma cara que eu poderia classificar de decepcionada.

— Eu estava crente que você ia fugir.

— A hipótese ainda não está afastada. Apenas, estou com muito sono. Você comeu?

— Pedi sanduíches e café. O diabo é que agora vou custar a dormir.

Levanta-se, abre a frasqueira, apanha o vidrinho, as cápsulas brancas e redondas.

— Quer tomar um comprimido? Nós precisamos de sono profundo.

Aceito. Seguro na mão o comprimido, semelhante ao que o pai me dera e que continua em meu bolso, inseparável e confortador, para qualquer eventualidade. Imagino o gosto — o último gosto — que os pais sentiram. Evidente, ela deve ter ido antes, era uma "cristã", jamais aceitaria o pacto de morte, tomou o comprimido de cianureto como se fosse remédio, nem teve tempo de saber que morria.

Pergunto:

— O cianureto é amargo?

Débora diz que não sabe, nunca provou.

— Por que me pergunta isso?

— Por perguntar. Li no jornal que um casal de velhos, lá no Rio, suicidou-se tomando comprimidos de cianureto. É um comprimido igual a este, não?

— Pode tomar descansado. Isso não é cianureto, é um tranquilizante. Inofensivo.

Estou nu, caio na cama assim mesmo. Aproximo-me do corpo de Débora e a enlaço, sem desejo, apenas vontade — ou necessidade — de sentir um corpo bom e sadio de encontro ao meu. Ela fuma, enquanto espera o sono.

— Você comprou mesmo as passagens?

— Comprei. Estão no meu bolso.

Ela ri:

— É. Você vai terminar comendo aquela filha da puta. Ela está tarada por isso.

— Vera? Você está louca! Ela me odeia.

Débora fica de bruços e me encara, divertida:

— Não sei como você se mete a escrever romances. Se há camarada que não entende nada de mulher, é você. Ainda não percebeu que ela está louca para dar pra você?

— Não. O negócio dela é com Macedo.

— Macedo? Ele está fora da jogada e você sabe disso...

— Ela também sabe, mesmo assim gosta dele...

— Isso é outra coisa. Ela pode até estar apaixonada por ele. Mas é pra você que ela quer dar.

— Como sabe?

— Uma mulher percebe, principalmente quando o homem é o mesmo.

— Você ainda quer dar pra mim?

— Não. Não é bem isso. Mas dá no mesmo.

Ela agora deita-se de costas, joga o cigarro fora e fala em tom neutro, como se fizesse um diagnóstico:

— Engraçado, somos tão poucas pessoas, uma espécie de ilha deserta, quatro náufragos, e tudo recomeça como se fôssemos uma cidade, como se fôssemos o mundo inteiro: Macedo ama Vera, Vera ama você, você... você ama alguém?

— Pela sua lógica, eu deveria amar você e você amaria Macedo. O ciclo ficava fechado, lógico, indestrutível.

Ela não gosta da minha conclusão e pede que eu fique quieto:

— Fique quieto que eu quero dormir. Estou muito cansada, volto para o Rio amanhã e aí acaba tudo. Você pode fazer o que quiser com a sua vida. Amar Vera, matar, morrer, você tem um futuro. É repugnante.

— E você? Também não tem um futuro?

— Não. O que prejudica a gente é ter um futuro. Eu não tenho mais futuro, vivo o momento e que o diabo viva o resto por mim.

O comprimido e os cansaços acumulados adormecem meus sentidos e pensamentos. Débora indaga se eu comprara jornais.

— Comprei, mas joguei fora.

— Alguma novidade?

— Prenderam um boliviano em Recife.

— Mais cedo ou mais tarde esse boliviano passará em minhas mãos. Já conheço como a polícia de lá trata o pessoal.

— Isso não é um futuro?

— Não. É uma rotina.

Estou quase adormecido quando ela pergunta:

— Você está assustado?

— Ainda não. Estou contrariado, apenas. Afinal, não há nada de grave até agora.

— Você mede a gravidade da situação pelos jornais? Queria que trouxessem na primeira página, em letras enormes, que estamos conspirando, que vai estourar um movimento armado?

Ela percebe que o comprimido me deixa grogue. Sinto sua mão afagar-me o rosto, creio que faço um movimento com os lábios, um beijo que não chega a ser dado.

Durmo profundamente e acordo, dia claro lá fora. Procuro Débora e não há Débora. Na mesinha de cabeceira, sob o meu cachimbo, há o bilhete:

*Paulo*

*Arranjei ônibus para o Rio às 7h45. Vou nele. Acredite: foi um prazer. Mas prazer mesmo.*

*Débora*

Olho o relógio. Felizmente ainda há tempo, são quase dez horas. Dormira, de um sono só, parte da tarde e a noite inteira. Recorde para um sujeito que tem sono difícil e, nos últimos tempos, atormentado. Entro no chuveiro — ignoro quanto tempo ficarei sem tomar banho —, visto roupa leve, estou fazendo a mala quando batem à porta. Vera entra com o pequeno embrulho de roupas.

— Você pode colocar isso em sua mala? Não tive dinheiro para comprar uma.

Há lugar para a pequena trouxa que ela me traz. Roupas íntimas, amarrotadas mas limpas, um grosso suéter vermelho, não mais.

— É tudo?

— Por que haveria de ser mais? Houve tempo em que, quando eu viajava, andava cheia de malas. Hoje me reduzi a isso. Sinto-me melhor, assim.

Dá uma espiada no banheiro, curiosidade que eu compreendo e desculpo. Pergunta:

— Você viu Débora hoje?

— Não. Quando acordei ela já tinha ido embora. Deixou-me um bilhete. Tomou ônibus cedo.

Estamos prontos. O garçom traz o café e eu o divido com Vera.

— Agora o aeroporto. Está com medo?

— Não. Tomei um remédio que Débora me deu. Relaxa a tensão e me sinto bem. Até um pouco alegre.

Ela me olha e admite:

— A cara está ótima, você se fartou com aquela leitoa!

Ao fechar a porta, quase me surpreendo contando para Vera que meus pais haviam morrido. Era, pelo menos, uma notícia. Vera zombaria de um suicídio desses.

No elevador, verifico se tudo está em ordem: talão de cheques, algum dinheiro em espécie, documentos, as duas passagens. Estou sendo obrigado a acompanhar um bando que pretende fazer uma revolução e parece que estou partindo para uma excursão pela Côte d'Azur. Procuro pelo comprimido, sinto-o no pequenino bolso da calça.

Tomamos o táxi, chegamos ao aeroporto meia hora antes da saída do avião. Compro jornais, lemos juntos as notícias. Nada de novo, a não ser novos prisioneiros e a suspeita de que outros atentados estariam sendo preparados. Vera geme, de raiva:

— Esses idiotas estragaram tudo! De que adianta matar um almirante?

Concordo com ela — e é, talvez, a primeira vez que concorde tão amplamente. Acabo a leitura dos jornais e procuro pelo saguão os óculos escuros que sei inevitáveis, fatais. Os ponteiros do relógio avançam, o alto-falante anuncia o voo para Curitiba e Porto Alegre, deseja-nos boa viagem. Noto Vera preocupada, nem sombra de Macedo.

Na sala de embarque há homens que se cruzam com pequenas pastas de executivo, por mais que se esforcem chamam a atenção, Vera me avisa que são policiais, nem precisava me avisar, está na cara, são óbvios demais.

Fazemos fila e ingressamos no pátio de manobras. O *convair* nos espera, empapuçado e oco. A aeromoça vai à frente, liderando a fila, as pernas envoltas em meias que parecem de vidro. Tenho uma suspeita: Macedo está dentro do avião. Procuro-o quando entro na cabine, não vejo.

Sentamo-nos lado a lado, Vera fica junto à janela e logo se amarra com o cinto de segurança. Os passageiros lotaram o avião, sobram pouquíssimos lugares, Macedo não apareceu.

Volta e meia olho para a porta, Vera me belisca o braço:

— Não fique olhando para trás!

Ela está calma, sabe que Macedo virá. Eu tenho minhas dúvidas, e penso na hipótese que a própria Vera levantara na véspera: ele se embebedou por aí e saiu pelas ruas, depredando tudo, com um chicote na mão.

Ouço o ruído seco, é a porta que fecha. A aeromoça começa a servir balas e revistas, me avisa que não poderei fumar cachimbo, nem mesmo depois de o letreiro proibitivo se apagar.

O motor da direita espirra duas vezes, pega e ganha rotação. Vejo passar pela minha janela uma onda de fumaça azulada.

Vera está imóvel, dura, olhando para a frente. Se eu enterrasse minhas unhas em sua carne ela nada sentiria. Sabe que Macedo está ali, dentro daquele avião.

O motor esquerdo pega de estalo, a cabine treme, sacudida como um brinquedo cuja corda está para estourar.

Não resisto, olho para trás: no último banco, na pequena brecha formada pelos encostos de várias poltronas, vejo os óculos escuros que fixam pela janela um ponto fora do avião. Não sei por quê, essa visão me tranquiliza e fortalece.

Chegamos a Porto Alegre após viagem relativamente rápida: não há escala em Curitiba e os ventos foram favoráveis. Imaginava superada essa questão de ventos em se tratando de aviões, mas Vera — que varara os ares com frequência — explica-me a influência nefasta ou benéfica dos ventos, que desde Camões eu julgava abolidos em matéria de navegação.

Não olhei mais para trás. Vera tampouco. Mas sabíamos que ele ali estava, nos inspirava confiança e, ao mesmo tempo, cautela. Descemos na pista, seguimos para a estação de passageiros, passamos por Macedo que descera antes e anda arrastado, tem um jeito muito simples de não olhar para ninguém e de não ser olhado. Misturamo-nos aos demais passageiros — embora Macedo caminhe um pouco atrás de todos. Noto que o carro da companhia de aviação, encarregado do abastecimento, coincidentemente acompanha os passos de Macedo, como se lhe desse cobertura. Qualquer eventualidade, ele pularia para dentro do carro e teria o pátio de manobras para fugir. Leva à mão uma maleta de couro escuro — nada mais que isso.

Não conheço Porto Alegre. Sempre que passo por aqui, limito-me ao aeroporto. Nas duas ou três vezes que fora a Buenos Aires, nem sequer descera do avião.

Recusara, havia tempos, uma encomenda do editor: escrever o drama de uma cidade gaúcha dizimada pela miséria, que acabou transformando-se em imensa favela. Cheguei a ter o título da novela, *Povo da lata* — os casebres eram feitos de latas. Tomei apontamentos, sabia mais ou menos o que fazer, outros projetos entraram no meio, eu precisava, pelo menos, passar dois meses visitando os locais que seriam os cenários da ação — o projeto foi arquivado, tanto da minha parte como da parte do editor.

Agora piso no chão gaúcho e há uma espécie de fastio. Esperamos pelas malas e perdemos Macedo de vista. Ficamos sem saber o que fazer, mas começo a sentir confiança naquela maçonaria que nos guia, fiscaliza e protege. Na hora precisa, um carro aparecerá — geralmente tem sido caminhão — e Macedo soprará as ordens, ríspido, frio, como se ainda estivéssemos na fazenda: "Pise no centro das vigas."

Um padre, que viajara conosco, reclama da demora das malas e o funcionário da companhia vem dar explicações. Deixo-me ali, assistindo ao bate-boca, Vera me retira do bolo.

— Evite presenciar briga dos outros. Eles guardam a cara da gente.

— Eles quem?

— Os que brigam, os que assistem. O Rio Grande do Sul está fortemente policiado pelos serviços secretos. Já me disseram que, em cem pessoas que você encontra na rua, uma delas é do Serviço Secreto.

As malas afinal apareceram e tomamos o caminho para o estacionamento de táxis. Vou atrás de Vera, no pressuposto de que ela já viveu aquela situação diversas vezes. E vou bem. Ela caminha sem hesitações, vai direto à fila de táxis. Quando atingimos o meio da calçada surge o automóvel escuro que para a nosso lado.

Jogamos a mala no assento da frente, a porta traseira está semiaberta: Macedo, deitado no chão, abrira a porta, manda que entremos logo. Sentamo-nos como podemos, as pernas por cima de Macedo. Se há policiais que fotografam todos os que chegam ao Rio Grande do Sul — saímos como um casal comportado que vem visitar o parente doente.

Só muito além do aeroporto, quando penetramos na estrada que se afasta de Porto Alegre, Macedo levanta-se do chão. Está sem os óculos, mas sempre que dá comigo lembra-se deles e os coloca.

— Você está bem? — Vera faz a pergunta e há ansiedade em sua voz.

Lembro a teoria de Débora: Macedo amava Vera, Vera me amava, eu amava Débora, assim por diante. Ouvindo a pergunta tenho a certeza de que, se Vera ama alguém, esse alguém é Macedo.

— Não interessa se estou bem ou não. Estou aqui. Ou melhor, estamos aqui. Isso é que importa. Ainda não cheguei a chegada do pessoal, só sei que nós chegamos. A esta hora tem muita gente vindo para cá. De trem, de navio, de avião, de carro, de carroça. A turma de Santa Catarina está vindo a pé, para tomar posição junto à divisa.

O carro corre, consigo olhar o velocímetro, oscilamos entre os cento e dez e os cento e vinte quilômetros. Um pneu furado e adeus, Revolução!

— Precisamos correr tanto?

— Não dê palpites desnecessários. Bastam os palpites necessários que mais cedo ou mais tarde teremos de pedir a você.

A rispidez de Macedo esfria o ambiente e ficamos calados. Vejo pela janela os campos, as planícies, paisagem estranha ao meu chão, pouquíssimos morros, uma vegetação mesquinha, rala, indica que estou longe de meus rumos habituais, distante de minhas raízes.

Arrisco a pergunta:

— Estamos indo em que direção?

— Depois você saberá.

— Só queria saber se estamos indo para o Sul ou para o Norte.

— No momento, você está indo para o Sul. Bem para o Sul. Se continuar em linha reta, até o fim, vai passar pelo polo.

— Que que vamos fazer no polo? Socializar os pinguins?

Atravessamos a ponte e vejo a placa de sinalização: CAMAGUÁ — 25 KM. Atingimos um cruzamento e tomamos a estrada de terra batida. Passamos ao largo de Camaguá, cidadezinha simpática, típica da região — segundo o motorista informa. Vera ajeita-se no banco, coloca as pernas em cima de meus joelhos, procura dormir. Eu me arrumo como posso e posso pouco: não consigo dormir em movimento. Fecho os olhos, a paisagem sucede-se monótona e feia. Macedo, agora lá na frente, olha obstinadamente o horizonte.

Paramos numa vila para jantar. Esquecera-me de que estava em região plana, o sol fincado no céu, um pouco vermelho e frio, mas evidente, fantástico. E eram sete e meia da noite. Ao sair do carro, recebo o vento agressivo, já não é fresco como em Porto Alegre, a lambada fria e aguda me maltrata. Reclamo do vento, Vera diz que eu vá me habituando, dali em diante teria de enfrentá-lo todos os dias, todas as noites.

Comemos num restaurante simpático e limpo, fico sabendo que estamos numa vila chamada Boqueirão. Antes de meia-noite — é o que o motorista informa — passaríamos por Pelotas.

— Se usássemos a estrada asfaltada, em menos de uma hora e meia estaríamos lá. Não compreendo tantas cautelas.

Macedo não responde — ou não ouve — a reclamação do motorista. Come em silêncio, a mala presa em seus joelhos. Peço vinho — estou agora com dinheiro e o vento convida a um trago. Vera me olha duro, censura-me ter pedido álcool. Macedo fica sério e aprova:

— Podem tomar. Não gosto de vinho, só em última necessidade.

O motorista, depois do segundo copo, abre a língua. Peço que me explique onde estamos realmente, os simples nomes de vilas e cidades não me orientam em nada. Se ele dissesse:

estamos em Budapeste, em Calcutá, em Carlsbad — eu não teria um argumento seguro para contestá-lo.

Recebo explicações: havíamos contornado a maior parte da lagoa dos Patos, em direção à fronteira com o Uruguai. Pelotas seria a última grande cidade que atingiríamos. Logo depois penetraríamos na zona de lagunas, onde não existiam grandes cidades, apenas Jaguarão e Santa Vitória do Palmar, o resto, simples povoados e vilas.

Macedo interrompe o motorista:

— Você se esquece de Rio Grande. É depois de Pelotas.

— Mas em outro sentido.

Macedo gosta da frase:

— Quem dera fosse mesmo em outro sentido!

Não compreendo o diálogo, percebo que Vera não apenas compreende como teme a existência daquela cidade. Pergunto por quê, ela responde com má vontade:

— Mais tarde você saberá.

Retornamos ao carro e disparamos pela estrada, que agora é melhor, sem poeira. O sol de repente cai e uma noite agradável surge sobre nós. Sinto o vento bater nos vidros do carro, há pedaços embaciados e frios, mas ali dentro há calor, o vinho me fez bem, Vera deita-se agora em meu ombro, se não dorme, pelo menos finge que dorme. Recebo um pouco de seu calor, o peso de sua cabeça é leve, macio, ela parece não pesar — é isso, um corpo sem peso, sem ossos, sem músculos, sem carne, um passarinho oco. Ou um fantasma. Na dormência do vinho e do cansaço, quase dormindo, começo a duvidar de tudo aquilo, Vera existirá mesmo ou é uma criação minha, uma obstinação? E aquela estrada? E Macedo?

A trepidação dos pneus revela que estamos em cima de paralelepípedos. Abro os olhos e vejo que penetramos numa cidade.

— Onde estamos?

— Pelotas.

Vencemos o emaranhado de ruas, algumas bem edificadas, logo deixamos a cidade para trás. Saímos na estrada asfaltada e o carro aproveita a boa pavimentação para correr. Meia hora depois deixamos o asfalto, pegamos novamente o atalho. Entramos numa espécie de aldeia.

— Chegamos.

O motorista vira-se para mim, sou o único a preocupar-se com o itinerário:

— Aqui é Capão Seco. Uma aldeola.

Algumas casas ao longo de duas ou três ruas. Passamos por elas, andamos dois a três quilômetros, chegamos a uma casa que parece, à noite, uma capela abandonada. Há a janela acesa em um dos lados. Quando o carro se aproxima a luz se apaga. O motorista pisca o farol três vezes seguidas. A luz volta a se acender e outras luzes também se acendem: chegávamos a algum lugar.

Fomos recebidos com ansiedade, mas sem efusões. Tirante Macedo, somos desconhecidos para os habitantes daquela casa de estilo e aspecto indefiníveis. Em linhas gerais, há nela o mesmo conforto da casa-grande da fazenda, mas tudo é menor, estreito — o vento penetra pelas frestas das janelas e portas, promessa de péssima noite para mim.

Não são feitas apresentações, mas verifico que estamos diante do escalão superior ao de Macedo. Penetramos no funil, e, à medida que descemos em direção ao Sul, a hierarquia parece subir.

Um homem surge à porta em arco e o respeito que ele inspira revela o chefe do grupo. Olha fixamente em minha direção:

— Este é o camarada?

Macedo diz que sim e ele me estende a mão. Procura ser amistoso, apesar da cara, que é seca, de poucos amigos e de muitas atribulações.

— Já decidiu? Ou permanece indeciso?

A viagem cansara-me demasiadamente e não pretendo discutir um assunto desses à vista de todos.

— Não estou indeciso. Apenas, ainda não me convenci de participar do movimento de vocês. Fui apanhado por uma série de acasos e equívocos, depois me mantiveram à força.

Macedo se interpõe:

— Você é que é um equívoco.

O novo chefe corta a palavra de Macedo. Vira-se para mim:

— Até aqui, você foi uma espécie de prisioneiro. De agora em diante não temos tempo nem pessoal para prendê-lo. Você está livre. Querendo, pode ir embora.

A cilada é óbvia. Além do mais, ele diz aquilo sabendo que eu não posso e, em certo sentido, já não quero mais ir.

— Não estou em condições de discutir o problema agora. Quero dormir, estou pregado. Amanhã, se houver tempo, e se a conversa interessar, podemos tratar disso.

O chefe me surpreende com um sorriso bom, amável:

— Ótimo. Fome?

Vera responde por nós. Vamos à cozinha e nos servem pão, sardinha em lata, cebolas em conserva, vinho, pedaços de carne assada, Macedo toma um copo de vinho, sob o olhar inquieto de Vera.

— Não se assustem. Aqui não sou mais o chefe. Posso beber à vontade. Se passar da conta abrirão uma cova e nela me enterrarão. Vocês ajudarão a abrir a vala.

Eu exagero no vinho, o vento me cortara em milhões de partículas, preciso de um pouco de álcool para reunir os pedaços esparsos de mim mesmo. O restante do pessoal ficara pelas salas da frente, alguns tomam chimarrão — Macedo, Vera e eu pelo menos nisso estamos em comum acordo: é preferível morrer de frio a queimar a língua naquela água fervente.

Alojamo-nos num quarto pequeno, onde há apenas duas camas. Macedo, ali no quarto, volta a ser o chefe. Aponta uma cama para Vera e outra para mim. Pergunto:

— E vocês?

— Eu e o motorista dormimos no chão.

Apanham alguns cobertores e com eles forram o chão. Caio na cama, duro de sono, não dormira durante a viagem, e só não durmo instantaneamente porque o motorista, enrolado no chão, junto à minha cama, começa a roncar — o que torna a noite mais insuportável. Há o vento, lá fora, roncando de encontro às janelas.

A vigília forçada me obriga a pensar em tudo, em minha vida, em meus quarenta anos. Faço o balanço sumário de minhas possibilidades, agora que me atolava na intrincada rede de loucos: meia dúzia de livros que não me satisfazem, uma filha a quem o mundo e os trancos da vida vão tornando distante, algumas recordações, e, talvez, um futuro. Tenho mesmo um futuro? Quando saí do Rio, meu futuro era escrever a história de um judeu assimilado — no fundo, eu sabia que jamais escreveria sobre o bidê, complacente ou não. Talvez, desejasse vingar o pai. Mas o pai já se vingara, tornava inútil qualquer vingança minha.

Prolongo o balanço interior até que o sono é mais forte do que as minhas preocupações e o ronco do motorista. Consigo dormir, descobrindo que minha decisão está tomada, tal como a podia tomar, nos únicos termos em que a aceitaria: uma soma de circunstâncias que me tornam humilde mas obstinado. Fraco, mas, pela primeira vez, forte o bastante para ser capaz de uma escolha.

O novo dia abre-se com uma surpresa pessoal: vou à janela e vejo parado, nos fundos da casa, o meu carro. Está maltratado, coberto de pó, os vidros cobertos de sujeira. A lataria intacta, o que levo à conta de um milagre, mas os pneus, vistos daqui de cima, parecem na última lona. Não boto os olhos em cima dele há mais de uma semana, a vida lá fora continuou e eu penetrei num tempo sem tempo, num espaço estanque e compacto, feito só de presente, presente que é uma presença constante, imutável, indestrutível. Posso concluir que afinal entrei no Tempo — e que os anos, os calendários e os relógios são escamoteações para os que vivem fora do tempo e, por isso, precisam medi-lo. Aproximo-me da Eternidade: eis! Mas estou fazendo filosofia, péssima e barata filosofia, os tempos não são propícios ao vão filosofar, ainda que a filosofia ajude a passar o tempo.

Estou sozinho no quarto, todos foram embora. A cama de Vera foi arrumada, talvez por ela mesma, não deve haver camareiras aqui. Os cobertores foram recolhidos do chão. Lavo o rosto no banheiro anexo, vou à cozinha, onde o sujeito louro e silencioso me serve café, um pedaço de pão sem manteiga. A frugalidade não me assusta, mas ainda não estou a ponto de me comover com ela.

Saio sem rumo, procuro o caminho que me leve aos fundos da casa, quero examinar o carro de perto, medir os estragos, inventariar as perdas e prever a despesa em recuperá-lo. Esbarro com outro sujeito louro e alto, muito magro, o rosto escaveirado:

— O capitão quer falar com você.

Há sotaque naquela fala, mas fico sem saber se o sotaque é espanhol ou eslavo. Ouvira, na véspera, alguém falar num russo, podia ser um simples apelido, uma identidade facilitada pela nacionalidade.

Acompanho o homem até o quarto da frente e vejo que acertei na suspeita. Ele abre a porta e o capitão — meu novo carcereiro — diz em voz alta:

— Obrigado, Russo.

— Ele é mesmo russo?

O capitão ri:

— Não se assuste por tão pouco. Ele é estrangeiro, mas não temos nenhum russo metido nisso. Somos gente séria.

Pede que me sente junto à mesa quadrada, com cadeiras em volta, papéis em cima, na maioria mapas. Ele acaba de examinar uma pasta — reconheço a maleta que Macedo trouxera durante a viagem.

— Muito bem, vamos conversar. Não tenho tempo, ninguém aqui tem muito tempo, mas o senhor merece explicações. Como disse, está livre, mas sei que ficará conosco. Teve todas as oportunidades de fugir. Sabe que seu carro dormiu ao lado do seu quarto?

— Só notei hoje de manhã. Estava com o distribuidor no lugar?

— Estava inteiro.

Senta-se na minha frente, acende o charuto escuro e desagradável.

— Não se impressione com o meu título. Fui oficial de infantaria até há pouco. Estive em Cuba, em vários outros lugares. Fiz cursos especiais, daí o meu título e a minha função. Agora comando a parcela de um movimento do qual participei desde o início.

Mas não sou a última palavra, a não ser naquilo que diz respeito ao meu setor específico. Sabe que o seu amigo foi preso?

— Sílvio? Sei. E daí?

— Bem, a prisão dele é uma charada para nós. Se o torturarem, ele poderá revelar o que sabe, e embora ele só conheça pequena parcela do plano, sabe o suficiente para nos encalacrar. Além do mais, perdemos o controle de alguns escalões, o atentado de Recife é prova disso, somos favoráveis à luta, não ao terror. Nesse ponto, acho que estamos de acordo.

— Minha luta talvez seja um pouco diferente da sua. Não me sinto obrigado a pegar em armas.

O capitão fuma o charuto com desinteresse. Tampouco está interessado no que eu posso pensar. Mesmo assim acrescento:

— Estou aqui, como o senhor disse há pouco, para receber explicações. Não me sinto obrigado a dar nenhuma.

Ele me olhou com alguma raiva:

— Posso saber se o senhor tem um motivo para lutar?

— É preciso um motivo?

— Evidente! O senhor aceita a situação tal como ela está?

— Não. Sou contra a ditadura. Isso é elementar.

— Concordo: elementar. Uma palavra cômoda. E que que o senhor fez até agora? Assinou manifestos?

— Até agora, só. Mas há mais de uma semana que ando daqui para lá atrás de patriotas que desejam salvar a nação.

Ele me olha sério:

— Compreendo. Em princípio, nós somos contra a transformação do nosso movimento em uma espécie de Legião Estrangeira. O camarada era corneado, perdia tudo no jogo, encalacrava-se com a polícia e embarcava para a Legião Estrangeira. Era romântico e prático. Acredito que os seus motivos sejam desse tipo. Não o acuso de corneado, de falido, de criminoso foragido. Evidente que há momentos que tornam um homem desesperado. Em princípio, nós não podíamos nem queríamos aceitar gente assim. Mas as coisas precipitaram-se, chegamos à reta final. O movimento cresceu, estamos organizados, como já deve ter percebido. Precisamos agora de gente que atire do nosso lado e não nos interessa, nessa fase da luta, pesquisar as motivações pessoais de cada um. O senhor está aceito, qualquer que seja o seu motivo, entende?

— Entendo. Mas, honestamente, ainda não decidi. Não me considere como um homem que aceitou.

— Seria capaz de ir à polícia denunciar o que sabe?

— Não.

— Voltaria ao Rio se eu dissesse: "Vá!"?

— Por que o senhor confiou em mim?

— Perguntei primeiro: o senhor voltaria?

— Não. Estou curioso agora. É um motivo.

— Não vou discutir a sua curiosidade, mas acho que o senhor não ignora que pode morrer nesta luta. Está disposto a isso?

— Não adianta estar ou não disposto, a gente sempre morre. Pessoalmente, prefiro morrer na rua a morrer na cama. É mais higiênico.

— Bem, estamos mais ou menos entendidos. O relatório que temos sobre o senhor é bom. Tanto Sílvio como Macedo e Vera atestaram favoravelmente; não ria, mas não podemos deixar de ter um mínimo de burocracia, do contrário não nos organizaríamos tão bem. O fato é que passou nos exames, merece a promoção. Vai saber quase tudo o que posso contar. Aceita?

— Já disse que estou curioso.

O capitão levanta-se, joga fora o pedaço de cinza endurecida que se formara na ponta do charuto. Dá meias-voltas incompletas em torno da mesa e começa a falar:

— O Macedo já lhe explicou, em linhas gerais, a nossa estratégia?

— Não. Sílvio foi quem me disse alguma coisa, muito por alto. Agora sei que o Sílvio falou tudo o que sabia, e era pouco.

— O que ele falou é, por assim dizer, a nossa estratégia básica. O povo é contra a ditadura e queremos aproveitar essa coordenada como ponto de partida. Não temos ligações com o Partido Comunista, embora muitos comunistas estejam comprometidos conosco, e até em postos importantes de nosso esquema. O princípio que nos orientou foi o seguinte: devemos provocar a detonação. Temos chance de tomar uma parcela ínfima, estreitíssima do território nacional. Não apenas tomar, mas manter esse pequeno território. Nosso principal problema será, portanto, manter essa posição, garantir a estabilidade no terreno pelo menos por uma semana, uns dez dias. Enquanto criamos e mantemos esse fato novo, outros escalões, em diferentes pontos, e por diferentes motivos, forçarão uma negociação política que busque dois objetivos: o fim da ditadura e o recuo de nossas posições. Concessões mútuas. Se possível, de forma pacífica, sem sangue ou com um mínimo de sangue. Você deve desconfiar que esse mínimo de sangue pode ser o nosso.

— O Sílvio falou-me nisso. Todos temem a guerra civil. Inclusive os militares que estão no poder.

— Nós também tememos a guerra civil. Não a queremos, primeiro porque não estamos preparados para ela; segundo, porque ela representará um sacrifício inútil. A ditadura terá considerável apoio exterior, seremos arrasados. Mas também não podemos tremer diante do sangue derramado. Para detonar, para criar um fato novo e importante, precisamos apelar para um preâmbulo de luta. Todos os Estados modernos nasceram de uma estrumeira, feita de sangue, pólvora, cadáveres. Não somos porras-loucas, temos recursos para obter o nosso primeiro objetivo, dentro das limitações que nós mesmos nos impusemos. Veja aqui.

Apanha o mapa que está aberto sobre a mesa. É um setor do Rio Grande do Sul. No canto, há o quadrado com os dizeres: "Serviço Cartográfico do Exército." Ano atualizado, um mapa completo, detalhado.

— Vê essa linha verde que vai de Aceguá, na fronteira com o Uruguai, até Cassino, na costa do Atlântico? Nós estamos aqui, em Capão Seco, a trinta quilômetros. Repare que a linha Aceguá-Cassino passa por vários povoados: Guarda Nova, Santa Isabel, outros menores, cujos nomes nem figuram no mapa. Vamos tomar toda essa região. Repare que é um triângulo irregular, tal como o Brasil. O vértice desses dois triângulos irregulares é o mesmo: a união do Chuí com o oceano. Escolhemos o trecho porque ficamos próximos à fronteira com o Uruguai. Não só teremos a retaguarda protegida como, em caso de fracasso, podemos atingir a fronteira com os próprios pés. Não vamos operar no setor que se limita com a Argentina, a ditadura militar de lá tem acordos com a ditadura daqui, se levantamos um movimento desses, tropas argentinas envolverão nossa retaguarda, e, além do mais, em caso de derrota, a Argentina não nos dará asilo. Repare: o nosso território, nosso triângulo irregular, terá, aproximadamente, uns trinta quilômetros de frente e uma média de setenta, noventa quilômetros para os fundos. São mais ou menos trinta mil quilômetros quadrados contra os mais de oito milhões e meio de quilômetros quadrados do resto do Brasil. Isso em termos de território. Não é animador, mas há coisa pior. Dentro do nosso território há um ponto capital, que é a cidade de Jaguarão, bem ao sul, em cima da fronteira. E ficamos muito perto de três outras grandes cidades: Bagé, Pelotas e, mais próxima ainda, quase em nossas barbas, Rio Grande. Há fortes guarnições militares em todas essas cidades. Mas o ponto crítico é mesmo Jaguarão, que fica *dentro* de nossas linhas. Para lá armamos o grosso de nossas forças, e temos forças bastantes. Além do mais, contamos com o apoio da própria população: a maioria dos habitantes está do nosso lado. Vamos atacar de fora, mas dentro da cidade há focos, será, segundo prevemos, um simples passeio. Mas se tivermos de arrasar a cidade, rua por rua, casa por casa, faremos isso. Não podemos poupar nada e ninguém dentro dos limites a que nos propusemos. O restante do nosso território não chega a preocupar, há ainda Santa Vitória do Palmar, cidade com aeroporto, mas a guarnição militar de lá é quase toda nossa, vamos apenas cercá-la, será mais fácil. O resto são pequenos povoados, vilas, aldeias, que a gente toma tomando, chegando e ficando: um delegado, dois ou três praças da brigada estadual, enfim, o resto não nos preocupa. Constituído esse território, teremos de concentrar o grosso de nossas forças entre Canudos e Cassino, na ponta leste, para impedir o ataque que fatalmente será desfechado de Rio Grande ou Pelotas. Se conseguirmos manter esse território por uma semana, haverá negociação e a ditadura cai. Pelo resto do Brasil tudo está minado, quartéis, cidades, usinas, fábricas, a própria classe média, parte do empresariado. Ainda que não queiram nem possam lutar, apoiarão a nossa luta. Ante a iminência de uma sangueira demorada e generalizada, todos se unirão no meio-termo, no compromisso. Essa será a primeira parte do nosso trabalho. O primeiro objetivo foi alcançado. Concorda?

— Em linhas gerais, talvez. Há possibilidade nisso tudo que o senhor falou. Estrategicamente, é possível o plano. Mas vejo um ponto fraco: e se a marinha desembarca tropa de fuzileiros nas praias da costa?

O capitão ri, aliviado:

— Esqueci de falar sobre esse detalhe, tão antigo ele é. Nenhum navio sairá dos portos-base. O setor mais reacionário das forças armadas é justamente a marinha. A oficialidade é impermeável. Mas, em compensação, os praças são também radicais. Quantas vezes viu *O encouraçado Potemkin*? Eu vi umas doze vezes. A partir da deflagração do movimento, nenhum navio de guerra terá condições de zarpar. Foi a primeira coisa em que pensamos: imobilizar a esquadra. Ela, por si, já não é muito móvel.

— E a aeronáutica? Bastam cinco oficiais, cinco aviões a jato e seremos atacados. E as tropas paraquedistas?

— Gostei da expressão *seremos*. Usou o plural. O senhor está no brinquedo.

— Foi maneira de falar. E os aviões? Serão sabotados também?

— Em parte, sim. No caso dos navios, não temos condições de comprar uma esquadra. Mas avião não é difícil. Há vendedores de armamentos sem nenhuma ideologia, vendem armamentos para os dois lados, inclusive aviões. Construímos uma pista especial para eles, foi o nosso trabalho mais caro e perigoso até agora. Trabalhávamos de noite, de dia camuflávamos a parte feita durante a noite. São caças modernos, tripulados por gente nossa, antigos pilotos da FAB que a ditadura considera mortos ou exilados. No momento, os aviões não estão em território nacional, mas em uma hora e meia poderão impedir qualquer incursão aérea. Os vagões das tropas paraquedistas do governo nem sairão do chão.

O capitão não percebe a minha surpresa pela presença de aviões num plano que, de início, me parecia louco, exclusivo de uma mulher neurotizada como Vera, de um homem frustrado como Sílvio, e de um homem amargo e mutilado como Macedo. Compreendia agora que eles eram, como aliás sempre me afirmaram, a ponta insignificante de complicada meada. Não sou entendido em assuntos militares, mas ou o capitão é louco ou aquilo tudo existe mesmo. A organização que me prendera em suas malhas é perfeita — isso eu tenho de admitir, apesar do carro enguiçado do Boneca, no meio da estrada. Entre o velho Chrysler que não tinha força para subir a serra do Mar e os aviões do capitão — há diferença razoável, e a favor deles.

— Alguma dúvida?

O capitão tem o ar satisfeito da criança que mostra a outro garoto os seus brinquedos todos.

— Bem, e a questão internacional? Como é que os Estados Unidos reagirão?

— Vamos com calma! Ninguém vai declarar aqui uma república socialista. Vamos apenas provocar a queda da ditadura, coisa que, no fundo, os Estados Unidos terão de compreender, desde que ofereçamos garantias. Não podemos entrar de sola. O importante é varrer a ditadura, depois marchamos no ritmo que vínhamos seguindo até o golpe de abril. Um dia estaremos suficientemente fortes para diminuir ou mesmo eliminar as garantias que no primeiro estágio teremos de dar. De certa forma, compreendemos a posição do governo norte-americano: ele não podia desprezar o servilismo espontâneo com que a ditadura se arrojou a seus pés. Dentro do próprio Congresso americano, em grandes parcelas da opinião pública americana, há uma corrente contra a ditadura, a nossa e outras da América Latina. Veja, a ditadura exilou brasileiros de prestígio internacional. Essa gente toda está trabalhando, em Washington, na ONU, em Genebra, em Paris, no Vaticano, em Moscou. Estamos criando uma condição concreta de apoio internacional ao nosso movimento. Os Estados Unidos estão ressabiados desde o caso de Cuba: ajudaram a manter a ditadura de Batista e acabaram criando um foco de intranquilidade a oitenta milhas de Miami. E há o caso do Vietnã. As pessoas mais esclarecidas, dentro dos Estados Unidos, sabem que aquilo não vai terminar bem. É uma questão de tempo.

O capitão descansou. O charuto se apagara, falara muito e com algum entusiasmo. Não tem a frieza de Macedo, é capaz de empolgar-se, não inspira tanta confiança. Acende novamente o charuto e me pede a opinião:

— Apreciei os planos de luta. A parte política está confusa, parece fantasia, delírio, sei lá!

— Bem, eu não sou um político e talvez não tenha sabido me expressar. Mas garanto que, assim como eu, que tomei conta de um setor, sei o que estou fazendo, os companheiros que cuidam dessas questões também sabem o que estão fazendo. E chegou o momento de checarmos nossas posições, avaliarmos em instância final a situação. Estamos em período de alerta, dentro de quarenta e oito horas talvez tenhamos iniciado a luta.

— Quem foi o cabeça disso tudo? O plano me parece fantástico demais, pode dar em nada. Mas reconheço, é razoável.

— Não houve nenhum cabeça. Houve uma conciliação de cabeças. Talvez tenha havido um gênio no meio disso tudo, só mais tarde poderemos saber.

— Bem, falta agora um pormenor, que especialmente me preocupa: qual o meu papel nessa fantasia?

— Não chame isso de fantasia. Há dois anos que preparamos essa luta. Tem gente boa metida nisso. Existem condições para a luta. Ainda que a vitória, como em toda luta, seja problemática.

— Isso é um axioma esportivo. A vitória não importa, o importante é lutar. Na política, só a vitória importa.

O capitão não gostou da observação. Mas logo dá de ombros:

— Que seja um esporte! Aqui entra a nossa diferença. Eu tenho um motivo para me arriscar. Você é quem decidirá se tem ou não um motivo para também se arriscar. Tive um irmão que morreu, há cinco anos, tentando escalar uma montanha. Ele tinha um motivo para ser montanhista: gostava das alturas. Você gosta?

— Nem sempre. — E só então reparo que ele agora me trata de "você".

— Vou responder à sua pergunta: o seu papel aqui é de simples participação na luta. Seguirá o seu grupo e ajudará na tomada de uma de nossas posições. Jaguarão tem uma equipe treinada e formada há muito para isso. Você irá para outro lugar, dentro do território que lhe mostrei. Quer ficar com o Macedo?

— Tanto faz.

— Você é oficial da reserva, não? Acho que li isso em sua ficha.

— Sou. Mas esqueça.

— Alguma dúvida?

— Ignoro a totalidade da situação para recusar ou aceitar as suas informações. No plano pessoal, vou pensar.

— Ainda?

— Morrerei pensando, se for o caso. Tem alguma coisa contra?

— Não. Pode pensar o que quiser. Mas vai aceitar?

— Já aceitei.

Estou quase na porta, indo embora, quando o capitão me chama:

— Você quer mesmo ficar com o Macedo?

— Acho que sim. Seria mais cômodo. Estranho muito as pessoas, e pelo menos com o Macedo já estou habituado.

— Sabe que aquela moça também ficará com ele?

— Imaginava.

— Há algum caso?

Antes que eu responda, o capitão retira a pergunta.

— Não, não responda, vocês são donos de suas vidas, não temos nada com isso, a vida particular ainda não foi abolida, nem pretendemos aboli-la. Fiz a pergunta porque você não deve ignorar que o Macedo é elemento muito precioso, muito caro em todo o nosso plano. Inicialmente, ele chefiará alguns grupos que atuarão na região entre a lagoa Mirim e a lagoa Mangueira. Veja aqui no mapa.

Volto à mesa e ele me mostra o trecho irregular entre as duas lagoas. Há uma cidade grande ao sul: Santa Vitória do Palmar.

— Ele vai tomar esta cidade?

— De jeito nenhum. Esta cidade, depois de Jaguarão, é a mais importante da região. Tem um grupo especial para ela. Macedo tomará as vilas e os povoados estendidos ao longo dessa estrada. Não podemos arriscá-lo numa operação perigosa. Depois sim. Teremos de concentrar toda a nossa força aqui em cima, para enfrentarmos o possível ataque vindo de Pelotas ou de Rio Grande. Macedo atuará aqui.

O dedo do capitão aponta no mapa uma bolinha preta, há o nome em volta: Estela Maris.

Corrijo:

— Devia ser Stela Maris. Sem o *e*.

— Não faz diferença. Você fica mesmo com Macedo?

— Fico.

— Não prefere trabalhar em outro lugar? Em Arroio Grande?

— Não.

— Então está entregue. Já disse o que deveria ser dito. O resto é com Macedo.

Saio finalmente. Desço para os fundos da casa e procuro meu carro. Não ouvira barulho de motor, mas ele não está mais lá. Em compensação, encontro Vera carregando o carrinho de mão cheio de lenha.

— Onde está meu carro?

— Que carro? Você não tem nenhum carro. O carro que interessa agora é este.

Empurra com mais raiva que força o carrinho de mão.

— Vai botar fogo em algum lugar?

— No fogão. Vou ajudar o cozinheiro, enquanto não chega a hora. E você? Vai fazer o quê?

— Vou esperar o Macedo. Preciso conversar com ele.

— Ele não tem tempo para conversas.

Vejo seus pulsos magrinhos distendidos no esforço de levar aquela carga. Ajudo-a a descarregar a lenha e ela não recusa:

— Obrigada. Você foi gentil. Mas a hora não é para gentilezas. Deveria estar fazendo outras coisas.

— Não tenho nada a fazer, a não ser esperar o Macedo. Vou trabalhar com ele.

— Eu sabia.

— Sabia o quê?

— Ele domina todos nós. Você tem de admitir isso.

Olho-a nos olhos, com rudeza:

— Você o ama?

— Não. Mas é pior.

Pela primeira vez, em tanto tempo, eu e Vera chegávamos a um diálogo. Tenho vontade de apertar sua mão, ela é mais rápida:

segura-me a cabeça e me afaga os cabelos. Agarro-a pelos ombros e a puxo para mim. Ela tem o rosto suado, os cabelos despenteados, está mais bonita assim, ela que nunca foi bonita. Beijo-a devagar, com cautela, temo que ela me morda. Ela aceita o beijo e treme.

— Nunca fui beijada, Paulo, nunca fui beijada.

— E o Macedo? Lá na fazenda?

— Aquilo não foi beijo. Foi agressão.

O cozinheiro surge na porta e nos separamos. Levo em minha carne um gosto azedo de mulher. Uma mulher que não é mais virgem, que nunca fora beijada.

Ando à toa em torno da casa, nem sequer examino o local, sei que haverá vigias, tal como na fazenda. Não quero conversar com ninguém, nem saber de mais nada. Quando Macedo chegar, digo que aceitei trabalhar com ele e basta. Ele não é de falar muito. Olhará por trás dos óculos escuros e compreenderá.

Depois do almoço — a mesma frugalidade da fazenda, acrescida apenas do copo de vinho — vou ao quarto, descansar um pouco. Sei que Macedo e o motorista estarão longe, poderei dormir à vontade. Estou pegando no sono quando a porta se abre. Vera chega, devagar, agarra-me sem jeito, como se eu fosse uma coisa muito grande para ela, e abraça-se comigo. Ficamos enlaçados, não sinto desejo algum em ter aquele corpo unido ao meu. Há ternura, compreensão.

O calor daquela carne começa a crescer, a queimar-me. Ela sente que eu a desejo, aperto-a com mais força. Descubro então que ela está chorando. Em seus olhos, há medo e vontade. Respeito-lhe o medo e faço-lhe a vontade: beijo-a outra vez, longamente, até que o cansaço nos coloque tranquilos em nossos medos, e íntimos em nossas carnes.

No dia seguinte, saio com Macedo e Vera, mais dois homens desconhecidos até então, para dar uma volta pelas redondezas. Há um velho Ford que surgira por milagre no pátio dos fundos, tal como o meu carro aparecera e logo desaparecera. Vou ao volante, sou o único do grupo que sabe dirigir, um dos homens, que conhece o terreno, fica a meu lado, ensinando-me os caminhos.

Quando saímos, o capitão chega à janela e nos acena. É jovial, e tem um jeito estranho de olhar para Vera, talvez a deseje, afinal ela é a única mulher do grupo e todos estamos, mais ou menos, sem mulher há muito tempo, se não fosse Débora eu estaria subindo pelas paredes.

Não conversara nada de especial com Macedo: apenas as palavras habituais e curtas de nossa forçada convivência. Nada tinha a me explicar, nem eu a ele. Quando chegasse a hora, ele saberia dar as ordens e eu procuraria obedecer. Era só.

Apesar de estar ocupado em manter o velho Ford no meio do estreito caminho, percebo que Macedo não gosta de ver o capitão à janela. Dou razão a Débora: Macedo ama Vera, em silêncio, impotente e frio. Mas ama. Ama e suspeita de todos os machos que a rodeiam. Suspeitou de mim na fazenda, quando eu era o único homem próximo e possível. Suspeita agora do capitão, embora o respeite e até o admire.

Passamos pelo portão, há guardas em todas as partes, gente que nos protege dia e noite. São mais numerosos que na fazenda, o perigo agora é maior. E estão bem armados, com metralhadoras portáteis que parecem novas. Tenho vontade de perguntar quantos somos, mas não tenho desculpa para a minha curiosidade. É assunto que, de resto, não me interessa.

Andamos duas horas, rumo ao Sul, cruzamos a zona onde o capitão indicou a linha de nosso território, logo chegamos a Estela Maris — povoado de mil almas, aquela gente nem merece o nome de habitantes, são almas mesmo, como indica o guia rodoviário que o homem ao meu lado me mostra. Almoçamos num botequim sórdido e fedendo a peixe. Macedo aponta alguns homens:

— Veja essa gente. Isso não se combate.

Vai com Vera fazer uma inspeção, retorna logo depois. Ficou sabendo que o delegado local viajou para Porto Alegre, a ordem pública, a autoridade constituída, está reduzida a um sargento, um cabo, dois soldados da brigada estadual.

Outros povoados que visitamos são iguais — e fico sabendo que Macedo, na véspera, rodara com outra turma em outra direção, examinando vilas e aldeias.

Na viagem de volta, sem ninguém esperar, ele avisa que dentro de dois dias tomaremos posição. Tira do bolso um pequeno mapa, copiado à mão do mapa grande que eu vira na mesa do capitão.

— Olha, este pontinho preto aqui, entre as duas lagoas, bem em cima, é Curral Novo. Oitocentos habitantes.

— Oitocentas almas — emendo.

— O destacamento é dos mais fracos: um cabo e dois soldados. Será a nossa primeira missão. Deixaremos aqui dentro homens armados tomando conta do povoado e desceremos para o Sul, até as proximidades de Santa Vitória do Palmar. Pelo caminho, tomaremos todos os povoados e lugarejos existentes. Nossa turma será de cem homens. Se tudo correr bem, chegaremos a Santa Vitória do Palmar ao entardecer, com uns sessenta homens, pois teremos de deixar gente em cada vila ou aldeia. Santa Vitória, ao entardecer, já deverá estar em nossas mãos. Deixo lá uns dez a vinte homens, dependendo do número de baixas, talvez haja combates, e regressamos para Estela Maris. Nosso objetivo principal, depois da tomada de povoados e vilas, é Estela Maris. De lá cobriremos a retaguarda de Cassino, que deverá sofrer um ataque frontal, partindo de Rio Grande.

Vera ignorava o plano em detalhes. Para ela, o que Macedo acaba de dizer é uma mensagem do alto, uma revelação. Diz, fanática:

— Eu fico com você.

— Você fica onde eu mandar.

Macedo guarda o mapa no bolso e pede que eu acelere mais forte, quer chegar o mais cedo possível, tem um problema a discutir com o capitão.

— Hoje deve ter chegado um rádio de Mato Grosso. Estou precisando de informações de lá, muita gente está a caminho, mas somente pouco mais da metade tomou posição. O resto está pelas estradas e isso é mau. Devemos receber ordem de ação dentro de quarenta e oito horas e seria bom que todos soubessem onde estão, examinassem o terreno, como nós fizemos.

Aperto o acelerador, mas o velho Ford desenvolve pouco, sacoleja por todos os lados, espirra como um bode devasso e quase não sai do lugar. Passamos por outra vila, Povo Novo, tomamos o atalho que encurta o caminho até Capão Seco.

Estamos próximos, começo a reconhecer a paisagem e verifico o velocímetro: vamos a cinquenta quilômetros. O que é a minha sorte: de repente, no meio do caminho surge um homem, os braços abertos, a cabeça uma posta de sangue. Não tenho tempo de frear e desvio o carro para o meio do mato, a fim de não matá-lo. O barulho do carro abafa os gritos do homem. Quando a máquina para, ouvimos seus gritos:

— Fujam! Fujam! Fomos traídos, estão todos mortos, mataram todos, todos!

Corremos para o homem, que pouco mais falou. Olhos esbugalhados, a posta de sangue em cada face, repetia que todos estavam mortos, o capitão fora degolado, tropas federais de Bagé vieram pelos flancos, contornaram Pelotas, nenhuma sentinela encarregada de vigiar os deslocamentos naquela região notou a movimentação, a surpresa brutal, todos mortos, traição.

Morreu nos braços de Macedo.

Somos cinco ao todo: Macedo, Vera, eu, os dois homens que ficarão conosco, para a fuga ou para a morte. Um deles, de repente, corre para o mato, tentando fugir. Macedo ameaça atirar se ele não parasse:

— Aqui ninguém vai perder a cabeça!

Com a arma, aponta-me o carro:

— Tome a direção, não vamos deixar o carro aqui, estamos muito perto de Capão Seco.

— Mas é perigoso andar pelas estradas.

— Perigoso é deixar rastro. Voltamos para Povo Novo, lá abandonamos o carro e nos metemos no mato. Agora, é chegar à fronteira o mais rápido possível.

Voltamos ao Ford e Vera, que viera para o banco da frente, encosta-se em mim, sinto-a tremer, assustada. Corremos o que foi possível, meia hora depois chegamos a Povo Novo. Vera abre o choro. Macedo grita:

— Cala a boca, sua puta!

Penso em reagir, procuro a voz, não encontro nada na garganta, apenas o soluço. As mãos tremem ao volante, considero um milagre, à conta de hipotéticos méritos espirituais, não ter enfiado o Ford em definitivo buraco.

Um dos homens me indica a bifurcação do caminho. Macedo decide:

— Deixamos o carro aqui. Eles não terão certeza sobre o caminho que vamos tomar. Agora, a pé até a fronteira.

O sujeito que conhecia os caminhos se rebela:

— Estamos muito longe, quase duzentos quilômetros da fronteira! Há uma estrada aqui por cima, podemos ir até mais adiante, contornaremos as cidades e pegamos a região das lagoas. Conheço bem o local, tenho amigos em Curral Novo, lá nos esconderemos e ficaremos próximos da fronteira, cem quilômetros em linha reta, talvez menos.

Macedo pensa em silêncio, pensa e pesa a situação. Olha para Vera, como se nela procurasse solução. Depois admite:

— Você tem razão. Mas a ordem é a seguinte: chegar à fronteira a todo custo. Ninguém se entrega vivo. Se conseguirmos escapar, ótimo. Do contrário, é matar e morrer. Entendidos?

Todos concordam e eu, embora permaneça em silêncio, não me sinto animado ou obrigado a concordar ou discordar. Entrara num jogo e perdera, antes mesmo do primeiro lance.

Arranco com o Ford pelo caminho indicado, e, aos solavancos, iniciamos a fuga, rumo à fronteira. Ao cair da noite encontramos casas à beira da estrada, ficamos sabendo que estamos próximos a Estela Maris. Num armazém, conseguimos gasolina, pão, latas de conserva, eu havia trazido dinheiro, tinha agora de sustentar a todos.

Vera mastiga o pão sem fome, só para fazer alguma coisa. Macedo custa a reencontrar a calma habitual, está nervoso, anda de um lado para outro, a raiva é tanta que nem abre as pernas quando caminha, não sente mais dor alguma na carne.

Um dos homens propõe que durmamos ali — e eu aprovo imediatamente, estou cansado de dirigir em estradas horríveis, os caminhos são simples trilhas de bois. E há o medo, que ainda não é pânico, mas é pior: é desânimo.

Macedo dá um berro:

— Ninguém dorme aqui! Temos de chegar à fronteira de qualquer jeito, e o mais breve possível! Já que estamos com o carro, vamos aproveitá-lo ao máximo!

Voltamos ao Ford e Macedo toma assento a meu lado. Vera vai lá atrás, com os dois homens: um deles se chama Edmundo, o outro tem apelido, não distingo se é Migo, Mig ou Amigo.

Os faróis são imprestáveis, mas assim mesmo avanço na noite, volta e meia tenho de parar, Edmundo salta, ele conhece a região, vai um pouco à frente, orienta-se, depois determina a direção.

— Por aqui.

Ao amanhecer, estamos à beira de várias lagoas e Edmundo explica que nos aproximamos de Taim, entre a lagoa Mirim e a lagoa das Flores. Comemos alguma coisa — Vera segura o pacote que contém os mantimentos, distribui pão, pedaços de salame, tabletes de chocolate.

Procuro Macedo:

— Olha, não aguento dirigir mais. Tenho de descansar um pouco, podemos deitar por aí, naquela cerca tem um abrigo.

Macedo concorda, mas me obriga a tirar o Ford do caminho e escondê-lo atrás de uma espécie de moita. Ao contrário da região em que estamos, naquele trecho há uma vegetação espessa. Lá mesmo nos ajeitamos para dormir, na primeira noite de fuga e derrota.

Macedo retira-se do grupo e fica vigiando a estrada, dois revólveres no bolso, os óculos escuros refletindo o sol que fica forte.

Acordamos com o sol no meio do céu, Macedo sentado numa pedra, à beira do caminho. Fazemos sinal e ele caminha vagarosamente em nossa direção:

— Vamos! Já perdemos muito tempo.

— Você não vai dormir um pouco?

— Não preciso. Posso ficar cinco, seis, mil dias sem dormir.

Vera pergunta se passou alguém pela estrada. Alguns colonos, uma charrete, nada mais. Ninguém sabia de nada, cumprimentaram Macedo com indiferença, seguiram caminho.

Retomamos a estrada e Edmundo me mostra a pequena ponte, logo encontramos uma estrada que está sendo pavimentada. Contornamos o desvio que os operários indicam — Macedo rosna um palavrão, não queria encontrar com ninguém: "Pode haver quem suspeite de nós." Seguimos o caminho indicado e, quando saímos outra vez na estrada, pegamos um trecho da terra batida, boa, confortável. Edmundo me indica um outro caminho que adiante desemboca numa trilha tão ruim quanto as anteriores. O Ford geme e se inclina, barco à vela sob vento forte.

A zona é pantanosa: o que não é pântano é lagoa. Fazemos nova refeição ao cair da tarde — pão, salame, chocolate. Macedo abre a canivete as latas de sardinha. Consigo comer e dirigir ao mesmo tempo, tomando cuidado para não atolar o Ford nos pântanos que nos rodeiam por todos os lados.

Depois de mastigar o seu pão, Macedo apanha o mapa e pede a Edmundo:

— Onde estamos?

— Aqui.

Paro o carro para saber onde estou. O dedo de Edmundo assinala o trecho que Macedo desenhara entre duas lagoas mais ou menos grandes: a Mirim e a Mangueira. Uma estreita faixa de terra que, embora mais larga adiante, segue entremeada às duas lagoas até a fronteira.

— Daqui a pouco chegaremos a Curral Novo. Mais adiante, há a casa onde podemos descansar, é gente de confiança.

— Não podemos ter confiança em ninguém. Não se sabe o que os outros sabem.

— É gente minha. Não tem nada com o movimento. Parentes afastados, mas de confiança.

A estrada melhora inesperadamente e consigo obter marcha regular, em alguns trechos chegamos a oitenta quilômetros. Antes do anoitecer, avistamos o povoado de Curral Novo e o atravessamos na disparada que foi possível ao Ford. Quando deixamos as últimas casas para trás, Edmundo mostra a porteira:

— Pare aqui que eu vou abrir a cancela.

Entramos no pequeno sítio e logo avistamos a casa primitiva, coberta de zinco, em ruína, paredes esburacadas, decadentes. Edmundo vai à frente e fala com o homem que aparece à porta. É um velho calmo, não se alarma nem se entusiasma com a nossa presença. Depois de algum tempo, Edmundo retorna:

— Podemos ficar. Tem o alpendre, lá no fundo, é local seguro. O diabo é o Ford. Temos de nos desfazer dele, agora. O pessoal da vila pode estranhar o carro aqui dentro, haverá comentários, será perigoso.

O sujeito que tem apelido (Mig, Amigo ou Migo) pergunta se estamos longe da fronteira.

— Pouco mais de cem quilômetros.

— É muito.

Macedo manda que o sujeito se cale. Tiramos os mantimentos do carro e ouço Macedo irritar-se com a falta de armas:

— Dois revólveres apenas! E deixei a caixa de granadas em Capão Seco!

Edmundo diz que tem conhecidos na vila, amanhã irá sozinho, arranjará o que for possível, talvez precise de dinheiro — acrescenta, olhando para mim.

— Amanhã a gente vê isso.

O alpendre é grande, mas desprotegido dos lados. O frio penetra ali, a solução é nos cobrirmos com pedaços de sacos que encontramos no canto. Macedo desta vez se atira no chão, arruma um pouco de terra sob a cabeça e dorme, sem tirar os óculos. Os dois homens arranjam com o dono da casa algumas esteiras, com elas fazemos um canto mais ou menos limpo e desfrutável. Os dois deitam, logo começam a roncar. Sobramos eu e Vera.

Não temos forças para conversar. Há um mundo de palavras e espantos, mas o cansaço é mais forte do que a raiva, a curiosidade, a esperança, o medo. Caímos nas esteiras e ela se abraça comigo, em busca de calor.

Aquele corpinho magro e rebelde em meus braços, não chego a sentir ternura. Aperto-a contra mim e percebo que ela gosta do meu calor, do meu cheiro de homem suado, roto, imundo. Não consigo desejá-la. Quando vem o sono, aceito entre as minhas as pernas de Vera, sentindo em meu rosto o seu hálito de humildade, servidão e confiança.

Quando acordo, Macedo está de pé. Chuta com cautela os dois homens que, durante a noite, também se abraçaram. Afasto Vera de mim — mas percebo a inutilidade do meu gesto: antes de acordar os homens, Macedo nos vira agarrados. O frio justifica os abraços todos.

Há o tanque nos fundos do galpão, onde conseguimos tomar banho. Arranjo uma velha gilete e me barbeio como posso, sob a reprovação de Macedo. Sua barba está crescida, o suficiente para parecer um guerrilheiro, um vulto messiânico. Edmundo vai à vila, promete trazer notícias, armas e mantimentos. Dou-lhe quase todo o meu dinheiro. Fico reduzido a algumas notas e ao talão de cheques, inútil agora.

O talão do banco leva-me ao passado. Imagino a bruta surpresa entre amigos e desafetos: eu deixara em Capão Seco a mala, roupas, papéis, a máquina de escrever. Todos saberiam que eu estava metido na conspiração fracassada. Minha cabeça, a essa altura, talvez estivesse a prêmio, o que me intranquiliza mas, em certo sentido, me lisonjeia. Penso no espanto de Laura — seus olhos escuros se abririam, desconfiados, descrentes, mudos. Ana Maria seria molestada no colégio, mas ela suportaria a reação. Havia Teresa também, na certa me procurara esse tempo todo e devia ter uma pista para justificar o meu desaparecimento: eu devia estar atrás de alguma mulher. Ela saberá, agora, que eu fui atrás de outra coisa, ficará comovida, perdoará e me esperará, tecerá coroas de louro para o meu regresso triunfal. O passado fica distante, no tempo e no espaço. Estou sem vínculos, à medida que fujo fico mais livre, agora que estou realmente preso e encalacrado.

Pela tardinha, Edmundo regressa. O garoto, filho ou neto do velho que nos hospeda, foi com ele e traz dois sacos no lombo, como um jumento. Macedo se adianta, pergunta pelos jornais.

— Arranjei um.

Vera abre os mantimentos e arruma o que pode, fazendo seleção para o farnel que cada um, de agora em diante, terá de levar.

As armas são poucas. Temos mais dois Colts, um fuzil que Macedo toma para si. Fico com um dos revólveres, boa arma por sinal, cano niquelado, cabo de madrepérola antiga, um dos lados já perdeu a fina película amarelada. Munição não há muita, mas como não vamos tomar o poder, para a defesa pessoal talvez dê. Há duas granadas que Edmundo conseguiu não sei como. Antigas, enferrujadas, mas parecem perfeitas, os grampos de segurança intactos.

O jornal é velho de dois dias. Eu perdera a noção do tempo, não sabia que estávamos em meados de maio, o exemplar era do dia 13, o massacre em Capão Seco tinha sido na véspera. Jornal de província, malfeito, mal paginado, mal impresso. Mesmo assim as notícias são fiéis. O massacre é descrito como vitória militar: "Exército desbarata movimento armado no Sul." Fala em mortos, mas não se refere ao massacre geral. Macedo procura nomes, locais, o jornal é pouco informativo e muito opinativo, enche duas laudas de editorial louvando o patriotismo do comandante da guarnição de Pelotas, a bravura dos soldados que conseguiram debelar o foco de subversão.

Em outra página, sem o mesmo destaque, há notícias que lidas nas entrelinhas desesperam Macedo: em Jaguarão, em Santa Vitória do Palmar, em muitos outros lugares foram feitas prisões. Isso basta para que ele conclua que foi tudo por água abaixo.

No Rio — segundo o jornal — foram feitas diversas prisões, o Ministério da Guerra, em comunicado oficial, avisa que foi descoberto e exterminado o grupo de subversivos que agia no Sul, preparando a onda de terrorismo que incluía o assalto aos campos e às cidades.

— E a pista?

— Que pista? — pergunta Edmundo.

Macedo preocupa-se com a pista dos aviões, custara muito em dinheiro e em trabalho, dez meses de canseira, os cuidados para a camuflagem, o sigilo. Não há notícias sobre a descoberta da pista — o que talvez seja uma vitória, ainda que momentânea, frágil.

Com a prisão de tanta gente, com as torturas que estariam sofrendo, em breve o exército levantaria as pontas da meada e arrasaria tudo.

O telegrama de Brasília informa que o Conselho de Segurança Nacional encaminhará o pedido de estado de sítio: "Medida ociosa, a ditadura já é um sítio permanente", diz Macedo, "por esse lado a coisa não nos afeta." No Congresso Nacional, governo e oposição estão unidos, condenam a luta fratricida, os assassinos que somos nós.

Edmundo promete trazer mais notícias, à tarde. Um conhecido chegará de Porto Alegre, trará jornais do Rio. Além do mais, ele conseguira negociar o velho Ford, trocando-o por armamento, já havia trazido parte, a outra viria depois, não podia exigir muito, o Ford não tinha dono legal, era arriscada a transação para os dois lados, para quem comprava e para quem vendia.

Macedo avisa que partiremos à noite, em direção à fronteira. Caminharíamos à noite, durante o dia ficaríamos abrigados em qualquer canto. Se tudo corresse bem, e não houvesse imprevistos, na segunda noite talvez estivéssemos livres.

Passamos o dia agitados, Vera distribui os mantimentos, eu consigo improvisar pequenas mochilas, aprendera isso no CPOR, era o resíduo final e único de todo o meu aprendizado militar. Usando tábuas e pedaços de saco, faço cinco, uma para cada um. À noite, Macedo limpa as armas que havíamos obtido, e o faz com calma absurda e poderosa. Vendo-o em silêncio, entregue afinal a uma tarefa, admito que lhe voltou a autoridade no comandar. Vera, a seu lado, ajuda-o com eficiência, sabe lidar com armas e isso me surpreende:

— Não sabia que você era disso.

— Disso o quê? Mexer com fogo? Fiz meu curso há muito tempo, estou preparada para tudo. Quer ver? Sou boa no tiro.

Aponta o revólver em minha direção. Macedo a repreende, repetindo o chavão de todos os quartéis:

— Não se aponta arma!

Edmundo retorna da vila, aonde fora à tardinha. Não traz jornais, mas ouviu pelo rádio as novidades. Mais de duzentas prisões em todo o país — e Macedo ri:

— Ainda é pouco!

Edmundo encontrara um cabo da brigada estadual que estivera em Capão Seco logo após o massacre: os vigias foram mortos na aproximação das tropas do governo. O capitão tentou resistir — fora cercado também pelos fundos — e os trinta homens que com ele estavam mantiveram fogo durante uma hora e meia. Até que chegaram peças de artilharia, a casa voou pelos ares, o capitão foi apanhado agonizante, alguém o degolou.

Vera faz cara horrorizada. Macedo sorri:

— Esse alguém prestou-nos, sem saber, um favor. O capitão, vivo, seria torturado e poderia dizer muita coisa. Nosso movimento se apoiava, aqui e no exterior, em dez ou doze homens. O capitão talvez fosse um deles. Na certa, enquanto resistia, tratou de destruir o que foi possível. Depois, deixou-se destruir. Cumpriu seu dever.

Vista sob esse ângulo, a derrota não tinha sido o desastre total. Levaria tempo até que o exército suspeitasse que o movimento, embora localizado naquela região, tivesse ramificações e que em breve, em outro lugar, outros movimentos estourariam, e com mais organização, agora que os erros de planificação e execução eram conhecidos.

Vera quer saber onde estão os erros. Macedo abana a cabeça:

Difícil de explicar. Mas nós temos, aqui mesmo, um exemplo. Gastamos tempo e pessoal para conseguirmos a adesão de um só homem — aponta-me com o revólver que limpava, esquecido de sua anterior advertência. — E qual foi a utilidade desse homem? Até agora, só depois do massacre revelou-se útil, dirigindo o Ford até aqui. Quantas pessoas não foram assim dispersadas em tarefas mesquinhas, sem importância real? E as cautelas? Quem denunciou a gente? Eu tenho um palpite, mas não tenho provas. Só depois de receber mais notícias é que terei certeza.

Vera lembra Sílvio. Acho injusta a suspeita e Macedo, para meu alívio, refuta:

— Não, mesmo torturado, Sílvio não poderia denunciar mais do que sabia. E sabia pouco. Podia, por exemplo, denunciar a existência da fazenda, talvez de outros campos de treinamento, alguns nomes, datas. Sílvio ignorava a organização aqui do Sul. Nada sabia sobre Capão Seco, sobre o capitão, era homem de terceiro escalão. Nesse particular a organização foi perfeita: cada um conhecia apenas determinado setor, somente os chefes, os chefes dos chefes é que podiam reunir os pedaços e compor o painel. Acredito que levará tempo até que o exército, com as informações obtidas sob tortura, consiga recompor esse painel.

— E se um dos chefes for o traidor?

Macedo olha Vera com ódio:

— Impossível! Eu sei que é impossível! Nenhum de nós se entregaria vivo à tortura ou à cadeia. Veja o caso do capitão.

Vou em ajuda de Vera:

— Mas digamos que um dos chefes, um dos chefes dos chefes, tenha ido voluntariamente ao exército, com as próprias pernas, numa colaboração espontânea?

Macedo continua obstinado:

— Impossível! A corda foi roída, mas no outro lado. Um chefe, se resolvesse trair o movimento, encalacraria todo mundo, a pista de aviões, por exemplo, já teria sido descoberta, e os contatos do exterior seriam desbaratados. Temos adversários internos, dentro de nossos quadros. O Partido Comunista, depois dos serviços secretos do governo, é o adversário mais intransigente, considera o nosso movimento um desvio romântico, porra-louca, sem apoio na realidade objetiva, feito apenas do entusiasmo de alguns idealistas e liberais. O Partido prefere a linha pedagógica, a doutrinação básica do processo revolucionário. Evidente, ele não pode ser ostensivamente contra, mas pretende liderar com exclusividade os escalões contraditórios que desejam lutar contra os militares. Teme um movimento armado sem garantia de sucesso. Argumenta que um movimento desses, mal realizado, fortalecerá interna e externamente a ditadura. Assim fortalecida, ficará à vontade para acionar uma repressão policial mais truculenta. Na prisão onde estive, em Recife, o único comunista preso era eu. Fugi da cadeia e deixei o Partido.

Vera levanta-se, ataca Macedo por trás. Dá-lhe um soco que apenas o estimula:

— Você sabe como eles são, Vera! Você também os abandonou!

— Eles seriam incapazes dessa infâmia! Concordo que a linha do Partido não me satisfaz, também dei o fora. Daí a aceitar que você calunie o Partido é demais!

Abaixa-se, apanha um pouco de terra e joga na cara de Macedo. Ele limpa o rosto com as costas da mão, os óculos protegeram-lhe os olhos. Fala sem raiva, como se soubesse de tudo:

— O Partido, como Partido, seria incapaz de tamanha patifaria. Se há patifes no meio deles, é coisa humana, há patifes em toda parte, somos apenas cinco pessoas e talvez haja um patife no meio da gente. Mas alguém do Partido, conhecendo nossos planos, convencido de que o nosso movimento era um erro, procurou contato com o governo e barganhou as nossas cabeças. Não deve ter sido uma barganha pessoal, mas tática. A linha predominante no Partido é acadêmica, acha mais útil à causa da Revolução fundar um semanário, ou uma revista bimensal de doutrinação política. Para fazer funcionar o semanário ou a revista, precisa de facilidades. Nós fomos para o beleléu e daqui a pouco haverá jornal na praça, com um artigo exaustivo sobre o cinema novo ou a música de protesto como fatores revolucionários. O exemplo é gratuito, a vantagem tática pode ter sido outra, mais nobre.

— Qual seria esse motivo nobre? — É a minha vez de perguntar.

— O Partido tem tido problemas. Desde o episódio de Cuba que os partidos comunistas da América Latina estão entregues à própria sorte.

Já haviam me dito isso. Falaram na ajuda que a União Soviética deu à ditadura.

— Pois a tática do Partido, agora, é evitar o endurecimento da ditadura, aproveitando as pequenas brechas que ainda se mantêm abertas para, por meio delas, tentar combater a situação pela pregação e pela reorganização dos quadros.

Vera sossegou, principalmente porque eu a seguro nos pulsos. Acaba concordando, em termos:

— O que você diz é razoável. Mas daí à traição, só um idiota seria capaz de chegar a tanto.

Ajudo Vera:

— Não compreendo essas coisas, mas pelo que sei do Partido, ou seja, pelos comunistas que conheço, não creio que sejam capazes de uma traição dessas. Por mais que discordassem, por mais que considerassem isto aqui uma asneira, não iriam entregar a cabeça de ninguém.

Macedo não ouviu o que eu disse:

— Com o tempo, se houver tempo para nós, poderemos saber o que houve. Eu tenho, apenas, uma suspeita. Sei que a corda estourou pelo nosso setor. A batida do exército foi bem em cima da gente. No restante do estado não houve nada até agora, e, se houver daqui por diante, corre por conta de informações obtidas sob tortura. Posso garantir que a denúncia partiu de alguém que andou conosco, em alguma das fases preparatórias. Lógico, esse alguém não foi diretamente à polícia ou ao exército, mas bateu com os dentes diante de outra pessoa e essa outra pessoa, conhecendo outros pedaços da história, partiu para a barganha.

É acusação que não me diz respeito. Mas Vera exige nomes, Macedo sorri, monta o cão do fuzil que desarmara para limpar e diz um nome que me estarrece:

— Débora.

Vera me olha, cobrando-me a defesa da mulher que passara meteoricamente em minha vida e em minhas pernas. Cabe a mim, talvez, a defesa dela, mas estou indiferente, embora curioso. Além do mais, não estamos em tribunal nem o Macedo é o juiz onisciente e último. Vera é quem pergunta:

— Por que Débora?

— Débora foi à fazenda, conhecia detalhes de nossa história. Voltou para o Rio no dia em que embarcamos para cá. Ela é amante de um sujeito do Partido, um camarada que anda louco para ter um jornal, acredita que com um artigo de fundo pode instalar o regime marxista dentro da Capela Sistina.

Intervenho em defesa de Débora:

— Mas voltamos ao ponto de partida: Débora não traiu ninguém. Pelo fato de ser amante de um homem do Partido, e por confiar nele, contou talvez o que sabia, se é que esse homem já não sabia mais do que ela. Assim, você volta a acusar o Partido...

— Eu não acuso o Partido. Acuso alguém do Partido. Há traidores em toda parte. Quando estive preso em Recife e me queimaram, um dos torturadores era antigo membro do Partido, um tal de Serra. Ele ficou segurando uma de minhas pernas.

Vera começa a chorar — e fico sem saber se aquele choro é confissão ou reação. Macedo acaba de limpar as armas e avisa que é hora de descansarmos, quando a noite fechasse nós recomeçaríamos a caminhada. Vera continua chorando, Macedo vai até ela, coloca a mão em seu ombro:

— Você sabe como as coisas são. Eu conheço o amante de Débora, é um patife. Você também o conhece e sabe que espécie de patife ele é.

Vera admite a patifaria do amante de Débora, mas insiste:

— Por mais patife que ele fosse, não chegaria a tanto!

— Ora bolas, o que você espera de um patife?

— Eu prefiro acreditar em outra coisa.

— Pois acredite em outra coisa. Acredite em nós mesmos. Vamos para a fronteira, alcançamos o exterior, lá nos organizamos, daqui a cinco meses teremos levantado o quadro restante, veremos o que sobrou e como sobrou, traçaremos novos planos, estaremos do lado de fora, mas seremos úteis do mesmo jeito. A luta não acabou. Não fomos derrotados. Apenas a vitória tardará um pouco, ainda.

A discussão nos embruteceu, estamos calados e deprimidos, jogados em nossos cantos. Quando Vera distribui mantimentos, ninguém come. Mesmo assim, cada um de nós faz a provisão pessoal, Macedo distribui as armas que haviam sido recolhidas para a limpeza. Fico com um Taurus, não tão vistoso quanto o Colt inicial. Recebo a caixa de balas.

— Quer uma granada?

Macedo oferece de má vontade. Sinto que ele quer que eu recuse.

— Não. Não saberia o que fazer com ela. Aceito o revólver porque talvez tenha necessidade de me defender. A granada de nada me servirá, não pretendo atacar ninguém.

Ele ficou satisfeito com a minha recusa. Possui agora três granadas — e sonha com elas. Também está com o fuzil. Abre a bandoleira e o atravessa no peito. A bandoleira, ao passar pela cabeça, fica presa nos óculos escuros. Ajeita o fuzil no corpo, apanha os óculos, joga-os no chão e pisa neles. Depois cospe em cima — é a sua primeira reação imbecil em tanto tempo que o observo. Não tem mais o que esconder, as cicatrizes do rosto estão cobertas de terra e poeira, a barba crescida torna a sua figura mais sinistra. Os traços são fortes, duros, não fossem as mutilações, as veias inchadas e horrendas, seria um perfil de mártir.

Pouco depois do anoitecer, Edmundo retorna da vila trazendo mais munição, duas lanternas elétricas, chocolate em barras, quatro granadas, poucas notícias. Ouvira no rádio que os presos estavam sendo concentrados em Porto Alegre, em Recife muita gente também fora presa, o Serviço Secreto do Exército desorientava-se, atribuía tudo a um plano terrorista comandado diretamente do exterior — e enquanto ficasse nessa hipótese ganharíamos tempo, os que sobravam podiam asilar-se na Bolívia, no Paraguai, ou se esconder no mato, por tempo indeterminado.

— E o Uruguai?

Edmundo é franco com Macedo:

— A fronteira com o Uruguai está completamente vigiada. Muita gente já conseguiu fugir, mas agora, ou melhor, daqui por diante, será difícil. Espalharam patrulhas em todos os cantos, de São Borja ao Chuí a fronteira está toda guardada. Vamos ter dificuldades.

Macedo não perde a calma:

— Estamos perto. Andando duas noites chegaremos ao Chuí. Não espero dificuldades na caminhada noturna, mas teremos de passar dois dias escondidos em qualquer canto. Se não formos descobertos e atacados, chegaremos ao Uruguai. E ali, mesmo que haja alguma patrulha, abriremos caminho a fogo. Há as granadas.

Já estávamos de saída quando o dono da casa chama Edmundo, entrega-lhe um jornal do Rio, exemplar bastante atrasado. Devoramos as notícias — que não são as piores. O governo comunica que desbaratara vasta rede de conspiração, prendera muita gente e aproveita a oportunidade para prender deputados, jornalistas e políticos que nada tinham a ver com a coisa. Os presos, segundo Macedo, ou são inocentes, ou pertencem a escalões inferiores. Em Jaguarão, em Santa Vitória do Palmar, a turma conseguiu mascarar as posições e as proporções do movimento, quase ninguém foi preso, os serviços secretos boiavam, as investigações, as caçadas estavam voltadas para Santana do Livramento — local muito óbvio para ser utilizado numa conspiração.

— Lá não temos ninguém. O próprio exército vai complicar as coisas, daqui a dez dias não compreenderá mais nada.

Vejo nisso uma possibilidade e pergunto:

— Quer dizer que o movimento, em sua estrutura, não foi atingido?

— Foi. Totalmente. Apenas não chegou a ser exterminado. Pelo que depreendo das poucas notícias que tivemos, noventa por cento ficaram em pé, mas desarrumados, sem organização. Com sorte, e muito trabalho, daqui a um ano, no máximo dois, podemos reorganizar tudo e atacar outra vez.

Vera lê uma página de jornal, aparentemente desinteressada. Procura notícias de rotina, de repente me chama:

— Olha, aqui está o seu nome!

Vou para junto dela, temendo encontrar meu nome entre os guerrilheiros. Mas a notícia é inofensiva: uma editora publicara clássicos latinos e eu fizera o prefácio da edição de Suetônio, o noticiarista alude ao meu conhecimento do latim.

— Bem, não estou ainda entre assassinos. Sou um humanista.

Macedo me olha e pela primeira vez noto que ele confia em mim:

— Não, Paulo, você agora está definitivamente amarrado. Acredito que o movimento tenha sobrado quase inteiro, mas o nosso setor foi todo esfacelado. O grupo de Capão Seco não tem nenhuma possibilidade de sobrevivência, a não ser no exílio. Eles conseguirão pegar a gente, um a um.

Deixara minhas coisas em Capão Seco, máquina de escrever, o esboço do romance, Macedo tem razão. Vera tenta uma esperança, lembra que usaram morteiros, artilharia pesada, arrasaram tudo, talvez a casa destruída inutilizasse as pistas — Macedo pesa a hipótese:

— É possível. Mas nós deixamos rastros, eles conseguiram prender muita gente do nosso setor. Repito: noventa por cento escaparam, mas nós estamos exatamente dentro dos dez por cento que ficaram sem nenhuma chance, a não ser fugir, lutar para fugir, morrer fugindo. Ninguém deve se entregar vivo. Não podemos ser úteis aqui. Acabamos antes do fim. Pior: antes de a luta ter começado.

Estamos prontos para a caminhada. Edmundo vai à frente, é o único a conhecer os caminhos, afirma que sabe os atalhos mais seguros e rápidos. O outro gaúcho (Mig, Amigo ou Migo) cerra fileira. No meio, vamos nós três, Vera entre mim e Macedo. Não saímos pela porteira da frente. Subimos a elevação nos fundos da casa, tomamos a beira de um riacho que se enrosca no meio do capim ralo. Mais adiante cruzamos uma estrada de terra batida, a melhor da região — segundo Edmundo. Vai diretamente à cidade de Chuí, passando antes por Santa Vitória do Palmar.

Macedo ouve a informação de Edmundo e mostra a estrada:

— Daqui vem o perigo.

Tomamos o lado esquerdo e nos embrenhamos no mato, até chegarmos a outro caminho, estreito, abandonado, que costeia a lagoa Mangueira e dá no arroio Chuí, passando ao largo de Santa Vitória. É a nossa rota. À noite, poderemos andar na estrada, o perigo viria com o dia, patrulhas do exército estariam vasculhando aqueles caminhos, precisaríamos de sorte para encontrar bons esconderijos onde passássemos os dias.

Não sinto a pequena mochila, às costas. Em compensação, o peso da arma, em minha cintura, não apenas aumenta com a caminhada, mas começa a me ferir. Não tenho coldre e o cano da arma mastiga a carne, à altura do quadril. Vejo que Macedo readquiriu o passo antigo, as pernas um pouco abertas, sofrendo. Vera é a silhueta magra à minha frente, vejo seu corpinho insignificante e maltratado.

Edmundo quer fazer alto, para descansar. Macedo reage. Enquanto tivéssemos a cobertura da noite, a estrada razoável para progredir em direção da fronteira, qualquer parada seria tolice. Teríamos o dia inteiro para descansar. A obrigação do momento era aproveitar a vantagem, progredir ao máximo.

O vento é frio, à medida que amanhece fica mais frio. O calor da caminhada não neutraliza a aspereza do vento, e, apesar de suarmos, sentimos o suor estancar e esfriar na pele, o que torna mais rigorosa a marcha. Quando começo a cansar, Vera me aconselha a comer uma barra de chocolate.

— E a sede?

— Quando pararmos você bebe.

Apanho na mochila o tablete, corto o pedaço com as unhas e vou mastigando o chocolate amargo e duro, com um pouco de raiva entre os dentes. A raiva, mais que o chocolate, me distrai. Quando começa a sede, o dia vem raiando sobre os campos.

Macedo avisa:

— No primeiro local que sirva de abrigo, nós paramos. Podíamos andar mais um pouco, mas não vamos ficar desprotegidos. Durante o dia passará muita gente neste caminho. O mais seguro é parar logo, desde que haja condições de abrigo.

Começamos a olhar para os lados, à procura de lugar que possa abrigar cinco pessoas. Vera aponta um pequenino monte, Macedo dá de ombros, nem responde. Mais adiante, ele mesmo para e examina uma espécie de olaria abandonada, tijolos apodrecidos, tudo ali é ruína, há ângulos que serviriam de abrigo. Qualquer coisa o adverte, ele abana a cabeça e logo seguimos avante.

O dia agora é claro, o sol apareceu, amarelo, imenso, cruel. Levamos um susto: surge inesperadamente, de um dos lados, o homem montado a cavalo, mas não nos dá importância — é empregado em alguma fazenda distante, o cavalo suado e sujo.

O incidente nos alerta. Poderão surgir soldados. Edmundo ouvira em Curral Novo que havia patrulhas vasculhando os caminhos.

Macedo encontra, afinal, o abrigo. Não tão bom quanto a olaria, embora mais seguro. É uma plantação de milho, também abandonada, os pés amarelecidos, sem trato. Há o poço para os fundos da plantação, e, além do poço, a pequena guarita onde, em tempos de colheita ou de plantio, os empregados guardam ferramentas.

Tanto a guarita como o poço ficam escondidos da estrada pela plantação, cujo aspecto decadente não despertará suspeitas.

Tomamos posição, metade junto ao poço, eu e Vera na guarita, aproveitando a sombra que ela despeja, uma língua de sombra apenas. A mochila servirá de travesseiro. Lavo o rosto no poço, bebo bastante água, agora que tenho algumas horas de sono pela frente. Vera também se lava, avisa que vai ficar nua — e todos nos distraímos com a paisagem do lado oposto. Ela se despe, ouvimos o barulho da água sobre seu corpo.

Macedo tira o fuzil do peito e monta guarda. Arranja uma posição que domina largo trecho da estrada, razoável posto de observação. Comunica que haverá rodízio, quando chegar a vez ele chamará o próximo.

Durmo — o sol na cara não me desperta. Deixo a pouca sombra para Vera, consigo dormir assim mesmo, as pernas estão dormentes, um cansaço animal me embrutece e dói.

Acordo com a tarde caindo e não encontro Vera a meu lado. Em compensação, Macedo dorme mais adiante, estirado no chão, ídolo caído, imenso e inerte.

Rodo a guarita e vejo que Vera dá guarda, o fuzil de Macedo apoiado nas pernas. Uma silhueta frágil contra o céu sem nuvens da planície.

— Alguma novidade?

— Não. Só passou cavalo. Sem gente em cima.

— Ainda bem.

Edmundo e o outro gaúcho tomaram banho também, estão com melhor aspecto. Já é tempo de Vera ser rendida e Edmundo apanha o fuzil. Vera desce o pequeno monte e vem a mim:

— Parece que tudo vai bem. Durante a noite talvez possamos atingir a fronteira. Deve faltar muito pouco.

Tiro da mochila um pedaço de pão, Vera me oferece fatias de salame que economizara. Surgem na estrada dois vultos, dois homens caminhando. À distância, são indefiníveis, e quando Vera pensa em acordar Macedo, Edmundo avisa que são vagabundos, maltrapilhos, esfomeados, cruzam a plantação de milho sem olhar para os lados. Apesar disso, Edmundo ficara tenso. Podiam conhecer o poço e viriam tomar água. Nessa hipótese, teria de atirar, em qualquer cidade que eles chegassem seriam interrogados, poderiam dar a nossa direção.

Mesmo sem ter sido avisado, Macedo desperta. O perigo — ou o susto — estão presentes nele. Parece saber de tudo:

— Olha, quem decide sou eu. Ninguém mata ninguém. Não somos bandidos. Se os dois camaradas viessem aqui, nós poderíamos nos esconder. E se eles, assim mesmo, nos descobrissem, poderíamos conversar. Sabe lá se não são dois sujeitos fugindo, como nós?

— Mas eles vinham de lá, da direção de Santa Vitória do Palmar. Não faz sentido fugirem para cá, eles iriam também em direção à fronteira.

— Mesmo assim, ninguém mata ninguém. Só soldado. Vestiu farda, sim, é atirar para valer. Ou nós ou eles. É a guerra.

De repente, Macedo começa a tirar a roupa, a chaga disforme entre as pernas espanta os gaúchos. Dirige-se para o poço e joga água contra o corpo. É atlético, visto de costas parece uma estátua, a monstruosa mutilação não o deforma. Vera olha para a estátua e sei que ela lembra a cena da fazenda. Seu rosto é duro, aflito — e suspeito que ela deseja Macedo. Mas há terror em seus olhos.

Coloco minha mão em seu ombro, ela me encara e pergunta com os olhos se eu esqueci a cena antiga — como ficou antiga aquela noite! Respondo, também com os olhos, que ela ficasse tranquila, eu compreendia, mais, eu procurava esquecer, tal como ela.

A noite caiu e estamos na estrada novamente, descansados, as primeiras horas são bem aproveitadas, caminhamos em marcha quase acelerada. Depois, diminuímos o ritmo, mesmo assim progredimos muito. Quando paramos para comer, Edmundo aponta o espaço negro ao nosso lado:

— Nessa direção, uns dez quilômetros para lá, é Santa Vitória do Palmar. Eu nasci lá.

Macedo apanha o mapa que ele mesmo copiara e pede que Edmundo indique o local onde estamos. A lanterna elétrica treme de encontro à pequena folha de papel. Deixáramos para trás a lagoa Mangueira, atingíamos a região das pequenas lagunas. Estávamos a vinte e cinco quilômetros da fronteira. Macedo olha o relógio:

— Não vai dar tempo. Andaremos mais dez quilômetros e procuraremos novo abrigo. Esperaremos pela noite seguinte e, aí sim, poderemos atravessar a fronteira.

Edmundo conhece o trecho do arroio que pode ser facilmente transposto. Todos sabemos nadar e talvez nem seja preciso: se Edmundo acertasse com o rumo, iríamos dar num local que podia ser vencido quase a pé, principalmente nessa época do ano, de seca rigorosa.

Para minha surpresa, Macedo me lembra a passagem do mar Vermelho. Deixo-o falar. Encontrei-o certa tarde, lá na fazenda, examinando meu esboço de romance. Ele pensara no assunto, o plano de atravessar o mar Vermelho aproveitando a maré baixa, Moisés conduzindo o povo escravo para a libertação, os quarenta anos de deserto.

Quando acaba, digo que o vira tomar banho e que ele, imenso de corpo, me parecera um Moisés esculpido em carne.

— Carne queimada — acrescenta ele. — Nenhum homem mutilado como eu pode ser um Moisés. Que cada um faça a sua própria travessia. O importante é continuar a luta.

A conversa é incompreensível para os dois gaúchos. Vera se aproxima de Macedo e coloca a mão em seu braço. Tocado, ele reage:

— Vamos indo.

Recomeçamos a andar e a breve parada, ao contrário de me descansar, me cansa daí por diante. Lembro que, ao ver Macedo pela primeira vez, notara que sua fisionomia era suburbana, o rosto cheio de espinhas. Agora, considerava-o um Moisés feito de carne. Eu mudara, agora fazia parte de um mundo que aceitava o pacto com a morte, com a aventura, o mundo que eu sempre recusara, que sempre negara à minha vida.

Vera sente o amargo dos caminhos, está trôpega, volta e meia seguro-a pela cintura, ajudando-a a caminhar. Calculo que amanhece. A noite é pesada, mas para os lados do horizonte há pontos que tremem na escuridão, devem ser os primeiros sinais do sol, ameaçando nascer.

O tempo passara depressa: quando paramos, para consultar o mapa, era quase meia-noite. E agora amanhecia. A impressão é que não transcorreram três horas de caminhada.

Só compreendo essa rapidez das horas quando vejo Macedo pular para fora da estrada:

— Depressa! Depressa!

Vera fica sem saber o que fazer. Macedo tem de voltar à estrada e puxá-la com força.

Juntamo-nos aos rastros, pergunto o que houve.

— Ali, naquela direção, tem gente acampada. São soldados, veja as barracas.

Fixo a vista e vejo que os pontos luminosos, que tremiam havia pouco no horizonte, são restos de fogueira que se extingue. Posso distinguir, agora, a silhueta de duas barracas pequenas, talvez haja um sentinela rodando o pequeno bivaque.

Macedo pensa rápido. De rastros, comendo a terra, vai examinar o local, consegue encontrar uma pequena vegetação: o capim ressequido, alto, num campo raso e calvo como aquele, é quase milagre. Abrigamo-nos ali, deitados contra o chão, e esperamos pela luz da manhã.

Pouco a pouco desenha-se, à nossa frente, o perfil das duas barracas de lona, das pequenas, e concluímos que, na pior das hipóteses, temos cinco soldados pela frente: dois em cada barraca, dormindo, e um sentinela, até agora não localizado. Estarão ali guardando algum atalho que liga Santa Vitória do Palmar ao Chuí, armaram as barracas voltadas para o lado oposto ao nosso, imaginavam que os vencidos estariam abandonando Santa Vitória por ali. É vantagem a nosso favor.

Estão armados: o dia que chega ilumina a sombra dos fuzis ensarilhados. O sentinela, que apenas suspeitáramos, existe realmente: a sombra da manhã revela o ali, sentado no pequeno monte de terra, dormindo, a cabeça apoiada no fuzil espetado entre as pernas e os braços, estaca amparando um espantalho fardado e exausto.

Macedo fala baixo, sem nervos:

— Vera fica aqui, com um revólver, para o caso de precisar. Nós vamos lá para a frente, rastejamos até a beira da estrada. Eu jogo uma granada no meio das duas barracas. Se houver tempo, jogo outra. Enquanto isso vocês fazem fogo rasteiro, eles deverão estar dormindo, deitados no chão. O fuzil fica com o Paulo.

Rastejamos mais alguns metros — a manhã vai crescendo contra o céu e as silhuetas das barracas agora estão nítidas, o sentinela dorme profundamente. Atingimos a beira do caminho, estamos em excelente posição de tiro. Macedo se ergue, dá alguns passos no meio da estrada, a mão rápida tirando o grampo da granada. Quando atira, vejo o corpo musculoso e retesado, estátua de músculos, armados de ódio. Não percebo a trajetória da granada, mas a explosão cor de laranja é violenta, imediata. Macedo cai, as mãos protegendo a cabeça.

No primeiro instante não distingo nada. Vejo crescer do chão, abóbora iluminada e gigantesca, o fogo da explosão. Só depois ouço gemidos e tiros. Edmundo e o outro gaúcho fazem fogo rasteiro e continuado. De repente, os gemidos param.

O sentinela continua imóvel, um pouco distante das barracas, endurecido: a morte o imobilizara naquela posição.

Macedo levanta-se e caminha em direção aos escombros. Vamos atrás, e eu descubro que não chegara a dar um tiro, o medo ou outra coisa qualquer travou-me os dedos e a ira — não consegui odiar suficientemente os soldados adormecidos.

— Estão mortos.

Edmundo e o amigo começam a catar os fuzis espalhados pela explosão, procuram também munição. Distanciam-se de nós, em direção ao mato que cresce em outro sentido, para longe da estrada. Súbito, ouvimos novas descargas e ficamos atônitos. Vera se levantara lá de trás, faço o gesto desesperado para que ela fique onde está: no chão. Macedo me empurra outra vez para o capim.

— Aqueles idiotas fizeram besteira!

— Não vamos deixar os dois aí, serem mortos à toa.

— Deve haver mais soldados. Vamos esperar.

Na crista da pequena elevação, após as barracas destruídas, surgem dois vultos encapotados, o fuzil em posição de tiro. Os dois soldados aproximam-se das barracas e inventariam a situação, um deles chega a se abaixar para apanhar alguma coisa no bolso de um dos mortos.

Macedo me arranca o fuzil das mãos e faz fogo quase simultâneo. O primeiro tiro mata um soldado, em cheio, os demais afugentam o outro. Mas Vera, atrás de nós, consegue acertá-lo: ele fugira em sua direção, evitando o fogo de Macedo. Vera ergue o revólver e pega-o no peito, de uma só vez.

O dia amanhece de todo, o silêncio na estrada e no campo é uma garantia suspeita. Os dois gaúchos não retornam — e sabemos agora que haviam sido mortos. Macedo rasteja pela estrada, ganha o mato do outro lado, ultrapassa as barracas destruídas, some pela elevação. Pouco depois surge, em pé, me acenando.

Vou com Vera, evito passar junto das barracas, há pedaços de corpos pelo capim, misturados com trapos de lona verde-oliva.

Chegamos até Macedo. Ele nos indica, mais adiante, uma depressão do terreno: caídos, um sobre o outro, Edmundo e o outro gaúcho (Mig, Migo ou Amigo). Pouco depois dos corpos uma barraca intacta, onde os dois soldados haviam dormido, distanciados dos demais.

— Foi erro meu — Macedo está sombrio mas satisfeito —, eu devia ter examinado melhor a situação. Não imaginava que dois soldados tivessem ficado separados dos outros. Pensei apenas naquelas duas barracas, lá de baixo. Esses aí morreram por minha culpa.

— E se houver mais soldados?

— Com o barulho que fizemos, se houvesse mais soldados já estaríamos mortos. Temos é que dar no pé. Virá gente render este posto, darão o alarme, será muito mais difícil prosseguirmos, eles baterão a estrada metro a metro, para nos caçar.

Macedo desarma os dois companheiros, coloca-os em posição mais digna (haviam caído um sobre o outro, pareciam dois súcubos enroscados pela morte) e reinicia a caminhada. Deixamos a estrada e andamos agora pelo mato rasteiro, muito ralo, que contorna a região dos pequenos lagos.

— Temos uns quinze quilômetros, mais ou menos, até a fronteira. Podemos fazer isso numa só noite. O diabo é quando descobrirem o estrago que fizemos lá atrás. Fecharão todas as saídas.

Quase corremos pela vegetação que mal dá para nos proteger. De tempo em tempo, passa gente na estrada, na maioria peões a cavalo: caímos ao chão e não somos vistos por ninguém.

Lá pelas três horas da tarde — Vera não aguenta caminhar, tem os pés inchados e sangrentos — paramos para breve descanso. Comemos o que nos resta de alimentos, ficamos reduzidos a algumas barras de chocolate, que evitáramos até agora, por causa da sede. A água é problemática, nenhum de nós tem cantil.

Quando Vera se anima a prosseguir, caminhamos alguns quilômetros em marcha mais moderada, quase arrastada, por obrigação. Logo paramos. Encontramos uma vala aberta no meio do mato, da altura de um homem, seca, larga em alguns trechos. Fora aberta em sentido lateral à estrada, é uma trincheira natural que surge e que Macedo imediatamente aproveita.

— Vamos esperar pela noite aqui dentro. O lugar é seguro, só podemos ser atacados pela estrada e temos fogo bastante para nos defender. A menos que venha o exército inteiro. Se vier o que espero, cinco a dez homens em patrulha, estamos com vantagem, a posição é ideal, vemos a estrada de ambos os lados, estamos dentro de uma vala que nos protege e dá excelente plataforma de tiro. Eles serão alvo fácil. Se vierem muitos e tentarem o cerco, temos as granadas.

Há luz, ainda. A tarde está caindo, mas ali na planície o sol permanece até o último raio, iluminando os campos. À beira da estrada há uma árvore que marca a paisagem nua. Macedo deixa-nos na vala, Vera deita-se na parte mais larga e dorme. Vejo, do meu canto, Macedo subir na árvore, tem uma agilidade dolorosa em subir pelos galhos, as pernas abertas devem magoá-lo. Atinge a parte mais alta, examina em torno e fixa a vista em uma direção. Faz o gesto para mim, chamando-me. Vou até a árvore.

— Daqui de cima estou vendo a fronteira. São quatro, cinco quilômetros se tanto. Esta noite vamos atravessá-la.

— Tudo livre?

— Não vejo ninguém.

— Por que não tentamos agora?

— Deve haver soldados mais adiante. É melhor esperar a noite. E estamos bem abrigados, Vera precisa descansar.

Fica em silêncio, olhando o horizonte. O vento frio bate naquele corpo enorme que domina a árvore.

— Quer subir?

Estende-me a mão e consigo, com algum esforço, chegar ao galho abaixo do dele.

— Olha: lá está o arroio. Depois dele, estamos livres.

— A Terra da Promissão.

Ele não gosta da ironia e eu reconheço que não há lugar para a terra da promissão.

— Terra é terra e a promissão é continuar vivo — diz Macedo.

Voltamos para a vala, ele continua com raiva:

— Aquilo é o exílio. Tenho de ir para lá. Mas minha carne fica aqui, com os mortos. Eu amo o chão, talvez você não entenda, sou homem do campo, meus pais eram lavradores, nasci sentindo o gosto e o cheiro da terra. Gostaria de morrer aqui. Lutando, é claro.

Pula para dentro da vala e abaixa o rosto, até encostá-lo na amurada de terra. Penso que está chorando, mas logo surge de cara limpa, as cicatrizes, as mutilações do rosto dão-lhe uma beleza crua, de estátua mutilada cujas linhas essenciais permanecem intactas.

— Venha, Paulo, não fique aí fora, aqui dentro venta menos.

Vou para a vala, atiro-me a um canto, quero dormir um pouco. Estou excitado, aqueles mortos todos, pedaços de carne espalhados, e de repente me surpreendo temendo a água fria que terei de enfrentar, logo mais, quando atravessar o arroio. Tudo isso me confunde, não sofro, é verdade, mas não posso dormir. Também não é hora para mais uma vez refletir. Há quanto tempo estou fora de casa? Há quantos anos eu fiz quarenta anos? Fiz mesmo quarenta anos ou não tenho mais tempo, sou eterno? Quem sabe se não morri, massacrado também em Capão Seco, e minha alma vagueia nessas estradas frias, enlouquecida e penada, sem coragem de aceitar a realidade da morte?

Nao percebo nenhum movimento em Macedo. Apenas, quando olho em sua direção, vejo que está crispado, os olhos na estrada, a mão no fuzil. Sopra, entre os dentes:

— Eles vêm vindo!

Levanto-me, espio a estrada. Ao contrário do que imaginava, eles não surgem do lado em que viéramos, seguindo o nosso rastro. Vêm do lado da fronteira. Provavelmente, após a descoberta do bivaque destruído, as turmas se separaram. Metade viria da fronteira, em direção ao Norte. A outra metade desceria ao Sul. Em algum ponto do caminho as duas volantes se encontrariam, sorte nossa enfrentarmos uma delas, isoladamente.

Acordo Vera.

Não são muitos, lá fora. Onze ao todo, consigo contá-los. Andam de acordo com as normas militares, duas alas, uma de cada lado da estrada. Uma das alas tem cinco homens, a outra seis. Não parecem procurar ninguém: cumprem com má vontade uma obrigação, dormiram a noite anterior em algum ponto da fronteira, se tivessem visto os companheiros mortos estariam tensos e irritados — ou, pelo menos, amedrontados. Vistos à distância, são soldados em exercício de rotina.

Macedo pensa rápido. As veias do rosto, as cicatrizes parece que vão estourar. Súbito, ele me entrega o fuzil:

— Você atira daqui. Vera também, com os dois revólveres. O importante é fazer bastante fogo, eles não terão abrigo. Eu vou para a estrada e jogo a granada no meio das duas alas. É o jeito.

— Você será morto!

— Não importa. Importa é que alguém chegue à fronteira. Você e Vera, ou você ou Vera, isso é que importa. Vamos pegar essa gente de surpresa. Tenho duas granadas, não será fácil detonar as duas ao mesmo tempo, uma delas estourará muito próximo. Quando eu pular para a estrada vocês começam o fogo, não antes. Se eles responderem será inútil, vocês estão abrigados.

Quero segurá-lo, mas ele já está do lado de fora, rastejando em direção à estrada. Seu deslocamento é perfeito. Vera tem os músculos endurecidos, um feixe de raiva e medo. Eu não sinto nada, nem medo. A sangueira do amanhecer fora mais fácil, atacamos homens dormindo, as possibilidades eram maiores. Agora não. Vinham onze soldados armados, preparados para a luta. Nós éramos três apenas, só tínhamos a vantagem da posição e da surpresa no ataque.

Vera não olha para os soldados, mas para Macedo. Aquele corpo enorme é um lagarto, colado ao chão calvo e duro. Tem ainda a proteção do capim rasteiro, mas daqui a pouco será visto pelos soldados, ele deve saber disso e se erguerá, no momento preciso.

Possesso, o animal salta na estrada. A massa de músculos e ira joga-se toda para a frente, parece mesmo um bicho, lubrificado de potência e raiva. Quando se fixa em pé, já está de braços abertos, uma granada em cada mão. Os soldados param, amontoam-se, Macedo não parece um inimigo mas um louco, nascido da terra, para vingá-la.

A primeira granada voa e explode entre as duas alas. A segunda explode próxima a Macedo, não chega a voar três metros, o clarão cinza invade a estrada e ouvimos a rajada de metralhadora cortando ao meio o corpo do chefe. Vera dispara e eu aperto com força o gatilho do fuzil, a repetição é perfeita, da poeira e dos gritos que sobem da estrada vem o cheiro de sangue e o gosto de pólvora. Um dos soldados procura proteger-se junto ao capim do outro lado, mas Vera o atinge duas vezes, é o último a cair e cai com tal intensidade que parece mais morto que os demais.

Fôramos tão rápidos — e Macedo fora tão suicida — que nenhum dos soldados chegou a perceber de onde vinham os tiros que os caçavam. A visão que surgira à frente deles — o louco no meio do caminho, braços abertos, o vento fustigando a barba empoeirada, duas lágrimas de ferro e pólvora em cada mão — imobilizou os, amontoou os, receberam as duas granadas em cheio, não puderam perceber que nós, daqui da vala, tínhamos o alvo fácil e imóvel. Apesar de ter atirado várias vezes — e com raiva — tenho a impressão de que não consegui atingir ninguém.

Vera corre em direção a Macedo. Não tenho tempo de prendê-la e vou atrás. Resta pouca coisa daquele homem, mutilado agora, até o fim. A metralhadora pegou-o pela cintura, picotou-o em dois. Pedaços de granada — a segunda — arrancaram-lhe parte do rosto e do peito. Vera vai abaixar-se para abraçá-lo, mas ao dar com aquela carniça ensanguentada e quente imobiliza-se em horror. Agarro-a finalmente e a retiro dali. Ela ainda olha para trás, mas eu a empurro:

— Daqui a pouco vêm mais soldados. Temos de correr.

Na pressa, vou esquecendo as armas. Volto à vala para apanhar os revólveres e o fuzil, mas vejo Vera remexendo nos corpos dos soldados. Vou para junto dela e servimo-nos à vontade. Apanhamos duas metralhadoras portáteis, bastante munição. Vera me lembra os cantis, catamos quatro, que nos parecem cheios. O braço de um dos soldados, atingido pelas granadas, está fora do corpo.

— Agora vamos.

Saímos a correr e adiante paramos. Vera não suportaria aquele ritmo, eu mesmo sinto o baço pesado, ameaçando doer. Voltamos ao meio do mato e agora a vegetação é menos rala, mais espessa, há trechos em que andamos completamente abrigados da estrada, mas a dureza do mato castiga os nossos corpos.

Conheço mais ou menos a direção: quando Macedo subira na árvore, me indicara a fronteira. Eu marcara o caminho, quase uma linha reta, costeando a estrada.

Escureceu, de vez. Vera não resiste, pede que descansemos um pouco, seus pés estão abertos em chagas e sangue. Eu não sinto mais nada, nem cansaço, nem medo. Há valas abertas no meio do mato, são pequenas lagunas que o sol secara: a terra se abre em chagas e lodo.

Trouxera a mochila e nela há pão, pedaços de chocolate. Comemos com vontade, os cantis são garantia contra a sede. Num deles encontramos vinho, meio ralo, sem gosto, mas o pouco de álcool nos aquece, protegendo-nos contra o frio e contra a noite.

Não enxergamos a estrada, nem adianta vigiarmos mais nada, é o desespero misturado à esperança — a fronteira não está longe. Atiramo-nos um em cima do outro, para o comum calor nos abrigar contra o frio e contra o pânico que de repente pode voltar, mais brutal e fundo.

Contra a solidão, também. Reduziramo-nos a dois, um a um fôramos deixando pedaços para trás, sobrávamos intactos, mas imperfeitos, vazios. Dormimos pesadamente, e só despertei muito depois. Tenho relógio e me surpreendo com a hora: nem meia-noite, ainda. Pensara ser madrugada já. Não acordo Vera, deixo-a dormir. Tiro um pedaço de chocolate e começo a mastigar, sem sentir sabor na boca.

Afastara-me de Vera, a falta do meu calor a desperta. De repente me assusto com a sua voz, julgava-a dormindo.

— Tudo bem?
— Parece.
— Falta muito para o amanhecer?
— É mais de meia-noite.
— Você aguenta a caminhada?
— Falta tão pouco.

Apanhamos o nosso escasso material, temos duas metralhadoras, dois revólveres, estamos armados. Bebemos vinho, até esvaziarmos o cantil. Da boca de Vera vem o hálito pesado, desagradável, o vinho é ordinário. Lembro do nosso primeiro jantar, "você precisa conhecer os vinhos".

— Por aqui.

O mato fica hostil à medida que caminhamos. Volta e meia desembocamos num descampado e vemos a estrada, deserta, convidativa. Vera não suporta:

— Vamos aproveitar a noite. Ninguém nos vê. Não aguento mais este mato.

Tento segurá-la, mas ela já está na estrada. Não vou deixá-la sozinha.

— Isso é uma loucura!

Andamos, talvez, cem metros. O tiro passa rente a meu corpo e tenho tempo apenas de empurrar Vera para a beira do caminho. Caio no lado oposto e quando colo o rosto ao chão descubro que estamos separados: agora, somos alvos individuais e cômodos. Resta saber quem nos ataca e de onde.

Firmo a vista na escuridão e vejo a silhueta de um homem agachado no mato, rastejando em direção a Vera. Não toma cautela, o mato agita-se em torno, assinalando-o em sua progressão. Ignora que tenho metralhadora e que estou do outro lado. Espero a sua aproximação para atirar. Estou calmo, sei que vou atingi-lo.

Súbito, Vera faz fogo em minha direção, pelo alto. A bala passa por cima de minha cabeça, ouço o silvo que corta o ar, inseto veloz e invisível, carregando a morte. Olho para trás e vejo um vulto subir do chão e cair, largando a arma: ia me apanhar pelas costas, Vera não o poupara, o tiro fora certeiro e oportuno.

Não tenho tempo de impedir: Vera se levanta e corre em minha direção, sem perceber que há alguém atrás dela. Os tiros seguem o seu corpo, vejo pedaços de terra voarem em torno de seus pés. Não posso atirar, ela me esconde o homem que a alveja.

Levanto-me e a seguro. Está intacta. Aperto então a metralhadora e o vulto que atirava do outro lado também se imobiliza. Havia matado afinal um homem — mas isso não significa nada, nem me espanta.

Está abraçada a mim e não temos tempo de nos abaixar outra vez. Seu rosto contorce-se com horror:

— Paulo!

Ela me empurra e eu caio ao chão. Vera recebe o tiro no peito, é jogada com força para trás. Aquela bala ia pegar-me nas costas, ela se desprotegera e a recebera, inteira e só.

Deitado, e mais bem armado, faço duas rajadas secas e duras em direção ao tiro. Não vejo nada, mas ouço o barulho de um corpo caindo, com estrondo. Corro para Vera.

A bala pegara-a no peito, um pouco para o lado. Está viva ainda, respirando fundo, os olhos esbugalhados e aflitos, de sua boca sai um gosto de sangue, de vinho estragado — já é um gosto de morte.

— Corra, Paulo, atravesse a fronteira, só resta você!

Devemos estar cercados, mas não há movimento em torno. E já me expusera bastante ao correr para Vera. Seguro-a pelos braços e a levanto do chão. Espero receber uma saraivada de balas, mas o silêncio da planície é vasto, escuro. A noite dos pampas é pesada, bruta, densa de morte e, estranhamente, de liberdade.

Caminho com ela em meus braços e ouço em algum lugar o barulho de águas. Saio da estrada e atinjo o mato, ando o que posso, até que sinto Vera gemer mais forte e isso me obriga a parar. Deito-a no chão, ela tem sede, abro o cantil e derramo água em sua boca, em sua fronte suada, suja de terra. Aquele rosto anguloso e magrinho, opaco, tem agora um brilho que resplandece dentro da noite. É a morte que chega, imóvel, cada vez mais fria.

— Vera!

Ela geme, pede que a deixe, você está livre, você conseguiu, sede.

Derramo mais água em sua boca, lavo-lhe o rosto do sangue e da terra. Aquilo lhe faz bem. A respiração fica mais calma, compassada, como se acabasse um pranto muito longo e dolorido.

— Você não acreditou, não?...

Não compreendo o que ela quer dizer, mas digo que não.

— Ele estava errado... ninguém trairia ninguém... eu sei... não fariam isso...

— Vera, isso não interessa.

A escuridão não permite que eu examine o ferimento dela. Lembro que o impacto da bala a jogara para trás. Um curativo, quem sabe? Mas como? Lembro também que tenho o comprimido de cianureto, se ela sofrer muito eu posso apressar o fim.

— Vá embora, Paulo, vá embora enquanto é tempo...

— Vou esperar que você melhore. Iremos juntos.

O tremor sacode brutalmente o seu corpo e ela fica sem respirar. Penso que vai morrer, mas logo a respiração retorna, opressa, cruel, o ar começa a faltar, e para sempre.

— Paulo, fique em cima de mim... tenho frio...

Deito-me sobre seu corpo, amassando-o contra a terra. Ouço-a gemer, sem voz:

— Assim... assim... está melhor assim...

Sinto, em meu corpo, o sangue de Vera, jorro pastoso e irregular que mela meus braços. Afasto os cabelos que lhe caíram sobre o rosto.

— O mais estranho, Paulo, o mais estranho é que... eu acho que estou grávida... daquela vez... eu... eu...

Delira. Logo a respiração fica difícil, distante, e no momento em que penso que ela não respira mais, seus braços apertam-me com força, com mais força, o gemido sai de sua garganta, o ventre que pulsa sob o meu para de repente e os braços dela se afrouxam lentamente, até caírem ao longo do corpo.

Permaneço em cima dela, sentindo-lhe o calor cada vez mais escasso. Estou seco de lágrimas, mas há em mim um estupor pior do que o medo e o pranto.

Levanto-me, ensanguentado de Vera, e a suspendo em meus braços. Não sei o que fazer com a minha carga, dou alguns passos, desgovernados, ébrios.

Para os lados do horizonte, o clarão muito distante anuncia o novo dia. A cabeça de Vera pende e a opacidade de seu rosto desaparece, tenho nos braços um corpo translúcido e frio, gerado da terra e da noite, parto misterioso, feito de raiva e futuro, que a morte consagra.

Deitado, e mais bem armado, faço duas rajadas secas e duras em direção ao tiro. Não vejo nada, mas ouço o barulho de um corpo caindo, com estrondo. Corro para Vera.

A bala pegara-a no peito, um pouco para o lado. Está viva ainda, respirando fundo, os olhos esbugalhados e aflitos, de sua boca sai um gosto de sangue, de vinho estragado — já é um gosto de morte.

— Corra, Paulo, atravesse a fronteira, só resta você!

Devemos estar cercados, mas não há movimento em torno. E já me expusera bastante ao correr para Vera. Seguro-a pelos braços e a levanto do chão. Espero receber uma saraivada de balas, mas o silêncio da planície é vasto, escuro. A noite dos pampas é pesada, bruta, densa de morte e, estranhamente, de liberdade.

Caminho com ela em meus braços e ouço em algum lugar o barulho de águas. Saio da estrada e atinjo o mato, ando o que posso, até que sinto Vera gemer mais forte e isso me obriga a parar. Deito-a no chão, ela tem sede, abro o cantil e derramo água em sua boca, em sua fronte suada, suja de terra. Aquele rosto anguloso e magrinho, opaco, tem agora um brilho que resplandece dentro da noite. É a morte que chega, imóvel, cada vez mais fria.

— Vera!

Ela geme, pede que a deixe, você está livre, você conseguiu, sede.

Derramo mais água em sua boca, lavo-lhe o rosto do sangue e da terra. Aquilo lhe faz bem. A respiração fica mais calma, compassada, como se acabasse um pranto muito longo e dolorido.

— Você não acreditou, não?...

Não compreendo o que ela quer dizer, mas digo que não.

— Ele estava errado... ninguém trairia ninguém... eu sei... não fariam isso...

— Vera, isso não interessa.

A escuridão não permite que eu examine o ferimento dela. Lembro que o impacto da bala a jogara para trás. Um curativo, quem sabe? Mas como? Lembro também que tenho o comprimido de cianureto, se ela sofrer muito eu posso apressar o fim.

— Vá embora, Paulo, vá embora enquanto é tempo...

— Vou esperar que você melhore. Iremos juntos.

O tremor sacode brutalmente o seu corpo e ela fica sem respirar. Penso que vai morrer, mas logo a respiração retorna, opressa, cruel, o ar começa a faltar, e para sempre.

— Paulo, fique em cima de mim... tenho frio...

Deito-me sobre seu corpo, amassando-o contra a terra. Ouço-a gemer, sem voz:

— Assim... assim... está melhor assim...

Sinto, em meu corpo, o sangue de Vera, jorro pastoso e irregular que mela meus braços. Afasto os cabelos que lhe caíram sobre o rosto.

— O mais estranho, Paulo, o mais estranho é que... eu acho que estou grávida... daquela vez... eu... eu...

Delira. Logo a respiração fica difícil, distante, e no momento em que penso que ela não respira mais, seus braços apertam-me com força, com mais força, o gemido sai de sua garganta, o ventre que pulsa sob o meu para de repente e os braços dela se afrouxam lentamente, até caírem ao longo do corpo.

Permaneço em cima dela, sentindo-lhe o calor cada vez mais escasso. Estou seco de lágrimas, mas há em mim um estupor pior do que o medo e o pranto.

Levanto-me, ensanguentado de Vera, e a suspendo em meus braços. Não sei o que fazer com a minha carga, dou alguns passos, desgovernados, ébrios.

Para os lados do horizonte, o clarão muito distante anuncia o novo dia. A cabeça de Vera pende e a opacidade de seu rosto desaparece, tenho nos braços um corpo translúcido e frio, gerado da terra e da noite, parto misterioso, feito de raiva e futuro, que a morte consagra.

Carrego o meu fardo, sem coragem de abandoná-la, até que encontro a vala, chaga de lodo, aberta dentro da noite. Deito Vera com cuidado, mas cubro-a de terra, desesperadamente, uso as unhas, os braços, quero ganhar tempo, devolver aquele corpo à terra. Não sinto cansaço, nem sinto o sangue que se mistura ao sangue que Vera deixara em mim. A terra me fere: arranjo uma pedra e com ela improviso uma pá, não me ajuda muito, mas me poupa as mãos sangradas e aflitas. Finalmente, há o pequeno monte à minha frente: Vera está protegida.

Ergo-me. A luz da madrugada fica mais forte à altura do horizonte, luz vermelha e dispersa no céu côncavo e vazio. Volto ao local onde Vera morrera, apanho a mochila e a metralhadora. Dentro da mochila, no envelope de papel impermeável, o comprimido esfarinhado e branco, misturado à terra e a chocolate. Está úmido de suor e de sangue.

Fico com a arma. Caminho em direção a Vera, sobre o pequeno monte de terra espeto a metralhadora. Um desafio disforme e solitário, em feitio de guerra. Quando houver sol, sua sombra será em feitio de cruz.

Não preciso de arma. Ouço o barulho das águas, a fronteira está perto. Sigo pela estrada, sem cautelas. Vou trôpego, o cansaço de muitos dias, a confusão de quarenta anos me pesa e oprime. Estou barbado, sujo de sangue, fedendo a terra e a morte. Mas há luz à minha frente, a aurora que nasce para mim — e para ela caminho.

Espectador solitário da manhã que chega, sigo pouco a pouco. O riacho abre-se a meus pés. Macedo tivera sorte em escolher aquele trecho, vejo do outro lado a fácil margem. Lavo o rosto naquela água que corre, sinto a aspereza e o calor do homem que há em mim.

O dia clareia, avermelhado e rude. O sol daqui a pouco pulará no horizonte, expulso do ventre da terra amanhecida. Dou alguns passos em direção à outra margem. Estou deixando a terra e penetrando num estranho espaço, sem raízes. Faço uma volta em torno de mim mesmo, contemplo o que ficou atrás, mundo de chão e céu. O sangue da madrugada torna fantástico aquele território imenso, feito não apenas de chão e céu, mas de dor e de gente, de águas e claridades, de prantos e afagos. Estou no vértice do enorme triângulo irregular. Do outro lado, está o nada, que é pior do que a morte.

Sinto uma alegria selvagem quando abandono a travessia e retorno à margem. A aurora, agora atrás de mim, esquenta com a vertigem e o clamor de sua luz vermelha um novo corpo que surge, afinal obstinado, lúcido.

Desenterro a metralhadora — e volto.

Direção editorial
*Daniele Cajueiro*

Editora responsável
*Janaína Senna*

Produção editorial
*Adriana Torres*
*Mariana Bard*
*Carolina Rodrigues*

Revisão
*Carolina M. Leocadio*
*Rachel Rimas*

Diagramação
*Henrique Diniz*

Este livro foi impresso em 2021
para a Editora Nova Fronteira.